LAURENCE CHEVALLIER
ÉMILIE CHEVALLIER
SIENNA PRATT

WITCH VAMPIRE

ARTICLE 2 - ON NE TRAHIT PAS

WITCH VAMPIRE

ARTICLE 2 : ON NE TRAHIT PAS

LAURENCE CHEVALLIER   ÉMILIE CHEVALLIER
SIENNA PRATT

Le Code français de la propriété intellectuelle interdit les copies ou reproductions destinées à une utilisation collective. Toute représentation ou reproduction intégrale ou partielle faite par quelque procédé que ce soit, sans le consentement de l'auteur ou de ses ayants droit ou ayants cause, est illicite (alinéa 1er de l'article L. 122-4) et constitue une contrefaçon sanctionnée par les articles L. 425 et suivants du Code pénal.

Copyright © 2022 Laurence Chevallier
© 2022 Émilie Chevallier © 2022 Sienna Pratt
Illustration couverture © Hannah Sternjakob
Crédit images © Canva-pro. Libre de droits.
Illustration contenu © Nicolas Jamonneau

BLACK QUEEN
ÉDITIONS

Impression : Libri Plureos GmbH, Friedensallee 273,
22763 Hamburg (Allemagne)

Relecture finale : Émilie Chevallier Moreux

ISBN : 9782493374370
Black Queen Éditions

Deuxième Édition
Dépôt légal : Mars 2025

AVANT-PROPOS

La trilogie *Witch* est destinée à un public majeur et averti. Elle comporte des scènes explicites, aborde des sujets sensibles et contient un langage familier.

Maintenant que vous êtes au fait de ces informations, nous vous souhaitons un bon retour à Fallen Creek !

PROLOGUE

LENNOX

C'était un jour de mars, au crépuscule. Les cerisiers étaient en fleur, les oiseaux chantaient, de la forêt s'élevaient des effluves enivrants et la magie des couleurs printanières emplissait mon regard d'admiration. Je tenais la main de Neeve. Nous ne parlions pas. Depuis longtemps déjà, nous n'avions plus besoin de mots pour nous comprendre.

Alors que nous nous attardions sur le sentier qui nous menait chez elle, je me rappelai notre rencontre.

C'était en première année, à la Wiccard Academy. Nous n'avions pas six ans. J'ai toujours eu un caractère ombrageux et solitaire. Dans la cour, je restais souvent seul, intimidé, jusqu'au jour où une enfant rousse aux yeux noisette s'approcha de moi, flanquée de ses deux meilleures amies. Sixtine et Elinor se tenaient un peu en retrait, tandis que la plus jolie fille que je n'avais jamais vue se présentait.

— Moi, c'est Neeve, avait-elle dit d'une voix fluette qui m'avait aussitôt enchanté. T'aurais des Magic's Marshmallows ?

J'avais haussé les épaules sans répliquer. Elle m'intimidait, et ses copines m'observaient avec attention, guettant ma réponse. J'avais ensuite baissé la tête de peur qu'elles s'aperçoivent que j'étais déçu de ne pas avoir les bonbons qu'elles désiraient tant.

— Viens, Neeve, lui avait lancé la fillette aux cheveux blancs, on ira prendre les Magic's Marshmallows à la boutique du vieux Barns.

— Tu voudrais venir avec nous, à la boutique ? m'avait demandé Neeve sans détourner son regard.

J'avais relevé les yeux, les joues brûlantes. C'était la première fois qu'on sollicitait ma présence où que ce soit.

Je vivais avec mes parents en périphérie de Fallen Creek. Je n'avais jamais été à l'école avant la Wiccard et avais bénéficié d'un enseignement à domicile. Isolé, dans mon monde, je n'avais jamais eu d'amis. Et quand j'avais cherché à m'en faire, le mépris que j'avais inspiré aux autres avait été dur à accepter.

Et ce jour-là, comme si ce qu'elle me demandait était tout à fait naturel, cette gamine prénommée Neeve s'intéressait à moi. C'était si inattendu que j'en avais eu le souffle coupé.

— C'est quoi, ton nom ? s'était enquise son amie aux cheveux noirs, parés de reflets bleus.

— Lennox, avais-je timidement répondu.

Les yeux de Neeve s'étaient ouverts en grand. À cet instant, je n'avais pas vraiment compris que même si je n'avais pas de Magic's Marshmallows, même si je n'étais qu'un gamin pâle et maigrichon, cette fille voyait en moi quelqu'un de fascinant. Mais ce ne fut que bien plus tard qu'elle me l'avoua.

Nous avions quinze ans lors de notre premier baiser. C'était derrière le bâtiment des Arts de la Wiccard. Un baiser furtif et maladroit. Depuis notre rencontre, je n'avais pensé qu'à elle, chaque jour, et l'avoir enfin dans mes bras m'avait fait trembler au point d'en avoir la respiration malmenée.

Un an plus tard, nous avions fait l'amour, et j'étais tout aussi empoté. Nous avions ri, puis nous nous étions serrés l'un contre l'autre. La deuxième fois avait été bien meilleure. Celles d'après avaient eu un goût de divin. Neeve ne se lassait jamais de me toucher, de m'enlacer, de m'embrasser. Nous étions si bien... En harmonie. Heureux et amoureux.

Puis... il y eut ce jour-là. Ou plutôt ce soir-là, et tout bascula.

C'était l'année de nos vingt ans, et le rituel de l'ascension des sorciers qui signait la fin de nos études. Lors de ce moment bien particulier, nos pouvoirs nous sont ôtés, pour nous permettre de mieux renaître.

Une seule journée.

Et mon cœur se brisa à jamais.

Nous marchions dans la forêt, tard, après le crépuscule. Nous ne les avions pas entendus arriver. Après tout, nous n'avions pas pour habitude de nous méfier des humains. En temps normal, il était si aisé de les maîtriser d'un simple sort. Nous avions prévu de rentrer tôt, au cas où des vampires traîneraient dans le coin. Les loups, eux, ne rôdaient pas dans ces parages, et ils ne se révélaient véritablement dangereux qu'à la pleine lune, alors... Insouciants, nous n'avions pas pensé à la plus basique des créatures.

Ils étaient cinq. Quand deux d'entre eux me tombèrent dessus, je récitai un sort par automatisme, oubliant que je n'avais plus mes pouvoirs.

Puis les trois autres s'attaquèrent à Neeve. Ils l'attrapèrent par les cheveux. Voir sa crinière souillée par ces abrutis me fit hurler de rage. Je pris un poing dans la figure et m'écroulai à terre, les bras encore retenus par les deux hommes à la poigne de fer, tandis que l'un de ces porcs giflait violemment Neeve. Je reçus des coups de pied dans le ventre. Mes côtes se brisèrent. Une douleur à l'estomac me fit rejeter tout son contenu.

— Bah, qu'est-ce que t'as, beau brun ? me lança une femme que je n'avais pas aperçue jusque-là.

— Lâchez-moi, enfoirés ! cria Neeve à l'un de ses agresseurs.

Il balaya sa jambe et elle s'effondra, son crâne percutant une pierre. Du sang ruissela sur son si joli visage. Et moi, je restai blême, incapable d'agir. Je me débattis, mais rien n'y fit. J'étais trop faible... C'est ce soir-là que je le compris.

Reconnaître cette fragilité me hante encore. Ne rien pouvoir faire, me sentir impuissant devant la souffrance de ceux que j'aime est mon plus grand tourment. C'est insupportable. Car je l'aimais. Je l'aimais tant.

Mon corps tremblait, ma gorge se nouait, tandis que

l'un de nos agresseurs agrippait la chevelure de Neeve pour soulever sa tête.

— Lennox, aide-moi, me supplia-t-elle.

Et je me débattis encore et encore, tandis que l'un des hommes tripotait les fesses de ma petite amie et que moi je ne pouvais qu'assister à ce spectacle, pitoyable, misérable sorcier sans pouvoirs.

— Putain, elle est bonne, lâcha l'un d'eux. Vas-y, Paul, retire son pantalon, qu'on s'en occupe.

Neeve hurla. Ma haine était si dévastatrice que j'eus la sensation de prendre feu. Puis le regard de Neeve se tourna vers moi. Des larmes inondaient son visage. Je criai comme un dément, à m'en faire éclater les poumons. Et on me roua de coups avant que je parvienne à ramper jusqu'à mon aimée.

— Lennox, fuis !

Voilà les mots qu'elle m'adressa avant que je ne sois assommé. Je m'évanouis quelques minutes et quand je relevai les yeux, l'un des hommes fouillait sous le tee-shirt de Neeve, un autre avait glissé sa main dans son pantalon. Elle restait silencieuse. Et finalement, c'est la femme qui nous évita le pire.

— Allez vous faire foutre ! cracha-t-elle à sa troupe. On n'a pas que ça à faire. Prenez leur fric et on se tire !

Ils volèrent notre argent, nous achevèrent à coups de pied et nous laissèrent là, au beau milieu de la forêt, blessés et humiliés. J'étirai le bras vers Neeve. Le sien était proche, mais elle avait trop mal pour le lever jusqu'à moi. Elle ne put que tendre ses doigts en gémissant de douleur. Ma tête était lourde, mais je trouvai la force de les serrer dans les miens.

Nous ne parlâmes pas.
Nous n'en avions jamais eu besoin.
Nous aurions sans doute dû… car ce silence…
Ce silence…
C'est lui qui nous brisa.

CHAPITRE 1

NEEVE

Fumer ne m'a pas manqué durant notre chaotique incursion dans le monde des loups. Je ne regrette pas ce qu'Elinor, Sixtine et moi avons fait pour nous sortir de nos emmerdes, mais quand même, l'aventure a été éprouvante. Et le retour à la réalité l'est encore plus. Le procès approche, Elinor a rejoint la meute Greystorm de façon définitive, Sixtine devient plus distante chaque jour, et moi... bah moi, j'ai plus de boulot et j'ai copulé avec des loups.

Je repense à Tyler, à Perry, ainsi qu'à tous les moments que j'ai vécus avec ces deux éphèbes à la peau d'ébène. Et à leur réaction épidermique quand ils ont su que j'étais une sorcière. Ils m'ont attaquée, putain ! Ce souvenir m'enrage encore. Pourtant, ils ont tenté de se rapprocher de moi pour se faire pardonner et – dois-je le reconnaître ? – j'avoue que je ne cracherais pas sur un câlin de ces deux loups. Ils me manquent. Leurs rires me manquent. Leurs attentions aussi. Depuis notre rencontre avec les vampires, je ne les ai plus vus. Il faut dire que je ne sors plus beaucoup de la maison des Forest. Les bois qui l'entourent m'ont toujours apaisée et je préfère laisser le loft à Sixt et à Robin, puisqu'il paraît évident que ces deux-là ont encore pas mal de choses à régler. Depuis son bannissement de la meute Greystorm, le frère de l'Alpha ne va pas bien. Je crains que son état ne fasse que renforcer l'humeur sombre de Sixt. Ma copine est comme ça depuis qu'Eli a été marquée. Comment en est-on arrivées là, putain ?!

Je tire sur mon joint à l'abri du porche de la terrasse. Il pleut, et l'odeur de la forêt, de terre chaude et mouillée, m'emplit agréablement les narines. Je goûte toutes ces sensations dans cette solitude que je me plais à entretenir depuis mon retour à la vie réelle. Mes parents se sont absentés pour assister au coven convoqué par Remus Moon, le père d'Elinor. La rumeur court déjà qu'elle est devenue louve. Ni Sixtine ni moi n'avons confirmé cette information, mais le tumulte de cette annonce provoque des répercussions dans le monde des ombres et me convainc qu'il vaut mieux que je reste à l'écart le temps que ça se calme. Si ça se calme un jour...

— Un peu de compagnie ?

Je regarde mon frère qui vient de me rejoindre, et un large sourire gagne mes lèvres.

— Avec toi, toujours, réponds-je avec un clin d'œil.

Mark s'assied sur la balancelle et me prend mon pilon pour le porter à sa bouche. Ses cheveux cuivrés lui tombent sur les épaules en longues boucles souples. Ses yeux arborent le même ton noisette que les miens. On se ressemble, tous les deux, que ce soit physiquement ou pour toutes les conneries que nous sommes capables de dire ou de faire.

— Alors, Eli est une louve, maintenant ? dit-il d'une voix nasale, en expirant la fumée.

— Une sorcière louve, ouais. L'avouer à Mark, ce n'est pas pareil. Lui ne dira jamais rien.

— Putain, j'ai raté ma chance.

J'éclate de rire.

— Ça fait des années que tu lui cours après, lui rappelé-je. C'était mort avant d'avoir commencé, Mark.

— Elle me prend pour son grand frère.

— La pire excuse pour un râteau !

Il s'esclaffe à son tour. Puis le silence s'étire entre nous. Les bruits des animaux résonnent dans les bois. Certains donnent de la voix, et leurs cris s'élèvent par-dessus la chanson des gouttes qui martèlent sans relâche les frondaisons.

— Comment vas-tu ? demande-t-il, soudain plus sérieux.

Je sais qu'il s'inquiète. Même si je m'évertue à laisser croire que je suis sortie indemne de cette histoire, Mark n'est pas dupe. Il me connaît. Il y a le procès et, surtout, il y a toujours cette menace qui pèse sur les filles et moi. Les mots de Lennox sont restés imprimés en lettres de feu dans mon esprit. Son attitude étrange et son inquiétude me reviennent sans que je puisse l'empêcher.

« *Ce n'est pas fini… Vous êtes encore en danger… Vous devez disparaître.* »

Depuis cet avertissement troublant, personne n'a revu l'Amnistral. Cela me préoccupe. Car même si mes rapports avec le directeur de la Wiccard sont compliqués, je ne peux nier que son sort me tient à cœur. On ne peut pas se défaire si facilement d'une relation qui a duré des années. J'aurais pourtant bien aimé que ce soit le cas.

— Ça va, déclaré-je mollement en reprenant le joint.

— Tu n'as pourtant pas l'air d'aller bien.

— OK, je l'admets, les filles me manquent. Depuis qu'Eli est partie, ce n'est plus pareil.

— Il y a Sixtine.

Il n'est pas au courant, pour Robin... Et je ne peux pas tout lui dire...

— Sixt est... occupée avec le procès.

— Juste le procès ?

La question de Mark m'interpelle. Putain, il fait chier à me sonder tout le temps. Il sait que je suis incapable de lui cacher quoi que ce soit, et à voir son rictus poindre sur son visage, je suis bonne pour tout déballer.

— Neeve...

— Mark...

— Qu'as-tu vraiment fait avec les loups ?

Je pince les lèvres. Mon frère me sourit.

— Tu sais que je ne vais pas te juger, hein ?

— Bien sûr que si, tu vas le faire.

— Je t'envie, pour te dire la vérité.

— Pardon ?

Il se marre et reprend le pétard.

— T'as vécu une aventure fantastique, alors que moi je me fais chier au garage à retaper des voitures.

— Au moins, t'as un taf, toi ! Et crois-moi, l'aventure était loin d'être *fantastique*. Je te rappelle que j'ai failli mourir à plusieurs reprises.

— Ouais, mais je ne sais pas… J'aimerais palpiter un peu, tu vois.

— Ah, ça, pour palpiter, j'ai palpité !

— Raconte !

Je pouffe. La présence de mon frère me fait du bien. Nous avons toujours été proches. Nous nous sommes toujours tout dit. C'est la seule personne en ce monde à savoir ce qu'il s'est véritablement passé entre Lennox et moi, il y a des années de cela. Même Eli et Sixt l'ignorent. Je ne voulais pas qu'elles jugent Lennox ou qu'elles me jugent. Au fond de moi, je sais qu'elles ne l'auraient pas fait, mais je préférais oublier. Juste oublier. Et j'aurais pu y parvenir, si le regard de Lennox ne m'avait pas rappelé chaque jour cette maudite agression. Lui et moi étions restés chez mon grand frère le temps que nos blessures guérissent. Personne à part lui n'a jamais rien su. C'est aussi à lui que je dois de ne pas être devenue dingue après ce drame et la perte de l'homme qui, je le croyais à l'époque, resterait à mes côtés tout au long de ma vie.

— J'ai couché avec deux loups.

Je balance ça comme ça. Cela a toujours été ma façon de me protéger, le sexe et la désinvolture sont mes incontournables pour dissimuler mes fêlures. Mon frère écarquille les yeux et laisse échapper un rire nerveux.

— Bordel de merde ! lâche-t-il, une fois remis. J'en étais sûr ! Putain, deux loups, Neeve ! T'es dingue.

— Bah, si tu voyais les deux loups en question, tu me comprendrais.

— J'aimerais bien.

— T'aimerais bien quoi ? Te faire deux loups ? dis-je, effarée.

— Voir les loups, réplique laconiquement mon frère. Je ne recule jamais devant une expérience inédite. Toi non plus, visiblement. On pourrait aller leur rendre une petite visite ?

— Mark... Eli, Sixt et moi, on est grave dans la merde à cause des loups et de nos décisions... Et toi, tu veux te jeter dans la gueule du...

— Loup ?

— La ferme.

— Oh, allez, Neeve. C'est excitant !

— C'est ça qui me fait peur, Mark. Tu t'excites bien trop vite, et je ne suis pas certaine qu'on sera bien accueillis dans la tanière Greystorm.

— Hum...

Et on en reste là. Du moins, jusqu'à ce qu'on fume notre troisième pétard et que Mark revienne à la charge.

— On y va ?

Je suis si stone que je ne sais même plus de quoi il me parle.

— Où ça ?

— Chez les loups.

— Mais t'es relou, Mark !

— Re-loup, dit-il en s'explosant de rire.

Et comment dire... je me tiens le ventre, car sa blague pourrie, je la trouve tordante. Puis, décidée – ou totalement défoncée –, je me lève. Je tangue un peu avant de faire un signe de tête à Mark.

— Tu sais quoi, mon frère ? On est des Forest !

— Euh... ouais ?

— Les Forest vont où ils veulent.

Mark se redresse subitement.

— Carrément !

— On va voir la meute Greystorm, et je vais te présenter les deux dieux grecs super bien montés avec lesquels j'ai couché.

— Je n'avais pas besoin de savoir ça, Neeve.

Je plisse les paupières, hoche la tête et m'empare de mon portable sous ses yeux ahuris.

— Tu fais quoi ? demande-t-il.

— J'envoie un SMS à Sixt. Elle n'a pas vu Elinor depuis que…

La réponse immédiate que je reçois me coupe dans mon élan :

« Même pas en rêve, putain ! »

— Finalement, Sixt ne vient pas avec nous chez les loups.

— Elle n'est pas de bon poil ?

Cette fois, sa blague est tellement nulle que je ne peux m'empêcher de ricaner de dépit.

Ça nous prend une heure de traverser la forêt jusqu'à la tanière et durant tout le trajet, on se bidonne sans vraiment savoir pourquoi.

Ce que je sais en revanche, c'est que Mark est mon remède. Mon frère est le médicament à ma morosité. Je l'aime, et bordel, les Forest vont où ils veulent, ouais !

Sauf qu'une fois arrivés devant la tanière, on ne se souvient plus trop pourquoi on est là. Je pense soudain que c'est une très mauvaise idée de nous incruster, d'autant qu'aucun loup de la meute ne connaît Mark. Je m'empare de la main de mon frère.

— Il faut contacter Eli. Sinon on va se faire enfermer dans un cachot avec des barreaux en argent.

— Ça a l'air sensas !

— T'es con, Mark.

— À ton service, dit-il en prenant son portable.

— Ça capte mal dans la tanière.

— Ah.

Il range son téléphone et comprend enfin que nous allons devoir utiliser la magie. Alors nous fermons les yeux et récitons l'incantation.

« *Elinor, Elinor, Elinor, réponds-nous et viens à nous.*

Elinor, Elinor, Elinor, nous sommes là à t'attendre et faites que jamais tu ne nous ignores. »

— C'était une incantation magnifique, déclare Mark en relevant ses paupières.

— Je suis d'accord.

— Ça rime aussi avec Elinor.

— On est trop forts !

On part dans un nouvel éclat de rire quand ma meilleure amie passe l'entrée de la tanière, un immense sourire jouant sur ses lèvres. Je me jette dans ses bras.

Elle m'a tant manquée, ma copine lunaire !

CHAPITRE 2

ELINOR

Je sais qu'il pleut. Il n'y a pourtant pas de fenêtre, dans la suite de Karl, qui est aujourd'hui aussi la mienne.

Cet enfermement me faisait peur, au début. Je me suis demandé si je parviendrais à le supporter. C'était avant de me rendre compte que je n'avais plus besoin de voir le ciel pour éprouver dans mes os la course immuable des astres, la fraîcheur de la pluie, le souffle du vent, la clarté de la lune ou la brûlure du soleil.

C'est l'un des nombreux cadeaux que m'a faits Karl en me mordant. Aujourd'hui, c'est un peu comme si je faisais partie intégrante de l'univers foisonnant qui entoure la tanière Greystorm. J'appartiens à la nature, à une meute, à un tout.

Je suis louve et sorcière.

J'aime et je suis aimée. C'est là que résident ma force et ma puissance.

En chantonnant, je sors de mes appartements. La

journée est bien entamée, mais je ne ressens nulle fatigue, nulle lassitude. Je suis active comme je ne l'ai plus été depuis longtemps. Il y a tant de choses à faire, ici... Et j'ai tant de choses à apprendre. C'est un nouveau monde qui s'ouvre à moi, et je n'ai pas envie de perdre une seule seconde.

Tandis que j'arpente l'un des couloirs de pierre de la tanière, j'inspire profondément. Aussitôt, mes pensées s'agitent, mon cœur bat plus fort et mon sang circule plus vite dans mes veines. Je me sens en vie, comme jamais auparavant.

Je croise quelques loups sur le chemin qui me mène aux salles de classe des jeunes de la meute. Je discerne toujours de la défiance dans leur regard, mais cette lueur s'atténue de jour en jour. Je me fonds dans le paysage, tente de me rendre utile au quotidien, et la présence indéfectible de Karl à mes côtés est un sérieux soutien, avouons-le.

Karl... Rien que ces quelques lettres, qui roulent et tournent dans mon esprit, m'aident à me sentir encore mieux. Une rougeur monte à mes joues. Si je m'active autant auprès de mes nouveaux congénères, c'est aussi pour faire passer le temps plus vite. Dans quelques heures, nous refermerons la porte de nos appartements, et l'Alpha Greystorm sera tout à moi.

Comme une bécasse, je glousse. Cette fois, ce ne sont plus des regards méfiants que je récolte, mais des sourires en coin. J'imagine que les phéromones que je diffuse pour l'heure ne laissent aucun doute sur le contenu de mes pensées érotiques. Foutus loups qui devinent tout !

Au détour d'un nouveau couloir, tandis que me

parvient déjà le brouhaha caractéristique des louveteaux en pleine activité, je m'arrête pour reprendre contenance. Non pas que la sexualité soit un sujet tabou au sein de la meute, bien au contraire, mais tout de même, j'essaie de montrer patte blanche auprès des mères de la communauté, alors, que diable, un peu de tenue !

J'inspire, expire, sens mon teint récupérer une coloration plus décente, les battements de mon cœur ralentissent, et le brasier dans mon ventre s'apaise. Voilà. Je suis Elinor, compagne de l'Alpha Greystorm, sorcière louve, et je vais tenter de me rendre utile aux miens.

Enfin, j'atteins l'entrée de la classe des plus petits. Ici, je ne ressens pas l'angoisse qui pouvait être la mienne à la Wiccard Academy. Non, quelque chose a changé en moi. Un instinct irrépressible me pousse vers la progéniture de la meute. Une envie de les protéger, d'être avec eux et de partager m'anime au quotidien. J'imagine que cela fait partie de ma nouvelle nature.

Les premiers jours, je n'osais m'approcher. Les regards suspicieux des femelles, mais aussi des mâles, qui prennent tout autant à cœur l'éducation de leurs petits, me mettaient mal à l'aise. Que pouvais-je apprendre à ces louveteaux ? Je n'étais pas de leur monde, je n'étais pas née louve…

Et puis, Sybil, l'enseignante référente de la classe des jeunes, m'a tendu la main. Au sens propre. Elle m'a vue rôder dans les couloirs aux abords des classes, me fondre dans les ombres à chaque récréation – elles se déroulent à l'extérieur, les petits débordent d'énergie et ont besoin de se défouler régulièrement –, puis disparaître à la fin de la journée.

Alors, elle est venue me chercher.

— Elinor ? m'a-t-elle demandé.
Je me suis contentée de hocher la tête, la gorge nouée, les mains moites.
— Je suis Sybil. Viens avec moi, les petits meurent d'envie de rencontrer la compagne de leur Alpha.

Elle m'a présentée à la classe, mais elle n'a pas eu le temps de finir sa phrase que je me suis retrouvée croulant sous les attentions des jeunes. Leurs petites mains collantes, leurs museaux barbouillés m'ont émue aux larmes. Pourquoi n'avais-je jamais ressenti un tel attachement envers les gosses de la Wiccard ?

Certes, difficile de se sentir touchée par une Lise-Ann en socquettes, mais il y avait d'autres gamins, ils n'étaient certainement pas tous odieux, et pourtant...

Moi qui craignais d'éprouver une angoisse mortelle en posant à nouveau un pied dans une salle de cours, je me suis aperçue qu'au contraire, j'y étais parfaitement à ma place.

Depuis ce jour, je passe le plus clair de mon temps avec Sybil. Je ne suis encore la référente d'aucun groupe, mais cela viendra, c'est une certitude. Les louveteaux sont souvent mélangés, mais des classes d'âge existent néanmoins pour répondre à certains besoins physiologiques. Temps de repos, heures et fréquence des repas... Ici, tout est fait pour que les jeunes s'épanouissent. On est bien loin des ambitions élitistes de la Wiccard, et de mon cher ami Lennox Hawk.

Aujourd'hui, j'interviens auprès des petits pour leur parler du monde des sorciers. Ils adorent mes histoires, mes récits de l'arrivée des premiers d'entre nous dans la région, la fondation des grandes lignées... Leurs bouches béantes et leurs yeux brillants m'émeuvent aux larmes. Jamais je n'avais réussi aussi simplement à captiver mes élèves sorciers.

Mais alors que je fais un premier pas dans la classe et souris à Sybil, je me fige.

« Elinor, Elinor, Elinor, réponds-nous et viens à nous. Elinor, Elinor, Elinor, nous sommes là à t'attendre et faites que jamais tu ne nous ignores. »

Neeve. Et elle n'est pas toute seule. Sixt ? Non, je ne ressens pas sa présence au bout du lien. Alors, qui ? Je secoue la tête, à la fois ravie et agacée. Ravie de revoir mon amie qui me manque tant, et agacée de voir qu'elle se permet d'amener des gens auprès de notre tanière. Mais qu'est-ce qui lui prend, bordel ?

Par-dessus le brouhaha ambiant, j'interpelle Sybil.

— Je suis désolée, je ne vais pas pouvoir rester. On reporte à plus tard ?

Elle me répond par un regard entendu. Nous nous connaissons depuis peu, mais nous nous comprenons déjà si bien. Sur un dernier sourire, je fais volte-face et m'empresse de rejoindre l'entrée de la caverne.

Malgré moi, je me sens légère. Dans quelques minutes, non, quelques secondes, je verrai le doux visage de ma meilleure amie. D'ailleurs, j'ai un peu honte, je pourrais m'assurer plus souvent qu'elle se porte bien. Quand on s'appelle, enfin quand je sors de la tanière pour l'appeler, elle me dit toujours que ça va, mais je ne suis pas dupe. Je sais bien que le retour à la réalité a été douloureux pour nous trois. Même si c'est probablement Sixtine qui souffre le plus.

Sixt… J'aurais aimé qu'elle accompagne Neeve. Elle me manque tant, elle aussi. Je suis consciente de son ressentiment à mon égard, même si elle ne l'avoue qu'à demi-mot. Elle pense que j'ai fui, que je les ai abandonnées…

On ne trahit pas.

Mais je n'ai pas trahi ! Non, j'ai simplement répondu à l'appel de mon cœur, de ma chair. C'était ça, ou mourir à petit feu parmi les miens. Pour autant, cela ne veut pas dire que j'oublie mes amies ou ma famille. Je les défendrais bec et ongles, si besoin. Jusqu'à la mort. Comment Sixtine peut-elle douter ainsi de moi ?

Néanmoins, la culpabilité m'étreint. Durant notre captivité, nous avons toutes douté les unes des autres, moi la première. Nous avons vécu un tel chamboulement, loin de notre train-train quotidien, que tous nos repères ont volé en éclats. Et je ne me suis pas mieux comportée que mes amies.

Enfin, j'aperçois la lumière du jour. Plus que quelques pas.

Le contraste avec l'intérieur me cueille un instant, et je vacille. Cette fois, c'est l'afflux des parfums de la forêt, grouillante de vie, qui m'envahit et me vivifie. Oui, car je ne suis pas toujours enfermée dans la tanière. À la nuit tombée, je cours avec les loups, et j'en suis la plus heureuse.

Neeve est là, elle semble comprendre qu'il me faut quelques instants pour me ressaisir. Je vois tout de suite à ses yeux rougis qu'elle est stone, et je souris. Tout n'a pas changé, et c'est très bien ainsi.

Je reconnais aussi l'homme qui l'accompagne. Mark, son frère. Un grand sourire monte aussitôt à mes lèvres. OK, Neeve n'aurait pas dû prendre le risque de l'amener ici. Mais je suis malgré tout heureuse de le voir.

Je me jette dans leurs bras en riant comme une gamine.

— Alors, vous venez me rendre une visite de courtoisie ?

— Ouais, mais j'avoue, on a oublié les petits gâteaux, rigole Neeve.

Ses yeux noisette scintillent au soleil, et que dire alors de sa chevelure flamboyante ? Elle est superbe, même si je distingue des cernes bleutés qui lui grignotent les joues.

— Pour les petits gâteaux, je te rappelle qu'on a le meilleur cuisinier du monde à la tanière Greystorm, lui dis-je.

J'ai l'impression que mon sourire fait le tour de ma tête et que mon cœur va exploser de joie. Je me rends compte en cet instant de l'intensité du manque que je ressens. Certes, j'ai choisi ma nouvelle vie, et je ne la regrette en rien. Karl est devenu mon équilibre, et la meute mon refuge. Mais j'aimerais revoir ma famille, et Neeve et Sixtine en font partie.

— Mark, tu t'es laissé entraîner ici par ta sœur ?

Mais c'est encore Neeve qui répond :

— Tu parles, c'est lui qui a voulu venir. Il est curieux comme un chaton, tu le connais…

— Un sacré gros chaton, alors… et qui aurait largement abusé de l'herbe à chat.

Les deux Forest face à moi se bidonnent. J'aime quand ils sont bon public comme ça. Cependant, Mark ne me quitte pas des yeux. Je me demande ce qui me vaut tant d'insistance. Il ne manquerait plus qu'il me prenne pour une bête de foire.

— Allez, venez, leur dis-je. Vu votre état, vous devez être affamés.

— Carrément. J'ai une faim de loup, claironne Neeve.

Discrétion *forever*. Mais j'adore sa spontanéité. Elle m'a tant manquée.

Je les guide à l'intérieur. Nous enchaînons les couloirs dans le but de nous rendre à la cuisine, où officie l'extraordinaire Popeye. Neeve ne cesse de papoter, de tout et de rien. Je la connais assez pour comprendre que cela cache chez elle une certaine nervosité. Est-ce de retrouver ces lieux, ou est-ce dû à des événements extérieurs ? Je ne saurais le dire. J'espère que nous aurons l'occasion d'aborder ces sujets.

En ce qui concerne Mark, je le trouve bien silencieux, contrairement à son habitude. Je lui jette un coup d'œil à la dérobée : il observe tout autour de lui, visiblement fasciné par ce qu'il découvre. J'éprouve une bouffée de fierté. La tanière Greystorm est magnifique, ainsi taillée dans la roche. Elle offre un mélange élégant de simplicité et de confort, que j'apprécie de plus en plus chaque jour.

— Et voilà, Mark. Tu sens ces bonnes odeurs ? Eh bien, la cuisine se trouve juste en face, viens.

En effet, de délicieux effluves nous parviennent. Enfin, délicieux pour moi, parce que je vois Neeve tordre un peu le nez. Comme à son habitude, Popeye a essentiellement mis de la viande au menu, et mon amie est végétarienne.

D'ailleurs, cela lui avait valu d'être rapidement démasquée par le cuisinier quand nous tentions de sauver notre peau, dissimulées au milieu des loups.

— Ne t'inquiète pas, je le force à mettre des légumes à tous les repas, désormais. Et puis, il y a toujours des gâteaux, lui soufflé-je en lui serrant la main.

— Ça me rassure, putain, j'ai cru que j'allais devoir vous regarder bouffer alors que je crève la dalle.

Je ris. Son franc-parler aussi m'avait manqué.

— Popeye, tu as vu qui est là ?

— Oh, c'est pas vrai ! Ma petite louve rousse ! Ma jolie végétarienne !

Popeye frétille de la moustache. Je sais qu'il apprécie tout particulièrement mon amie. Son côté nature l'a séduit au premier regard.

Tous les deux s'étreignent avec force, jusqu'à ce que Popeye l'écarte à bout de bras pour mieux la détailler.

— Dis donc, toi, tu n'aurais pas un peu trop forcé sur la fumette ?

Étrangement, Neeve rougit. C'est bien la première fois depuis longtemps que je la vois avec cet air de gamine prise en faute. Heureusement, Popeye s'esclaffe.

— T'inquiète pas, ma belle, j'ai tout ce qu'il faut pour te remonter. Pas de viande, que du sucre et du gras.

Aussitôt, un large sourire fleurit sur le visage de mon amie.

— Merci, Popeye. Et... je te présente mon frère, Mark Forest.

Une ombre passe dans le regard du cuisinier.

— Ma douce... Tu ne devrais pas amener de gens ici, tu sais. Ce n'est pas prudent. Ni pour nous ni pour lui.

— Je sais, mais… Eli nous manque.

Merde, elle est à deux doigts de chouiner, maintenant. Elle a vraiment les nerfs à vif, la pauvre.

— Allez, c'est bon pour cette fois, Neeve. Venez, tous les deux.

Je les entraîne à ma suite, pour les faire asseoir à la grande table de bois massif. Mark a le nez en l'air, il semble apprécier ce qu'il voit. Neeve, elle, reprend vite ses habitudes et s'installe en tailleur sur le banc.

— Bon, alors, me dit-elle. Comment ça se passe, ta nouvelle vie ?

La coquine. Je sais ce qu'elle fait. Elle veut me faire parler, pour ne pas avoir à se confier sur les soucis qui la rongent. OK, je vais rentrer dans son jeu, mais je parviendrai aussi à mes fins.

— Très bien, je me contente de dire d'un air indifférent.

Elle arrondit des yeux stupéfaits.

— Quoi, c'est tout ?

— Comment ça, c'est tout ?

— C'est tout ce que t'as à me raconter ? Putain, tu fais chier, Eli, j'ai pas fait tout ce chemin pour ça !

— Non, ma jolie, tu as fait tout ce chemin pour mes petits biscuits, dit Popeye de sa voix grave et chaude.

Elle se tourne vers lui, le découvre avec une assiette pleine de gâteaux à la main, et sourit largement. Décidément, leur complicité est belle à voir.

— C'est vrai, j'avoue. Mais tout de même, Popeye, tu trouves pas qu'elle abuse de rien me dire, comme ça ?

Le cuisinier de la meute Greystorm éclate d'un rire joyeux.

— Si tu veux qu'elle te raconte, tu vas devoir t'ouvrir un peu, je crois, lui répond-il en m'adressant un clin d'œil.

Sacré lui ! Sa finesse d'analyse, sa compréhension et son acceptation des autres ne cessent de me surprendre. Si Karl est un leader né, Popeye est clairement le meilleur des diplomates, ce qui est tout aussi utile à l'équilibre de la meute.

Neeve maugrée dans sa barbe, avant de se plaindre à nouveau :

— Mais j'ai rien de croustillant à raconter, moi...

Ah ! Si par « croustillant » elle entend les petits détails de ma vie sexuelle, il est effectivement possible que, pour la première fois, je puisse lui en rebattre les oreilles. Et comme à chaque fois que je songe à Karl, à sa chaleur, à la douceur de ses lèvres, à...

— Eli... m'interrompt mon amie.

— Mmmh ?

— Je t'ai déjà dit que ça se voit sur ta tronche quand tu as des pensées lubriques ?

À ses côtés, Mark se racle la gorge, il a soudain l'air mal à l'aise.

— Dis-moi, Eli, c'est vraiment du sérieux, entre ce Karl et toi ?

Je l'observe avec attention. Lorsque j'étais gamine, j'étais secrètement amoureuse de lui. Il était plus âgé que nous, roulait des mécaniques, sortait avec les plus belles filles de la Wiccard... Et puis, nous avons grandi, et les choses se sont inversées. Quand il a commencé à s'intéresser à moi, je ne voyais plus en lui que le grand frère de ma meilleure amie. Mais Neeve m'a confié une fois qu'il avait nourri de réels sentiments pour moi. Est-ce donc de la jalousie que je lis sur son visage ?

— Oui, Mark, dis-je doucement. J'ai été marquée. C'est plus que sérieux. Je suis engagée pour la vie, et chez les loups, ce n'est pas qu'une façon de parler.

Il laisse passer un instant de silence, seulement gâché par les bruits de mastication de Neeve qui s'est jetée sur les gâteaux. Puis, finalement, il hoche la tête et me sourit avec tendresse.

— Je suis très content pour toi, t'sais.

— Merci. Et je suis sûre que tu finiras par trouver ta louve, toi aussi.

Il écarquille les yeux. Les mêmes yeux noisette que sa petite sœur. Qu'est-ce qu'ils se ressemblent, ces deux-là !

— Mark, par « louve », j'entends celle qui saura te rendre heureux.

Il a l'air soulagé. Je crois que le grand mélange entre nos races a encore du chemin à faire avant de s'ancrer dans les esprits de tous. Néanmoins, quand Sybil entre à son tour dans la cuisine pour se servir un café, je remarque le regard appréciateur que lui lance le frère de Neeve. Finalement, en voilà un qui n'aura aucune difficulté à se faire à l'idée du mélange entre espèces ! Il faut dire que ma nouvelle amie est charmante, avec ses cheveux d'un châtain très sombre aux reflets auburn et ses grands yeux noirs qui lui dévorent son petit visage à l'expression mutine. Et pourtant, je sais qu'elle n'a rien d'une enfant, la façon dont elle mène son groupe de louveteaux en témoigne.

— Sybil, tu veux te joindre à nous ? Je te présente Mark, le frère de Neeve, que tu as déjà dû apercevoir ici...

Sybil sourit gentiment à ma meilleure amie et jette un regard intrigué à Mark. Les non-loups sont rares, au cœur de la tanière. Et ce n'est rien de le dire.

— Eh bien, pour tout vous avouer, j'aurais adoré partager un moment avec vous, mais je dois y retourner, tu sais ce que c'est...

Je hoche la tête. Je suis déjà très heureuse de percevoir l'accent de sincérité dans les paroles de l'enseignante. Elle ne nous laisse pas par peur de l'inconnu, mais par obligation. Tout n'est pas perdu. Le fait que Karl et moi soyons liés a l'air d'avoir ouvert quelques consciences.

— Et moi, je peux me joindre à vous ?

Rien qu'à entendre la voix rauque et enveloppante de mon lié, une fournaise naît dans mon bas-ventre et mes joues s'enflamment.

— Évidemment, me contenté-je de répondre.

Nos regards en disent bien plus long que nos mots. Nos gestes, aussi. Karl Greystorm se glisse à mes côtés, sa cuisse contre la mienne, et aussitôt, je me sens profondément sereine. À ma place, comblée.

Neeve n'en loupe pas une, cela va sans dire.

— Wouah, vous êtes trop, trop mignons. Dingue. J'suis trop contente pour vous, les gars.

Et elle se lève, vacille un peu, pour venir nous étreindre. J'ai envie de lui balancer qu'elle a des miettes partout autour de la bouche, mais je m'abstiens.

D'autant plus que je sens la tension qui habite mon lié tandis qu'il dévisage Mark.

— C'est le frère de Neeve.

— Je m'en serais douté.

Mais Karl ne le lâche pas du regard, alors je lui flanque un coup de coude.

— C'est mon invité.

— Eli, grogne-t-il.

— Quoi, Eli ? Je vis ici, aujourd'hui, mais j'ai eu une vie, avant. Une vie de sorcière. C'est aussi ce que je suis.

Karl détourne enfin ses yeux du fils Forest pour les reporter sur moi. Il est songeur, mais finit par acquiescer.

— Tu as raison, soupire-t-il. Toutes ces traditions...

Je le sais. Je le sais bien. Ce n'est pas facile de changer tout un système de pensées, et ça prendra du temps. Alors je lui souris avec douceur.

— Ouais, pas facile, les traditions... Mais apparemment, ça vous a pas trop gênés !

Ça, c'est Mark qui vient de s'immiscer dans notre conversation. Aussi discret que sa sœur, et manifestement encore un peu *stone*. Même Neeve lui jette un regard noir. Mais il ne semble pas s'en soucier et enchaîne :

— D'ailleurs, tant qu'on est sur le sujet des traditions, ça se passe comment, l'imprégnation ? Et puis le marquage ? T'as senti quelque chose, Eli ?

Je lève les yeux au ciel, un peu exaspérée, mais je comprends la curiosité du sorcier. Tout ceci est tellement différent de notre monde, des règles policées des covens... Par contre, à côté de moi, Karl se tend dangereusement, je n'ai pas besoin de le regarder pour savoir que ses prunelles ont revêtu leur halo doré.

Merde, faut que je désamorce la situation...

Neeve me surprend et me devance.

— Hey, Karl, t'es pas de bon poil ou quoi ?

Un silence assourdissant suit sa remarque. Comment

Karl va-t-il réagir à l'humour dévastateur de ma copine ? Une, deux, trois secondes... Et mon lié éclate enfin de rire, à mon grand soulagement.

Un fin sourire vient jouer sur les lèvres pulpeuses de Neeve, et une lueur de triomphe traverse ses iris. À ses côtés, Mark souffle. Lui devait sacrément serrer les fesses. C'est bien beau de fanfaronner devant un Alpha, encore faut-il l'assumer.

— Ouais, je savais qu'elle était bonne, on l'a testée tout à l'heure, déjà.

Malgré moi, je ris aussi. Si ça pouvait être tous les jours comme ça. Karl, mes amis, la tanière... Je serais comblée.

— Neeve du Nord ! Tu es là !

Ah, je les avais oubliés, les cousins Falck. Tyler et Perry, toujours inséparables, viennent de débouler dans la cuisine. Ils ont immédiatement repéré leur ancienne amante, qui braque sur eux un regard froid et distant. Mais je connais suffisamment Neeve pour comprendre qu'elle dissimule ses sentiments, et que la blessure est encore à vif.

Elle prend les devants, là encore, pour éviter tout débordement :

— Les garçons, je vous présente mon grand frère, Mark.

L'expression des deux Bêtas se fait moins avide, la lumière tendre dans leurs pupilles se voile un peu. Ils savent se tenir, quand ils veulent, ces deux chiens fous. Ils ne vont tout de même pas tenter une opération séduction devant le frère de Neeve.

— Bonjour, Mark, disent-ils en chœur.

Mark les salue, mais les cousins Falck ne demandent pas leur reste et filent hors de la pièce, tête basse et la queue entre les jambes.

— Bon, soupire Neeve en se massant le ventre. On a bien savouré les délices de Popeye, on va peut-être rentrer à Fallen Creek, maintenant.

— Neeve, l'interpellé-je doucement. Tu ne veux pas dormir ici, cette nuit ? Il se fait tard, ce n'est pas prudent de repasser par la forêt. Et puis, comme ça, on peut profiter encore un peu ?

Neeve lance un regard à son frère, qui, lui, semble ravi de la proposition. Étrangement, il n'a pas l'air de vouloir repartir.

— Oui, pourquoi pas... me répond mon amie. C'est vrai que ça fait longtemps qu'on n'a pas été ensemble.

Mais je vois que la rencontre avec les cousins l'a remuée. J'aimerais que les gens autour de nous nous laissent un peu de temps seules. Elle a besoin de moi, je le sens, je voudrais l'aider, et ça me fait enrager. Cependant, je ne peux rien y faire pour le moment. La vie en meute ne facilite pas l'intimité, je m'y habitue peu à peu, mais ce n'est pas le cas pour Neeve.

— Allez, venez, je vais vous montrer où vous pouvez vous installer pour la nuit.

— OK, mais on revient, Popeye, l'interpelle Neeve. Prépare l'alcool ! On crachera pas sur un petit verre avant d'aller se coucher.

Un sifflement retentit dans mon dos, et je me retourne. Putain, manquait plus que lui !

Jake est là. Sombre, menaçant, le regard à vif. Il souffre encore, son deuil n'en finit plus, et la haine le consume. J'aurais aimé épargner cette autre rencontre à Neeve. Moi, je le croise presque tous les jours, et je sais à quel point c'est difficile. Même Karl a tenté de le raisonner, en vain... Cela dit, je ne peux oublier qu'il était lié à Macha, morte durant l'attaque des sorciers... Qu'éprouverais-je aujourd'hui, si je devais perdre Karl dans des circonstances aussi injustes ? J'adresse un regard entendu à mon lié, puis empoigne mes amis par les bras.

— Allons-y. Il se fait tard.

CHAPITRE 3

SIXTINE

« *Je vais voir Eli. Tu viens ?* »

Qu'est-ce que ça signifie, « *Je vais voir Eli* » ? Elle croit vraiment que c'est le meilleur moment pour ce genre de visite de courtoisie ? Elle ne s'est pas dit que ça pouvait être risqué de débarquer chez les loups quand nous sommes justement sur la sellette ? Nous sommes suspectées de nous être mélangées avec eux, d'avoir trahi ! Je ne vais quand même pas devoir lui faire un dessin, si ?

Probablement que si...

La discrétion n'a jamais été son fort ; Neeve assume tout, haut et fort, même lorsque c'est inopportun et que cela dessert ses intérêts. Sauf que cette fois, nous sommes toutes les trois concernées et que je ne tiens pas à ce que l'on nous ôte nos pouvoirs ou que l'on nous enferme dans les cachots du coven à la merci des terribles tourments des ombres.

Qu'est-ce que je peux y faire ? Quand elle a décidé quelque chose... Il n'y a plus qu'à espérer qu'elle ne se fasse pas repérer. Je suis inquiète et agacée. Plus agacée qu'inquiète, il faut bien l'avouer.

Je lui réponds malgré tout pour la forme, histoire qu'elle saisisse à quel point cette idée est insensée et combien j'en veux à Elinor de nous avoir laissées tomber alors que la menace rôde.

Même pas en rêve, putain !

Les heures s'égrènent. Je replonge le nez dans mes bouquins. Ils sont si vieux que quand je tourne les pages, elles craquent. C'est là toute la jurisprudence en vigueur dans notre communauté, des centaines d'années de précédents qui n'apportent malheureusement pas grand-chose à notre cas. J'ai d'ailleurs du mal à comprendre pourquoi le coven persiste à vouloir nous poursuivre puisque hormis notre présence dans la tanière, rien dans notre dossier n'indique que nous nous soyons effectivement mélangées. Le choix d'Elinor n'est pas encore connu officiellement des sorciers, alors pourquoi souhaitent-ils absolument porter cette affaire devant le Tribunal quand leurs efforts devraient se concentrer sur l'identification des sorciers qui nous ont attaquées ? Et si Lennox nous avait trahies ? Tirerait-il les ficelles ? Mais pourquoi nous aurait-il averties des risques encourus, dans ce cas ?

Quelque chose cloche sans que je parvienne à déterminer précisément quoi. Plus les jours passent, plus ça me rend dingue. Ça, et...

La porte arrière du loft s'ouvre en grinçant, il faut vraiment qu'on graisse ces gonds. Ces pas traînants finiront par rayer le plancher !

— Tes griffes ! balancé-je d'un ton roide.

C'est vrai, quoi, il pourrait faire attention à ce que sa morosité n'ait pas plus de conséquences sur mon moral déjà en berne !

OK, j'y suis peut-être allée un peu fort. Je me souviens de la douleur générée par la métamorphose, et imaginer qu'il la subisse aussi souvent me provoque un frisson et me secoue tout entière.

— Comment était ta soirée ? demandé-je, radoucie, en jetant un regard à Robin.

Je le découvre nu, comme à chaque fois qu'il rentre de ses escapades en forêt. Une sorte de retour à l'état sauvage. Loin de moi. Un petit coup d'œil sur son anatomie échauffe cependant mes joues.

— Hum.

Bon. Pour la conversation, c'est pas gagné. Alors pour les effusions torrides et sans retenue dans cette baraque vide qui n'attend pourtant que nous, j'ai un doute.

Je quitte néanmoins mes bouquins – de toute façon, je ne trouve rien de probant – et me rapproche de mon loup dont les muscles saillants m'invitent à un contact plus intime. L'admirer jour après jour en tenue d'Adam réveille en moi une irrépressible envie de l'étreindre, de faire de lui l'instrument de mes fantasmes inavoués.

Je glisse mes doigts sur ses pectoraux et dépose un baiser avide sur sa bouche brûlante. Il se perd sur mes lèvres, attrape mes épaules qu'il presse tendrement avant de m'écarter avec délicatesse.

— Pas ce soir, ma douce, soupire-t-il, distant.

Est-ce de l'indifférence que je lui inspire ? Il ne se serait pas comporté différemment avec une plante verte posée en travers de son chemin. Je ne le comprends plus. J'aimerais savoir le faire, mais j'ignore comment. Même avec toute la volonté du monde, je ne saisis pas son mal-être et chaque instant je me demande ce qu'il fait avec moi. Je rêve d'une relation amoureuse, intime, douce. Je pensais naïvement qu'un jour j'aurais droit à ce bonheur. Mais plus le temps passe, plus je me résigne, et plus je me rends compte que mon agacement influe sur mon comportement. Je tourne revêche, à la limite du supportable. Je n'aime pas ce que je deviens…

Je ne peux plus endurer cette situation entre nous, situation qui s'envenime au fil du temps. Cela fait des semaines qu'il refuse de me toucher malgré mes tentatives de plus en plus insistantes.

— Quand, alors ?

Il me regarde sans saisir ce que je veux dire. Qu'est-ce qui lui échappe ? Je n'ai pas signé pour devenir nonne !

— Excuse-moi, me répond-il en baissant les yeux.

C'est à présent la honte et la culpabilité qui s'inscrivent dans ses iris ternes. Les regrets et la tristesse, aussi. J'ai mal de le voir comme ça, et en un sens, je comprends qu'il souffre d'être séparé de sa meute et de son frère. Mais je suis présente pour lui et je ne manque aucune occasion de le distraire, même si j'ai clairement d'autres chats à fouetter, avec ce simulacre de procès qui se profile. D'autant que mes amies m'ont laissée tomber, sur ce coup. Mais j'ai

promis d'être là pour lui, et lui a juré d'être présent pour moi...
— C'est si dur que ça ?
Il se mure dans le silence, une expression coupable sur son visage. Qu'est-ce qui se passe, bordel ?
— Parle-moi.
Il entrouvre les lèvres, mais aucun son n'en jaillit. Il semble chercher ses mots quelques secondes puis se ravise, me maintenant dans une attente insoutenable.
— Robin, je n'ai pas mérité ça. On ne peut pas s'en sortir de cette manière.
Ses yeux tristes ne me voient même plus. Pourtant, il finit par lâcher le morceau :
— Je me sens un peu apatride. Orphelin. Ni d'ici ni d'ailleurs. Indésirable chez les loups, *persona non grata* chez les hommes...
— Je suis là.
— Je sais.
Il se tait. Machinalement, il m'attire contre lui et glisse ses doigts dans mes cheveux, son regard perdu sur l'horizon de ténèbres qui se dessine derrière la fenêtre.
— Et toi, es-tu là pour moi ? insisté-je, déterminée à obtenir un geste de sa part malgré ses yeux fuyants.
Il ne répond pas et continue de caresser mes cheveux.
Voilà sa stratégie pour éluder cette conversation pourtant essentielle : le silence. Qu'espère-t-il gagner de cette manière ? Me tient-il finalement responsable de son mal-être ? De son bannissement ? Et de quoi d'autre encore ? Pourquoi refuse-t-il de me parler clairement, de me convier à partager ses problèmes pour que nous leur trouvions des solutions ensemble ? Est-ce trop demander ?

— Robin ?
— Pardon. J'étais...
— Perdu dans tes pensées nostalgiques. Je sais. Et il y a une place pour moi dans ta déprime ?
— Je ne suis pas déprimé ! Et évidemment que tu as une place importante dans ma vie ! Je t'ai choisie...
— Alors, viens.

Je tente de l'attirer vers la chambre, mais je sens qu'il résiste. Décidée à obtenir ce qui m'a détournée de mes livres, j'ajoute d'une voix volontairement provocatrice :

— Prouve-moi que je compte pour toi.

Au lieu de se ruer sur moi comme le ferait n'importe quel autre loup sur terre, il m'embrasse mollement et s'éloigne.

— Excuse-moi, me repousse-t-il pour la seconde fois. J'ai besoin de me doucher. Et... je suis éreinté.

Alors, je me jette à son cou, je le supplie presque de me faire sienne, et monsieur préfère aller se coucher plutôt que de partager un moment d'intimité avec moi ! C'est plus de la déprime, là, c'est une descente aux enfers !

— Non, je ne t'excuse pas ! Je ne suis pas à ta disposition ! Au cas où ça t'aurait échappé, je suis mise en cause, avec mes amies, dans un procès inédit ! Pourtant, je t'implore de me regarder, et je suis prête à tout faire pour t'aider ! m'emporté-je, hors de moi. Alors je vais aller passer un peu de bon temps avec quelqu'un que j'intéresse ! Parce que si jamais je dois être condamnée par mes pairs, je veux avoir profité de la vie avant, si tu le permets.

— Sixt, tu es injuste...

Moi ? Injuste ? Je suis un modèle de droiture, une incorruptible barre à mine que rien ne saurait faire plier, quelles que soient les circonstances. Me reprocher d'être injuste, c'est clairement ça, le truc injuste ! Mais peut-être que... Eh non. Merde ! J'en ai assez. Assez !

— Ça n'a rien à voir avec toi, enfin ! proteste-t-il soudain.

— Ça a tout à voir avec moi ! Quel homme amoureux rejetterait sa compagne qui n'aspire qu'à partager de tendres moments ? Je ne suis pas une sainte, et même si je ne suis pas aussi délurée que certaines, j'ai des besoins, figure-toi ! Surtout quand je te sens m'échapper alors que j'ai tout fait pour que tu sois à l'aise auprès de moi...

Je n'avais jamais rien dit de tel et j'ai conscience que mes mots sont durs. Mais je suis lasse. *Si lasse...* Les hommes, on ne peut pas dire que cela soit mon domaine de prédilection. Je suis trop indépendante, et mon planning a toujours été trop chargé pour que j'accorde de l'attention à une relation défaillante. Pourquoi n'ai-je pas passé mon chemin cette fois-ci ? Pourquoi suis-je à ce point attachée à lui ? Et pourquoi est-ce que je ne lui suffis pas pour sortir de son spleen ?

— Sixt, ne le prends pas comme ça, s'il te plaît. J'ai juste besoin d'être un peu seul.

Voilà. Il confirme ce que je craignais : il ne veut pas de moi dans sa vie. Ces quelques mots, prononcés d'une voix monocorde, me lacèrent de l'intérieur. Ça m'apprendra à être si naïve et à faire confiance à un loup qui, à l'évidence, préfère vagabonder le plus loin possible de moi. Pour lui, je ne suis en fait qu'un lot de consolation.

— Ça tombe bien, moi aussi ! lui asséné-je tel un boomerang.

Puisqu'il a décidé de sombrer dans l'ennui, moi, c'est

dans un *Bloody Mary* que j'espère me noyer. J'enfile mes escarpins, claque la porte et descends les escaliers sur mes talons de dix centimètres. La nuit tombe. Direction le *Kiddy Hurricane*.

Sans savoir pourquoi, je jette un dernier regard en arrière, et découvre Robin, vêtu d'un jogging, sur le seuil du rez-de-chaussée. Au moins, ça lui donne un aperçu de ce qu'il me fait vivre depuis notre retour à Fallen Creek : un éternel départ.

CHAPITRE 4

ROBIN

Sixt a peut-être raison, c'est moi qui suis injuste. Je saute dans un jogging pour la rattraper. Lorsque j'arrive en bas, elle est déjà si loin que je me laisse happer par mon découragement.

Quel abruti je fais !

Je n'ai plus tellement envie de me doucher finalement, et encore moins de dormir. La nuit promet d'être compliquée et interminable, autant que je me perde dans mon loup plutôt que d'attendre l'aube en scrutant le plafond.

Je ressors du loft par l'arrière et traverse le jardin en claudiquant ; ma dernière métamorphose me tire encore les os et l'abrasion sur mes chairs m'arrache un soupir. Avant même que j'aie eu le temps de refermer la grille, je me laisse emporter par une nouvelle transformation. Un cri s'échappe de ma gorge sans que je parvienne à le réprimer. Pourvu que les voisins n'aient rien entendu… Je suis déjà un piètre petit ami, je ne voudrais pas attirer des ennuis supplémentaires à Sixtine.

Malgré la douleur, je me sens aussitôt mieux. Mes sentiments destructeurs sont plus diffus, estompés par les besoins primaires qui régentent ma part animale. Guidé par un appel silencieux, je galope en direction de la forêt. C'est là qu'est ma place, j'en suis convaincu. Même si je suis loin de mes pairs, qu'ils m'ont banni sans retour possible, je ressens encore ce lien particulier qui nous unit. Il est plus ténu qu'auparavant, mais, tel un mince filet d'argent qui perce les ténèbres de la nuit, il demeure. Jusqu'à quand ? Je sais qu'il finira par se briser, et cette simple pensée m'enserre le cœur.

Que manigancent-ils en ce moment ? S'organisent-ils dans cette lutte face à l'ennemi dont nous ignorons toujours tout ? Les disparitions de femelles à chaque pleine lune ont-elles cessé, grâce à cette improbable alliance entre espèces antagonistes, ou cet accord n'a-t-il été suivi d'aucun véritable effet ? Vlad, le chef des vampires, en était-il vraiment le responsable ?

Et Karl, que fait-il ? Est-il encore ce souverain inébranlable en apparence, mais si souvent tiraillé par sa conscience, ou la présence d'Elinor à ses côtés a-t-elle changé la donne ?

Je me perds en suppositions, en rêveries improbables, et j'en viens même à espérer regagner la douce chaleur de cette tanière où j'ai toujours vécu. Cette meute, aussi imparfaite qu'elle ait pu se montrer envers moi, c'était la mienne. J'y avais ma place. J'y étais moi. Sans autre concession que celle de me plier à ses lois.

Reste-t-il quelqu'un qui tient un peu à moi, là-bas ? Ou mon départ a-t-il effacé tout souvenir de mon existence ?

Comment se fait-il que je songe encore à cette communauté qui a fait de moi le paria que je suis aujourd'hui ? Pourquoi suis-je à ce point attaché à elle, pourquoi toutes mes pensées lui sont-elles dédiées...

Je comprends la frustration et la colère de Sixtine. Pourtant, je suis incapable de résister à l'appel de la forêt, dépendant que je suis de cette nature qui me définit plus de la moitié du temps. Paradoxalement encore plus souvent depuis que j'ai quitté les miens. Voilà, c'est ça, je me sens comme un expatrié, loin de la maison. Personne n'est plus patriote qu'un expatrié qui se souvient avec tendresse de ses origines tout en profitant de sa terre d'accueil. Sauf que dans mon cas, la nostalgie m'empêche de trouver un sens à cette nouvelle vie.

Je me sens vide. Et toutes les attentions de Sixt n'y pourront rien changer.

Je ne suis plus que manque, manque de mon passé, de mes pairs, de mon frère...

Diffusée par une bourrasque, une odeur de gibier se faufile au bout de ma truffe. Un lièvre.

Mon instinct me conduit dans les fourrés. Je trottine, la brise fraîche ébouriffant mon pelage fourni. C'est ici qu'est ma place, sous le couvert des arbres, et non emprisonné dans une cité bétonnée. Mes muscles se souviennent, ils se déploient selon une amplitude de plus en plus large, j'allonge mes foulées. Les kilomètres défilent sans que je ressente la moindre fatigue. Je perds la trace de ma proie qui se faufile dans une galerie. Qu'importe, je cours toujours comme si la vitesse me rapprochait progressivement de la liberté.

Il n'y a plus que sous cette forme primitive que je me sens bien. Que je me sens moi. Au diable le superflu, les convenances et les conventions des humains, je n'aspire plus qu'à cette authenticité profonde et vitale. Et si la solution se trouvait là ? Et si abandonner mon apparence humaine au bénéfice de mon alter ego bestial constituait l'ultime remède au mal qui me ronge ? Puis-je vraiment faire un tel choix, au risque de perdre définitivement dans mon loup cette partie de mon identité ?

Prendre une décision de ce genre n'a rien d'anodin. Trancher aujourd'hui serait précipité, même si je dois admettre que l'idée de ne plus me préoccuper de rien d'autre que de ma pitance me séduit.

Je ralentis. Mes coussinets s'enfoncent moins profondément dans la mousse tendre. Des effluves de champignons et de tourbe font jaillir de joyeux souvenirs dans ma mémoire, ceux d'une enfance insouciante et heureuse. Avec celui qui me manque plus que tous les autres : Karl. Mais aussi avec ma mère et mon père, malgré tout ce qui a pu se passer par la suite avec ce dernier. Je songe au regard de ma mère, avant que cette mystérieuse maladie ne l'emporte. Que penserait-elle de moi si elle me voyait, à présent ? Je ne préfère pas m'attarder sur cette question.

Sans que je m'en aperçoive, ma course m'a conduit aux portes de la tanière Greystorm. Comme j'aimerais y entrer et y retrouver mes marques ! Mais je n'y suis plus le bienvenu. Pire, si quelqu'un me découvre ici, je compterai mes derniers instants.

À contrecœur, je m'éloigne, les pattes traînantes sur l'humus moelleux. Comment mes émotions peuvent-elles se mêler ainsi ? Cette irrépressible envie de rester là,

confrontée à la peur viscérale d'être occis par ceux qui m'ont vu grandir. Y a-t-il une issue à cette inextricable situation ?
Je n'en vois aucune.
Je suis seul.
À jamais.

CHAPITRE 5

KARL

Je retourne à mes appartements. Ou plutôt à *nos appartements*, maintenant qu'Elinor y vit avec moi.

Je sais qu'elle m'y rejoindra dès qu'elle aura fini de fêter ses retrouvailles avec Neeve et son frère, qu'elle a décidé de convier pour la nuit. J'espère néanmoins qu'elle ne multipliera pas ces invitations. Je sens les réticences de la meute, tout va trop vite, et il ne faudrait pas non plus que la rumeur se propage tout de suite aux autres territoires.

J'ai hâte qu'elle me rejoigne. J'ai hâte de dégager son visage de ses longues mèches presque blanches, j'ai hâte d'embrasser ses paupières closes sur son regard d'onde claire, j'ai hâte de lui dire qu'elle m'a ébloui, tout à l'heure, dans la cuisine de Popeye, et que si je n'étais pas déjà éperdument amoureux d'elle, j'aurais eu un coup de foudre dès notre première rencontre.

La voir ainsi, si simplement heureuse, évoluant avec

confiance dans son nouvel environnement, m'a tellement touché. Elle avait l'air d'avoir enfin trouvé son équilibre, et une lumière douce, lunaire, émanait d'elle. Je comprends à présent qu'elle a besoin des siens, aussi. Elle a besoin de conserver ce lien avec son passé, car il fait partie d'elle, comme la meute est inscrite dans mon ADN. Eh bien, soit, si c'est ce qu'il faut pour qu'elle rayonne de bonheur, je suis prêt à prendre le risque. De toute façon, je suis déjà allé trop loin.

Elle m'apporte tant depuis qu'elle m'a rejoint, il y a quelques semaines. Je savais ce que sous-entendait pour les loups le fait de se lier, mais je ne l'avais évidemment jamais éprouvé. Cette plénitude, cette certitude qu'on ne sera plus jamais seul, qu'on sera toujours compris... Comment ai-je pu ne pas saisir tout de suite que c'était exactement ce qu'il me fallait pour chasser mes doutes ?

Avec Eli à mes côtés, je me sens plus fort, je me sens un meilleur Alpha, et je suis sûr que nous triompherons de toutes les difficultés. Ou tout du moins, je l'espère. Je suis heureux, pour la première fois depuis longtemps. Mais je ne suis pas assez naïf pour imaginer que l'avenir ne nous réserve que de bons moments.

J'ai à peine le temps de poser mes fesses sur le rebord du lit que la porte s'ouvre à la volée. Je me tourne, les bras tendus pour accueillir ma tornade blonde.

Elinor s'y réfugie, s'y blottit, fourre son nez dans mon cou. Déjà, ses doigts s'accrochent à mon col de chemise, tâtonnent à la recherche des boutons à dégrafer, les arrachent en gloussant, avant de glisser le long de mon torse.

Moi aussi, je ris. Je la laisse faire. Tout ce qu'elle fait m'émerveille, je n'y peux rien.

Finalement, elle s'empare de mes lèvres, je sens la fraîcheur de sa peau contre la mienne. Je prends son petit visage entre mes grandes mains, pour réchauffer ses joues.

— Tu as froid ? je lui demande.

— On peut pas dire, non, grogne-t-elle en réponse.

Tu m'étonnes !

À nouveau, j'éclate de rire. J'aime aussi sa gourmandise, son appétit insatiable. Elle-même m'a confié qu'elle découvrait toute une facette de sa personnalité. Avant, les choses du sexe ne l'attiraient pas plus que ça. Je dois dire que, pour ma part, j'accomplissais l'acte plus parce qu'il fallait le faire que par véritable goût. Mais depuis Elinor… Il y a des jours où je préférerais ne pas avoir à sortir de mon lit, pour ne pas quitter la chaleur de son corps.

— C'est d'avoir vu ce… Mark, qui t'a mise dans cet état-là ?

Elle interrompt ses baisers, pour me fixer du regard en fronçant les sourcils.

— Qu'est-ce que tu racontes ?

L'orage couve dans sa voix. Un frisson remonte mon échine. J'adore quand elle s'enflamme, je crois que je ne m'en lasserai jamais.

— J'ai remarqué la façon dont il te contemplait. Le moins que l'on puisse dire, c'est que tu ne lui es pas indifférente…

D'un doigt, je suis le contour de son visage, puis je lève son menton, pour dévorer la peau douce, là, juste dans le creux de son cou… J'ai faim d'elle.

— T'es jaloux ? halète-t-elle tandis que je titille le lobe de son oreille.

— Terriblement. Et ça m'excite.

— Depuis quand t'as besoin qu'un mec me mate pour être excité ? pouffe-t-elle.

Un point pour ma liée.

— Ce n'est pas n'importe quel mec. C'est quelqu'un que tu côtoies depuis l'enfance.

— Je ne vois pas la différence. Il n'y a jamais rien eu entre Mark et moi, de toute façon.

— Et il est au courant ?

Cette fois, elle me repousse, me renverse sur le lit et se retrouve à califourchon sur moi, ses deux poings de part et d'autre de mon visage. Sa splendide chevelure lunaire nous isole du reste du monde.

— T'es con quand tu t'y mets, tu le sais ?

— Je sais surtout que tu adores ça.

D'un mouvement souple, elle se redresse, rejetant ses longues mèches en arrière. Elle fait passer son tee-shirt au-dessus de sa tête, dégrafe son soutien-gorge, et se saisit de mes mains pour le remplacer.

Je me mords la lèvre. Cette fille m'inflige une véritable torture. Dans son regard flamboyant, je lis le même désir que celui qui me dévore. Je n'y tiens plus, la bascule sous moi, m'empare de sa bouche. Sa langue vient à la rencontre de la mienne, nous nous lions une fois encore dans cette tiédeur humide, réconfortante, enivrante.

Mon souffle s'accélère, mes doigts courent le long de son buste, conquièrent un mamelon, le malmènent, un peu. Elle gémit entre mes lèvres, à la fois soumise et victorieuse. Comme moi.

Elle me chuchote :

— Doucement, je ne sais pas pourquoi, mais je suis super sensible, en ce moment. La lune, peut-être...

Je vais pour lui répondre que je vais prendre sur moi pour être un modèle de délicatesse, mais soudain...

Soudain, mon corps se tend, et ce n'est pas de désir. Il se passe quelque chose. Quelqu'un qui ne devrait pas se trouver là est entré sur notre territoire et s'approche dangereusement de notre tanière. Quelqu'un qui ne devrait plus avoir aucun lien avec les Greystorm, malgré son ascendance.

— Qu'est-ce qu'il y a ? me chuchote Elinor, ses grands yeux clairs écarquillés, sa poitrine encore soulevée par les affres de la passion.

Il n'y a aucun reproche dans sa voix. Elle sait que si je réagis ainsi, c'est que c'est important. Jamais je ne la délaisserais pour une broutille.

Les mots que je prononce me confirment ce que mon instinct me souffle.

— Robin.

Il est là. Tout prêt. Alors qu'il ne le devrait pas.

— Comment as-tu pu le sentir ?

Je secoue la tête, je n'ai pas de réponse. C'est un truc de loup, auquel elle n'est pas encore habituée. Il faut que j'y aille avant que les autres éprouvent sa présence. En tant qu'Alpha, mes sens sont plus développés. J'ai le temps.

— Vas-y, m'intime ma liée. Je vais retourner voir Neeve et Mark en t'attendant, ne t'inquiète pas pour moi.

D'un bond, je suis debout, me débarrasse de ma chemise et enfile un sweat qui traîne sur l'assise d'un fauteuil. Avec un dernier regard d'excuse à mon aimée, je sors, file comme le vent dans les couloirs de la tanière. Je dois être le premier à trouver Robin. Personne d'autre que moi ne doit le voir. Il en va de la survie de mon frère.

Enfin, je suis dehors. Même sous ma forme humaine, il ne me faut que quelques enjambées pour le rejoindre. Il est vraiment près, ce con. Trop près. Quand je l'aperçois, mon cœur chavire. Pas de bonheur, cette fois. Non, une souffrance aiguë me traverse. Mon frère, cet Oméga, ingérable, banni, toujours sur le fil du rasoir. Il se tient non loin de moi, sous sa forme lupine, lui. Il a maigri. Son poil est terne. Est-il malade ? Un sourire amer naît sur mes lèvres. Je ne peux me permettre cette hypocrisie. Bien sûr que Robin est malade. Aucun loup ne peut être sain de corps ou d'esprit après avoir été banni de sa meute.

Longtemps, je le contemple. Je grave chaque détail de l'anatomie de mon frère dans mon âme. Je note les lueurs éteintes de son regard, prends soin de mémoriser l'angle triste de ses oreilles trop basses.

C'est cela aussi, être un Alpha. C'est prendre la mesure de chacune de ses décisions, et les assumer, même quand ça fait mal.

Et aujourd'hui, voir mon frère ainsi, ça me fait mal. *Putain, j'en crève !*

Enfin, Robin se métamorphose. Devant moi se tient le jeune homme fragile que je connais si bien, mais qui m'est dorénavant étranger.

Je fais un pas vers lui. Je ne devrais pas, mais c'est plus fort que moi.

Encore un autre, puis un autre, nos fronts se touchent, nos mains s'étreignent.

Comment n'ai-je pas compris avant que j'avais autant besoin de lui que lui de moi ?

— Robin, mon frère…

Il ne dit rien, se contente de serrer mes doigts un peu plus fort, mais, pourtant, je sens la puissance des émotions qui le ravagent. Alors, sans plus réfléchir, je l'enlace, tentant par ce geste dérisoire d'apaiser les sanglots qui l'agitent.

— Chut, chut, ça va aller…

Mais je mens. Nous le savons tous les deux.

Il s'accroche à moi de toutes ses forces, comme si je pouvais encore le sauver. Le puis-je ?

Au bout d'un long moment, Robin se redresse. Il lève vers moi son regard aux lueurs éteintes, et je n'y lis nul espoir.

— Pardonne-moi, me dit-il. J'avais besoin de te voir, encore une fois, une dernière fois…

Mon cœur se serre. Pourquoi dit-il cela ? La vérité me frappe alors de plein fouet. Quand j'ai prononcé son bannissement, je crois que je n'ai jamais voulu me l'avouer. Bannir mon frère, l'exclure, c'était comme nier son existence, pour toujours et à jamais. *Mais on ne trahit pas...*

Comme je regrette cet acte ! Comme je hais les devoirs imposés par mon statut d'Alpha ! Si j'avais été un simple Bêta, j'aurais pu quitter la horde avec lui, et nous aurions fondé notre meute, ailleurs, autrement.

Mais voilà, nous sommes des Greystorm. Lui comme moi. Nos destins sont scellés depuis longtemps.

Je décide de lui mentir, encore, comme je me suis menti durant ces dernières semaines. Je ne veux pas qu'il souffre plus.

— Ne raconte pas de bêtises. Nous nous reverrons, tu le sais bien. Nous sommes une famille.

Il a un sourire triste.

— Tu as l'air heureux, me répond-il simplement.

Il ne veut pas relever mon mensonge. C'est une façon de me dire que nous valons tous les deux bien mieux que cette mascarade.

— Je le suis. Eli me comble. Mais...

— Je te manque, je sais. Ne crois pas que je sois dupe. Tu n'as jamais voulu que nous soyons séparés. Et je voulais te dire, aujourd'hui... Tu n'es pas responsable de tout ça...

— Comment peux-tu dire une chose pareille ? m'emporté-je soudain. Bien sûr que je suis responsable, je suis même le seul responsable ! Après tout ce que nous avons vécu, comment ai-je pu...

Étrangement, il rit, mais son hilarité sonne faux à mes oreilles.

— Ne te donne donc pas plus d'importance que tu en as, mon frère ! Tu as toujours aimé dramatiser...

— Robin... grondé-je entre mes dents.

— Allez, laisse tomber. Je sais qu'encore une fois, tu as voulu me protéger, me sauver. Mais te rends-tu compte que, si tu m'as épargné une mort violente, tu m'as condamné à une lente agonie ?

— Mais je pensais, Sixtine...

Mon frère secoue ses boucles brunes, emmêlées et négligées.

— Ça ne marche pas. Ça ne marchera jamais, même si je l'aime de tout mon cœur. Nous ne sommes pas liés.

Un sanglot l'ébranle à nouveau. La culpabilité me ronge. Comment ai-je pu imaginer – ou espérer – que l'amour d'une sorcière suffirait à le sauver ? Comment ai-je pu être aveugle au point de croire que nous vivions la même chose ?

— Robin, je suis désolé...

— Ne le sois pas. Même si tu avais su, qu'aurais-tu pu faire d'autre, de toute façon ?

— Je ne sais pas, j'ai des relations, j'aurais pu t'envoyer en mission auprès de meutes alliées, nous aurions trouvé un moyen...

— Arrête. Je n'ai pas beaucoup de temps, c'est dangereux pour nous deux, ici. Alors écoute juste ce que j'étais venu te dire. Je ne t'en veux pas.

— Robin...

Ma voix se déchire. Elle n'a jamais été aussi fragile.

— Non, je ne t'en veux pas. Quoi qu'il se passe désormais, je veux que tu saches que je suis en paix. Tu as toujours tout fait pour me protéger, de moi, des autres, de la vie... Aujourd'hui, tu dois vivre pour toi. Aller de l'avant... Aujourd'hui, notre lien se coupe pour de bon.

Chaque fibre nerveuse de mon corps hurle. Je ne veux pas le perdre. Pas de cette façon, beaucoup trop définitive. Je veux le sentir à l'extrême limite de mes sens, pour être certain qu'il n'est jamais vraiment loin.

— Robin, non, je t'en prie... Ne fais pas ça...

Je suis à genoux, à présent. Moi, Karl Greystorm, je supplie mon frère de ne pas me quitter, alors que je l'ai banni.

Mais, sur un dernier sourire, Robin se détourne. Fait quelques pas. Disparaît dans les profondeurs vert et brun de la forêt. À jamais.

Je plonge mes mains dans l'humus. Sa fraîcheur apaise peu à peu mes tourments, même si l'amertume dans ma bouche continue de me torturer.

En m'accordant son pardon, Robin vient de me porter un coup terrible. Le sait-il seulement ?

CHAPITRE 6

SIXTINE

*T*rois, quatre ? Cinq, six ? Dix ? Je ne sais plus combien de cocktails j'ai ingurgités. Neeve dirait que je suis torchée ! Je glousse comme une niaise à cette pensée, avant de soudain me rembrunir. Je ne peux même pas dire que j'en ai profité, tout est fade, ce soir. La musique est triste à pleurer, et le *Bloody Mary* est insipide. Moi qui croyais me remonter le moral en quittant le loft, c'est finalement le pathétique de ma vie qui me saute au visage.

Je ne supporte plus la légèreté qui m'entoure, ces humains insouciants qui vident leurs verres en dansant joyeusement. Y a pas à dire, moins on en sait, plus on est heureux. Voilà, on a atteint le summum du ridicule : j'envie les humains. Cela dit, ils ont au moins une chose que je n'ai pas : des amis sincères et solidaires. Pourquoi les filles se détournent-elles de moi quand je suis la seule à œuvrer pour sauver nos miches ? Il n'est venu à l'idée de personne que j'apprécierais une virée entre copines, aussi irresponsables qu'elles puissent être ? Je suis fatiguée d'anticiper les conséquences de leurs actes, moi aussi je veux profiter de la vie sans me soucier du lendemain.

Et franchement, qu'est-ce qui a pu se passer dans l'esprit d'Eli pour qu'elle accepte la proposition de Karl ? Ça ne lui a pas suffi qu'on viole les règles immuables des communautés de l'ombre, il a fallu qu'elle s'entiche du seul loup sur terre pour qui j'éprouve une rancœur viscérale : celui qui a démoli Robin. C'est quand même flagrant qu'il manque un cœur à ce mec ! Qui aurait osé agir ainsi avec son propre frère ?

Et bien sûr, qui est-ce qui ramasse les pots cassés ?

C'est Sixt !

Du bout des doigts, je mime un tourbillon au-dessus de mon verre pour touiller ma boisson qui commence à tiédir. Mais au lieu de se mélanger, l'alcool se fige et une tête de mort vaporeuse se matérialise dans les remous écarlates.

— Oh, trop bien ! Comment tu fais ça ?

Merde. Il a fallu qu'un abruti reluque mon verre au même moment !

— Quoi ? rétorqué-je avec froideur.

— Ben… ça, insiste l'inconnu, en désignant mon verre dont le contenu tourbillonne encore.

Je ne prends pas la peine de lui répondre, je finis ma boisson cul sec pour effacer toute trace de magie et quitte le *Kiddy Hurricane* en titubant. Quel est ce réflexe débile qui me conditionne à opter pour des escarpins raides au lieu de tennis confortables, et ce en toutes circonstances ? Mon goût prononcé pour la mode, sans doute. Mes stilettos déchirent, voilà !

Sous mes pas, la rue tangue dangereusement. Je me

vois mal rentrer à pied. Je repère un banc à la propreté douteuse et m'y affale sans grâce. Si je n'ai plus à penser à mon équilibre, je parviendrai peut-être à appeler un taxi.

« *Trop déchirée pour rentrer, taxi, s'il te plaît, viens me chercher.* »

Il ne se passe rien. Pas sûre que cette formule improvisée soit efficace. Je tente de nouveau :

« *Afin que je puisse m'évader, taxi, viens me chercher ?* »

Rien.
Ah, si, j'ai super mal au crâne. Comme si celui apparu dans mon verre se révélait être une prémonition regrettable. Je songe au cachet de paracétamol que je vais bientôt devoir gober. Ouais… un cachet. Je pouffe en me rappelant tous ceux qu'Elinor s'envoyait. Non, c'est pas drôle, en fait.
— Est-ce que tout va bien, Sixtine ?
Cette voix ne m'est pas familière et pourtant, je l'ai déjà entendue. Comme si je venais de décuiter en un dixième de seconde, c'est la panique qui s'engouffre dans mes veines et me fait frissonner. Un homme se tient derrière moi, je sens son souffle prédateur frôler ma joue.

Le nouveau venu prévoit-il d'abuser de ce moment de faiblesse pour faire de moi sa proie ?

Je tourne lentement la tête pour observer mon interlocuteur. Comme mon instinct me le chuchotait, il s'agit du second de Vlad, Drake, si j'en crois ce que m'ont dit Tyler et Perry qui m'ont en outre rapporté des rumeurs terribles à son sujet. Il paraît qu'il est très vieux et qu'il a commis plus de crimes que Dracula. Oups, c'est vrai que Dracula n'a jamais existé. N'empêche, quand ces lourdauds de Falck m'ont parlé de lui, j'étais terrifiée. Je n'oublie pas la manière avec laquelle ils m'ont raconté cette histoire. Manquait plus qu'ils braquent une torche sous leur visage pour que je fasse pipi dans ma culotte. Elle serait toujours moins trempée que celle de Neeve, cela dit. Je pouffe de ma vanne foireuse sous le regard curieux de la créature nocturne.

Drake Butcher...

Putain, la seule fois où je me laisse aller, un vampire me tombe dessus !

Il s'éloigne un peu tout en me fixant de ses yeux turquoise. Son apparence atypique m'a déjà surprise – et même carrément mise mal à l'aise – quand je l'ai rencontré lors d'une entrevue avec les loups. Une réunion totalement contre nature et en absolue contradiction avec les lois de l'ombre. Une trahison qui aggrave encore plus notre violation de l'article 1. Car oui, non seulement nous nous sommes mélangées, mais en pactisant avec l'ennemi, nous avons en plus bafoué l'article 2. *On ne trahit pas.*

Sans me quitter de ses yeux en amande, il passe une main désinvolte dans la vague de ses cheveux peroxydés pour les ramener en arrière. Ce type est un cocktail détonnant à lui tout seul. Un biker gothique et eurasien. Des tatouages dépassent de son col et mordent son cou telles des flammes avides. Que me veut-il, enfin ? Faut-il que je tire la langue comme une gamine pour qu'il déguerpisse ? L'idée me tente…

J'essaie de garder contenance, mais je sens mes jambes trembler au moment où je me relève. Entre les effets de l'alcool et cette étincelle démente dans ses yeux, l'évidence me heurte de plein fouet : s'il décide de me manger toute crue, je n'aurai aucun moyen de lutter. La première fois déjà, son attention pénétrante s'était figée sur ma personne. Neeve et Elinor s'étaient rapprochées de moi comme pour me protéger, ce qui avait suffi à l'éloigner momentanément. Mais là, je suis seule, noyée dans les vapeurs de Mary la Sanglante, et je n'ai aucune possibilité de fuite. Comment m'y prendrais-je de toute façon ? Si je cours, il me rattrapera en un rien de temps. Si je retourne dans le bar, qui m'assure qu'il ne saignera pas tous ceux qui s'y trouvent ? Les lois le lui interdisent, bien sûr, mais à bien le regarder, je devine qu'il s'en fiche complètement.

Il s'approche doucement et avant que j'aie pu reculer, me tend son bras. Vraiment ? Qui fait encore ça de nos jours ? Quel âge peut-il avoir, d'ailleurs ? Les Falck n'ont pas été clairs à ce sujet. *Très, très vieux*, ont-ils affirmé.

— Je te raccompagne ? propose-t-il, un sourire carnassier sur ses lèvres pâles.

Tiraillée entre l'irrépressible envie de survivre à cette rencontre et mon formatage trop bien rodé, je suis incapable de me montrer impolie malgré la peur qui fait battre mon cœur.

— J'ai appelé un taxi.

— Oui, j'ai cru comprendre, ricane-t-il, laissant apparaître ses canines pointues.

Oh, ça va, me dis-je, malgré tout un peu agacée. Je suis sûre qu'il s'est déjà mis sur le toit, lui aussi !

— Allez, Sixtine, c'est une belle nuit pour marcher, insiste-t-il d'une voix ténébreuse. Je veux seulement discuter.

Pourquoi décliner ? S'il a décidé de m'occire, rien de ce que je ferai ne pourra l'en empêcher, vu que je ne suis même pas foutue de formuler une incantation correcte. Et puis qu'ai-je à perdre ? Je dois rentrer, de toute façon, car le taxi n'est pas près d'arriver. Quitte à trahir notre communauté, autant explorer les choses à fond avant d'être condamnée. Ce ne sont pas les filles qui me diront le contraire ! Quant à Robin, je ne l'intéresse pas, alors son avis m'importe peu. Bon, et surtout, je suis complètement saoule.

— Si jamais tu tentes quoi que ce soit... je te métamorphose en corbeau ! le menacé-je sans conviction, vu mon état.

Il sourit à nouveau, avant de se laisser aller à un rire franc. Il n'est pas intimidé le moins du monde par cette promesse ; il devine certainement mon incapacité immédiate à la mettre en œuvre.

J'esquisse quelques pas mal assurés, et son regard s'attarde sur moi. Pourquoi perd-il son temps de cette manière ? Qu'attend-il de notre échange ? Je fixe le sol qui ondule sous mes yeux et mes escarpins qui s'entrechoquent de temps à autre. Si Drake reste silencieux, je sens néanmoins l'attraction puissante de son aura.

Ne le regarde pas !

Je ne dois pas risquer de croiser ses iris si bleus. Je dois éviter tout contact. Quoi qu'il me veuille, il doit comprendre qu'il n'obtiendra rien, qu'il n'y a de toute façon rien à obtenir d'une nana comme moi.

Mais je ne peux résister plus, je relève le menton et jette un coup d'œil dans sa direction.

Erreur fatale !

Il saisit l'opportunité et me demande :

— Allons, dis-m'en plus sur toi.

Je sens poindre l'intérêt derrière son ton autoritaire. Que veut-il savoir ? Il sait déjà l'essentiel. Je suis une sorcière qui a de gros ennuis et qui s'est tapé une cuite en solo, car personne n'a voulu passer la soirée avec elle.

— Ta famille, tes dons ?

Ah, ça…

— Je suis issue de la branche Shadow, qui tient son pouvoir des ombres.

Oui, je la lui fais courte. Mon élocution est trop peu claire pour les longs discours. D'ailleurs, pourquoi est-ce que je lui réponds ?

Ses yeux intrigués pétillent.

— Des ombres ? Intéressant. Et concrètement, qu'est-ce que tu sais faire avec un pouvoir pareil ? me demande-t-il, manifestement avide d'en apprendre davantage.

— Plein de trucs plus ou moins utiles. La dernière fois, je me suis dissimulée dans un nuage pour échapper à un agresseur.

Mais pourquoi est-ce que je lui raconte ça ?

— Je suis même parvenue à plonger tout le quartier dans les ténèbres.

Il s'arrête et me fixe avec admiration.

— Sérieux ? Tu gères, pour une petite sorcière !
— Je ne suis pas une *petite sorcière*, m'offusqué-je. Mais t'as raison, je gère.

Pour toute excuse, il mime une révérence ridicule. Il continue à m'assaillir de questions plus ou moins pertinentes. En temps normal, je l'aurais envoyé au diable, mais ce soir, je me sens flattée. Il m'apparaît comme un mirage dans le désert social qu'est devenue ma vie. C'était quand, la dernière fois que quelqu'un s'est intéressé à moi de cette manière, m'a interrogée sur mes aspirations, mes rêves, mes envies ? C'est si rare que je ne m'en souviens plus… *Putain, Sixt, c'est un vampire !*

— Dis-moi, poursuit-il d'un ton sérieux qui fait fuir ma petite voix. Partages-tu ta vie avec quelqu'un ?

Bonjour l'indiscrétion ! Bon, là, il va un peu loin, tout de même. D'autant que j'ignore moi-même la réponse à cette question. J'ai bien Robin, mais je ne suis plus sûre de la réciprocité de nos sentiments. Et puis, peut-on dire que l'on est en couple quand une relation se limite à des mots et à quelques gestes tendres ? Ne faut-il pas plus que des fantasmes inassouvis pour qualifier une liaison d'intime ? Parce que, concrètement, même si j'en rêve chaque seconde, Robin ne m'a encore jamais vraiment touchée.

— C'est compliqué.
— C'est toujours compliqué, avec un clébard…

Alors, il sait ? Comment ? Notre rencontre ce soir ne doit-elle rien au hasard ?

Il se tait soudain, réalisant qu'il en a trop dit. Et moi aussi. Que répondre à ça ? Même si le terme employé n'est pas celui que j'aurais choisi, il a vu juste. La tempête qui sévit dans mon cœur résulte bien de l'inconstance d'un loup en perdition. À croire que même quand il n'est pas là, Robin parvient à briser ma sérénité.

— C'est ici, indiqué-je en me plantant devant la grille du loft pour éluder cette question épineuse.

— Ici ? Vraiment ?

— Ben oui, pourquoi ?

— Et tu as voulu appeler un taxi pour faire cinq cents mètres ?

— Oh, ça va ! T'as envie d'essayer mes escarpins ?

Il sourit, dévoilant encore sa dentition parfaite. Ses canines sont si aiguisées que l'une d'elles pique sa lèvre rebondie. Une petite goutte écarlate perle sur sa peau avant de couler, lentement, vers son menton. Il l'essuie machinalement du bout de sa langue. C'est effrayant et hypnotique à la fois. La légèreté de l'instant s'estompe aussitôt. Il aurait pu m'étriper cent fois ; pourtant, il est resté courtois, presque avenant malgré son langage cru et percutant. Qu'est-ce que ça cache ? Pourquoi ce soudain intérêt pour une espèce qui n'inspire à la sienne que du mépris ? Pourquoi cet intérêt pour *moi* ?

— Tu m'invites à rentrer ?

— Non !

Il est dingue ! Ce n'est pas pour rien si les vampires sont contraints de demander l'autorisation de pénétrer chez les gens : ce sont des créatures intrusives et avides. Cette forme de magie est la seule qui ait permis de canaliser un peu leur sauvagerie. Tant que je ne l'y invite pas, cet endroit constitue un refuge où il ne pourra jamais m'atteindre.

— Je plaisante, se ravise-t-il, les dents serrées en sentant mon trouble.

C'est ça. Les vampires sont aussi réputés pour leur humour dévastateur.

Je pose ma main sur la grille. Pourtant, j'hésite. Je devrais me précipiter à l'intérieur pour me soustraire à son influence, mais je n'ai plus envie de rentrer. Quelque chose m'échappe dans cette improbable rencontre. Et bien que le mystère demeure, ce moment était rafraîchissant dans le tumulte bordélique de ma vie.

— Tu ne rentres pas ? s'étonne-t-il.

— Si.

J'ai du mal à garder le sourire quand je pense à ce qui m'attend au premier étage. Un petit copain dépressif, une relation platonique et vide de sens, des amies absentes et des emmerdes insolubles qui nous conduiront probablement en prison ou à une existence humaine. Je préfère la seconde option, même si l'idée que l'on m'ôte mes pouvoirs me terrifie.

Je pousse la grille – qui grince toujours, évidemment – quand Drake attrape fermement mon poignet. Je suis saisie d'effroi, comme pétrifiée face au danger, ressentant de plein fouet la puissance de son corps. S'il le voulait, il pourrait me broyer les os sans effort. Il n'en fait rien. Sa difficulté à se contrôler est palpable, ses doigts tremblent, sa mâchoire se serre tant que ses joues se creusent. Il plonge ses iris turquoise dans les miens une dernière fois, comme s'il me suppliait de rester avec lui tout en me hurlant de le fuir avant l'inévitable.

De sa main libre, il remet ses cheveux de lune en

arrière, ses yeux toujours arrimés aux miens. Il desserre douloureusement ses doigts de mon poignet et brise enfin le silence de cet instant qui s'étire :

— Tu n'as pas l'air d'être heureuse, *mon petit oiseau*.

CHAPITRE 7

NEEVE

— Et c'est comme ça que j'ai compris que ta sœur n'était pas vraiment une louve.

Popeye se marre comme un con depuis que nous sommes revenus dans la cuisine pour boire un dernier coup, d'après mon frère. Eli vient juste de partir se coucher, légèrement éméchée. Ceci dit, elle n'avait pas l'air dans son assiette. L'alcool semble avoir apaisé ses pensées à propos de Karl. Je n'ai pas tous les détails, mais elle paraissait inquiète. J'ai pas su quoi lui dire à part lui proposer un verre. Quant à moi, c'est déjà le cinquième « dernier coup »... Mark vrille son regard vers moi et éclate de rire.

— Une louve qui ne bouffe pas de viande, t'as vu ça où ?

Je lève les yeux au ciel.

— T'aurais fait quoi, à ma place ? rétorqué-je.

L'attention de mon frère se tourne vers Sybil. Ses lèvres se courbent...

— Je n'aurais sans doute pas craché sur de nouvelles expériences pour assurer ma survie.

Je devine très bien qu'on ne parle plus de survie à ce moment précis. Mark semble fasciné par la jeune louve aux traits affables et par sa formidable chevelure châtaine qui cascade dans son dos, tandis qu'elle se verse un café. Quand elle se détourne, j'aperçois un petit sourire fugace sur sa frimousse, avant qu'elle ne s'adresse à moi.

— Elinor m'a dit que les vôtres vous intentent un procès, déclare Sybil en s'installant en face de mon frère. Ne regrettes-tu pas les risques que vous avez pris ?

Je hausse les épaules. J'apprécie que la louve s'asseye avec nous comme si notre présence était naturelle en ces lieux. Je suis redescendue après notre fumette fraternelle et réalise que c'était carrément culotté de me pointer dans la tanière avec mon frangin, en mode visite dominicale. Manquait plus que les cookies ! Pourtant, Karl a eu l'air de bien prendre la chose, et les loups, malgré quelques réticences, ne paraissent pas rejeter totalement l'idée de nous voir dans les parages. Enfin, je pense... L'arrivée d'Elinor dans la meute semble avoir amorcé un changement bénéfique, si j'en crois les expressions sur les visages des quelques loups qui passent par la cuisine et qui nous saluent, se demandant sans doute ce que Mark et moi foutons ici, sans pour autant montrer d'animosité à notre égard. Puis je me rappelle Jake et ce qu'il a perdu en nous protégeant des sorciers qui nous ont attaqués dans les bois, alors que lui et toute la meute ignoraient qui nous étions vraiment.

— Ce n'est pas comme si on avait eu le choix, réponds-je enfin à Sybil.

— Vous risquez quoi ?

— Sans véritables preuves, d'être condamnées à être enfermées ou à ce que l'on nous ôte nos pouvoirs, je ne sais pas trop. Ça fait longtemps qu'un procès de ce genre ne s'est pas tenu. En général, personne n'ose transgresser les lois.

— C'est vrai qu'ils sont rares, les événements de cette ampleur chez les sorciers, confirme Mark. Vous avez donné au coven l'occasion de rappeler les règles fondamentales. C'est de la pure politique, tout ça.

— Ils sont au courant que... commence Sybil avant de se taire.

Ses yeux se sont levés au-dessus de mon épaule. Je me tourne et remarque Tyler et Perry. Ils laissent traîner un regard sur moi avant de quitter les lieux. La présence de Mark a plutôt l'air de les gêner. Ils ne savent pas que je lui ai déjà tout balancé. Ils ne savent pas non plus que mon frère ne me trahirait jamais. Je pivote vers Sybil, faisant mine d'ignorer leur passage, car je me souviens encore très bien de leur réaction lorsqu'ils ont su que j'étais une sorcière. Ils m'ont blessée. Et quand je dis blessée, je ne parle pas uniquement des dommages infligés à mon cœur, je parle de réelles blessures. Je parle de crocs et de griffes qui se sont enfoncés dans ma chair. Je parle du dégoût que je leur ai inspiré. Je serre les dents rien que d'y repenser.

Avant cela, nous formions un trio harmonieux. Sans le vouloir, mes souvenirs me renvoient à leurs étreintes, à leurs caresses, à leurs souffles et à leur désir insatiable. Bordel, c'était tellement bon de me fondre entre leurs bras. Mais ils ont tout gâché ! Je me renfrogne et m'adresse à Sybil :

— Personne chez les sorciers ne sait ce qu'il s'est passé entre nous et... la meute.

— Tu oublies Lennox, me rappelle mon frère.

— Lennox ne dira jamais rien.

— En es-tu sûre ?

Je ne réponds même pas à cette remarque. Lennox a beaucoup de défauts, mais il ne me ferait jamais de mal. De cela, je suis certaine, et Mark le sait aussi bien que moi, alors pourquoi cette putain de question ? Cependant, je ne peux m'empêcher de repenser à l'inquiétude que j'ai lue sur le visage de mon ex il y a quelques semaines, quand il m'a dit être convaincu qu'une menace pesait encore sur Sixtine, Elinor et moi. Il était étrange, fatigué, comme s'il n'avait pas dormi depuis des lustres, et loin d'être aussi maître de lui qu'à l'ordinaire. Mes réflexions sont interrompues par l'irruption de Jake dans la cuisine. Popeye le salue et Jake émet un grognement avant de se tourner vers nous.

— Alors, c'est comme ça, maintenant ? lâche-t-il, amer. Les sorciers peuvent se pointer ici comme dans un moulin !

— Si Karl le permet, tu ne peux que t'y conformer, affirme Popeye tout en touillant le contenu d'une casserole.

Ça me fait mal de constater que Jake a maigri. Ses traits sont tirés, des cernes lui dévorent le visage. Il a perdu Macha par notre faute, et malgré tout ce que je pourrai dire, rien ne pourra la lui rendre, à moins que... Une planche de *ouija*, et il serait peut-être possible de le mettre en relation avec l'esprit de sa liée, qui sait ?

— Écoute, Jake, je…
— Ferme-la ! crache-t-il.

Mon frère se redresse subitement, ses yeux fusillant Jake, sa respiration soudain sifflante. Je le retiens par la manche pour lui signifier qu'il ne doit pas s'en mêler. Mark ignore que le ressentiment de Jake envers nous est plus que justifié. Mon regard se rive aux prunelles acides du loup furieux.

— Je n'ai jamais voulu ça, lui déclaré-je, sincèrement attristée. Les filles et moi ne savions pas que vous encouriez un tel risque avant que…

— Vous étiez menacées, assène-t-il sans me laisser continuer. Vous connaissiez les dangers, et ma compagne est morte. Alors, garde ta salive et tes mots inutiles pour les autres.

Puis il repart, et un silence pesant s'abat dans la cuisine.

— On devrait y aller, dis-je à Mark, ce n'était pas une bonne idée de venir.

— Vous allez d'abord boire un café ! lance Popeye qui a l'air d'avoir tout manqué de cette conversation à couteaux tirés.

— Neeve a peut-être raison, admet Sybil.

Popeye secoue la tête.

— Elle a tort. Vous avez tous tort. Les filles ont ouvert la voie, et il n'est pas question de revenir en arrière.

— Ce serait dommage, en effet, renchérit mon frère en adressant un clin d'œil qu'il croit subtil à Sybil.

Eh bien, il ne perd pas de temps, le frangin ! OK, je suis loin d'être un modèle de patience, et le magnétisme des loups, je connais bien. Mon esprit divague alors vers Tyler et Perry, et je demande à Mark de m'excuser. Il fait un geste désinvolte de la main, m'autorisant à faire ce que je veux. Encore heureux, putain ! En observant le tableau de mon frère à cette table, en compagnie de Sybil, de Popeye et des quelques loups qui viennent grignoter un morceau dans la cuisine, je soupire. Mais ce n'est pas un soupir d'exaspération, bien au contraire. Popeye a raison. On a ouvert la voie… À nous de l'élargir suffisamment pour que d'autres l'empruntent.

Finalement, le procès pourrait être l'occasion de changer les consciences. Je l'espère tant.

Je déambule dans les méandres de la tanière, jusqu'à une porte qui ne m'est que trop familière. Celle de la chambre de Tyler et de Perry. Je suis sur le point de toquer, mais le souvenir de leur agression dans mon cerveau suspend mon geste. Je recule et reprends le chemin de la cuisine quand une main enserre mon bras. Je n'ai pas besoin de me retourner pour savoir que cette main appartient à l'un des cousins Falck. Je le ressens dans ma chair. Ce contact me renvoie à d'autres pensées inavouables que je tente en vain de réprimer.

— Ne pars pas, me murmure Perry.

Je me tais et demeure là, figée en plein milieu du couloir. Deux louves passent à côté de nous et m'adressent un timide salut de la tête. Puis nous sommes à nouveau seuls.

— Tu pourrais rester un peu avec nous, lance Tyler qui s'approche à son tour.

Mon mutisme s'éternise. J'aimerais leur parler. J'en ai même foutrement envie, putain. Depuis mon retour chez les sorciers, c'est la merde. Eli est devenue une louve et me manque atrocement. Sixtine est toujours plongée dans les bouquins ou dans la déprime à cause de Robin, Lennox est... Mes pensées se bloquent. Il n'y a pas de Lennox. Je ne l'ai pas revu depuis son avertissement. Il n'y a plus de Lennox depuis longtemps, et pourtant, *pourtant*, c'est lui qui nous a aidées en menant l'enquête quand nous nous cachions ici. C'est lui qui m'a prévenue du danger qui rôde encore... Il faut me rendre à l'évidence, il y a toujours eu Lennox. C'est juste que...

— Viens, Neeve du Nord.

Perry fait glisser sa main de mon bras pour attraper la mienne. Il me la serre et m'enjoint à le suivre. Je me laisse faire, Tyler à un pas derrière moi. Nous parvenons à la sortie de la caverne. La lune n'est pas pleine, mais la clarté qu'elle diffuse est apaisante. Perry m'incite à m'asseoir sur la surface plane d'une souche d'arbre déracinée. Je m'y installe, et mes yeux se lèvent sur les deux grands loups à la peau d'ébène. Ils paraissent un peu gênés, puis, quand ils se lassent de se tortiller comme des ados pris en faute, ils viennent se placer à mes côtés. Leur chaleur m'enveloppe.

Un long silence s'étire. Seuls les hululements des hiboux le troublent, le vent fait frémir les feuilles, l'odeur de l'herbe mouillée s'infiltre agréablement dans mes narines. Je profite de cet instant simple, laissant ma rancœur de côté, au profit de cette nuit calme et paisible.

— Eli s'intègre plutôt bien à la meute, déclare Tyler en se rapprochant de moi.

— À part Jake et quelques autres, nos frères et sœurs ont l'air de bien tolérer sa présence. Elle est cool.

Bien sûr qu'elle est cool, ma copine ! Je le pense, mais je ne le dis pas. Les cousins cherchent à alimenter la conversation et ça ne m'échappe pas. Perry s'est collé à moi. J'avais oublié à quel point les loups sont tactiles. *Bordel...*

— Je ne respire plus, dis-je laconiquement.

Tyler pouffe, Perry sourit.

— Et ça vous amuse ?

— On est juste heureux que tu nous adresses la parole, Neeve, réplique Tyler dont la voix devient plus rauque.

Putain, il est sérieux là ? Je me redresse et leur fais face.

— Mettons les choses au clair : tous les trois, on ne va plus jamais coucher ensemble, lâché-je sans ambages.

Leur mine défaite me fait écarquiller les yeux.

— Vous croyiez vraiment que j'allais retrouver votre lit si facilement, alors que vous m'avez attaquée comme la dernière de vos ennemies ?

— On s'est excusés, Neeve, me rappelle Perry.

— On ne savait pas que... débute Tyler avant que je ne lui coupe la parole.

— Moi, je savais qui vous étiez avant de m'offrir à vous. Je n'ai pas été dégoûtée par votre nature, car vous êtes...

— Ensorcelants ? suggère Tyler.
— Envoûtants ? propose Perry.
— Canons ? enchaîne encore Tyler.
— Insatiables ?
— Capables de te faire jouir ?

Je peine à refouler l'éclat de rire qui me gagne. Les cons !

— « Chiants » serait un mot plus approprié, asséné-je sans pouvoir empêcher mes lèvres de se courber.

— Et cela t'a attirée ? commente Perry qui se lève.

Tyler l'imite. Ils se rapprochent. Je fais un effort pour garder mes yeux rivés aux leurs, plutôt que sur leurs torses ô combien imposants, et que je préfère ignorer pour conserver mon sang-froid.

— Vous m'avez blessée, dis-je sur un ton moins affirmé.

— On s'en veut, si tu savais, Neeve… murmure Tyler en posant sa paume chaude sur ma joue.

— Tu nous manques, assure Perry qui s'approche encore, glissant sa main au creux de la mienne.

Nos regards se soudent. Ils sont maintenant si proches que nos souffles se mêlent. Je m'apprête à parler quand des pas se font entendre derrière moi. Je me tourne et aperçois Karl, la tête basse, traînant les pieds tandis qu'il se dirige vers l'entrée de la tanière. Cela alerte Perry et Tyler qui suivent aussitôt leur chef. Et moi je reste là, seule près de cette vieille souche d'arbre. Il est temps de quitter les lieux. J'invoque une formule pour inviter mon frère à me rejoindre. Quand enfin il sort de la tanière, un large sourire éclaire ses traits.

— On pourra revenir demain ? demande-t-il.

Je secoue la tête.

— J'ai peur que ce soit risqué avec le procès, la meute qui se fait nouvellement aux sorciers, tout ça.

— Oh, allez, Neeve, c'était fascinant de se trouver là, à les observer. Ils ont l'air tellement liés entre eux !

— Ouais, et ça n'a rien à voir avec Sybil, bien sûr, lâché-je, amusée.

— Sybil ? Quelle Sybil ?

Je me bidonne.

— OK, elle est canon, admet-il. Tu crois que je lui plais ?

— Je crois que ça rassurera Karl de savoir que tu ne t'intéresses pas à Elinor.

— Je ne me suis jamais intéressé à Elinor.

— Menteur ! Putain, dans la cuisine, tu la regardais comme la fois où elle est apparue en costume de Catwoman pour mon dix-septième anniversaire.

— À croire qu'elle m'attire quand j'imagine des poils sur elle.

— Tu as toujours eu des goûts particuliers.

— Dit celle qui a partouzé avec des loups !

Pas faux...

— On rentre, alors ? veut se faire confirmer mon frère en jetant un dernier coup d'œil à l'entrée de la caverne.

— C'est le mieux.

Et je le pense. Car même si Elinor a l'air heureuse dans sa nouvelle vie, je n'oublie pas que ce n'est pas avisé de trop bousculer les traditions.

Un procès nous menace.

Des sorciers ennemis et dont on ne sait rien nous menacent.

Les vampires rôdent.

Et la présence de Tyler et Perry menace elle aussi de me faire succomber de nouveau à leur charme.

Tant pis pour l'invitation d'Eli, la prudence est de mise.

Bordel, c'est que je mûris en plus !

CHAPITRE 8

DRAKE

Mes yeux restent fixés sur l'ancienne usine, plus particulièrement sur l'étage du loft où l'éclairage m'indique que c'est là que Sixtine s'est réfugiée. Charmant, pour du moderne. Même si la taille de cette bâtisse me rappelle qu'elle n'y vit pas seule, comme son silence me l'a d'ailleurs confirmé. J'aurais apprécié d'y jeter un œil, mais mon influence n'a pas suffi à me faire inviter. J'aime qu'elle me résiste, ça apporte un peu de piment à cette affaire, bien que l'issue ne fasse aucun doute. Quoi qu'il en soit, elle mérite que je prenne mon temps.

Bientôt, elle sera apprivoisée.

Ma petite hirondelle.

Nul besoin de cage pour l'emprisonner, elle ne saura plus se passer de moi, j'en fais le serment.

Je quitte la rue trop éclairée pour une impasse moins fréquentée. Quelques notes s'échappent de mes lèvres qui ont cessé de frémir d'envie.

Désir, Désir
Seuls les oiseaux peuvent frémir
Du sang, Du sang,
Les rapaces déchirent la peau goulûment.

Je souris. Tout à l'heure, quand mes doigts se sont serrés sur son petit poignet fragile, j'ai bien cru que j'allais céder. Que j'allais la siphonner sans même la savourer. C'eût été un gâchis terrible d'ainsi se laisser aller.

Je me sens soudain léger. D'ici peu, ce sera elle qui me suppliera de la faire mienne.

Comme mon cœur, je sautille sur le trottoir. Je revois ses mollets galbés se contracter et ses escarpins battre le pavé. Ses lèvres contrariées, ses yeux, son odeur si alléchante...

Mes entrailles se serrent, mes canines s'allongent : fruit de mes pulsions, c'est la faim qui se rappelle à moi.

J'oscille entre euphorie et frustration. Si je suis prêt à attendre Sixtine, j'ai hâte de me sustenter. Je me rapproche de la rue passante, veillant à rester dissimulé dans l'ombre. Il y a bien des réserves à la Fang House, notre domaine, mais je ne peux plus patienter. J'ai soif. Maintenant. Je n'en ai pas le droit, mais... *Irrésistible Sixtine, que m'as-tu fait ?*

Non loin de moi, une jeune femme vêtue d'un tailleur trop strict cavale, elle aussi perchée sur des talons aiguilles. Ses mollets ronds sont une vague contrefaçon de ceux de ma promise. Ses pas pressés battent la mesure dans ma tête. Son odeur fraîche et pure se répand dans la ruelle dans laquelle je me dissimule.

J'ai si soif.

On ne se montre pas !

Pourquoi est-ce la voix de Vlad qui me vient ? Je ne me montre pas, je chasse, nuance !

Pas à Fallen Creek, Drake !

Mais il va me lâcher, cet abruti ? Qui cela peut-il affecter que je vide une petite nana sans intérêt en chemin ? Faut se décoincer, mon grand ! Comme si j'en avais quelque chose à branler, de tes putains de règles !

Les pas s'accélèrent. Je bande à l'idée de la saigner. C'est le moment !

À l'instant où elle passe à ma portée, je saisis son bras et l'attire dans la ruelle avec une telle violence que je sens ses os se briser sous sa peau. Je la plaque contre un mur et pose ma main sur sa bouche grande ouverte. Elle a beau gesticuler pour se défaire de mon emprise, c'est trop tard. Son cœur bat à tout rompre, accroissant le manque qui pulse dans mes veines arides. Le sang afflue, reflue, dilate ses artères en une mélopée enivrante. Un repas harmonieux, délicieux ! Des larmes roulent sur ses joues et s'échouent sur mes doigts. Sans un mot, je fonds sur sa gorge frémissante. Quand mes canines pénètrent dans sa chair tendre, elle s'évanouit, m'obligeant à supporter son poids. Il n'y a rien que les humains fassent correctement, pas même contenter leurs bourreaux.

Le sang se déverse à petits bouillons dans mon œsophage. Tiède, épais, il s'écoule et glisse tel un sirop délicat. Il s'infiltre dans mes veines, nourrit mon essence, amplifie mon avidité naturelle. Mes dents s'enfouissent si profondément dans sa chair que lorsque je la laisse choir, son cou n'est plus que lambeaux sanguinolents.

J'ai beau passer ma langue sur mes lèvres, l'hémoglobine macule mon menton, ma veste et mon torse. Là, OK, on ne se montre pas. Je m'enfonce dans la ruelle et regagne les ténèbres d'un pas guilleret, me moquant éperdument de savoir qui va trouver ma victime. Car je ne pense qu'à elle. *Sixtine…*
Elle ne quitte plus mon esprit, même lorsque la Fang House se dessine dans l'obscurité.

Je passe le portail métallique et m'avance dans l'allée brumeuse. C'est dans cette imposante bâtisse baroque que notre clan s'est rassemblé lorsqu'il s'est installé en Caroline du Nord, délaissant nos refuges éparpillés et trop vulnérables. Il subsiste bien quelques nids postés en éclaireurs pour assurer la liaison avec les autres clans, mais ils sont rares et peu fréquentés.

Comme à chaque fin de nuit, les servantes referment un à un les volets parés d'argent. Une tâche éprouvante quand on sait qu'on dénombre dans cette baraque plus d'une centaine de fenêtres. Mais c'est un mal indispensable si nous voulons nous prémunir contre les attaques de loups durant notre sommeil diurne. Quant à la menace constituée par les sorciers, elle n'est pas si terrible : quelques pierres disséminées dans les recoins de la vaste demeure suffisent à éviter les risques que provoquerait leur intrusion.

Je pousse la porte monumentale dont le grincement résonne dans le hall désert. Vu que l'aube est proche, les miens se sont certainement déjà repliés dans leurs quartiers.

Je me faufile vers l'escalier qui mène à ma suite en sous-sol, privilège de second. Tandis que les nouveau-nés et les grouillots du bas de l'échelle se partagent des chambres à l'étage, Vlad, moi et une poignée de courtisans, nous profitons des étages inférieurs, plus sécurisés et spacieux.

Je me glisse dans le couloir silencieux et regagne mes appartements sans encombre.

Dans la petite entrée au papier peint noir et blanc, je dépose ma veste ensanglantée. Par chance, les giclures ont cessé de goutter, la moquette bordeaux sera épargnée. Je traverse la chambre et me visualise dans mon lit aux draps de soie en compagnie de Sixtine. Que pensera-t-elle de cet endroit ? Appréciera-t-elle la sobriété des lieux ?

Je ne suis que de passage par ici, quelques années, quelques siècles, je l'ignore, mais je ne resterai pas toute ma vie au service de Vlad. Sa perception est trop étriquée, trop portée sur des traditions dépassées. Ce que je possède s'affranchit de la matérialité. Ma seule contrainte, c'est de me protéger du soleil, et de m'abreuver au cou des humains. Pour le reste, c'est moi qui dicte les règles. *Toutes* les règles. Notre reine me redoute elle aussi, même si elle me domine. La seule à le pouvoir, d'ailleurs.

En passant, j'effleure le drap délicat tout en imaginant Sixtine enfoncer ses ongles dans ma peau et me supplier de la satisfaire. Ce contact m'arrache un frisson.

Je me dirige vers la salle de bain pour me débarrasser des projections sanglantes qui me tiraillent l'épiderme. J'ôte mes chaussures puis ma chemise, défais ma ceinture, quitte mon pantalon tombé à mes pieds et m'approche du miroir. Mon visage et mes cheveux sont recouverts d'une substance terne, d'aspect argileux, qui fait ressortir mes yeux clairs. Le sang de mon dîner a perdu son éclat, il s'est oxydé et a commencé à sécher.

J'enlève mon caleçon et pénètre dans la cabine de douche – réservant la baignoire à remous pour ma prochaine entrevue avec Sixtine – et actionne le jet. L'eau tiède ruisselle sur ma peau telle une caresse enveloppante. Je me frictionne les cheveux, le visage, les bras. Le sang se dilue peu à peu et coule avant de disparaître dans le siphon avec la même avidité que lorsque Sixtine a fini son verre dans ce bar miteux. Ses doigts fins et fermes, ses lèvres délicatement posées...

Ma queue se dresse à ce simple souvenir. C'est quand même dingue le pouvoir que cette petite sorcière a sur moi !

Quand je sors de la douche pour me glisser dans mes draps, mon excitation n'est pas retombée. Je ressens encore le sang chaud que je viens de boire parcourir mes muscles, et chaque mot de ma première conversation avec Sixtine ne fait que m'enflammer un peu plus. *Oh, Sixtine...* Ses lèvres pleines appelaient les miennes. Sa poitrine se soulevait au rythme de sa respiration et j'aurais tant aimé la caresser de mes doigts. *Bientôt, bientôt...* Ses yeux gris fixés dans le bleu glacier des miens, m'observant avec un mélange de peur et de curiosité... Je ne suis pas dupe, je l'intrigue. Elle est faite pour moi.

Je le sais depuis ce jour-là, lors des pourparlers, quand je l'ai vue pour la première fois. Quand son odeur a empli mon être. Quand son corps m'est apparu plus désirable qu'aucun autre. Comment réprimer mon envie de la retrouver ? C'est comme si je tentais d'empêcher ma main qui parcourt paresseusement mon corps nu de se saisir de mon sexe. Je l'empoigne et le serre. Mes paupières se ferment, mes pensées hantées par le visage de ma bien-aimée.

Sixtine... Mon petit oiseau.
Regarde, regarde ce que tu me fais.
Regarde, regarde comme je t'ai dans la peau.

Ma main entame de lents va-et-vient. Bon sang, que j'aime me sentir dur entre mes doigts. C'est elle que je vois. Je me mords les lèvres. Mes canines s'allongent tandis que j'accélère la cadence.

Sixtine...
Sixtine...
Qu'il me tarde de boire ton sang...
Qu'il me tarde de te faire mienne...
C'est toi qui me branleras quand le temps sera venu
Mais puis-je espérer ta bouche plutôt que ta main nue ?
Je divague, mon petit oiseau.
Nous n'en sommes pas encore là...
Mais le désir, le plaisir... Putain, que c'est bon de me toucher en pensant à toi !

La faim ne me tenaille plus tandis que je pousse un cri et me déverse dans mes draps. C'était puissant. Dévastateur !

C'est un autre appétit que tu as attisé, ma douce. Il emporte tout et m'emprisonne dans des songes qui ne sont qu'à toi.

Bientôt, tu seras mienne.

CHAPITRE 9

ELINOR

Il est tard, et je reviens lentement vers ma suite, titubant après avoir partagé un trop grand nombre de verres avec mon amie et son frère. Heureusement, les murs ont gardé assez de consistance pour que je puisse m'y appuyer.

Mais bordel, qu'est-ce que ça m'a fait du bien de passer la soirée avec Neeve et Mark ! Enfin, surtout avec Neeve, parce que Mark, les verres défilant, a fini par se montrer un peu lourdingue avec Sybil. Et sa curiosité au sujet de ma relation avec Karl était limite malaisante.

Mais Neeve… Neeve… C'est comme si nous ne nous étions jamais quittées. Comme si les dernières semaines n'avaient jamais existé. La seule ombre au tableau… C'est l'absence de Sixtine.

À cette pensée, mon cœur se serre. Neeve a tenté de lui inventer de vagues excuses, mais j'ai bien saisi qu'elle n'avait pas voulu venir. Qu'elle n'avait pas voulu me voir.

Je la connais bien. Elle est trop entière pour accepter

mes choix. Et aussi bien trop investie dans la préparation de notre procès pour relâcher la pression. Je ressens une pointe de culpabilité en pensant à ce qu'elle doit vivre.

Je comprends qu'elle puisse s'imaginer que je les ai abandonnées à leur sort. C'est vrai que moi, je ne m'expose qu'à une condamnation sur le papier. Aucun sorcier du coven ne viendra me chercher dans la tanière des Greystorm. Je ne risque rien, au contraire de mes amies, qui ont bien plus à perdre que moi.

On ne trahit pas... Voilà comment doit me voir Sixtine, en ce moment. Comme une traîtresse. Mais putain, elle aussi se tape un loup. Et que dire de Neeve ? Pourtant, dans le fond, ce n'est pas vraiment ça que Sixt me reproche. Elle m'en veut simplement de ne pas être à ses côtés.

Si elle savait... Si elle savait à quel point elle me manque. À quel point certains aspects de mon existence passée me manquent. Parce que, certes, Karl me comble, tout comme la vie de meute, mais je me suis rendu compte, ce soir, que j'avais aussi besoin de mes amies et de ma famille. Voir Neeve rire ainsi des pitreries de son frère... Quand je pense que je n'ai aucune nouvelle de ma petite sœur ni de mes parents... Que doivent-ils dire de moi ? La même chose que Sixt ? En mon for intérieur, j'espère que non. J'espère qu'ils ont réussi à me comprendre. Au moins un peu.

Je me prends à imaginer qu'un jour, nos deux mondes, celui de Karl et le mien, puissent se réconcilier. Je pouffe comme une idiote en visualisant Karl assis à la grande table des Moon pour le repas dominical. Pas sûr qu'il serait à l'aise, le pauvre, sous le regard faussement glacial de Remus, mon Witchcraft de père.

Je m'échoue devant ma porte, ouvre et m'aperçois que Karl n'est pas encore rentré. *Merde...* Je suis inquiète. Sa confrontation avec Robin s'est-elle bien déroulée ? Ont-ils été surpris ? Non, je le saurais. Tout est calme dans la tanière, aucun branle-bas de combat pour retour imprévu de loup récemment banni.

Karl a dû aller se réfugier quelque part. Il a besoin de s'isoler quand la pression se fait trop forte. Il est comme ça, et je ne le changerai pas. Je n'ai nulle envie de le changer. J'attendrai qu'il soit prêt à me revenir, et je l'accueillerai avec toute la dévotion que je lui porte.

Je passe dans la salle de bain, me déshabille avec lenteur et me prépare pour la nuit. Je frissonne. Je n'ai plus l'habitude de dormir seule. Et je suis si lasse, tout à coup.

Tant pis, je me coule entre les draps frais de notre lit et éteins la lumière.

Combien de temps est-ce que je somnole ? Je ne sais pas. Mais je sens soudain la présence de mon lié à mes côtés. Il dégage une vive chaleur, et pourtant, il tremble de tous ses membres.

— Karl...

Je lui ouvre mes bras, et il vient s'y réfugier.

— Que se passe-t-il ? C'est Robin ?

Il fait oui de la tête.

— Tu veux me raconter ?

— Je l'ai perdu...

— Non, tu lui as sauvé la vie, Karl...

— Tu ne comprends pas... Il ne va pas bien. Il va finir

par se perdre, aucun loup ne peut survivre seul longtemps... Ce que je lui ai fait...
— Mais il n'est pas seul ! Il a Sixt, et...
— Non !
Mon lié a crié, mais ce n'est pas contre moi qu'il s'emporte. Il est en colère, oui, mais contre lui-même. Contre le destin qui s'acharne, aussi.
— Non, ils ne sont pas liés, et il décline à une telle vitesse, Eli, si tu l'avais vu...
Les sanglots irrépressibles de Karl achèvent de me fendre le cœur. Des larmes roulent sur mes joues. Pour quoi, pour qui est-ce que je pleure ? Pour Robin, qui est probablement condamné ? Pour Karl, que la culpabilité consume ? Pour Sixt, qui est encore plus seule que je ne l'imaginais un peu plus tôt ? Ou pour moi-même, parce que je ne sais comment consoler mon âme sœur ni comment être présente pour mes proches ?
Perdue, je resserre mon étreinte sur l'Alpha de la meute Greystorm. Je ne le laisserai pas sombrer lui aussi. Je glisse une jambe entre les siennes, mords son épaule, doucement, m'enivrant de son parfum et du goût de sa peau. Une vague de désir m'emporte aussitôt, et mon lié y répond avec la force du désespoir.
Il s'empare de mes lèvres, y boit mon amour, s'y noie sans peur. Ses bras s'ouvrent enfin, et ses mains viennent s'accrocher à mes longues mèches de cheveux.
— Eli... gémit-il. Ne me laisse pas.
— Je suis là... Je ne pourrai jamais partir. Je ne *voudrai* jamais partir, tu le sais.
Ses larmes s'apaisent dans nos baisers, son corps se plaque au mien, et je sens toute son envie de moi. Il relève

mes poignets au-dessus de ma tête, les maintient avec fermeté tandis qu'il me pénètre. Mon dos se cambre sous son poids, et je sombre dans un océan de plénitude. Quand nous nous unissons ainsi, il n'y a plus de place pour le doute. Il n'y a que la certitude de nos deux âmes liées à jamais. De nos deux corps, aussi.

Mes deux jambes viennent se refermer sur ses hanches, pour l'inviter plus profondément en moi. Son gémissement s'égare dans ma bouche, mais je décide que c'est encore autre chose que je veux. J'en perds la tête, quand il me prend ainsi.

Alors je le repousse, le fais basculer sur le dos. Je me dresse au-dessus de lui, et je vois mon propre corps qui blanchoie dans l'obscurité. Je vois ses yeux aussi, tellement dorés, qui parcourent mes courbes sans relâche.

Mes doigts le caressent. Je sais maintenant comment lui donner du plaisir. Je ressens tout ce qu'il ressent. Nous ne faisons qu'un.

Je me penche sur lui, sur ce corps chaud, vivant, vibrant, le couvre de petits baisers qui le font frissonner. Sa chair ondule sous ma bouche, jusqu'à ce que je le prenne entre mes lèvres. Cette fois, c'est lui qui se tend à mon contact.

— Eli… grogne-t-il, tant le plaisir se fait supplice.

Mais je ne cède pas, et continue de le caresser de ma bouche, de haut en bas, de bas en haut, avec lenteur. Ma langue s'en mêle, accélère le rythme, et ne lui laisse aucun répit, pour qu'enfin, il jouisse dans un puissant râle de volupté.

Pour quelques instants, j'ai chassé nos démons.

CHAPITRE 10

LENNOX

— Cela n'est pas possible, Lennox ! Vous devez faire quelque chose ! s'emporte Remus Moon.

Le Witchcraft a les yeux cernés. Ses nuits d'anxiété se lisent sur ses traits émaciés. J'aurais bien éprouvé de la pitié pour cet homme qui ne peut qu'assister à l'effondrement de son existence passée, mais je peine à faire preuve d'empathie. Une part de moi lui reproche encore de n'avoir jamais fait son travail à la tête du coven de Caroline du Nord. S'il s'était comporté en chef de communauté respecté, cette histoire de procès n'aurait pas lieu d'être.

Mais le sujet n'est pas là. Il s'agit d'Elinor et de ses choix.

— Votre fille ne reviendra pas, Remus.

Cette phrase sonne comme un marteau frappant son socle dans le silence d'un tribunal. Plus tôt il admettra la vérité, plus tôt il pourra faire face à la fronde qui le menace. Déjà qu'avec les instances judiciaires magiques qui vont se réunir pour le procès, il ne va pas être épargné, désormais, c'est la chute qui le guette quand tout le monde apprendra où se trouve Elinor.

— Je ne peux pas le croire !

Il s'entête, et c'est bien normal. Je viens de lui confirmer la situation de sa fille. Il sait que je la tairai, car mon ex-petite amie est impliquée, mais il tente désespérément de se préserver dans son déni. En même temps, quel sorcier pourrait accepter de voir sa progéniture quitter les siens pour une meute de loups ? Je me rappelle encore Neeve, enveloppée telle une reine dans ses draps de soie, après avoir fait l'amour avec ces deux Bêtas que je rêve d'occire. Je réprime cette pensée quand mon cœur se serre inutilement.

— Elinor a fait son choix, répliqué-je tout en enfournant quelques affaires dans un sac. Elle n'assistera pas au procès et tout le monde saura ce qu'elle a fait. La rumeur court déjà. Si j'étais vous, je ne perdrais pas mon temps à nier l'évidence, je l'utiliserais pour me préparer aux attaques qui ne tarderont guère.

— Ce ne sera bientôt plus une rumeur, assène Josephine Forest qui fait irruption dans mon bureau du coven. Je suis désolée, Remus.

Elle pose une main bienveillante sur l'épaule du père d'Elinor.

— Alors, tu sais, toi aussi ? comprend-il.

Josephine opine de la tête. La mère de Neeve le fixe de ses yeux sombres, ses doigts se portent sur le visage du Witchcraft.

— Je ne suis pas idiote, et je vois bien comment ma

propre fille se comporte depuis son retour. J'en viens à me dire…

Mon regard se relève sur elle. Je sens qu'elle hésite, et cette pensée se confirme quand je l'aperçois reculer et secouer la tête. Puis, comme si elle décidait que le moment était venu de se confier, elle annonce :

— J'ai longuement écouté ma fille. Ce qu'elle m'a rapporté au sujet des loups m'a intriguée, et si tu es d'accord, Remus, j'aimerais que l'on entame des démarches pour établir un consensus avec le coven.

— De quoi parles-tu, Josephine ?

— Je parle du fait que les loups ont protégé nos enfants. Je parle du fait que la tienne a choisi une vie auprès d'eux plutôt qu'auprès des siens. Il serait peut-être temps de bousculer nos usages.

— As-tu perdu l'esprit ? s'exclame vivement le Witchcraft. C'est de l'hérésie !

Josephine soupire, mais garde la tête haute.

— Mon mari Derreck et moi sommes les descendants de l'une des plus anciennes lignées de sorciers. C'est aussi vrai pour les Moon, et ça l'est encore davantage pour les Shadow. Si nos trois familles se lient et font front pour nos filles, si nous exposons nos idées et tentons de bousculer les croyances de nos semblables, il se peut que…

— Que quoi ? la coupe Remus, dont les joues enflammées rougissent le visage. Il n'est pas question que mon enfant reste avec les loups ! Je la ramènerai, je la…

— Vous ne pouvez rien faire, lâché-je, sans doute trop cinglant, mais je n'ai pas d'autre choix vu les circonstances. Eli a été marquée, elle est liée à un Alpha, et la magie qui unit ces deux âmes est inaltérable.

Remus Moon me toise, furieux. Puis ses épaules s'affaissent. Sa lassitude et sa peine se lisent sur ses traits. C'est sans un mot qu'il quitte la pièce et laisse un lourd silence s'abattre derrière lui.

Je penche la tête vers mon bureau. La réaction de mon Witchcraft m'a ébranlé, mais je n'en oublie pas ce que je dois faire. J'attrape mon carnet de notes et l'enfourne à son tour dans mon sac que je passe sur mon épaule.

— Tu pars, Amnistral ? s'enquiert Josephine Forest.

Le sourire en coin qu'elle affiche n'a rien d'innocent. La mère de Neeve ne me connaît que trop bien, et ce depuis longtemps.

— Je dois quitter la Caroline pour quelques jours.

— Tiens donc ? Et peut-on savoir où tu vas ?

— Je préfère le garder pour moi.

— Tu gardes tant de choses pour toi, Lennox. Si tu consentais à venir me voir, nous pourrions parler de ce qui te tourmente.

— Cette proposition n'est pas nouvelle, Josephine. Ma réponse ne le sera pas non plus.

Je contourne mon bureau, prêt à franchir le seuil. C'est alors qu'elle m'agrippe le bras.

— Elle a besoin de toi, tu le sais, ça ?

Je déglutis. Que Josephine me parle de Neeve est si rare que je n'y suis pas préparé. Et bien que sa sollicitude me touche, je doute tant de ses propos que je me défais de son étreinte d'un geste brusque.

— Neeve n'a jamais eu besoin de personne, si ce n'est de Sixtine et d'Elinor.

Puis je sors, et l'air qui s'infiltre dans mes poumons est

salvateur. Mes sombres pensées s'éloignent. Ma quête ne fait que commencer.

Je ne compte rester que quelques minutes à la Wiccard Academy. J'y ai laissé quelque chose qui pourrait s'avérer utile pour la suite. Mon pendule, qui se trouve dans la salle des secondes années. C'est dimanche, et l'école est fermée. Alors que je m'empare de l'objet de mes recherches, j'entends un bruit à l'étage au-dessus. Je plisse un peu les yeux, me demandant ce qu'un enseignant, ou peut-être même un élève, peut bien faire ici. J'emprunte le large escalier en pierre qui me mène vers la seule salle de cours dont la porte est ouverte. La salle de spiritisme. *C'est quoi, ce bordel ?* J'arpente les quelques mètres qui me séparent d'elle, et lorsque je distingue une formidable chevelure rousse penchée au-dessus de l'un des tiroirs de madame Strickmore, la teigneuse professeure de sciences occultes, je m'arrête net près de l'entrée.

— Un procès pour avoir bafoué l'article 1 ne te suffit pas, on dirait ? lâché-je fermement, ce qui fait sursauter Neeve. Tu veux ajouter le vol avec effraction ?

Elle se redresse vivement et porte sa main à son cœur.

— Putain, Lennox, tu m'as fichu une de ces frousses !

Je souris un peu. Ce n'est pas tous les jours qu'on décontenance Neeve Forest.

— Que fais-tu exactement dans la salle de cours de

madame Strickmore ? Tu la connais, elle pourrait te jeter un sort pour un affront pareil.

Comme si je n'avais rien dit, les mains de Neeve se remettent en quête de ce qu'elles cherchaient et ouvrent plusieurs tiroirs avant qu'elle ne s'exclame :
— Le voilà !

C'est alors qu'elle brandit un plateau de *ouija*.
— Tu comptes invoquer les morts ?
— Quelque chose comme ça, répond-elle en se dirigeant d'un pas souple vers moi, satisfaite par son larcin.
— Tu n'en as pas chez toi ?
— Nope, dit-elle en souriant largement.
— Et la boutique du vieux Barns n'en regorge pas, bien sûr ?
— Je suis poursuivie par mes pairs. Le vieux Barns est vieux depuis mille ans, mais il n'est pas sénile. Il risque de me dénoncer au coven.
— Le spiritisme n'est pas interdit, que je sache.
— Oui, mais il ne fait pas bon s'appeler Neeve Forest en ce moment, et je préfère ne pas attirer l'attention sur moi.
— Tu préfères donc voler ?
— Je ne le vole pas, me corrige-t-elle en haussant un sourcil, je l'emprunte.
— Et dans quel but ?

Son humeur s'assombrit. Son sourire s'efface.
— Pour qu'un loup puisse dire au revoir à sa défunte aimée.

J'écarquille un instant les yeux devant cette révélation.
— Et elle est morte récemment ? je l'interroge.
— Elle est morte quand nous avons été attaquées par

de mystérieux sorciers ennemis. Tu sais, ces fameux sorciers qui sont morts, et dont tu sembles être sûr qu'ils n'étaient pas seuls à vouloir nous tuer, les filles et moi.

Je rassemble ce qu'il me reste de contrôle avant de poursuivre :

— Et tu étais sobre quand tu as eu cette idée ?

— Peut-être, dit-elle.

Je sais qu'elle ment au tic que sa bouche arbore quand elle a le malheur de me prendre pour un imbécile.

— Et tu crois que ce loup te pardonnera parce que tu vas invoquer l'esprit de sa femme disparue ? Es-tu devenue folle ?

Mes mots ne tardent pas à la faire sortir de ses gonds. Ses yeux se plissent et se plantent dans les miens.

— Je ne te permets pas de me juger, Lennox Hawk ! crache-t-elle d'un ton acerbe.

— Oh, je ne te juge pas, Neeve. Tu sembles seulement croire que ton loup va accepter tes incantations alors qu'il doit te haïr pour sa perte, si je comprends bien. Tu sembles aussi croire qu'il va bien réagir quand l'esprit de sa liée va surgir pour lui parler. Il n'est pas sorcier !

— Et alors ? Il faut bien que je fasse quelque chose pour qu'il…

— Pour qu'il *quoi* ? Te pardonne ?

Et voilà… Neeve et son éternel besoin d'être aimée. Neeve et son éternel besoin de ne pas se sentir haïe et agressée. Je sais d'où cela vient, et finalement, je préfère ne pas m'aventurer sur ce terrain-là.

— Fais ce que tu veux, dis-je en me détournant d'elle, mon sac pendu à mon bras.

Je descends les escaliers quand elle m'interpelle.

— On peut savoir où tu vas ?

— Je ne crois pas, rétorqué-je en soupirant.

Mais je sais au fond qu'elle ne me laissera pas partir sans une explication. Pourquoi a-t-il fallu que je tombe sur elle ? Pourquoi a-t-il fallu que je la sermonne ? J'aurais dû ignorer sa présence et tracer ma route.

— Stop, m'ordonne-t-elle en m'attrapant par le bras.

Elle se plante devant moi. La lueur qui se déverse par les hautes fenêtres fait briller ses yeux noisette. Sa chevelure flamboyante ressemble à des flammes. Je dois secouer la tête pour me ressaisir et la contourner.

— Non, Lennox ! tonne-t-elle. Tu ne peux pas ne rien me dire, alors qu'il y a peu tu jurais qu'une menace pesait encore sur nous. T'avais l'air d'avoir...

— D'avoir quoi ?! m'emporté-je en faisant volte-face. D'avoir l'air de m'inquiéter pour toi ?

Elle se tait et se rapproche. Et moi, je respire fort, tentant de rassembler mes pensées. Elle a raison. La dernière fois, je suis venu la trouver sur un coup de tête. Parce que je suis presque sûr que c'est *lui* qui lui veut du mal. Cette phrase... Cette simple phrase qu'*il* m'a dite il y a des années... Pourquoi me hante-t-elle ? Pourquoi ai-je aussitôt pensé à lui après la mort de Fausta Summers, cette femme qui s'est jetée ou a été poussée du haut d'un immeuble ? *Lui,* que personne ne peut soupçonner, mais qui possède cette magie... cette magie obscure que seul un Amnistral peut éprouver, même quelques jours après qu'elle a été utilisée. Je l'ai ressentie cette fois-là, je ne suis pas fou. Il faut que je sache ! IL FAUT QUE JE SACHE !

Les mains de Neeve se posent sur mes épaules, délaissant la planche de *ouija* qui tombe au sol. Elles me secouent tandis que son visage se rapproche du mien.

— Qu'est-ce qu'il se passe, Lennox ?

Je me dégage de son emprise et reprends ma descente. Elle se poste aussitôt à mes côtés et sifflote comme si nous partagions un moment d'une rare banalité.

— Que fais-tu ? demandé-je.
— Je te suis.
— Non.
— Si.
— Neeve.
— Lennox ?

Nous passons les portes de la Wiccard, et Neeve est toujours sur mes talons. Son grand sourire effronté étire les traits harmonieux de son visage.

— Je ne sais pas où tu vas, déclare-t-elle, mais je sais que ça nous concerne, les filles et moi.

Je devrais nier. Je devrais lui mentir. Mais je n'ai jamais réussi à le faire et il ne fait aucun doute qu'elle a deviné que j'allais vite me lasser de me battre contre elle.

— Je veux comprendre ce qu'il s'est passé, admets-je. Ou ce qu'il se passe, plus précisément.

Une lueur de curiosité traverse ses prunelles. Sa main enserre la mienne quand elle me dit :

— Je ne te laisserai pas chercher tout seul ce qui pourrait sauver nos vies.

— Mais... non, Neeve, il y a le procès, et...

— Et... justement ! termine-t-elle. Si nous trouvons qui sont les responsables de notre situation, nous pourrons mieux nous défendre, tu ne crois pas ?

Après un long échange de regards, j'acquiesce en silence.

— Très bien. Laisse-moi aller récupérer quelques affaires au loft, et nous partons.

Elle dévale les marches au pas de course. Un instant, je me demande si je ne commets pas une grosse bêtise, mais...

Mais c'est Neeve.

CHAPITRE 11

SIXTINE

Satané réveil, pourquoi sonne-t-il ? Ce n'est pas comme si j'avais encore des dossiers à plaider ou des clients à voir, ils ont tous déserté quand la rumeur d'une procédure à mon encontre s'est répandue. Au début, seuls mes clients sorciers se sont détournés. Mais, bien que j'aie tout fait pour le camoufler, le vide dans mon agenda a eu un effet boule de neige désastreux : ma réputation en a pris un coup. Depuis, c'est le néant au cabinet. On s'apprête à coup sûr à mettre un terme à ma collaboration. Il est temps de profiter d'un congé sans solde.

Mais puisque je suis réveillée, autant me lever. On bat l'enclume dans ma tête et en plus, je n'ai pas assez dormi. J'ai besoin d'un café et d'un cachet de paracétamol pour me remettre de mes péripéties de la nuit précédente et pour ne pas sombrer à nouveau dans la mélancolie.

Comme si la situation n'était pas déjà assez compliquée, Robin n'est pas rentré. Et comme d'habitude, j'ai tourné et viré dans mon lit en attendant son retour. Je me suis inquiétée alors que tout porte à croire qu'il s'est simplement promené en forêt. Sans moi, pour changer. Cela dit, ça se comprend, la veille, on ne s'est pas quittés en bons termes. *Une fois encore…*

À quoi bon m'obstiner ? Pourquoi me battre envers et contre tout quand je suis seule à le faire ? Cette relation va me coûter mon job et ma vocation, alors qu'elle ne m'apporte que frustrations et anxiété.

Ça suffit !

Je passe de mon lit au canapé, un plaid en laine bien épaisse sur les épaules. J'allume la télévision et somnole devant les images qui défilent. Je n'ai envie de rien. Le monde qui m'entoure ne m'intéresse plus, mon avenir m'indiffère tant que je pourrais rester toute mon existence dans ce canapé à m'abreuver de café et à vider des pots de glace trop sucrée. De toute façon, personne n'est là pour assister à ma déchéance, pas même mes amies, alors qu'elles me manquent terriblement.

Les heures défilent sans que Robin réapparaisse. Je me complais dans cette léthargie anesthésiante. Comme plongée dans un sommeil cotonneux, tout en saisissant que les informations rapportées par le journal ne sont pas réjouissantes.

« *Une jeune femme dévorée par un animal dans une ruelle de Fallen Creek. Les autorités invitent la population à garder son calme. Les gardes forestiers et associations de chasseurs organisent une battue pour retrouver la bête et la mettre hors d'état de nuire* ».

Une battue ? Et s'ils tombaient sur Robin ? Et s'ils le rendaient d'office responsable de cette tragédie ?

Qu'est-ce qui a pu arriver à cette pauvre femme, d'ailleurs ? Fallen Creek n'est plus la petite ville parfaite qu'elle était. Les morts s'accumulent, ces derniers temps. Cette femme aurait-elle un lien avec les communautés de l'ombre ?

J'entends la porte s'ouvrir.

— Sixt ?

Neeve ! Ses bras se lovent autour de moi en une accolade touchante. Je suis si soulagée de la voir, même si je lui en veux encore un peu de m'avoir délaissée hier.

— Un café ? proposé-je, un sourire plaqué sur mon visage blafard.

— Non, merci. Pas le temps.

Comment ça, « pas le temps » ?

Elle se glisse dans le couloir et s'éclipse dans sa chambre. Ah ça, non ! Je refuse qu'elle joue les courants d'air ; je ne supporte plus la solitude, je veux qu'elle m'explique ce qu'il se passe !

— Tu t'en vas ? m'enquiers-je en désignant le sac de sport qu'elle vient de sortir de sous son lit.

— Quoi ? demande-t-elle en balançant ses affaires en désordre. Ah, oui ! Je pars avec Lennox.

Elle ne compte pas s'arrêter là dans ses justifications, tout de même ? Si ?

— Vous vous êtes... ? l'interrogé-je en mimant un rapprochement avec mes doigts et en masquant une pointe de jalousie.

— T'es dingue ? répond-elle, mal à l'aise. Non, on va mener l'enquête.

— T'as l'intention de m'expliquer ce qu'il se passe

vraiment ou tu vas me balancer des bribes de phrases jusqu'à ce que je devine ce que tu veux dire ?

— Lennox est persuadé que les sorciers qui s'en sont pris à nous sont toujours dans la nature. Ils veulent notre peau, Sixt !

— Mais ça, t'en sais rien ! Par contre, je te rappelle que nous sommes convoquées pour notre audience dans quelques jours et que notre dossier est désespérément vide !

— Il n'est pas vide, on en voulait à notre vie. Nous n'avons fait que nous protéger. Personne n'a jamais été condamné pour avoir essayé de survivre !

— Nous nous sommes mélangées, Neeve ! Je n'ai pas l'impression que tu prennes la mesure du problème !

— C'est toi qui ne comprends pas. Personne ne peut prouver qu'on s'est mélangées... physiquement, je veux dire. Sans ça, les charges sont minces, tu le sais ! Et si j'arrive à démasquer nos agresseurs, qui ont diligenté toute cette machination, nous n'aurons même plus besoin de nous défendre.

Je n'y crois pas une seconde. Le coven a été trop prompt à nous poursuivre pour le seul motif de nous être réfugiées chez les loups, il tient à sa procédure pour une raison obscure. L'exemple, j'imagine. Ou peut-être pour se décrasser après des décennies d'inertie. Quoi de mieux pour rassembler une communauté qu'un procès contre les filles de trois familles emblématiques ?

Là où elle n'a pas tort, cependant, c'est que nous n'avons pas eu le choix. Faute d'antécédents qui pourraient étayer notre défense, je pense l'axer sur ce point déterminant. Le mélange ou la mort, qui pourrait nous blâmer pour ça ?

— Cette enquête ne mènera à rien, tenté-je de la convaincre. Reste avec moi, nous trouverons de quoi faire pencher la balance de notre côté. C'est certainement déjà arrivé à quelqu'un, ce genre de souci...

— Sixt, j'ai confiance en Lennox.

En moi, elle n'a pas confiance, mais en Lennox... Super, je me sens tout de suite encore plus mal. Et je me pose un milliard de questions. Comment se fait-il qu'il dispose d'informations que personne ne peut confirmer ? Et que fera-t-il lorsque nous serons condamnées ?

— Neeve, s'il te plaît... la supplié-je.

Elle se fige, plantant son regard noisette dans le mien. Un léger sourire se dessine sur ses traits, puis elle s'approche et pose ses mains sur mes épaules. A-t-elle changé d'avis ?

— J'ai aussi confiance en toi, Sixt. Plus qu'en quiconque. T'es la femme la plus déterminée que je connaisse, et je t'admire. Mais, soyons honnêtes, avec ta paperasse, je ne ferais que te gêner. Alors tu gères le procès, et moi, je trouve de quoi nous disculper. Laisse-moi faire, s'il te plaît.

Je vois la sincérité de son regard et ses mots me touchent ; je hoche doucement la tête, bien que je ne sois pas hyper convaincue.

— Je dois y aller, dit-elle encore. Lennox m'attend en bas. Je reviens vite, promis.

Elle plante un bisou sur ma joue, puis la voilà qui cavale dans le couloir et claque la porte du loft avant d'emprunter l'escalier qui mène au rez-de-chaussée. Je n'ai même pas le temps de lui dire au revoir que je me retrouve à nouveau seule avec mon café froid.

Pourquoi personne ne daigne-t-il prendre mes avertissements au sérieux ? Je suis quand même la mieux placée pour me prononcer sur la gravité de ce qui nous arrive, non ?

Au moins, on ne peut pas reprocher à Neeve de se désintéresser de notre affaire. Même si elle s'y prend mal, elle s'implique. Ce qui n'est pas le cas d'Eli. Depuis qu'elle a été marquée, c'est silence radio. Je n'ai plus de nouvelles, comme si son appartenance à cette meute avait effacé tous les liens tissés auparavant. Comme si en devenant une louve, elle avait oublié qu'elle était aussi une sorcière.

C'est sûr que protégée par l'Alpha et sa meute, elle ne risque pas grand-chose, personne n'ira la chercher pour exécuter sa condamnation, mais a-t-elle pensé à nous ? À la preuve flagrante que constitue sa désertion ? Nous sommes accusées de nous être mélangées, et elle ne trouve rien de mieux à faire que de devenir une louve dont l'existence démontre à elle seule notre culpabilité !

Merde !

Je lance ma tasse de toutes mes forces contre le mur face à moi.

Elle se brise, et son contenu se répand sur le parquet. Au lieu de me soulager, la vision du café noir qui s'étale me file encore plus le bourdon. Je saisis un torchon et m'agenouille pour essuyer le sol. Ce faisant, un morceau de porcelaine s'enfonce dans mon épiderme. Je saigne. Rien de grave, mais cette tache m'effraie. Je deviens impressionnable, je déteste ça !

Ressaisis-toi, enfin !

Je nettoie le sang qui perle et m'assieds par terre. Je n'aurais jamais dû sortir du lit. Cette journée s'annonçait mal, et tout porte à croire qu'elle va s'achever de la même manière.

Neeve est partie si vite... Je n'ai pas eu le temps de lui parler de Drake. C'est certainement mieux ainsi ; m'aurait-elle comprise ? Probablement pas. Moi-même, je ne saisis pas ce qui s'est passé ni pour quelle raison obscure je l'ai laissé me raccompagner. Un vampire qui joue les chaperons pour une sorcière, on aura tout vu. C'était pourtant si simple, si évident. Passé mes premières frayeurs, il m'a paru charmant. Personne ne m'avait plus sondée ainsi, car il faut se rendre à l'évidence, sauf lorsqu'il s'agit de mon alter ego de justicière des causes perdues, je n'intéresse personne.

Au-delà des questions qu'il m'a posées, ses manières délicates, ses attentions désuètes m'ont intriguée. Plus aucun homme ne se montre galant de nos jours, comme si notre simple appartenance à la gent féminine induisait notre dévotion. Ils rêvent !

Quel âge peut avoir Drake, d'ailleurs ? De quelle époque lui viennent son fier maintien et sa noblesse évidente ? Il mêle à la perfection étiquette et désinvolture, telle l'incarnation ténébreuse d'un dandy qui détonnerait singulièrement dans le décor contemporain de notre petite ville.

Et s'il appartenait aux fondateurs de son clan ? Et s'il cachait derrière cette éternelle jeunesse une sagesse salvatrice ?

Mais oui ! S'il est aussi vieux que je le pense, il peut

avoir des réponses à me fournir ! Ce n'est certainement pas la première fois que des membres des communautés de l'ombre se mélangent ! J'ai conscience que je n'ai pas les idées claires, mais je dois le revoir. Lever les doutes et requérir son aide. Au point où on en est, de toute façon, le risque mérite d'être pris. Sans soutien, nous sommes condamnées, il est donc mon ultime recours. Et si je me trompe et qu'il fait de moi son repas, j'échapperai à la souffrance d'un emprisonnement dégradant. J'ai déjà donné, je ne le supporterai plus. De plus, l'alcool a déserté mon sang. Je pense être capable de l'empêcher de me faire du mal si telle était son intention.

C'est décidé. J'époussette ma nuisette et me relève.

Au milieu du salon, je dessine un pentagramme du bout des doigts et m'installe à l'intérieur. Bien qu'invisible, je sens sa magie se diffuser, j'espère qu'il intensifiera suffisamment mon invocation pour qu'elle puisse atteindre Drake malgré les protections dont il pourrait s'être entouré.

Je prends une grande inspiration.

Ces instants sont déterminants. Il y aura un avant et un après, même si j'ignore encore l'ampleur des changements que je désire provoquer.

Je joins mes mains tremblantes. Mes paupières se ferment comme si me plonger dans le noir fertilisait mes pensées.

J'expire et je murmure, fébrile :

« *Drake, Prince des temps anciens, immortel de la communauté de l'ombre, entends mon appel.* »

J'avale ma salive et poursuis :

« *De ta sagesse intergénérationnelle, quitte les ténèbres et rejoins-moi…* »

Jamais une incantation ne m'avait fait un tel effet. Sous ma nuisette, je tremble de la tête aux pieds, comme possédée par mes paroles qui coulent sans que je me préoccupe de leur sens. Autour de moi, une brise étrange se lève. Malgré la transe, je m'impatiente. Soudain, les mots m'échappent :
— *Drake, viens !*

Puis mes yeux se portent vers la fenêtre, et je réalise qu'il fait jour.

Quelle idiote !

CHAPITRE 12

NEEVE

Je descends les escaliers du loft au pas de course. Comme je le craignais, Sixt n'a pas adhéré à l'idée de cette enquête, mais peu importe. Qu'elle mène ses recherches de son côté, et moi du mien. Elle n'a jamais pris au sérieux les menaces rapportées par Lennox, et j'aimerais pouvoir en dire autant. Cependant, au fond de moi, quelque chose me dit que ce n'est pas fini. Que dans l'ombre, un danger rôde, et je suis décidée à ce que mes amies et moi n'en fassions plus les frais. Et avec ce procès qui approche, il vaudrait mieux que je trouve des réponses fissa, car, soyons honnête, Sixt ne donne pas l'impression d'être en capacité de nous sortir de cette merde. Quant à Eli… espérons que son choix de vie ne soit pas porté à la connaissance du coven avant l'audience, ou son marquage pourrait nous accabler. Contrairement à Sixtine, je ne lui en veux pas. Eli n'était pas heureuse, et ce n'était pas récent. Elle se camait aux cachetons bien avant que Fausta Summers ne s'écrase à nos pieds. Hier, aux côtés de Karl et de la meute, j'ai vu mon amie bien dans sa peau pour la première fois depuis une éternité, et ça vaut bien de mentir à ces putains de sorciers conservateurs qui veulent faire de nous des exemples. De plus, je suis convaincue qu'il faut ouvrir les consciences au sujet de nos lois archaïques. C'est sur cette dernière réflexion que je me persuade que ma décision est la bonne.

Lennox m'attend, un sac sous le bras. Il porte un pull noir sur un jean assorti. Ses cheveux sombres ondulent sur ses épaules tandis que ses yeux verts pénètrent mes iris. Il me tend la main et je la saisis en prenant une inspiration. Un léger sourire joue sur ses lèvres avant que nous ne nous téléportions.

La sensation est toujours aussi désagréable. À peine sommes-nous arrivés à destination que je lutte contre une violente envie de vomir. Lennox m'offre une barre de céréales.

— Pour l'énergie que ça t'a coûtée.

Je m'en empare et l'enfourne rapidement dans ma bouche. Mes haut-le-cœur se calment aussitôt, et je remercie Lennox d'un hochement de tête.

— On est où ? demandé-je, constatant qu'on se trouve en pleine forêt.

— À Red Oak, dans le comté de Charlotte, en Virginie.

J'aimerais pouvoir dire que je connais ce bled, mais ce n'est pas le cas. Tout ce qui m'entoure n'a rien d'une ville. Des arbres d'une hauteur stupéfiante se dressent devant mes yeux. On en voit peu, des comme ça, en Caroline.

Mon regard interrogateur décide l'Amnistral à me donner quelques explications.

— Près d'ici se trouve la maison de la femme qui s'est défenestrée.

— Ou qu'on a poussée dans le vide, déclaré-je.

Lennox acquiesce en prenant la direction de l'est. Le soleil n'est pas encore à son zénith. L'odeur à la fois fraîche et boisée de la forêt emplit mes narines et finit de faire disparaître ma nausée.

— Elle vivait ici avec son fils, Kyle Summers, poursuit Lennox sans me jeter un regard, du moins avant qu'il ne décide de faire ses études supérieures à la Wiccard.

— Pourquoi est-il parti en Caroline ? m'enquiers-je. Ils n'ont pas d'école en Virginie ?

— Bien sûr que si. Lord Raven a fait bâtir la Witch School, un édifice bien plus somptueux que la Wiccard, mais notre réputation attire encore les jeunes sorciers en quête de renommée. À sa dernière visite, il râlait toujours, supposant que je sélectionnais des talents en douce.

— Tu parles ! lâché-je. Quelle renommée ? On ne se montre pas, alors franchement, que ce soit à la Wiccard ou ailleurs…

— Tu es vexante, Neeve, réplique-t-il d'un ton froid.

Je souris.

— Oh, ça va ! C'est pas parce que t'en es le directeur que ça fait de la Wiccard *the place to be*. Sa notoriété, on la doit aux Forest, aux Moon et aux Shadow. Aucune autre école ne pourra se distinguer face à des noms si anciens, quand bien même elle prodiguerait un meilleur enseignement que celui de tes professeurs.

— Je corrige, dit-il mollement, tu es insupportable.

Je m'esclaffe ouvertement.

Je réalise que c'est la première fois que je me retrouve en compagnie de Lennox loin de Fallen Creek. En réalité, c'est même la première fois que je partage autre chose que quelques phrases avec lui depuis...

— Voilà la maison, dit-il, me coupant dans mes réflexions.

Je me cache derrière un tronc d'arbre quand je perçois de la lumière à l'intérieur. Lennox émet un soupir.

— Je nous ai rendus invisibles à la minute où on a posé un pied en Virginie.

— Bah, fallait le dire, bon sang ! lancé-je, avant de sortir de ma pseudocachette.

Lennox se pince les lèvres pour ne pas montrer son amusement. Si moi je suis insupportable, lui est horripilant !

— C'est normal qu'il y ait quelqu'un dans cette baraque ? demandé-je.

— J'espère y trouver quelqu'un, mais ce n'est peut-être pas lui. Prépare-toi à utiliser tes pouvoirs, on ne sait jamais.

Eh bien, cette aventure commence sur des chapeaux de roues !

On s'approche de la maison à pas feutrés. Aucun bruit n'émane de l'intérieur. Perdue au milieu des bois, la demeure est constituée de vieilles pierres et d'un toit en tuiles rouges. Elle offre un contraste saisissant avec les chênes, les sumacs et les tulipiers qui l'entourent. Je trouve l'endroit très joli et m'attarde pour le contempler. La nature est si...

— Qu'est-ce que tu fais ? râle Lennox en chuchotant.
— J'arrive !

Ça va, on n'est pas aux pièces non plus ! Bon, peut-être un peu. Je n'aime pas savoir Sixtine trop longtemps en compagnie de sa déprime, à défaut de Robin, et le procès approche.

Je me tiens derrière Lennox qui toque à la porte. Un bruit provenant de l'intérieur, presque imperceptible, me parvient aux oreilles, mais rien ne se produit. Lennox insiste. Toujours rien.

— *Unblockus*, invoque Lennox.

Une mince nébuleuse naît au bout de son index et sinue jusqu'à la serrure. Un son métallique nous indique que la porte est déverrouillée. Mon compagnon l'ouvre, et un jet de lumière bleu s'abat sur nous. D'un geste, Lennox contre le sort et le dévie vers la cheminée, qui s'enflamme soudain.

— *Lenirad Aquam*, murmure-t-il en fermant les yeux.

De l'eau se déverse sur le feu comme si la pluie tombait du conduit de l'âtre. Le brasier se tarit. Mon regard vrille alors vers la source de cette attaque et découvre Lennox qui tient un jeune homme par le cou.

— Nous ne sommes pas là pour te faire du mal, Kyle ! tonne-t-il.

L'expression épouvantée du garçon change lentement. Le soulagement se lit sur ses traits tandis que ses yeux passent de Lennox à moi.

— *Amnistral* ? déclare-t-il, quand mon acolyte se décide à relâcher sa prise autour de sa gorge.

Lennox acquiesce.

— Mais… mais que faites-vous ici ?

— Je peux te poser la même question, Kyle. Sais-tu que tu manques beaucoup à ton petit ami, Cole ? Il pense que tu es mort.

Les traits déjà tirés du jeune homme s'affaissent. Des larmes envahissent ses yeux. D'un pas lent, il part s'échouer sur le canapé avant de vriller son regard triste vers moi.

— Je te présente, Neeve. Neeve, je te présente Kyle, le fils de Fausta Summers.

Kyle me salue d'un geste las de la tête, avant de reporter son attention sur Lennox.

— Vous avez vu Cole ?

— En effet, répond Lennox avant de s'asseoir tranquillement sur le fauteuil face à lui.

Je m'approche de l'accoudoir et me poste à ses côtés sans dire un mot. Je ne comprends rien à ce qu'il se passe.

— Il est très inquiet, continue Lennox.

— Je... je ne peux pas lui faire encourir le moindre danger. Il ne doit pas savoir que je suis en vie. Personne ne doit savoir.

— Te cacher dans la maison de ta mère n'est pas très prudent.

— Je ne suis là que depuis deux jours, réplique Kyle. Je n'ai plus les moyens de me payer le motel et... je suis fatigué.

Un silence s'installe. Les larmes de Kyle débordent et roulent sur ses joues.

— Mes condoléances pour ta perte, dis-je d'une voix tremblante.

Il pose ses yeux sur moi et esquisse un sourire triste.

— Ma mère n'a pas mérité son sort, dit-il. Elle voulait… elle a toujours voulu me protéger.
— De quoi ? demande très justement Lennox.
— Des sorciers qui lui ont fait du mal.
— Connais-tu l'identité de ces sorciers ?

Kyle secoue la tête, puis déclare :
— Non, mais je sais pourquoi ils l'ont tuée. Et je sais aussi pourquoi ils s'en prendront bientôt à moi.

Lennox et moi échangeons un regard avant de revenir sur Kyle.
— Pourquoi t'en veulent-ils, Kyle ?

Il ouvre la bouche, puis la referme.
— Nous sommes là pour t'aider, Kyle, le rassure Lennox d'une voix compatissante face au désarroi du jeune homme, mais nous ne pourrons le faire que si tu nous parles sans détour. Pourquoi t'en veulent-ils ?

Ses yeux se relèvent sur l'Amnistral.
— Parce que j'ai du sang de loup.

Les miens s'arrondissent à cette déclaration. Je me tortille sous l'effet de la surprise et remarque que Lennox a l'air de prendre cette révélation avec un calme olympien. Je me ressaisis et me fige, silencieuse, tentant d'imiter Lennox, alors qu'en moi, c'est la tempête. Kyle semble terrorisé à l'idée que nous lui fassions du mal à la suite de cet aveu ; or je suis sans doute la plus ouverte d'esprit quant aux mélanges des races, mais le jeune homme l'ignore.
— Tu veux dire que ton père était un loup ? l'interroge Lennox.
— Non, ça remonte à plusieurs générations, répond-il.

Ma mère me l'a confié quand elle est venue me voir à Fallen Creek. C'était la veille de sa mort.

— Pourquoi ne t'en a-t-elle pas parlé avant ?

— Ce jour-là, je lui ai avoué que je désirais partager ma vie avec un homme.

— Cole Matheson, affirme Lennox.

Kyle opine de la tête et poursuit.

— J'ai eu peur que ma mère prenne mal mon homosexualité. Je croyais qu'elle voulait des petits enfants. Mais elle a été heureuse pour moi, je dirais même... soulagée. Ça m'a surpris, alors elle m'a tout raconté, pensant qu'il était temps et qu'elle aussi me devait la vérité.

Il inspire profondément avant de continuer :

— Elle m'a avoué que j'avais eu un frère. Il est mort quelques minutes après sa naissance. La sage-femme a paru horrifiée quand elle a posé son corps dans les bras de ma mère.

— Pourquoi a-t-elle eu peur ? demandé-je, voyant que Kyle hésite à nous exposer la suite.

— Parce que mon frère était un loup. Il avait des crocs, alors qu'il venait de naître, et des poils sur son corps poussaient et se rétractaient, avant qu'il ne redevienne finalement un bébé comme les autres. Il... il paraît que c'est normal chez les louveteaux, quand ils naissent.

— Mais pas chez les sorciers, dit Lennox.

— En effet.

— Ma mère a été entendue par le Witchcraft de Virginie, après que la sage-femme l'a dénoncée. Elle et mon père ont subi de multiples examens magiques pour prouver qu'ils étaient bien sorciers. Mais une trace de mélange a été détectée dans le sang de ma mère. Elle ne le savait pas.

Personne ne le savait. Le Witchcraft a conclu qu'un de ses aïeuls avait dû se mélanger et mes parents n'ont pas été condamnés pour les fautes d'un autre, mort depuis longtemps. Mon père a quitté ma mère après ça. Puis elle et moi avons vécu ici, et avons été tranquilles jusqu'à...

— Jusqu'à ce qu'on la tue, terminé-je.

Il hoche la tête.

— Qu'est-ce qui te fait croire que c'est à cause de ça qu'elle a été assassinée, Kyle ?

— Je l'ai senti. Je ne pourrais pas vous expliquer comment, mais au moment où elle est morte, j'ai éprouvé une sorte de connexion étrange avec elle. Comme si elle voulait me dire au revoir. J'ai senti son pouvoir s'extirper de son corps, et dans son esprit, j'ai entendu une phrase qu'elle semblait exprimer à son agresseur. « *Alors, c'est maintenant que la sentence tombe.* »

Lennox se carre sur son siège en fronçant les sourcils.

— Ça ne prouve pas que ce soit la raison de sa mort.

Kyle baisse les yeux sur ses genoux et serre les poings. Son chagrin est éprouvant à observer.

— Ma mère était une femme d'une grande bonté. Elle n'a jamais fait de mal à personne, et comme vous le constatez, elle vivait dans un endroit isolé. Je ne vois aucun autre motif pour expliquer ce qu'on lui a fait.

Un silence suit cette remarque. Lennox pousse un soupir, puis il revient à la charge.

— A-t-on déjà intenté à ta vie, Kyle ?

— Non, mais... le soir où ma mère est morte, je me rendais chez Cole. Je voulais lui annoncer la nouvelle et lui dire qu'elle approuvait notre relation. J'étais ébranlé par les révélations de ma mère, mais il me tardait de rejoindre mon amant. Elle était ma seule famille, alors j'avais craint sa réaction, j'avais eu peur qu'elle me rejette. J'ai été si soulagé qu'elle l'accepte que rien ne pouvait supplanter mon bonheur, pas même de savoir que j'avais peut-être hérité de quelques gènes lycans. Puis quand j'ai senti ma mère mourir, j'ai eu tellement peur que… que j'ai fui sans même prévenir Cole. Deux jours plus tard, je passais les frontières de l'État.

— Mais on ne t'a pas menacé ?

Kyle secoue la tête.

— Non.

Sur cette négation, Lennox se lève et s'empare du sac qu'il a laissé choir près de l'entrée. Il en extirpe quelques billets qu'il tend à Kyle.

— De quoi te loger pour les prochains jours. Je te conseille de partir d'ici.

— Vous pensez vous aussi que je suis menacé ?

— Je ne sais pas, mais il vaut mieux que tu restes à l'abri.

— Merci, Amnistral.

Lennox se tourne sans un mot et ouvre la porte.

— Neeve… m'appelle-t-il sans se retourner.

Je m'approche de Kyle et me permets de poser une main sur son bras.

— Merci de nous avoir confié tout ça, dis-je en lui adressant un sourire sincère. On va tirer tout ça au clair, crois-moi. Et quand ça sera fait, on te préviendra. Tu pourras vivre ta vie avec ton amour et être heureux, Kyle.

Cette fois, c'est lui qui me retourne un sourire. Une lueur d'espoir éclot dans ses prunelles. Je ferme la porte, le cœur plus léger, et suis Lennox au pas de course, puisque ce dernier ne m'a pas attendue. À peine me porté-je à sa hauteur qu'il agrippe mon bras et nous téléporte.

Nous sommes apparus à Cliffwells, au nord de la Virginie, et avons passé l'après-midi à chercher le père de Kyle. On a fait le pied de grue pendant des heures devant sa maison avant qu'il n'y entre. Finalement, on n'a rien appris de plus, à part que monsieur Summers est un gros con raciste. Quand il a su que sa femme avait du sang de loup et que son fils en avait forcément hérité, il a décidé de les quitter du jour au lendemain. Le dégoût avec lequel il nous en a parlé m'a foutue en rogne. Lennox a dû me retenir pour que je ne le transforme pas en tapir. Parce que, ouais, c'est quand même vachement hideux, un tapir, quoi qu'on en dise.

Le soir est tombé, et les révélations de Kyle s'entrechoquent dans ma tête. Lennox décide qu'il est temps de nous reposer et nous téléporte jusqu'au *Red Roof*, un petit motel de la ville.

— Y a du monde ce week-end, à cause de l'ouverture de la chasse, nous informe la réceptionniste, mais j'ai deux chambres communicantes si ça vous…

— Ça ira très bien, affirme Lennox.

Nous montons rapidement et, dès que je suis seule, je m'étale sur mon lit. Les téléportations m'ont épuisée. Les déclarations de Kyle m'obsèdent, et la présence de mon ex juste derrière la porte finit de m'achever. Quelle journée, putain !

Je trouve néanmoins la force de me lever pour aller prendre une douche. L'eau chaude sur ma peau me fait un bien fou. J'en profite un long moment, puis sors de la cabine et enroule ma chevelure dans une serviette de bain, avant d'en draper une autre autour de ma poitrine. On toque à la porte communicante et Lennox entre comme si je l'y avais invité.

— Hey ! m'insurgé-je. Ça va, te gêne pas !

— Ça fait un moment que je tambourine sur cette porte !

— Je me douchais !

Il paraît soulagé, et je lève les yeux au ciel. OK, peut-être que je suis encore menacée, mais je suis à quelques mètres de sa propre chambre et ça ne fait pas trente minutes qu'il m'a quittée du regard. Son envie de me protéger est touchante, mais il ne faut pas pousser. Voyant qu'il reste planté là sans bouger d'un pouce, je lui indique la sortie.

— T'es rassuré, alors je ne te retiens pas, asséné-je.

Son regard se baisse sur mes pieds nus, avant de se relever lentement sur mes jambes, mes épaules et mon visage. Puis il fait demi-tour en silence et retourne dans sa chambre.

Je reste immobile un instant, à scruter la porte derrière laquelle il vient de disparaître. Qu'il est étrange d'être si

loin de Fallen Creek avec Lennox. Qu'il est étrange de…
d'avoir ressenti une certaine satisfaction à ce qu'il m'observe de cette manière. Était-ce du désir ? Était-ce simplement une façon de se souvenir…

Non… ce n'était rien de tout cela. Ça fait longtemps que ce chapitre est clos.

Et pourtant, Lennox est toujours là. Je réalise qu'il l'a toujours été…

CHAPITRE 13

LENNOX

Je prends une profonde inspiration en réprimant l'envie de me foutre des claques. Elle était sous la douche ! J'en ai fait autant, alors pourquoi me suis-je précipité dans sa chambre, comme si j'avais la trouille qu'elle soit en danger ? Personne ne se doute que nous sommes ici. Neeve n'a plus été menacée depuis son retour à Fallen Creek, pourquoi ai-je donc si peur qu'il lui arrive quelque chose ? En réalité, je sais pourquoi. Un sort de localisation est si facile à exécuter, et si on apprend qu'elle mène l'enquête avec moi, peut-être que… Non, ce n'était pas une bonne idée de l'emmener. Mais comment refuser quoi que ce soit à Neeve Forest ? Elle est si bornée. Je secoue la tête et me rappelle que mes motifs pour entrer dans sa chambre n'étaient pas liés qu'à l'inquiétude. J'ai faim !

Je décroche mon téléphone et commande de quoi nous sustenter au room service. Pour Neeve, je choisis un plat végétarien. Le type au bout du fil m'annonce que le repas arrivera dans vingt minutes. C'est suffisant pour que je me ressaisisse. La proximité de mon ex est éprouvante. Je parviens à faire illusion, bien sûr, mais je reconnais que la tâche est difficile. Elle l'a toujours été.

Le dîner est livré dans les délais. Je place le tout sur la table sommaire au fond de la pièce, et pars de nouveau toquer à la porte de Neeve. Cette dernière m'ouvre aussitôt et, cette fois, elle est habillée. Ses cheveux désormais secs ondulent sur le tee-shirt blanc qui couvre sa poitrine. Elle sourit quand elle aperçoit les assiettes pleines disposées sur la table.

— J'ai une faim de loup ! lance-t-elle en entrant.

— Tu devrais éviter cette formule, dis-je, amer et las d'entendre parler de ces maudits lupins.

Elle éclate de rire. Moi, je n'oublie pas que je l'ai surprise nue dans le lit qu'elle partageait avec deux d'entre eux. En y repensant, un goût de bile remonte dans ma gorge.

— Oh, détends-toi, Lenny.

Elle s'installe et commence son plat sans même attendre que je m'asseye à mon tour.

Nous mangeons dans un silence gêné. Neeve et moi n'avons pas passé plus de quelques minutes seuls depuis longtemps. Plus les secondes s'égrènent, plus je la sens tendue. C'est pareil pour moi.

— Qu'est-ce que tu penses des révélations de Kyle ? demande-t-elle en s'affalant sur sa chaise, une fois rassasiée.

— Que toute cette histoire a un rapport avec les mélanges de races, réponds-je, sur le point de terminer mon assiette.

— Et c'est quoi la suite, maintenant ?

— Je voudrais rencontrer une meute de loups de Virginie, puis effectuer des recherches à la Witch School.

— Quoi ? Mais les loups de Virginie vont nous...

— Ils ne nous feront rien.

— Comment le sais-tu ?

— Car ils s'exposeraient à de lourdes représailles, et aussi parce que je connais le chef de meute.

— Comment ça, tu connais le chef de meute ?

— Je suis Amnistral, j'ai donc eu l'occasion de venir dans cet État pour des pourparlers avec les autres races.

— Et tes recherches, elles vont porter sur quoi ?

— Je ne sais pas encore, mais je voudrais voir si...

Puis je me tais. Neeve ne sait pas toutes les démarches que j'ai déjà faites pour la sortir de ce guêpier et je crains qu'elle ne s'angoisse plus que nécessaire si je dois lui confier le résultat de mes investigations et mes doutes. Rien n'est certain, et j'ai besoin qu'elle reste concentrée. Je sens bien qu'elle est ébranlée par les déclarations de Kyle. Si elle est attaquée, il faut qu'elle puisse réagir dans la seconde. Serait-ce bien prudent de lui faire peur sur la base de suppositions ?

— Si, quoi ? insiste forcément Neeve.

— Je dois savoir si des procès ont eu lieu ici et comment ils se sont soldés, déclaré-je, parce que c'est en partie la vérité. Peut-être qu'on trouvera quelque chose qui aidera Sixtine à assurer votre défense.

— Ça serait bien, car elle n'a pas l'air d'avoir avancé.

Je m'en doute, mais je m'abstiens de lui dire pourquoi.

Sur ces dernières paroles, je me lève et pense que ce

geste va inciter Neeve à retourner dans sa chambre. Elle n'en fait rien et croise les bras.

— Pourquoi fais-tu tout ça, Lennox ?

Je plisse les yeux ; je ne m'attendais pas à cette question suspicieuse.

— De quoi tu parles ? tenté-je d'esquiver. Ça fait partie de ma fonction, de mener les enquêtes magiques.

Neeve se mure dans le silence sans détourner son regard. Elle semble loin d'être convaincue par mon explication. Puis elle se lève et s'approche de moi.

— C'est vraiment pour cette raison ?

Je hoche la tête. Elle me scrute comme si elle tentait de deviner ce qui me traverse l'esprit. Son attention me met mal à l'aise. Et c'est trop souvent que ça arrive, parce que… parce qu'avant cette attaque, c'est à peine si on se parlait. Nous savions que nous habitions dans la même ville. On se tolérait et on s'évitait, sans jamais être loin de l'autre, finalement. Depuis qu'on a voulu l'assassiner, je réalise à quel point je me suis servi de l'enquête pour me rapprocher d'elle. Je n'ai pas pu m'en empêcher. À cause de ça, tout refait surface, et je ne sais pas comment le gérer. Et dès que je suis avec elle, je suis… je suis lâche.

— D'accord, dit-elle avant de se retourner et d'emprunter le chemin qui mène à sa chambre.

Je la suis du regard, et mon cœur se serre malgré moi. Je suis si las de lui dissimuler ce que je ressens. Je suis si las de faire comme si… comme si rien ne m'atteignait alors que c'est tout le contraire. Mais je ne sais pas faire ça. Je ne sais foutre pas, alors je dis :

— Je veux me racheter ! lancé-je.

Je me fige après cet aveu. Neeve fait volte-face, une

expression stupéfaite sur le visage. Je me mords les lèvres d'avoir parlé, mais c'était plus fort que moi. Et merde, sa présence est si troublante, je...

— Je veux me racheter pour tout ce qu'il s'est passé, avoué-je plus calmement.

Mes yeux se baissent sur le sol et rencontrent les pieds de Neeve qui s'avancent vers moi. Sa main se porte sous mon menton, m'obligeant ainsi à relever la tête.

— Tu n'as rien à voir avec tout ça, Lenny, n'est-ce pas ?

Sa mine inquiète me fait tressaillir. Elle ne m'a pas compris. Croit-elle que j'aie un quelconque rapport avec les sorciers qui veulent sa peau ?

— Non ! Bien sûr que non ! me défends-je. Je... je veux... parler de ce qu'il s'est passé quand nous avons été agressés tous les deux, Neeve.

Elle retire sa main d'un geste brusque et ses yeux me fusillent. J'aurais dû m'y attendre.

— Ne parle pas de ça ! tonne-t-elle avant de se détourner pour rejoindre sa chambre.

J'agrippe son bras pour l'en empêcher.

— Non !

— Non ? répète-t-elle, tandis que son visage pivote lentement vers moi.

— Tu as bien entendu.

— Lennox, c'est du passé. Arrête ça !

— Ce n'est pas du passé. Tu m'en veux encore, et je...

— Mais putain, Lenny, je ne t'en ai jamais voulu !

Un silence de plomb suit cette phrase qui a résonné dans la pièce comme un cri. Ses yeux s'emplissent soudain de larmes et ses lèvres se mettent à trembler. Je m'en veux d'avoir provoqué une telle réaction, mais je sais qu'il est temps qu'on en parle. J'en crève, de ces non-dits entre nous. Je souhaite que ça cesse. Elle peut se faire tous les loups qu'elle désire, mais ça doit cesser !

— J'aurais dû... débuté-je, j'aurais dû te protéger ! J'aurais dû te...

La gifle qu'elle m'assène suscite une brûlure cuisante sur ma joue.

— Ferme-la ! hurle-t-elle.

Elle est sur le point de recommencer, mais je saisis son bras à temps, puis j'emprisonne l'autre dans ma main et l'immobilise contre moi. Je ressens son souffle haletant sur mon visage. Le mien s'accélère au contact de son corps.

— Tu peux décider d'oublier cette nuit-là, Neeve, mais moi, j'en suis incapable. Elle me hante, elle me bouffe !

— Parce que tu crois que ce n'est pas mon cas ! Tu crois que je peux oublier ! T'as rien compris, Lennox. Cette nuit-là a tout gâché !

Je la relâche, stupéfait.

— Gâché ? répété-je.

— Oui, gâché, Lennox ! Gâché ce qu'il y avait entre nous !

— Je... commencé-je avant qu'elle ne me coupe, la voix rauque de colère.

— Tu as tellement mal vécu de ne pas m'avoir porté secours que tu t'es éloigné de moi. Tu m'as laissée seule avec ce traumatisme, alors que j'avais besoin de toi, Lenny !

— Tu ne comprends pas, je...

— Tu n'avais pas tes pouvoirs et tu n'as pas supporté ce que tu as vu ! Moi, je ne l'ai pas seulement *vu* Lennox, je l'ai ressenti. Je l'ai éprouvé dans ma chair ! Crois-moi, j'ai préféré quand ils nous ont roués de coups ! Au moins, ça, je l'ai vécu avec toi ! Mais tu t'es muré dans le silence alors que j'avais besoin que l'on traverse ça ensemble !

— Je n'ai rien pu faire, j'étais...

— Impuissant ! termine-t-elle avant de baisser d'un ton. Oui, je le sais, car moi aussi je l'étais. Mais contrairement à toi, j'ai depuis longtemps accepté le fait que je ne pouvais pas me défendre. En revanche, toi et ton putain d'orgueil, vous nous avez coûté notre relation !

À cette époque, j'aurais voulu lui dire que je regrettais. J'aurais voulu lui avouer que j'avais choisi la solitude pour surmonter tout ça. Ne pas avoir pu l'aider m'a rendu fou. Neeve a été courageuse. Elle a enduré et décidé qu'elle ne se laisserait pas sombrer. Elle m'a réclamé. Elle a voulu que je la touche, que je l'enlace, que je fasse disparaître le souvenir de ces sombres connards d'humains en faisant l'amour, pour oublier... *oublier*... Et moi, je... je n'ai pas pu, putain ! Je n'ai pas pu, car j'avais laissé faire. J'avais vu ces hommes la salir et j'étais resté là, sans rien pouvoir faire. Et tandis que mes réflexions me tourmentent, Neeve respire fort, son regard intense accroché au mien. Je sais qu'elle attend une réaction de ma part, mais ses mots sont un électrochoc.

Alors, c'est ce qu'elle pense. Elle pense que j'ai tout gâché. Je baisse la tête de dépit, ce qu'elle ne comprend pas. La minute d'après, la porte claque, et je sais que j'ai définitivement raté l'occasion de me faire pardonner. Ou plutôt, j'ai définitivement raté celle de *me* pardonner.

CHAPITRE 14

DRAKE

— Sixtine !

Je me réveille en sursaut. Quelle est cette étrange impression ? Durant mon sommeil, j'ai rêvé de sa voix. D'abord douce et enveloppante, presque aussi réconfortante qu'une mélodie jouée au piano. Puis, j'ai eu la sensation qu'elle me frôlait, que son regard d'argent me pénétrait. Et soudain, elle a crié.

« *Drake, viens !* »

Les yeux grands ouverts dans l'obscurité totale de ma chambre, je distingue encore ses pupilles où dansaient l'appréhension et les doutes. Il ne s'agissait pas d'un appel de convenance, elle sollicitait mon aide !

Suis-je à ce point obsédé par elle que même mes chimères en sont perverties ? Était-ce seulement un rêve ? Ou m'implorait-elle de lui porter secours ? Serait-elle déjà éprise de ma perfection ?

Je saute hors du lit et me faufile sous la douche, guilleret. Elle pense à moi !

L'image ensorcelante de ma belle quémandant ma présence devant les yeux, je m'habille machinalement et quitte ma suite pour rejoindre la grande salle. Le soleil s'est couché, et il est de coutume de se présenter à Vlad pour bien commencer la soirée. Une sorte de réunion d'agenda pour s'assurer le respect d'un protocole désuet et pour déterminer qui chassera cette nuit loin de Fallen Creek. Il arrive même à Vlad Ivanov de me déléguer quelques extra confidentiels. Il a fait de moi son bras droit, un impitoyable mercenaire, l'intransigeant bourreau de sa cour ; ceux qui lui déplaisent, je les exécute.

Je remonte les escaliers, encore hanté par mes songes, croisant quelques vampires sans les saluer. Avant de pénétrer dans la grande salle, je vide mon esprit. Je ne voudrais pas devenir la cible de ce monarque fantoche pour un instant d'inattention. Il est plutôt malléable et facile à duper, il serait dommage d'avoir à s'y confronter. *Du moins, pour le moment...*

Je pousse la porte d'un geste théâtral et entre dans la pièce baignée par la lumière de la lune qui filtre au travers des monumentales fenêtres. Mon arrivée fait l'effet d'un coup de tonnerre : les conversations s'effacent, tous s'immobilisent, les regards incertains se braquent sur moi. Mes pas résonnent sur le sol de pierre et leur écho ricoche dans l'immense salle. Tous observent mon passage avec intérêt, admiration et terreur. Tout le monde sait que le vrai chef ici, c'est moi. Même si j'ai toujours refusé d'en prendre la responsabilité, préférant la liberté au devoir. Tout le monde, à l'exception de Taylor, qui ricane dans son coin comme une hyène. Certainement à cause de cette effrontée de Nancy, ma nièce, surnommée « Boucles d'Or » au sein du clan. Elle use et abuse de sa relative impunité pour se foutre de tout et de tout le monde. Sous ses airs d'adorable poupée blonde et dans le bleu de ses yeux en amande, legs de notre ascendance eurasienne, elle dissimule un caractère rebelle et un goût prononcé pour la provocation. Son regard arrimé au mien et son sourire narquois au coin des lèvres, elle chuchote sans discrétion à l'oreille de l'abruti qui lui sert de compagnon. Sa bouche rose bouge encore lorsqu'il se met à glousser sans retenue. Ces deux-là, je les saignerais bien ! Taylor, parce qu'il est si distrait et fantasque qu'un jour, il nous causera du tort, et elle, simplement parce qu'elle m'agace et que je ne peux rien contre elle ! Il serait malvenu d'assassiner le seul membre de ma famille... Il y a bien longtemps de cela, feu mon frère m'a demandé de la transformer alors que la maladie s'apprêtait à l'emporter. Il m'a même supplié. J'ai cédé, mais je le regrette, par moments. Cette gamine figée dans sa dix-septième année est insupportable !

Je m'avance en direction du chef, laissant derrière moi ces importuns, retrouvant le bonheur paisible de la peur de ceux qui m'entourent. Sur mon passage, ils baissent le regard malgré les gloussements exaspérants de Nancy et de Taylor qui retentissent toujours dans mon dos. Seul Vlad soutient mon attention et se fend d'un sourire aussi faux à mes yeux que sa légitimité.

— Drake. Viens par là, m'invite-t-il en tapotant de la main le fauteuil de velours rouge situé à côté du sien. Tu prendras bien une coupe, ce soir ?

Je hoche la tête, intrigué par la présence des deux femmes identiques et nues qui se tiennent à ses côtés. Sur le cou de l'une d'elles perlent quelques gouttes de sang fraîchement échappées d'une morsure délicate.

— Avec plaisir.

Je saisis la coupe et y plonge mes lèvres tandis que j'observe Vlad. Vêtu d'un costume trois-pièces imprimé de volutes bleu marine ton sur ton et d'une lavallière encore immaculée, il s'obstine à allier modernité et tradition, comme il le fait pour toutes choses. Je dois reconnaître que ça lui va plutôt bien, même si je préfère de loin les tenues en cuir et les tee-shirts près du corps, moins formels et plus actuels.

J'avale quelques gorgées pour dissimuler ma déception. J'ai déjà goûté meilleur cru. Mais ce n'est pas si mal. Je saisis la lourde théière d'argent – vestige des origines anglo-russes de mon hôte – et me ressers une coupe pleine.

Vlad, de son côté, plonge ses canines dans la chair de l'autre femme, si terrifiée que c'est à peine si elle respire encore. C'est dommage, un sang mal oxygéné, c'est toujours un peu fade. Plus loin, un tas de fringues jonche le sol. À constater l'écusson de l'université du Tennessee sur le veston de l'une des filles, j'en conclus que les chasseurs se sont rendus jusqu'à Nashville pour nous apporter le repas. *Braves types.*

Nous limitons tout de même les périodes de prédation. *On ne se montre pas...* S'exposer trop souvent serait suicidaire. Du moins pour les autres, moi, je m'en cogne. Les clans vampiriques de chaque État respectent cette mesure. C'est pour cette raison que beaucoup d'entre nous – des sous-fifres, pour la plupart – travaillent de nuit dans presque tous les hôpitaux du pays. Trouver du sang dans un établissement de santé ne vaut pas une bonne chasse, mais il paraît que c'est mieux que de trop attirer l'attention. En Caroline du Nord, c'est Deborah, une vieille vampire logeant à la Fang House, qui se charge de la formation médicale. Victor, son mari, s'occupe de nos activités immobilières, nouvelle lubie de Vlad dont il me rebat sans arrêt les oreilles. Mes pensées tournées vers Sixtine, je me refuse d'y songer et observe le chef de clan se nourrir. Il décolle ses lèvres ensanglantées de son amuse-gueule, qui s'échoue sur le sol noir et blanc comme une pièce vaincue sur un échiquier. Au contact de la pierre froide, sa peau se couvre de chair de poule sans pour autant qu'elle esquisse le moindre mouvement. Lorsque la main de Vlad s'approche de sa jumelle délaissée un peu plus tôt, cette dernière plonge en apnée. Une affaire de famille, cette façon de nous priver de la saveur pleine et entière de l'hémoglobine bien assaisonnée. Avant de s'en repaître, il m'informe :

— La reine m'a fait part de sa volonté de nous rendre visite dans les prochaines semaines.

La reine. Voilà qui promet de pimenter les choses. Si Vlad se montre parfois influençable, elle, par contre, ne l'est absolument pas. Pour l'avoir déjà croisée à de nombreuses reprises au cours de ma longue existence, je sais que le vrai monarque de notre communauté, c'est bien elle. Intransigeante, implacable, insondable. Rien ne l'intéresse plus que ses ambitions. Et elle est prête à tout pour les atteindre, même à éradiquer ceux qui se dressent en travers de sa route. Elle ne parlemente pas, elle impose. Il vaut mieux être de son côté et ne pas lui faire trop d'ombre. C'est un challenge à ma hauteur qui se dessine. Si elle a vent de mes projets, elle risque de s'échauffer.

Heureusement que mon grand âge me vaut son respect. Comme si j'en avais cure, d'ailleurs !

Les déglutitions sonores de Vlad qui vide son humaine me répugnent. Il ne peut pas manger en silence ? Lorsqu'il sort ses crocs de son cou écarlate et lâche ses cheveux d'or, la fille s'effondre, sans vie, sous les cris apeurés de la survivante qui comprend qu'elle ne passera pas la nuit. Les humains sont de petits êtres sensibles et peu lucides, c'est exaspérant.

— Je compte sur toi pour lui faire préparer ses appartements et prévoir quelques réserves, poursuit-il d'un ton enjoué.

Cet abruti m'offre l'occasion rêvée de faire bonne impression auprès de notre souveraine sans même s'en apercevoir. *Mais ce n'est pas tout à fait l'idée, mon cher Vlad... Cela dit, la recevoir dans les meilleures conditions sera utile en temps voulu.*

Insatiable, il se plonge dans la carotide de la seconde humaine tremblante qui s'est fait dessus, et la siphonne en quelques secondes. Elle s'écroule comme son double dans une position étonnante.

Je vide ma coupe d'une traite et me lève pour prendre congé.

— Tu nous laisses déjà ? demande Vlad.

— J'ai quelques affaires à régler. Avant la venue de la reine, me justifié-je pour couper court à toute protestation.

Déçu de ne pas parvenir à me retenir, il acquiesce.

Je quitte mon fauteuil et la pièce en quelques secondes à peine. Malgré le challenge que représente notre souveraine, c'est Sixtine qui hante mon esprit. Je refuse qu'une quelconque menace l'arrache à moi !

Aucun loup ni aucun sorcier ne saurait la détourner de ma personne !

Comment savoir si je me berce d'illusions ou si elle m'attend réellement ?

Je dois en avoir le cœur net.

Je quitte la Fang House pour Fallen Creek. Après tout, je ne suis pas loin. Puisque je sais où elle habite, il me suffit de lui poser la question. Si ce songe n'était que divagations, elle ne se gênera pas pour me le dire. Sinon, je serai là pour dissiper ses craintes et décimer ses ennemis.

Mon manteau se gonfle, mes chaussures battent l'asphalte. Le loft n'est plus très loin, les grilles m'apparaissent. Elles grincent tandis que j'entre dans la cour de cette ancienne usine. Je monte les escaliers qui mènent à chez elle, ignorant le rez-de-chaussée où de vieilles machines de confection textile gisent, puis je ralentis en passant une main dans mes cheveux – je ne voudrais pas paraître négligé. Soudain, la voix contrariée de Sixtine me parvient aux oreilles. Je me fige.

— C'est à cette heure que tu rentres ?

Est-ce à moi qu'elle s'adresse ? M'attendrait-elle avec autant de ferveur ? Mais comment aurait-elle su que je viendrais lui rendre visite, maintenant ?

Agile comme une ombre, je me glisse dans un coin sombre de la cage d'escalier, et je suis ainsi libre d'observer ce qu'il se passe.

Sixtine est là, sur le seuil, vêtue d'une nuisette de satin. Ses cheveux d'obsidienne cascadent de ses épaules à ses hanches à peine arrondies. Elle tremble, et la vision de sa peau frissonnante fait frémir la mienne d'envie.

Mais elle n'est pas seule.

Une épouvantable odeur de loup – semblable à celle qui m'avait perturbé lors de notre échappée – me percute les narines. Soudain, l'indésirable apparaît. Face à elle, si frêle, si instable sur ses escarpins chaussés à la va-vite, se tient un clébard hirsute et penaud. Elle le fixe d'un regard courroucé qui me fait immédiatement bander. Comment cette bestiole parvient-elle à garder son self-control face à tant de beauté ?

— Je n'en peux plus, Robin. Que tu souffres, j'en ai conscience, et je ne te le reprocherai jamais, mais ouvre les yeux ! Moi aussi, je souffre ! J'étais morte de peur, avec cette battue !

Le clebs baisse son museau, visiblement mortifié. Puis il le relève, comme s'il avait détecté quelque chose. Moi, peut-être ? pensé-je, un rictus déformant mes lèvres. Bien sûr que non, les loups ne peuvent pas sentir les vampires, et je suis aussi immobile que les murs qui soutiennent le bâtiment.

— Et merde, métamorphose-toi ! lui ordonne Sixtine, excédée, ce qui attire de nouveau l'attention sur elle. Tu passes ta vie en loup, tu peux reprendre forme humaine pour une discussion, ou c'est trop te demander ?

Dans un hurlement pitoyable, le toutou se transforme en un truc informe et rose. Lorsqu'il quitte sa position fœtale et se déploie, je découvre plus en détail son physique humain que je n'avais jusqu'à présent observé que de loin. Putain, c'est qu'il est bien membré, le garçon ! Je comprends ce qui a plu à ma sorcière chez ce chien sans intérêt. Et il faut bien reconnaître que le reste est harmonieux aussi, des cuisses musclées, un buste bien dessiné et des bras forts : s'il était moins stupide, il aurait quelques poupées dans son lit, et peut-être même plusieurs à la fois. Il a vraiment un grain pour se complaire dans son spleen au lieu de s'en détourner.

Certes, il est un peu plus baraqué que moi, mais il lui manque l'essentiel : la confiance et l'esprit. Ce cabot n'est qu'une loque geignarde, comment espère-t-il garder une merveille comme Sixtine à ses côtés ?

— Tu as raison, pleurniche-t-il.

Elle attrape son visage entre ses mains et plonge son regard soulagé dans le sien.

Ne le touche pas ! Tu es à moi !

— Je suis désolé, Sixt.

Cette voix dégoulinante me donne la nausée.

— Moi aussi, je suis désolée, murmure-t-elle.

Au lieu de clore ce débat stérile dont l'avenir déplorable ne fait aucun doute, elle maintient le contact. Lorsqu'il pose ses mains dégueulasses sur ses hanches, elle se rapproche.

Non !

Pour ne pas hurler mon dégoût, je me mords le poing. Mes canines perforent ma peau. Mon sang coule et s'écrase sur le sol. Les yeux toujours rivés sur ma promise et ce détestable animal, mon souffle se coupe à mesure que ma mâchoire se contracte pour retenir la rage qui me foudroie.

Elle dépose un baiser brûlant sur ses lèvres avant de l'entraîner à l'intérieur.

Merde ! Je ne peux même pas les suivre pour lui arracher la tête ! Pourquoi a-t-elle refusé de m'inviter l'autre soir alors que tout en elle criait son envie de me voir l'accompagner sous les draps ?

Qu'est-ce que ce cabot a de plus que moi ? Que lui trouve-t-elle qui suffise à contrebalancer sa patente médiocrité ? Pourquoi lui pardonne-t-elle quand je lui tends les bras ?

Ce type est naze et moi, je deviens fou. De frustration, d'incompréhension, de fièvre, de jalousie. Je présente tous les talents dont elle a besoin, pourquoi s'encombre-t-elle de cet autre qui lui fait du tort ? Et ce rêve, alors ? N'était-il que cela, finalement, un songe jailli tout droit de mon âme ? La pathétique manifestation de mon addiction ?

Peu importe. Qu'elle m'ait appelé ou non, je répondrai présent. Et qu'elle le veuille ou non, je la ferai mienne.

CHAPITRE 15

KARL

D'un geste puissant, j'ouvre les doubles battants qui mènent à notre antre. Mes loups m'attendent. Je peux sentir leurs pensées, leur inquiétude, leur angoisse, même à travers les murs épais de notre tanière.

Je les comprends. Moi aussi, je suis inquiet. Et je m'en veux. J'étais tellement persuadé que tout ceci était derrière nous... Quand Angus est venu me chercher dans mon bureau un peu plus tôt, j'étais loin de m'imaginer qu'il allait nous annoncer la disparition de l'une d'entre nous. Encore.

Ruby... Je repense à cette louve, déjà mature et mère de famille, discrète mais loyale. Je me souviens de son léger sourire, de sa bienveillance, lorsque j'ai présenté Eli comme ma liée devant toute la meute de façon officielle. Sans un mot, sans extravagance, elle avait su me faire comprendre qu'elle était heureuse pour moi, son Alpha.

Repoussant ces tristes pensées, je pénètre dans notre antre. Aussitôt, la lourdeur de l'atmosphère me prend à la gorge. Je crois que je ne me ferai jamais à tout ce cérémonial. Je suis un loup, un Alpha qui plus est, je dois suivre les traditions, mais manifestement, je ne dois pas être normal. Je n'aime pas ces responsabilités qui m'accablent, même si je les accepte et tente de les mener à bien de mon mieux. Je n'aime pas m'exposer au regard de tous. Et j'ai pris une sorcière pour compagne, la transformant ainsi en une créature hybride.

Mais je sais par contre où se trouve mon devoir. Il m'a tant coûté. Alors je carre les épaules, lève le menton, et m'avance fièrement parmi les miens. L'heure est grave, et n'est sûrement pas aux atermoiements d'un Alpha ronchon.

Sur mon passage, tous se taisent, le regard rivé au sol. Mes loups marquent leur déférence à mon égard, mais expriment aussi toute leur peine face à notre perte récente.

Que s'est-il passé, putain ? Est-ce que les vampires sont encore responsables de cette mort tragique ? Car il ne faut pas être devin pour comprendre que sa disparition est définitive. Est-ce que notre accord ne tient plus ? Je réprime un sourire ironique. Notre accord avec les vampires... Je n'ai jamais réellement cru qu'il tiendrait longtemps, si j'ose me montrer honnête envers moi-même. Une telle alliance, avec de tels monstres, ne peut valoir que tant qu'ils y trouvent un intérêt. Ils ne sont pas loyaux comme les loups peuvent l'être.

Enfin, j'atteins l'estrade sur laquelle se situe mon large fauteuil. Pas un trône, non, mais dans l'idée... Je déteste l'obligation de devoir m'asseoir sur un trône. Je suis un putain de loup, et j'aimerais m'élancer vers la forêt pour venger le meurtre de Ruby.

Devant les quelques marches qui mènent à ma chaire, mes Bêtas m'attendent. Même Angus, le fidèle acolyte de Jake, et Tyler et Perry, dont l'énergie débordante me parvient en vagues chaudes. Je souris cette fois pour de vrai. Leur enthousiasme m'a toujours fait cet effet. Jake n'est pas là, il a été dépêché au domicile de Ruby, et il viendra me rendre compte dès son retour.

Je m'assieds enfin et scrute l'assemblée de mes loups réunis. Puis je fais signe à Angus d'exposer à tous ce qu'il m'a déjà raconté dans mon bureau.

Mon Bêta s'avance, tout pénétré de ses responsabilités. D'un geste assuré, il écarte une mèche blonde de son front et commence son rapport d'une voix forte, qui ne tremble pas.

— L'équipe de nuit a été informée de la disparition de l'une d'entre nous, Ruby Locke, et…

Un sanglot étouffé l'interrompt. C'est Halley, la fille de Ruby, qui s'effondre de chagrin. Un loup la prend par le bras, doucement, respectueusement, pour l'aider à sortir de l'antre. Elle a été prévenue il y a quelques minutes, avant que la meute ne soit avisée de façon officielle et que l'information ne circule. En effet, tous les loups ne vivent pas dans la tanière, et Ruby l'avait récemment quittée, sa fille étant à présent suffisamment grande pour se passer d'elle au quotidien. Son absence prolongée laisse présager le pire. En réalité, nous savons déjà qu'elle est morte. *Comme les autres, qui n'ont jamais reparu...* On ne veut juste pas le dire à haute voix, une manière de conserver un mince espoir. Qui sait ?

Angus se racle la gorge, attend que Halley soit sortie pour reprendre.

— Et nous ignorons où elle est. Une équipe dirigée par Jake s'est rendue à la première heure chez Ruby. Nous cherchons tous les indices possibles pour retrouver sa trace, mais…

Une voix s'élève.

— Mais on ne trouvera rien, comme les fois précédentes.

Je ne prends même pas la peine de m'interroger sur la personne qui s'est emparée de la parole. De toute façon, elle dit vrai. Il est fort probable que nous ne dénichions aucune preuve. Ces sales chauves-souris sans odeur sont d'une discrétion, d'une méticulosité… À tel point que je ne pourrai sans doute pas revenir sur notre accord en arguant qu'ils se sont foutus de notre gueule. Mes poings se serrent sur les accoudoirs de mon fauteuil. J'ai envie de me lever, de le soulever, et de l'envoyer valser contre un mur, de le transformer en minuscules échardes de bois, de…

Alors que je peine à contenir ma rage, Elinor entre à son tour dans l'antre. Elle n'était pas à mes côtés quand Angus est venu me chercher. Elle se trouvait probablement dans le secteur éducatif de la tanière, elle y passe beaucoup de temps depuis son arrivée. J'en suis plutôt content, même si j'aimerais qu'elle soit plus souvent avec moi. Mais je comprends que c'est une manière pour elle de s'intégrer parmi nous.

Sans un mot, elle remonte l'allée, enjambe les quelques marches et vient poser sa main sur mon épaule, comme pour m'apaiser. Et cela fonctionne. Elle me connaît déjà si bien.

Elle se penche pour murmurer à mon oreille :

— J'étais avec Halley, juste devant les portes.

Elle sait donc. Tant mieux, pas besoin de répéter la mauvaise nouvelle. Je reporte mon attention sur la horde de mes loups. Le silence est lourd, presque inhabituel. Je suis plus accoutumé à les voir parler tous en même temps, s'agiter, se mettre en colère, et même rire. Les loups sont comme ça, pleins de passion et d'énergie. Mais aujourd'hui, ils sont bien trop inquiets pour cela. Leur abattement m'effraie. C'est le moment pour moi d'intervenir. Je me lève, m'avance vers le rebord de l'estrade, tandis que l'un des nôtres pénètre dans l'antre, avant de glisser un mot à l'oreille d'Angus.

— Comme vous le savez tous, nous avions conclu un accord avec les vampires du coin. Il faut nous assurer qu'ils ne sont pas les responsables de cette nouvelle disparition au risque de...

Angus, juste derrière moi, vient de tousser discrètement. Néanmoins, je me retourne et le fixe avec surprise. Je n'ai pas pour habitude d'être interrompu lorsque je m'adresse à ma meute.

— Karl, on a un autre problème, souffle-t-il, embarrassé.

Je vois bien son malaise. Mais putain, si on a un souci bien plus grave, pourquoi ne me l'a-t-il pas dit avant ? Que va-t-il annoncer devant toute la horde réunie ? Je n'aime pas ça du tout... Dans mon dos, je ressens la présence d'Elinor comme une brûlure intense. Elle aussi est sur des charbons ardents.

— Angus, parle ! tonné-je.

Mon Bêta hoche la tête, déglutit bruyamment, et finalement ouvre la bouche.

— Nick Lormont demande à te rencontrer.

Nick Lormont, l'Alpha de la meute de Virginie. Un vrai connard, imbu de lui-même. Je ne l'aime pas, mais je ne vois pas bien où est le problème. Les relations diplomatiques sont assez sereines, entre les loups. Nous apprécions œuvrer de concert, et nous ne nous considérons pas comme des menaces potentielles. À moins que...

Non ! Je sens le sang refluer de mon visage et mes oreilles bourdonner. Le pire serait-il en train d'advenir ?

— Que veut-il ? je demande d'une voix forte.

Angus laisse passer quelques secondes de silence. Ses yeux sombres se perdent dans l'obscurité de notre antre.

— Ce qu'il veut... c'est la meute Greystorm, déclare Angus en glissant une œillade discrète vers Elinor.

Aussitôt, mes loups se déchaînent, tandis que moi, je reste figé. Puis, avec raideur, je me tourne vers ma liée. Son regard couleur d'onde claire est écarquillé, et sa bouche s'entrouvre sur un « O » de stupeur. Elle ne réalise pas. Pas encore.

Avec un soupir, je fais de nouveau face aux miens. Je lève les deux mains pour les apaiser, les faire taire. J'ai besoin de silence pour reprendre mes esprits.

— Vous avez tous entendu, dis-je d'une voix forte. Nick Lormont veut une confrontation. Ne nous leurrons pas, il ne veut pas discuter autour d'une tasse de thé. Il souhaite un duel. À mort.

Elinor étouffe un cri, elle est bouleversée, et ses émotions me heurtent de plein fouet. Mais la meute de mes loups applaudit et vocifère. Un duel, c'est ce qu'ils veulent aussi. C'est ce qu'ils attendent de moi. Que je me batte pour eux, que je prouve ma force. Ont-ils des doutes, eux aussi ?

— Non ! hurle alors Eli en venant se placer à ma droite. C'est hors de question, je ne laisserai pas faire ça !

Aussitôt, le silence se fait. Lourd, presque menaçant. Putain, pourquoi intervient-elle ? Je comprends qu'elle soit chamboulée, mais cela ne la concerne pas. Ça ne concerne que moi. Moi, et mon rôle d'Alpha.

Alors que je m'apprête à reprendre la parole, Jake, de retour du domicile de Ruby, fait son entrée.

— Tu ne peux te défiler, Karl, gronde-t-il.

Un instant, je me pose la question de savoir comment il peut déjà être au courant du défi lancé par l'Alpha de la meute de Virginie, mais je chasse rapidement cette pensée inopportune. Je verrai cela plus tard.

— Je ne compte pas le faire, je lui réponds en le fusillant du regard.

Décidément, le deuil l'a radicalement changé. Son visage est sombre, profondément marqué par l'amertume. J'ai maintes fois essayé d'alléger sa peine, mais rien n'y a fait. Peut-être est-il temps de le déchoir de son rôle de Bêta.

— Non ! crie Elinor. Je ne le permettrai pas.

Ces quelques mots me font vaciller. Putain, qu'est-ce qui se passe ? Comment se peut-il que… Elle a mis une telle puissance, une telle autorité dans ses phrases que ma gorge se noue. Mais, face à moi, le résultat de sa prise de parole est encore plus explicite. Tous mes loups sont au sol, tremblants.

Ils se sont aplatis devant elle.

Elle, ma liée, ma compagne.

Une Alpha.

CHAPITRE 16

ELINOR

Putain, mais... qu'est-ce qui se passe ?
Je bous de fureur. De rage. De peur.

Il est hors de question que Karl se soumette à ce duel ridicule. Hors de question. Il faudra me passer sur le corps pour que je le laisse sortir de cette tanière, je le jure sur mon âme.

Oh, je sais bien pourquoi il accepte de se plier à cette tradition. La vérité, c'est qu'il culpabilise de ses choix. Non pas qu'il les regrette, mais il n'est pas satisfait d'avoir dû m'imposer à la meute Greystorm. Au regard d'Angus, j'ai bien compris que je portais la responsabilité de cette histoire. Une sorcière louve... Ça a dû hérisser le poil de ce putain d'Alpha de Virginie !

Tandis que je me tiens là, debout sur cette estrade ridicule, j'observe les loups aplatis devant moi. Est-ce moi qui ai suscité ce phénomène ? Mais comment ? Juste en exprimant ma colère et ma détermination ? Un peu comme Karl, quand...

Oh, merde. J'ai fait preuve des mêmes pouvoirs que l'Alpha. Comment est-ce possible ? Et est-ce que c'est possible d'ailleurs ? Pourquoi personne ne m'a jamais parlé de ça ?

Mon cœur battait déjà vite depuis l'annonce d'Angus, mais là, il palpite tant qu'il me semble voir de petites volutes noires dans mon champ de vision. Je respire à fond, ce n'est absolument pas le moment de tomber dans les pommes.

Les loups ne bougent toujours pas. Je sens sur moi tout le poids du regard de mon lié. En désespoir de cause, je me tourne vers lui. J'aimerais tant qu'il me donne des explications sur ce qui vient de se passer. Mais non, il se tait, et se contente de me toiser avec stupéfaction.

Je fais un pas vers lui, mais il ne bouge toujours pas. Mais pourquoi ? J'ai besoin de lui, là, maintenant, tout de suite. La panique me submerge, et je sens mes jambes flageoler sous moi. Je me plie en deux, terrassée par un haut-le-cœur douloureux, avant de m'effondrer à genoux. Je lutte contre la nausée et la sensation d'être sur le point de sombrer dans un gouffre sans fond. Je suis tellement fatiguée, soudain… Mais qu'est-ce qu'il m'arrive ? Est-ce seulement le fait d'avoir utilisé ce pouvoir de soumission, ou suis-je réellement malade ?

Dans mon vertige, je réussis néanmoins à jeter un œil à la meute Greystorm. Ça ne bouge toujours pas d'un poil.

Pourquoi ne se lèvent-ils pas ? Est-ce que je leur ai fait du mal ? Oh, non, faites que ce ne soit pas ma faute…

— Karl… parviens-je à articuler, avant de m'effondrer pour de bon sur les planches de bois.

Quand j'ouvre à nouveau les yeux, je suis dans la cuisine de la tanière. Quelqu'un m'a allongée sur un banc, et je sens des mains douces et attentionnées qui caressent mon front.

Qu'est-il arrivé ? Une violente migraine me bat les tempes, et je suis encore nauséeuse. Les images de ce qu'il s'est passé dans l'antre me reviennent par vagues. L'annonce d'Angus, les mots de Karl, ma colère... Les quelques paroles que j'ai prononcées, et tous ces loups au sol devant moi.

Merde...

Je me redresse avec difficulté, en me passant une main tremblante sur le visage. Comment est-ce possible de se sentir aussi misérable...

— Eli, ça va ? me demande Sybil.

C'était elle qui me couvait durant mon inconscience. Je lui adresse un pâle sourire.

— Je sais pas. J'ai l'impression qu'un énorme camion vient de me rouler dessus. J'ai mal partout, et je me sens pas très bien...

— C'est normal, ma belle, lance la voix de Popeye, qui entre dans la grande pièce au même moment. Ça fait toujours ça, la première fois. Tu t'habitueras. En attendant, je t'ai préparé de quoi reprendre des forces.

Cependant, le regard étrange que Sybil pose sur moi ne me rassure pas sur la « normalité » de mon état.

Popeye se dirige de son pas tranquille vers le piano où mijotent des plats aux effluves alléchants. Sous mon regard éteint, il s'arme d'une louche et remplit généreusement une assiette qu'il vient déposer devant moi. Par la même occasion, il s'installe juste à côté, comme s'il avait décidé qu'il devait me surveiller pour être sûr que je ne me laisse pas mourir de faim.

Avec un soupir, je prends mes couverts et commence à manger. Je pensais devoir me forcer, mais c'est tout le contraire. Je me retrouve à dévorer le contenu de mon assiette à une vitesse affolante, au point que Popeye se met doucement à rire.

— Tu vois que t'avais faim, ma petite louve.

À ces mots, je fronce les sourcils, mais je ne l'empêche pas de récupérer mon assiette ni d'aller la remplir une seconde fois. Dans les minutes qui suivent, j'en avale même deux d'affilée.

Quand, enfin repue, je me laisse aller contre le dossier de ma chaise, je peux à nouveau réfléchir clairement. La nausée a disparu, les vertiges aussi.

— Que m'est-il arrivé, Popeye ? Pourquoi je me suis sentie si mal, d'un coup ?

Mais ce n'est pas Popeye qui me répond, c'est Sybil, qui patiente à mes côtés depuis le début de mon repas gargantuesque.

— L'autorité que tu as déployée dans l'antre a énormément puisé dans ton corps, dans tes réserves. C'est un pouvoir immense que celui-ci, et il faut du temps et de la pratique avant de pouvoir encaisser une telle dépense d'énergie. Ton malaise est donc tout à fait normal, bien qu'à mon avis un peu exagéré. Mais peut-être est-ce le fait que tu n'es pas née louve… Je ne sais pas. Mais, regarde, tu te sens déjà mieux. Tu as repris des couleurs.

Elle me sourit avec douceur, avec toujours cette lueur bizarre dans les yeux. Elle a la tête de la nana qui a deviné un truc que personne d'autre ne sait. Pourtant, elle ne semble pas comprendre la force de la bataille qui fait rage dans mon esprit. Je ne veux pas de ce pouvoir. Je le trouve effrayant. Pouvoir asservir toute une meute, comme ça, juste en me mettant en colère et en élevant un peu la voix… Non ! Ce n'est pas du tout moi, cette façon d'être.

— Ma belle, dit enfin Popeye, qui tire tranquillement sur sa pipe comme si de rien n'était. Tu ne peux pas refuser ce pouvoir.

— Mais… comment sais-tu que…

— Oh, on ne me la fait pas, à moi. Je suis un vieux loup, ne l'oublie pas. J'en ai vu, des Alphas se débattre face à leurs responsabilités. Alors je préfère te prévenir tout de suite : l'autorité dont tu as fait preuve est nécessaire à la survie de la meute.

— Quoi ? Je ne vois pas en quoi les obliger à s'aplatir au sol est nécessaire à la survie de quoi que ce soit !

Le soupir que pousse le vieux cuisinier fait voler les poils de sa grosse moustache immaculée. Ce n'est pas un soupir exaspéré, mais plutôt l'expression de celui qui cherche les bons mots pour se faire comprendre.

— Imagine qu'il arrive quelque chose à notre Alpha…

Oups. Ce n'était pas les bons mots pour commencer un exposé, et je le lui signifie d'un regard noir.

— Eli… Tu sais bien que ça peut arriver. Sa nature d'Alpha comporte des risques, même si Karl est quelqu'un de prudent et d'avisé, et qu'il ne ferait rien pour se mettre en danger inutilement.

— Moi, je pense avoir une solution. Karl n'a qu'à pas

se présenter à ce duel ridicule. Pas de duel, pas de danger. Simple, non ?

— OK, Eli, me dit-il en posant ses coudes sur la table de bois massif. Tu vas éviter le danger pour cette fois. Mais que se passera-t-il la fois suivante ? Et celle d'après ? Crois-tu pouvoir éviter tous les dangers ?

— Oui, affirmé-je, mais je me mords la lèvre, parce que je sais que ce n'est pas vrai du tout.

— Tu mens.

Je souffle, exaspérée. Satané loup qui devine tout !

— Bon, et alors ? Où veux-tu en venir ?

— Karl ne supporterait pas de vivre toute sa vie dans du coton, juste parce que tu refuses d'affronter tes angoisses. Et de toute façon, ce que tu proposes est fondamentalement opposé à sa nature ainsi qu'à sa fonction.

Je reste un instant silencieuse. Karl... Est-ce la vérité ? Est-ce que je risquerais de l'étouffer avec mes inquiétudes ? Je souris avec amertume. J'ai cru me débarrasser de toutes mes craintes, de tous mes questionnements existentiels sur ma place parmi les miens, et pourtant, pourtant, je m'aperçois qu'une plus grande angoisse les a supplantées : celle de perdre mon lié. La peur de devoir vivre sans lui.

Rien que d'y penser, mon cœur se serre et des larmes emplissent mes yeux.

Me voyant ainsi bouleversée, Sybil pose une main rassurante sur mon épaule.

— Calme-toi, Eli. On ne te dit pas qu'il va arriver quelque chose à Karl. On te dit juste que notre nature lupine est bien faite. La compagne de l'Alpha dispose parfois de pouvoirs similaires sur la meute, notamment en cas de malheur. Si Karl devait se trouver dans l'incapacité d'exercer son autorité, tu serais là pour assurer notre bien à tous. Tu nous es aujourd'hui aussi nécessaire que notre Alpha.

Je reste coite. Je ne sais pas quoi dire, en fait. Je réalise en cet instant tous les risques qu'a pris Karl en faisant de moi sa compagne, en me marquant. Je m'en veux de ma réaction puérile. Les loups de la meute Greystorm comptent sur moi. Mon lié compte sur moi. Et je ne peux leur faire défaut.

Je redresse le menton, carre les épaules et… étouffe un petit rot. Oups, je crois que j'ai vraiment trop mangé. Popeye, à mes côtés, éclate de rire.

— À la bonne heure ! Te voilà revenue à la raison ! Mais cela dit, je te comprends. Ce n'est déjà pas facile pour une louve, alors pour toi… Tu es très courageuse, ma belle, me déclare-t-il avec tendresse.

Je lui adresse un sourire pour le remercier de sa bienveillance. Heureusement qu'ils sont là, Sybil et lui, pour m'aider dans cette épreuve. Leurs mots, leur présence, me font tellement de bien. Mais…

— Où est Karl ? demandé-je soudain en me rembrunissant.

C'est vrai, ça, pourquoi n'est-il pas ici, avec moi ?

— Calme-toi, il est en train de régler les derniers détails.

— Les derniers détails ? Oh…

Le duel. Karl va s'y rendre. Et d'un coup, je comprends qu'il n'a pas d'autres possibilités. C'est la seule façon qu'il a de montrer qu'il assume ses choix, et l'orientation qu'il donne à la vie de sa meute. S'il veut faire valoir ses idées progressistes, il doit remporter ce combat, les rumeurs doivent disparaître. Et il est de mon devoir de l'épauler dans cette épreuve.

— Je vais aller l'aider à tout organiser, dis-je en me relevant.

— Tu es sûre que tu es suffisamment d'aplomb ? me demande doucement Sybil alors que je vacille sur mes jambes. Tu dois prendre soin de toi, désormais...

Ah bon ? Pourquoi ? Mais c'est vrai que le vertige n'est pas loin, et que je dois me rattraper au plateau de bois massif pour ne pas tomber.

— J'ai peut-être besoin de quelques minutes de plus, effectivement, je lui réponds en riant.

— Allez, je vous sers un petit café, nous dit Popeye en se levant.

Tandis qu'il s'affaire auprès de la cafetière, je me prends à réfléchir à mon attitude des dernières semaines. Est-ce que, égarée entre mon bonheur et mes nuits sans sommeil dans les bras de Karl, je n'ai pas un peu perdu de vue mes responsabilités ? Car je ne suis pas que l'amante passionnée de l'Alpha, après tout. En me liant à lui, j'ai accepté de l'aider à affronter toutes les difficultés... Et mes amies, ne les ai-je pas carrément abandonnées depuis que je suis ici ? Je sais bien que Neeve ne m'en veut pas, mais elle ne serait pas revenue dans la tanière si elle ne se sentait pas seule, d'une certaine façon... Et Sixt qui se débat, isolée, avec la préparation de ce procès, dont j'ai décidé de me foutre éperdument, au mépris des conséquences qu'il pourrait engendrer pour mes amies. Il faut que je trouve un moyen de les aider... mais comment ? Comment à la fois empêcher le duel entre ce Nick Lormont et Karl, et soutenir mes amies dans leur épreuve à venir, le tout depuis les souterrains de cette tanière ?

— Qu'est-ce qui te tracasse encore, ma belle ? demande Popeye en déposant devant Sybil et moi deux grands mugs de café fumant.

J'entoure la tasse de mes mains pour les réchauffer et plonge mon nez dans les vapeurs odorantes et réconfortantes de la boisson noire.

— Je pensais à mes amies. J'ai aussi des responsabilités envers elles, et je ne sais pas comment les aider.

Une idée me traverse soudain l'esprit.

— Oh, Sybil, dis-moi… avons-nous des archives ? Je veux dire, des textes anciens qui traiteraient par exemple de mélanges interraciaux ?

Sybil, le regard plongé dans son mug, réfléchit longuement, puis annonce enfin :

— Honnêtement, je pense avoir épluché tous les écrits qui existent ici, mais je ne me souviens de rien au sujet d'un quelconque mélange entre loups et sorciers. À ma connaissance, votre situation est inédite.

Merde… j'y ai cru, pourtant. À nouveau, mes épaules se voûtent et la lassitude pointe le bout de son nez.

— Ce n'est peut-être pas le cas, en fait, dit Popeye. Il me semble bien avoir déjà entendu des rumeurs à ce sujet.

Intriguée, je relève la tête. Se pourrait-il qu'il ait une solution à me proposer ?

— Je connais peut-être quelqu'un qui pourrait vous renseigner. Il se trouve que mon neveu est l'Alpha de la meute du Maryland, dont la tanière se situe aux alentours de Baltimore, et…

Je ne le laisse même pas finir sa phrase. Exaltée par la

perspective d'apporter une aide à mes amies, je bondis de ma chaise. J'ai suffisamment récupéré pour ne pas chanceler, et je brandis mon téléphone portable.

— Je vais appeler Neeve, claironné-je d'une voix surexcitée.

Rapidement, je sélectionne son numéro en constatant que j'ai du réseau, pour une fois ! Les sonneries s'égrènent, mais Neeve ne me répond pas. Putain, Neeve, qu'est-ce que tu fous encore… Quand mon appel bascule sur messagerie, je n'hésite pas une seule seconde et raccroche. Qui sait si nous ne sommes pas sur écoute ? Plus rien ne m'étonne aujourd'hui.

— Elle ne répond pas, dis-je à Popeye et Sybil.

— Appelle Sixtine, me propose le cuisinier.

— Je… je ne sais pas. Je n'ai pas trop de nouvelles depuis que… enfin… je ne suis pas sûre qu'elle ait envie de m'entendre.

Popeye ne me répond pas et se contente de hocher la tête. C'est ce que j'aime le plus chez lui – en plus de ses bons petits plats –, il ne juge jamais les autres et fait tout pour les comprendre.

Bon, mais ça ne me donne pas de solutions pour autant. Comment vais-je m'y prendre ? De toute façon, Neeve ne pourra pas se rendre seule dans la tanière de la meute du Maryland, ce serait beaucoup trop dangereux. Elle va avoir besoin d'aide. De beaucoup d'aide. L'idée m'apparaît soudain, lumineuse.

— Je vous laisse, lancé-je à mes compagnons. J'ai un sort à jeter !

Je quitte la cuisine en vitesse pour rejoindre ma chambre. Je vais lancer un sort de localisation pour savoir où se trouve Neeve, et je vais lui envoyer les cousins Falck. Malgré moi, je souris. Et si au passage ma copine peut profiter de certains extra induits par la situation… Qu'elle se fasse plaisir, elle a grand besoin de se détendre !

Quant à moi, je vais m'employer à sauver la peau de mon Alpha.

CHAPITRE 17

SIXTINE

*D*errière les hautes fenêtres, la nuit a enveloppé le manoir de son voile ténébreux. Pourtant, au lieu du réconfort que m'apporte habituellement la pénombre, c'est l'anxiété qui m'étreint. Au bout du couloir baigné de lune, la salle à manger, où m'attendent mes parents. Les regards fiers de mes ancêtres, dont les portraits encadrés de dorures jalonnent ce couloir, me pèsent ; je sens mes épaules s'affaisser. Ces illustres sorciers et sorcières dont les pas ont précédé les miens me toisent, s'indignent et me méprisent d'ainsi jeter l'opprobre sur notre prestigieuse famille. Personne n'a jamais été aussi imparfait que moi, ici. Ou plutôt, personne n'a jamais été démasqué, ce qui, en définitive, suffit à faire toute la différence.

Une lumière tamisée filtre par la porte de bois restée entrouverte. C'est pourtant le silence qui règne de l'autre côté, comme si la vie de mes proches était suspendue jusqu'à mon arrivée. Seul le feu, que j'imagine danser dans l'âtre de pierre, crépite de temps à autre.

Mes parents sont-ils à ce point inquiets qu'ils en perdent leurs mots, ou patientent-ils simplement sans s'adonner à des conversations superflues ?

Je prends une grande respiration, resserre mes omoplates afin d'arborer un maintien acceptable et pousse mollement la porte.

— Sixtine, ma douce, m'accueille ma mère, visiblement ravie.

— Bonsoir, Mère, la salué-je en retour, peinant à esquisser le rictus aimable tant espéré.

— Sixtine, te voilà enfin.

— Mon oncle, est-ce bien toi ?

— Moi-même, tendre enfant, me sourit-il de toutes ses dents.

J'imaginais que lord Raven avait déjà regagné sa juridiction. Que fait-il encore à Fallen Creek ? Eu égard à sa haute fonction, n'est-il pas ardemment attendu par ses pairs ? Quelles circonstances peuvent justifier qu'il s'éternise en Caroline du Nord ?

— Quel plaisir de te voir, ajouté-je. Moi qui craignais que tu n'aies été rappelé à tes obligations de Witchcraft...

— Je me devais d'être là pour vous, explique-t-il en écartant les bras pour nous désigner tous les trois. Quel oncle ferais-je si je demeurais absent quand ma nièce préférée a besoin de mes conseils ? Après tout, nous sommes des Shadow. Et je ne supporte pas que l'on s'attaque à notre nom, tu le sais.

Un sourire amer se dessine sur son visage fatigué. Il poursuit :

— J'ai confié les rênes de ma charge à l'Amnistral de Virginie. Peut-être le connais-tu ? Cornelius Kane ?

Non. Ça ne me dit rien.

— Viens t'asseoir, Sixtine, m'invite mon père en désignant le fauteuil libre entre lui et mon oncle.

Je m'exécute tandis que mon père, qui s'est levé, me rapproche le siège, puis retourne en bout de table. D'un geste gracieux de la main, il sollicite de l'employée de maison qu'elle serve le vin avant d'apporter l'entrée. Je plonge mes lèvres dans mon verre pour ne pas avoir à entamer la discussion compliquée qui s'annonce, alors que ma mère reste immobile en face de moi, son éternel sourire glacé plaqué sur son visage. Je comprends ce qui plaît à mon père, sa beauté est sans égale et inaltérable, comme figée dans le marbre. Quelles que puissent être les circonstances, elle affiche toujours des traits sereins de madone.

C'est finalement mon père qui brise le silence :

— Tu disais souhaiter apporter ton aide à ma fille ? demande-t-il d'un ton neutre à mon oncle.

— Paul, il ne t'a pas échappé que Sixtine fait l'objet d'une procédure exceptionnelle. Et tu connais mon attachement et ma dévotion pour les membres de notre famille, poursuit-il. Je me dois de lui offrir mon soutien.

— Cette affaire est-elle si sérieuse que tu doives te libérer de tes obligations ? l'interroge ma mère, dont l'étonnement filtre malgré le calme apparent. Les charges sont fantasques. En tout état de cause, qui oserait condamner une Shadow ?

— Lydia, très chère, commence-t-il. Je t'accorde sans difficulté que notre famille jouit d'une excellente réputation. Je me devais néanmoins de m'assurer que Sixtine organise sa défense de la meilleure manière. D'ailleurs, elle n'est pas la seule concernée par cette affaire, les filles Moon et Forest sont elles aussi poursuivies.

— J'entends bien, mais qui irait porter le moindre crédit à ces allégations ? Contre trois jeunes femmes respectables, issues de familles fondatrices, qui ont toujours fait preuve d'une conduite exemplaire ?

Une moue incertaine s'imprime sur le visage de mon oncle. Je l'observe et remarque le regard qu'il darde sur ma mère. Des rumeurs disent qu'il lui a couru après, il y a longtemps, mais que c'est son frère qui a ravi son cœur. Parfois, je lis dans les yeux de lord Raven qu'il a encore de l'admiration pour elle, et cette pensée me met mal à l'aise. Pour autant, mon père le tolère, alors que je sais que rien ne lui échappe. Pourquoi donc devrais-je le juger pour ses fréquentes visites ? Lydia Shadow est une femme superbe et a toujours suscité l'intérêt des hommes.

— Et puis, Elinor est la fille du Witchcraft de Caroline du Nord, tout de même ! renchérit ma mère, convaincue de nous voir nous soustraire à toute condamnation.

— Précisément, nos familles sont les piliers de ce coven – et de plusieurs autres d'ailleurs. C'est pour cette raison que la plus petite des erreurs offrirait à d'éventuels détracteurs un moyen de donner l'exemple.

— Donner l'exemple ? s'étonne mon père à son tour.

— Si l'on attend des guides de notre communauté qu'ils soient irréprochables, il en va de même pour leurs proches. Comment justifier qu'ils bénéficient d'un passe-droit ? Vous savez pourquoi le Code a été instauré, il ne saurait souffrir le moindre écart, au risque de voir les communautés de l'ombre basculer dans la guerre...

Fondamentalement, nous n'avions pas l'intention de nous affranchir des règles, nous voulions seulement sauver notre peau ! Même si je reconnais qu'une fois sur place, nous avons quelque peu outrepassé les limites. Je me sens lasse et les observe parler de moi comme si je n'étais pas là. Ce n'est pas une situation inédite, après tout.

— Qu'est-ce que ça signifie ? s'emporte ma mère qui tremble à présent d'anxiété, bien qu'elle tente de masquer son émotion.

— Qu'il faut démontrer que Sixtine, Elinor et Neeve sont innocentes. Sans quoi, elles ne pourront échapper à la condamnation.

Mère frémit, échouant cette fois à dissimuler son malaise en plaquant une main élégante sur sa bouche fardée.

Malgré ses bonnes intentions, l'intervention de lord Raven me contrarie. Pour qui me prend-il ? Je sais bien que nous devons démontrer notre innocence, et je m'y attelle ! Mais on ne peut pas dire que j'aie reçu beaucoup de soutien, et le déni de mes parents n'aide pas franchement ! Que comprennent-ils à ce qui se passe ? Que savent-ils des récents événements ? Tout cela donne l'impression d'être virtuel, comme une simple hypothèse sortie d'un esprit dérangé, mais il n'en est rien. Je suis bel et bien poursuivie, ainsi que Neeve et Elinor, pour avoir violé l'article 1. Pour nous être mélangées malgré l'interdiction formelle et absolue qui pèse sur notre monde.

Mon oncle reporte son attention vers moi :

— Dans cette affaire, il n'y a qu'une chose à faire, Sixtine, m'indique-t-il d'un ton patelin. Tes amies et toi devez nier.

Comment pourrions-nous le faire quand Elinor s'est évanouie dans la nature et que sa localisation – ou absence de localisation – fait l'objet de tant de rumeurs ? C'est pourtant la seconde personne qui m'invite à suivre cette ligne de défense aujourd'hui. D'abord Neeve, puis mon oncle. Ils ont peut-être raison. Mais alors, comment justifierons-nous la disparition d'Eli ?

— Ce dossier est une coquille vide, poursuit-il avec conviction. Si vous maintenez cette version, le coven ne disposera que de présomptions. Or, sans preuve matérielle ni témoignage, aucune condamnation ne saurait être valablement prononcée à votre encontre. Je ne t'apprends rien, achève-t-il en me fixant avec une telle insistance qu'il donne l'impression de sonder mes pensées. Et c'est là que l'irréprochable réputation de vos familles pourrait servir vos intérêts.

Ce qu'il avance se tient, je ne peux le contredire. D'autant que je vois mal qui pourrait nous causer du tort. Jamais Karl et sa meute n'iraient témoigner contre nous. Non seulement ils méprisent les sorciers et refuseront à l'évidence de leur porter assistance, mais au surplus, ils souhaiteront protéger leur Alpha. Et pour ce faire, ils devront nécessairement mettre Elinor à l'abri. Nier leur responsabilité. C'est certain, aucun témoin ne se manifestera du côté des loups. Quant aux sorciers, ceux qui nous ont vues près de la tanière ne sont plus là pour en parler. À part Lennox, mais je sais qu'il ne dira rien, car cela impliquerait Neeve. Et il n'impliquerait jamais Neeve. Or, sans preuve à charge, aucun tribunal, de l'ombre ou d'ailleurs, ne saurait justifier une condamnation.

— Bien sûr, mon oncle. Tu as raison.

Lord Raven m'adresse un sourire et effleure délicatement ma main de la sienne en signe de soutien. Il sera là pour nous. Et face à la vindicte populaire, sa prise de position devrait nous épargner bien des désagréments.

Le silence s'abat à nouveau, à peine perturbé par le bruit des couverts en argent sur la porcelaine française.

La seule ombre au tableau dans cette histoire, c'est ma relation avec Robin. On ne peut pas dire qu'il se montre particulièrement discret avec ses allées et venues et ses trop fréquentes métamorphoses. Nous devons être plus prudents. Si nous sommes surpris, les présomptions n'en seront plus.

Je suis incapable de toucher au dessert. Tant que la décision n'aura pas été rendue en notre faveur, garder le moral sera compliqué.

— Est-ce que tout va bien, ma douce ? me demande tendrement ma mère.

Je hoche la tête. Que pourrais-je bien lui répondre ?

— J'imagine qu'il te reste beaucoup de choses à préparer, poursuit-elle.

— En effet, je vais prendre congé si vous me le permettez, les salué-je en reposant ma serviette avant de me lever.

— Bien entendu, m'indique mon père.

Je me plante devant mon oncle :

— Je te remercie pour ton soutien. Sois sûr que nous t'adressons notre gratitude la plus sincère pour tout ce que tu fais pour nous.

— Je t'en prie, c'est normal, me répond-il. Tout ira bien, j'y veillerai. Il en va de la réputation de notre famille.

Lorsque j'atteins le couloir, je cours pour rejoindre ma chambre. Au moins, ici, personne ne viendra troubler ma relative tranquillité.

D'un geste magique, je pousse le battant et me fige, stupéfaite.

Robin est assis sur le rebord de mon lit.

— Qu'est-ce que tu fais là ? soufflé-je en refermant la porte précipitamment.

— Je devais te parler.

CHAPITRE 18

ROBIN

Ce n'est pas de la surprise qui se lit sur les traits de Sixtine, mais bien de la panique. Elle referme précipitamment la porte et place son index devant sa bouche pour m'inviter à garder le silence. Une chance que mon odorat ne m'ait pas trompé sur la localisation de sa chambre, l'accueil aurait été moins clément si quelqu'un d'autre avait ouvert cette porte.

D'un geste ample, elle dessine d'invisibles motifs sur le mur en marmonnant d'incompréhensibles paroles qui s'envolent comme un chant léger. Un sortilège. Elle jette un sortilège.

— C'est bon, souffle-t-elle, enfin sereine. J'ai scellé ma chambre, personne ne pourra plus nous entendre ni même entrer. Mais qu'est-ce qui t'a pris de venir ici ? C'est de l'inconscience !

Ce n'était peut-être pas ma meilleure idée, je l'avoue, mais je ne pouvais rester loin d'elle plus longtemps. J'ai perdu mon frère, je refuse de la perdre elle aussi.

— J'ai quelque chose à te dire, indiqué-je sans trop savoir par où commencer.

Elle me lance un regard interrogateur, empreint d'anxiété. C'est vrai qu'elle peut s'imaginer toutes sortes de choses avec cette simple phrase. Mais il n'est pas dans mon intention de l'effrayer, au contraire, c'est pour la rassurer que je suis là. Et j'aurais dû le faire bien avant. J'en étais juste incapable. Mais Karl... *mon frère*... l'avoir vu m'a fait tant de bien, et tant de mal aussi. Je comprends à présent qu'il ne me reste plus que Sixtine.

— Je sais qu'en ce moment, c'est compliqué... entamé-je, fébrile.

Elle me fixe, muette, attendant la suite.

— Je tiens à toi, Sixt. J'entends que notre relation n'est pas celle que tu espérais, mais je te promets de faire des efforts, de surmonter mes souffrances pour te garder auprès de moi. Je vais y arriver. Je *veux* y arriver.

Son trouble reste palpable, mais elle ne dit toujours rien. Ses yeux d'argent arrimés aux miens, elle conserve les lèvres closes. Je la comprends, on ne peut pas dire que je lui ai démontré mes sentiments, comme si l'absence d'imprégnation suffisait à justifier la distance grandissante entre nous.

— Toute ma vie, j'ai été défini par mon appartenance à la meute, le rôle essentiel que j'avais à y jouer. J'étais le fils, puis le frère de l'Alpha, l'Oméga aussi. Je n'ai jamais été que le fragment d'un ensemble, le maillon d'une chaîne, sans autre existence que celle qu'on avait établie pour moi. Je n'ai jamais été Robin, je n'ai jamais eu d'identité propre suffisamment importante pour qu'on s'y réfère. Alors, maintenant que la meute n'est plus qu'un souvenir, c'est comme si j'avais été amputé d'une partie de moi. Comment devenir quelqu'un quand on n'a jamais été personne ?

Ma voix se brise, comme si le simple fait de prononcer ces mots rendait ma déchirure plus réelle encore que ce que je ressentais jusqu'à présent. Je le sais, je suis seul dorénavant. Non, pas tout à fait seul, puisqu'elle est là.

— Je me sens si seul loin des miens que je n'arrive plus à apprécier ce qui m'entoure. Ce n'est que quand je pars en forêt que je reprends un peu du poil de la bête.

Je ne peux m'empêcher de sourire faiblement à ce jeu de mots débile.

— Lorsque je suis un loup, je suis libre, tu comprends ? Comme si les contraintes et les conventions qui m'avaient étouffé toute ma vie disparaissaient enfin et que seule la nature exerçait encore son influence sur moi. Quand j'emprunte cette forme, mon instinct se réveille et prend le pas sur tout le reste. Mes sentiments s'estompent. Ma douleur s'efface peu à peu. J'existe pour l'instant présent, c'est tout.

— Et moi ? me demande-t-elle, au bord des larmes. Quelle est ma place dans tout ça ?

— Toi, tu as un rôle déterminant.

Comme si elle doutait de la véracité de ces mots, une larme lui échappe et coule lentement sur sa joue.

— À ce rythme, je me perdrai bientôt dans mon loup, ce qui signifie que reprendre forme humaine me deviendra impossible. Ce serait réconfortant, de ne plus jamais souffrir de ces émotions qui me broient, mais aussi terrible d'abandonner de nouveau une part de ce que je suis.

Bien qu'elle essaie de les retenir, les larmes noient à présent ses joues pâles.

— Tu es mon ancre, Sixt. L'unique raison qui me pousse encore à quitter la forêt. Mon existence est vaine, dépourvue de sens ; j'ai besoin de toi. Il ne me reste plus que toi à aimer ici-bas. Il ne reste que toi pour m'aimer...

Ma gorge se serre de la voir secouée par les sanglots. J'espérais renouer avec elle, pas la blesser davantage.

— Je ferai ce qu'il faut pour mériter ta compagnie, je te promets de faire des efforts, de m'émanciper de ce spleen qui me dévore, pour profiter de ta présence et te rendre heureuse. Ton amour sera mon filin de sécurité, il me préservera des rechutes, et moi, je serai toujours là pour toi.

Malgré ses larmes, elle m'adresse un sourire du coin des lèvres.

— Je suis certain que ton amour et ta magie associés me sauveront de la tragique destinée promise à un loup banni par les siens.

Malgré mes tremblements, je me sens un peu mieux de m'être ouvert ainsi. Jamais je n'avais dévoilé mes sentiments de cette manière, avec autant de sincérité. Fébrile, Sixtine se rapproche et saisit mes mains qu'elle presse avec tendresse, avant de déposer un doux baiser sur mes lèvres.

Ce contact m'électrise, mon cœur s'emballe. Je me dégage avec délicatesse et la serre contre ma poitrine tout en lui rendant son baiser avec une passion décuplée. Comment ai-je pu passer à côté de tant de moments auprès d'elle ? Je comprends à présent les efforts de séduction qu'elle a déployés ces derniers mois, et j'imagine la déception et la tristesse qu'elle a pu ressentir de se voir systématiquement éconduite. Quel abruti !

Mes doigts glissent de ses omoplates à son dos dont la peau frémit. À son tour, elle s'empare de mon visage et effleure mes lèvres. Sa langue brûlante frôle la mienne et me transmet l'envie dévorante d'aller plus loin, de rattraper le temps perdu, de profiter de ce lien indescriptible qui n'appartient qu'à nous. Ne pas être imprégnés ne signifie pas que nous n'avons rien à partager. Au contraire, cela nous laisse la possibilité de le faire librement, sans contraintes. De choisir d'être ensemble face à l'adversité quand les autres le sont par nécessité.

Sans un mot, elle ôte mon tee-shirt puis sa robe et se plaque de nouveau contre mon buste, son cœur palpitant à tout rompre dans sa poitrine. Au travers de la dentelle noire, je sens ses tétons se durcir et son corps onduler au rythme de nos baisers effrénés. Soudain, elle me pousse sur le lit. Je suis à sa merci, elle me surplombe, féline, et effleure ma peau de ses lèvres gourmandes. Une vague d'envie déferle dans mes veines, mon corps n'est plus que pulsations, désir et plaisir. Lorsqu'elle me touche, l'irrépressible souhait de la serrer contre moi me saisit.

Sa bouche m'explore, me dévore. De ses doigts agiles, elle libère mon membre gonflé de l'étroitesse de mon jean et de mon caleçon. Je deviens fou. Tout ce temps, j'avais la solution juste sous les yeux. C'est en elle que je veux me perdre, avec elle que je veux former une nouvelle meute.

Je la pousse et l'enferme entre mes bras et mes cuisses, pressé de sentir sa peau nue contre la mienne. Je défais son soutien-gorge et admire la perfection de sa petite poitrine ronde et ferme. Quand j'y dépose mes lèvres, elle frémit tout en passant ses ongles dans mes cheveux. À mon tour, je la couvre de baisers, descends le long de ses jambes fines et plonge mon visage entre ses cuisses. L'exquise dentelle, déjà humide, constitue l'ultime obstacle entre elle et moi. Je ne résiste plus et achève de la déshabiller.

Je contemple un instant cette perfection avant qu'elle ne m'attire à elle. Sa peau brûlante me consume de désir, ses mouvements m'invitent à la suivre dans cette danse qui éclipse tout le reste. Je suis bien avec elle. Ma vie reprend un sens tout contre elle. Il se révèle quand enfin elle m'accueille en elle.

Je perds le contrôle. J'oublie mes doutes. Peu importe le loup, l'homme a trouvé un foyer.

Elle me guide, me dirige et dispose de moi dans une harmonie que je découvre pour la première fois. Mon remède, ce sera ça : faire l'amour avec la plus incroyable sorcière qu'il m'ait été donné de rencontrer. La glace fond dans mon cœur qui bout de passion pour elle. Je me sens léger, débordant de plaisir. Et enfin aimé pour ce que je suis.

Plus tard, épuisés, nous restons un long moment l'un contre l'autre, et Sixtine love son corps menu au creux de mes bras. Cette parenthèse dans le chaos de nos vies nous offre une bouffée d'oxygène : pour la première fois depuis longtemps, elle sourit avec sincérité.

— On s'en sortira... murmure-t-elle en déposant un baiser dans mon cou.

— Oui.

On s'en sortira. Maintenant, même si la route promet d'être encore longue et éprouvante, j'en suis convaincu.

CHAPITRE 19

DRAKE

L'avantage avec cette bestiole fétide, c'est que même avec le nez bouché, il faudrait le faire exprès pour perdre sa trace tant elle empeste.

Le cabot était seul chez Sixtine lorsque je suis arrivé, tournant tel un lion assigné à une cage étriquée. S'il était juste retourné se paumer dans sa forêt sauvage ! Il n'a pas fallu longtemps pour qu'il se décide à quitter le loft pour prendre sa caisse et, comme je l'espérais, c'est au domaine des Shadow qu'il m'a conduit. Issue d'une lignée ancestrale de sorciers, cette famille affiche des goûts luxueux, qu'il s'agisse du portail en fer forgé surplombé de leur blason ou des jardins aussi soignés que ceux de Versailles.

Ce que j'avais oublié en revanche, c'est qu'il pourrait pénétrer dans la bâtisse quand je suis contraint de rester dehors faute d'avoir été invité à y entrer. Je n'ai jamais compris ces disparités de traitement pour le moins iniques entre nos deux espèces. Si on considère les vampires comme des prédateurs, peut-on si facilement occulter que les loups en sont aussi, à l'occasion ? Le cabot se glisse par un balcon et s'infiltre à l'intérieur du manoir, prenant soin de refermer la porte-fenêtre derrière lui.

Que fait-il là-haut, putain ? Pourquoi s'éternise-t-il ainsi ?

Je l'imite et me hisse à mon tour sur le balcon. Ce manoir de vieilles pierres a un charme fou, je m'y verrais sans peine y résider avec ma promise. À l'intérieur, j'observe le loup tourner en rond et finalement se poser sur le rebord du lit. Ça va, à l'aise, le clebs ! Nous n'avons pas reçu la même éducation, à ce que je constate.

Le temps s'étire. Je m'adosse contre un mur et tends l'oreille. Rien. Il ne se passe rien. Juste les battements de pied de cet énergumène qui s'impatiente. Qu'attend-il, à la fin ?

Soudain, la porte s'ouvre et je l'aperçois. Sixtine, apparemment troublée de découvrir l'intrus, se précipite pour refermer le battant. Elle esquisse d'étranges gestes, chuchote quelques mots, puis plus rien. Il ne me reste plus que l'image.

Bien qu'il me tourne le dos, je comprends que le loup lui déverse une flopée de conneries. Le visage de Sixtine se tend, se tord et se déforme. Son malaise est palpable, elle lutte avec difficulté contre les émotions que lui inspire cet animal. Il ne peut donc pas la laisser tranquille ? Il voit bien qu'il lui fait du mal, non ? Une larme s'écoule sur sa joue, puis un torrent de désespoir. Qu'est-ce qu'il veut à mon petit oiseau, ce cabot de mes deux ?

Pourtant, au lieu de lui coller une gifle et de le virer de sa chambre avec perte et fracas, elle se rapproche. Elle ne va pas se laisser influencer par ce tocard ? Ses traits

éprouvés se décrispent et sans crier gare, elle pose ses lèvres sur les siennes.
Éloigne-toi d'elle, connard ! Elle est à moi !
Que fait-il ? Et elle, pourquoi accepte-t-elle cette proximité répugnante ? Non... Ils ne vont quand même pas... Putain !
Elle est à moi ! Enlève tes sales pattes !
Je suis tendu tel un arc. Mon regard s'assombrit. Comme j'aimerais pouvoir pénétrer dans cette chambre et lui refaire le portrait ! Non seulement je ne suis pas invité, mais il semblerait que Sixtine ait protégé cette pièce des intrusions. Je ne peux pas rester là tandis qu'ils copulent comme des bêtes ! Il n'est pas digne d'elle ! Il ne devrait même pas avoir le droit de la regarder !

Elle ôte sa robe d'un geste lent et sensuel qui me consume. Ses courbes divines me brûlent les pupilles, cette volupté, cette grâce qui l'habitent... C'est pour moi qu'elle devrait se déhancher ainsi !

J'ai la trique alors que c'est l'orage qui pulse dans mes veines. Son corps m'appelle et pourtant, c'est lui qui la touche ! Je vais le crever, ce chien errant ! Il ne connaît pas sa chance d'être protégé par cette putain de baraque ! Sans ça, je l'aurais déjà saigné !

Je songe à peine à verser le sang que mes canines deviennent plus proéminentes. J'ai soif et bande plus fort.

Je devrais m'épargner ce spectacle et pourtant, je suis hypnotisé par cette médiocrité. Incapable de quitter ma belle des yeux tandis que le toutou la laboure, la souille. Une chance qu'il ait si peu d'endurance, leurs répugnants ébats s'achèvent rapidement. Mais, au lieu de s'éloigner, ma douce se blottit contre son torse. Plus de traces de larmes, son visage d'ange des ténèbres ne reflète plus que confiance et sérénité. Du bout des doigts, il effleure son bras tout en murmurant des mots que je devine aisément. Il prétend l'adorer. Et vu l'air béat sur ses traits, tout porte à croire qu'elle l'aime en retour.

Et moi, alors ? Que fait-elle de moi ?

C'est moi qui suis fait pour elle ! Elle m'appartient malgré l'illusion de ses sentiments !

J'en ai trop vu. Je saute du balcon et regagne ma caisse. Je mets le contact et démarre en trombe. Je dois chasser ces images de mon esprit et trouver une solution à cette inextricable situation. Il y a une personne de trop dans cette équation, et ce n'est pas moi !

Mais d'abord, je dois passer mes nerfs, extérioriser cet ouragan qui m'emporte. Direction droit devant. Je dégoterai bien un casse-dalle à me mettre sous les dents. *On ne se montre pas...* Allez tous vous faire foutre ! Je suis Drake Butcher, je suis en colère, j'ai soif et j'ai besoin de tuer !

J'ai beau me concentrer, les images de ce rapprochement contre nature me hantent. C'est à peine si je distingue le paysage qui défile à vive allure derrière les vitres, ce qui ne m'empêche pas de repérer un groupe de jeunes filles qui divaguent sur le trottoir peu éclairé. Je freine d'un coup sec. Ma voiture dérape et se stoppe net devant le petit groupe qui glousse, impressionné par les performances de mon bolide.

Je baisse la vitre.

— Wahou, elle est trop belle, votre bagnole !

— Je sais. Ça vous dit de faire un tour ?

— Vraiment ?

Mais que leur apprennent leurs parents, au juste ? C'est tellement facile que ça en devient décevant.

Enjouées – et passablement éméchées –, les quatre gamines se glissent dans l'habitacle, ravies de se faire promener par une grosse cylindrée. Ce qu'elles ignorent, c'est que la destination leur plaira moins. J'accélère. La voiture ronronne. Celle qui s'est installée à côté de moi s'agrippe à son siège. Elle est effrayée. Son sang pulse. J'ai tellement soif.

Je sors de la ville.

— Vous allez nous raccompagner après ?

— Bien sûr.

Mais elles se doutent enfin de quelque chose. Il était temps ! Elles transpirent la peur par tous leurs pores. Leurs petits cœurs de moineaux palpitent, attisent un peu plus mon appétit à chaque battement.

Dans la forêt, je m'arrête et quitte le véhicule pour ouvrir la portière arrière.

— Qu'est-ce que vous faites ?

— Une pause déj.

— Je préfère rester dans la voiture, m'indique celle qui se trouve juste devant moi.

Elle m'agace ! Elle n'a pas fini de piailler ? Jamais un repas ne s'est permis de me faire attendre !

Je la saisis par le bras malgré ses protestations et la siphonne sous les cris effarés de ses copines qui se tassent de l'autre côté de la banquette, figées dans leur torpeur. Lorsque le petit corps de ma victime s'écrase sur le sol, les autres suspendent leur souffle. Enfin, elles ont compris quel sort funeste je leur réserve. C'est délectable. J'attrape la suivante et la tire sur la banquette. Elle se débat. Ses amies tentent bien de la retenir, mais finissent par la lâcher. Elle est pâle, mais délicieuse.

Lorsque je me saisis de la troisième, tétanisée contre la portière, celle installée à la place du mort quitte le véhicule en courant. Tant mieux, ça me fera faire un peu d'exercice. Je reporte mon attention sur la petite boule livide. Les larmes coulent sur ses joues sans qu'elle émette le moindre son. Perturbant. Qu'importe, je dégage son cou palpitant et y mords à pleines dents. O négatif, mon rhésus préféré ! J'aurais dû la garder pour la fin. Tant pis, je la vide et relâche son corps avant de prendre en chasse le dessert.

Cette gosse n'a rien d'une survivaliste, elle a laissé des traces partout, et une odeur de parfum bon marché dont je me serais volontiers passé. En quelques foulées, je l'aperçois, les jambes ensanglantées pour avoir traversé les ronciers. Sa respiration saccadée se distingue dans le silence de la forêt qui retient son souffle. Aucune créature sur terre n'est assez stupide pour révéler sa présence lorsqu'un vampire est dans les parages. Aucune, à l'exception des humains. Elle disparaît derrière les troncs, dissimulée dans la pénombre privée de lune par les feuillages.

— Tu ne fais que retarder l'inévitable, tu sais ?

Elle suffoque non loin.

— Je vais t'attraper, petit colibri.

Elle ne respire plus. Ce sont les battements de son cœur qui trahissent sa présence juste derrière un large chêne.

Je m'approche lentement. D'un mouvement furtif, je contourne le tronc et agrippe ses épaules. Son cri meurt sur ses lèvres blêmes. Personne ne l'aurait entendu, de toute façon. Je la soulève, la plaque contre l'écorce et plonge dans son cou. Elle bat des pieds quelques secondes, puis s'immobilise avant de choir sur la mousse.

Je me sens toujours aussi mal, mais au moins je n'ai plus soif. Dans ma tête, les images vrillent, virevoltent et s'emmêlent. Non, je ne peux pas accepter ça. Pas moi.

Soudain, le déclic. Je sais comment régler mon problème. Mais d'abord, je dois enterrer mes victimes. Bah, ouais... *On ne se montre pas*, il paraît !

CHAPITRE 20

NEEVE

— Remerciez votre chef pour sa disponibilité, lance Lennox aux deux Bêtas qui nous raccompagnent sur le seuil de leur tanière.

Tu parles de disponibilité, toi ! Nick Lormont, le chef de meute de Virginie n'a quasiment pas ouvert la bouche. Faut dire qu'il n'était pas hyper emballé à l'idée de tenir le crachoir à des sorciers, et encore moins à des sorciers de Fallen Creek. Heureusement, la fonction de Lennox le rend intouchable, car ce n'était pas la « grosse ambiance » dans l'antre des loups. À peine étions-nous entrés que des regards torves, des grognements et des crocs acérés nous ont accueillis. Si on ajoute à ça le fait que la meute Greystorm a récemment torturé plusieurs de leurs membres – les fameux loups libérés par Robin peu avant notre arrivée dans la tanière –, et que, comme elle, ils déplorent de trop nombreuses disparitions de femelles, on peut sans peine affirmer que l'entrevue a été difficile. Et à part ces maigres informations, on n'a rien appris. Le mystère reste entier.

Nous nous rendons dans un nouveau motel, et j'ai le moral dans les chaussettes. Après les révélations de Kyle, un souffle d'espoir est né dans ma poitrine. Mais plus l'enquête avance, plus je doute que l'on tire quoi que ce soit de tout ce périple. Je crains que Sixtine n'ait eu raison. Ce voyage est une impasse...

De plus, ce n'est pas comme si ce n'était pas tendu avec mon ex. C'est à peine si nous avons échangé un mot depuis notre conversation au sujet de notre agression. Encore et toujours ce silence entre nous. Et je suis si lasse de ce silence.

Je rentre dans ma chambre et prépare mes affaires pour l'expédition du lendemain, qui nous mènera à la Witch School. C'est la seconde plus grande école de sorciers du pays, après la Wiccard de Caroline du Nord. Peut-être qu'on y trouvera des indices, qui sait ? Lennox prend son repas dans sa chambre, moi aussi. Quand je m'allonge sur le lit, mes yeux se perdent au plafond. Qu'est-ce que je fous ici, putain ?!

Je pense à Eli et à Sixt. Je tente de joindre la première, en vain. *Maudites parois rocheuses de la caverne des loups !* J'oublie toujours que son téléphone capte une fois sur deux, et encore, je suis sympa. J'appelle Sixtine, mais je tombe sur la messagerie. Finalement, je ne leur laisse aucun message. Elles me manquent, mais que dire ? Après notre départ de la tanière, enfin, surtout après qu'Elinor y est retournée, on ne s'est plus vues, toutes les trois. Ensemble. Depuis que nous sommes gamines, rien ne nous a jamais séparées, mais désormais, c'est un gouffre qui nous divise. Mes réflexions assombrissent mon humeur, si c'est encore possible. Cette fois, je chope mon portable et contacte mon frère, tout en extirpant un petit pétard préparé à l'avance d'une boîte en métal. Je tire une première bouffée quand Mark décroche.

— Alors, cette enquête ? me demande-t-il.

— Chou blanc, réponds-je en expirant la fumée.

Je l'avais prévenu de mon départ, puis de ma rencontre avec Kyle. Entendre sa voix me fait du bien. Je distingue de la musique derrière lui, ainsi que quelques cris.

— T'es où ?

— Au *Kiddy Hurricane*.

— Y a du monde ?

— Bof… je m'emmerde.

— Même pas une petite nana de la ville pour flirter avec mon frère ?

— Les nanas de la ville ont toutes été écumées, très chère.

Je pouffe. Comme si c'était vrai ! Quel orgueilleux !

— Bah, vu l'ambiance ici, déclaré-je, je passerais bien ma nuit à me saouler avec toi.

— Tu reviens quand ?

— On doit consulter les archives de la bibliothèque de la Witch School demain. Mais si on ne trouve rien, je ne vois pas ce qui me retiendra de rentrer à Fallen Creek.

— Et Lennox ?

— Quoi, Lennox ?

— Comment ça se passe avec lui ?

— Ça se passe pas.

Un silence. Du moins entre nous, car c'est à se demander comment mon frère m'entend avec la musique que crachent les baffles du *Kiddy*.

— Neeve.

— Ouais ?
— Reviens vite.

Mon cœur se serre. De la même façon qu'avec les filles, j'ai rarement été éloignée de mon frère. Notre plus longue période de séparation a été celle durant laquelle je me suis cachée parmi les loups. Je ressens à ces quelques mots de Mark qu'il ne veut plus revivre ça. Moi non plus.

— Je ferai au mieux.

Quand il raccroche, je suis encore plus démoralisée. Il me manque lui aussi, bordel !

Le lendemain matin, je rejoins Lennox à l'arrière du motel.

— Prête ?

Je hausse les épaules et ignore son visage contrit. C'est pas comme s'il avait affiché un grand sourire en m'apercevant. Je ne lui demande pas de sortir les trompettes, mais plus les jours avancent, plus je perçois l'abîme qui nous sépare. Jusqu'à maintenant, cela ne m'avait pas dérangée. J'avais ma vie avant les attaques, avant les loups. Cette vie insouciante, d'une certaine façon, malgré cette agression qui nous a coûté notre relation. Une agression qui m'a profondément marquée. Rien que d'y penser, je sens encore les mains calleuses de ces enfoirés qui fourragent sous mon pantalon, sur mes seins, ma peau... jusque dans mon âme. Mais peu à peu, et grâce à la présence de ma famille et de mes amies, j'ai avancé.

Peut-être pas de la bonne manière, mais j'ai avancé. Je dois admettre que j'ai longtemps, si ce n'est toujours, noyé mes émotions dans un océan d'alcool, de *weed* et de sexe.

Il n'y avait plus Lennox.
Il n'y avait plus *nous*.
Au début, le manque a été invivable. J'ai tant pleuré. Plus le temps passait, plus il s'éloignait, et la colère a supplanté le désarroi. Je crois qu'elle est encore en moi, peut-être même plus forte quand je me rapproche de mon ex pour lui prendre la main.

Entre l'agression et notre séparation, c'est finalement la seconde qui a été la plus douloureuse. Alors qu'il nous téléporte, c'est à cela que je songe. Et ouais, finalement je lui en veux, putain !

Nous n'échangeons pas un mot avant de passer les portes de la Witch School où feu Fausta Summers travaillait en tant que bibliothécaire. Nous n'avons pas fait dix pas à l'intérieur de l'enceinte que nous sommes interpellés par l'illustre directrice de l'établissement, Shirley-Destiny Limper (qui s'appelle comme ça, honnêtement ?), dont le sourire faux se devine à trois kilomètres.

— Comme je suis heureuse de vous revoir, Amnistral ! s'exclame-t-elle en déroulant ses bras pour accueillir Lennox. Qu'est-ce qui me vaut l'honneur d'une si charmante visite ?

Mon ex répond avec entrain à cette accolade très appuyée de la maîtresse des lieux, qui m'ignore totalement. Je serre les mâchoires et détourne le regard.

— Nous aimerions consulter quelques-uns de vos ouvrages.

— Je croyais que la bibliothèque de la Wiccard était plus étoffée que la nôtre, s'étonne la directrice.

— C'est le cas, mais nous venons compléter nos recherches, et j'ai ouï dire que vous aviez pris soin de développer votre catalogue. Je n'ai entendu que du bien sur le travail que vous réalisez, ici, Shirley-Destiny.

À cette phrase, les joues de la jeune femme s'empourprent. Je lève les yeux au ciel.

— Recevoir ce compliment de la part du directeur de la plus grande école de sorcellerie du pays me touche profondément.

J'ai dans l'idée qu'elle aimerait être touchée d'une tout autre façon quand son regard parcourt le corps de Lennox et se fixe sur ses cheveux sombres qui lui tombent aux épaules. Le sourire que lui renvoie l'intéressé va me faire gerber. Puis, comme s'il se souvenait enfin de ma présence, il se racle la gorge et me présente. La directrice de la Witch School n'en a évidemment rien à foutre de moi et me salue d'un bref signe de tête avant de reporter son attention sur Lennox.

— Je vais vous guider jusqu'à la bibliothèque, dit-elle en esquissant un sourire.

Elle tourne aussitôt les talons et nous invite à la suivre dans un couloir.

— Fausta Summers travaillait ici, n'est-ce pas ? demande Lennox.

— En effet, elle nous manque beaucoup.

Ses paroles ont l'air sincères. En général, je ressens ces choses-là. Quand on me livre un mensonge, la magie naturelle des mots connaît un imperceptible tressaillement. Mes origines anciennes m'ont dotée de cette faculté bien utile par les temps qui courent.

— Savez-vous si elle a rencontré des problèmes dans cette école ou dans sa vie privée ? renchérit Lennox.

— Pas à ma connaissance. Tout le monde aimait Fausta. C'était une brave femme et une sorcière puissante. Mais je suis surprise par vos questions, Amnistral. Ne s'est-elle pas suicidée ?

— Avait-elle l'air de quelqu'un souhaitant mettre fin à ses jours, la dernière fois que vous l'avez vue ?

Shirley-Destiny Limper a un instant d'hésitation avant de secouer la tête.

— Non, je vous l'accorde.

Deux vastes portes battantes s'ouvrent d'elles-mêmes quand la directrice lance un sort. La bibliothèque, dont le plafond cathédrale est entièrement vitré, est impressionnante. De grandes étagères s'élèvent en lignes parfaites, supportant une multitude de livres récents et de vieux grimoires poussiéreux. Je reste un instant ébahie devant la majesté des lieux avant d'être interrompue dans ma contemplation par notre hôtesse.

— Vous ne serez pas dérangés aujourd'hui. Pour la Witch School, c'est le rituel de l'ascension…

À ces mots, Lennox et moi nous figeons. C'est à cette occasion que nous avons été agressés. Un seul jour sans nos pouvoirs, et notre vie a basculé.

— Merci pour votre accueil, madame Limper, dis-je, puisque Lennox tarde à reprendre la parole.

— Faites-moi signe s'il vous faut autre chose, déclare-t-elle sans cesser de fixer mon ex.

Ce dernier opine de la tête et la directrice nous laisse seuls, dans le silence des lieux. Lennox me regarde enfin. Va-t-il me parler ? Non, bien sûr. Il reste muet, et nous nous observons un instant avant d'entamer nos recherches. Nous nous plantons au milieu des rangées de tables, puis Lennox extirpe une craie de sa poche et dessine un pentagramme sur le sol. Il verse ensuite du sable aux extrémités et entre à l'intérieur du cercle. Je l'imite. Nos corps sont très proches. Je sens son souffle sur mon front, tandis que je lève les yeux sur lui, et nos mains se joignent. C'est à peine si je respire, mais cette étape est nécessaire. Puis les premiers mots de l'enchantement passent la barrière de nos lèvres :

« Sorciers, loups, vampires.
Mélange et Origine,
Lois des ombres et Jugement des anciens,
par la magie du savoir,
révélez-nous votre histoire ! »

Le vent s'engouffre dans la pièce. Mes longs cheveux roux fouettent mon visage et celui de Lennox tandis que nous psalmodions à nouveau les paroles de notre incantation. Des livres apparaissent sur les tables, puis ce sont des piles entières qui se dressent autour de nous. Quand les derniers mots de notre litanie sont prononcés, le calme revient. Lennox sort aussitôt du cercle et s'empare d'un des premiers livres du tas. Je soupire face à la tâche qui nous attend et l'imite.

— Des heures… des heures et des heures de recherches, et nous n'avons rien trouvé ! Enfin, c'est dingue, personne ne s'est mélangé avant nous !

— Chut ! s'emporte Lennox en me fusillant du regard. Les murs ont des oreilles dans les écoles de sorciers.

— Ah bon ? Et comment tu le sais ?

— Comment crois-tu que rien ne m'échappe à la Wiccard ? J'ai jeté un sort de *Visécoute* partout dans l'enceinte de l'établissement.

— Bordel, Lenny, t'es le pire patron du monde.

— Je ne vois pas les choses comme toi, se défend-il tout en tournant les pages du livre qu'il tient entre ses mains.

— Alors, raconte, t'as vu ou entendu des trucs louches ? demandé-je.

— Comment ça ?

— Des… je ne sais pas, moi… des machins pas nets. Des coucheries secrètes entre profs ou entre élèves !

Lennox éclate de rire, ce qui me surprend en soi, mais il ne me répond pas pour autant.

— Mais raconte ! insisté-je.

Son rire se transforme en sourire espiègle, mais il ne m'offre toujours aucune réponse. *Oh, putain !*

— T'as vu Eli avoir des relations sexuelles avec un prof, c'est ça ?

Il pouffe.

— Avec un élève de dernière année ?! je m'exclame, dévorée de curiosité.

— Non.

— Non ? Bah, pourquoi tu souris, alors ? T'as vu

quoi ? Si tu l'as surprise en train de s'enfiler une boîte de Xanax, y a pas de scoop là-dedans !

À ces mots, il soupire, pose son ouvrage sur la table et plante son regard dans le mien.

— Nous. Je nous ai vus, *nous.*

Je pâlis.

— Comment ça ? Nous n'avons pas…

— Non, nous n'avons *pas*, en effet. Mais en jetant le sort, je me suis lié à l'incantation du directeur précédent. En réalité, c'est lui qui m'a donné cette idée.

— Et ?

— Et je suis remonté quelques années en arrière.

— Nous avons passé près de quinze ans à la Wiccard, comment se fait-il que tu sois tombé sur *nous* ?

Il se recule sur son siège, soudain mal à l'aise.

— J'ai peut-être ciblé mes recherches.

Un sourire timide atteint mes lèvres, mais il ne peut le discerner, car ses yeux replongent aussitôt dans son livre. Alors il a voulu nous revoir quand nous…

— Qu'as-tu vu, exactement ?

Tout en tournant des pages, il marmonne :

— Un épisode de notre vie dans… la salle de spiritisme.

Bordel ! Mon visage se colore à ce souvenir. Je me rappelle madame Perkins qui, pour me punir d'avoir été trop bavarde pendant le cours, m'avait ordonné de nettoyer la salle. Lenny s'était proposé pour m'aider. Mais une fois que nous nous étions retrouvés seuls, il m'avait plaquée sur la table et prise sauvagement par-derrière. Combien de fois avons-nous fait l'amour dans cette école, jusqu'à en perdre la raison ? Est-ce l'unique souvenir dans lequel il s'est plongé ?

— Ce n'est pas normal, marmonne-t-il.

— Non, on peut le dire ! Qu'est-ce qui t'a pris de nous mater après…

— Je ne parle pas de ça, me coupe Lennox. Regarde ces livres, ils sont de la même collection et tous traitent de l'arrivée de nos ancêtres, les pèlerins. Il manque quatre volumes.

— Des étudiants les auraient empruntés ?

Il se lève et s'empare de la liste des emprunts. Les sorciers ne sont toujours pas entrés dans l'ère du numérique. C'est affligeant. Lennox secoue négativement la tête.

— Pourquoi cette période ? murmure-t-il à lui-même.

Puis il prend son portable et contacte la bibliothécaire de la Wiccard. L'entretien dure quelques minutes, puis il revient vers moi.

— Je l'ignorais, mais il en manque aussi chez nous.

— Ça veut dire quoi, à ton avis ?

— Je ne sais pas.

Intrigués, nous poursuivons nos lectures, mais rien ne nous aide. Une fois mon dernier volume parcouru en vain, mes yeux s'égarent sur les rangées d'étagères et tombent sur une planche de *ouija*. Je me lève pour m'en emparer et me plante devant Lennox.

— Invoquons Fausta Summers !

Il hausse un sourcil narquois.

— Les morts ne se rappellent jamais des circonstances de leur trépas, assène-t-il.

— Elle sait peut-être autre chose.

— Je l'ai déjà invoquée, Neeve. C'est même la première chose que j'ai faite après que tu t'es planquée chez les loups.

— Et elle ne savait rien ?

— Les défunts ne répondent pas par oui ou par non à nos questions. Mais elle m'a appris quelque chose.

— Quoi ?

— Qu'on lui avait aspiré ses pouvoirs avant de mourir. Elle a parlé d'« éradication des sangs mêlés ». Après ce que nous a dit Kyle, c'est...

J'ouvre la bouche pour lui poser une autre question quand soudain je remarque une lueur bleue foncer dans notre direction. Aussitôt, je me jette sur Lennox qui bascule en arrière. La chaise se brise sous le poids de nos deux corps. Nos yeux se rencontrent, puis il me décale sur le côté avant de vite se lever.

— Lenny ! crié-je, de peur qu'il ne se fasse toucher.

Ici, je suis enfermée. Le seul élément naturel et vivant est une plante desséchée trônant sur le comptoir de l'accueil. Je ne peux décemment pas m'en servir pour me défendre. Mais je n'ai pas à le faire. Lennox pare une attaque. Un filet sombre et nébuleux émerge de sa paume avant d'être projeté en direction de l'agresseur qui se cache. Un cri me confirme qu'il a été trouvé, et touché par le sort. Soudain, ce sont plusieurs maléfices qui se ruent vers nous. Tels des nuages noirs, ils s'apprêtent à frapper au moment où Lennox m'attrape la main. La seconde d'après, nous nous téléportons dans sa chambre de motel.

CHAPITRE 21

LENNOX

— Qu'est-ce qu'il s'est passé ? demande Neeve, à bout de souffle.

Mes doigts glissent de sa main. Encore saisi par la décharge d'adrénaline que m'ont insufflée mes sorts offensifs, j'éprouve une fatigue soudaine. Mes pensées, en revanche, ne me laissent plus aucun répit.

— Des Noctombes, révélé-je.

— Des sorciers noirs ?

Son visage a pâli.

— Je le crois, affirmé-je. J'ai déjà ressenti leurs pouvoirs quand Elinor, Sixtine et toi avez été attaquées, après la mort de Fausta Summers.

— Les Amnistrals ont cette faculté, comprend-elle.

J'opine de la tête et vais m'installer sur le fauteuil, les jambes encore flageolantes.

— On n'a pas vu de sorciers noirs depuis plus de deux siècles, remarque-t-elle.

— Je pensais même leur magie disparue, pour tout te dire.

Du moins, jusqu'à ce fameux moment où j'ai cru la discerner chez un homme. Mais ce fut si fugace, si imperceptible, que je ne peux totalement l'affirmer. Cela ne s'est plus jamais produit, alors que j'ai été en contact avec lui à de très nombreuses reprises. J'en suis venu à douter de ce que j'ai éprouvé ce jour-là. Utiliser la magie des Noctombes est interdit. Les sortilèges en sont si caractéristiques que ma fonction me permet de distinguer leurs traces dans l'air, comme des picotements désagréables qui me parcourent la peau, le sentiment d'être asphyxié par un enchantement funeste. Je sais que c'est de la magie noire. Mais accuser sans preuve un homme pareil, c'est prendre le risque de perdre mon titre d'Amnistral, et plus encore. Ou alors... *Bien sûr !* Il me faut voir Cornelius Kane. L'Amnistral du clan des sorciers de Virginie a sans doute des réponses à m'apporter.

— Lennox, que me caches-tu ?

Je ne lève pas les yeux vers Neeve. Il m'est impossible de lui mentir, pas avec la magie de Mère Nature qui coule dans ses veines. Je détourne la tête.

— Tu devrais te reposer, dis-je.

Un silence. Il dure si longtemps que je ne peux résister à finalement la dévisager. Quand mes iris percutent les siens, j'y lis toute sa perplexité.

— Pourquoi tu fais ça, Lenny ?

— Faire quoi ?

Elle soupire et se lève. Je l'observe passer le seuil en serrant les poings. Cette situation n'est plus possible. Je dois avoir les idées claires, mais avec elle auprès de moi, c'est inconcevable. Mes pensées sont chamboulées, mon corps est constamment tendu, mes souvenirs ne cessent de resurgir, je suis... je suis...

Je suis près de la porte de sa chambre, la main posée sur la poignée. J'inspire, le visage de celle que je n'ai jamais renoncé à aimer hante mon esprit. Mes doigts se détachent de la clenche, je recule. Mon cœur s'emballe, mes paumes deviennent moites, je respire mal et décide que c'en est assez. Je fais jouer la poignée et entre sans y avoir été invité.

Neeve est allongée sur son lit, le regard rivé au plafond. Ses yeux sont emplis de larmes, et cela me fend l'âme et le cœur. Suis-je la cause de son chagrin ?

— Neeve...

Mais elle reste immobile. Les larmes débordent et roulent sur ses tempes. Ses cheveux flamboyants forment une corolle autour de ses traits à la beauté si pure, si sauvage. Aucun son ne sort de sa bouche que j'ai tant goûtée à une époque, et qu'il m'est si difficile d'admirer sans en éprouver le souvenir.

Je m'assieds près d'elle. Le silence se prolonge.

— Elles me manquent, Lennox.

Alors ce n'est pas pour moi qu'elle pleure, c'est pour ses amies, bien sûr. Ma main se pose sur la sienne. Comme à chaque fois, le contact de sa peau me brûle.

— Tu devrais partir les retrouver si leur absence te rend si malheureuse, déclaré-je.

Je n'ai aucune envie qu'elle me quitte. Je sais que cela serait le mieux, pour moi, pour elle, pour cette enquête, mais rien qu'à l'idée qu'elle s'éloigne de moi, mon souffle se suspend. Nous avons été séparés si longtemps... Si elle n'avait pas été menacée, si elle n'était pas allée se cacher parmi les loups, alors nous le serions encore. Cette malheureuse aventure aura au moins eu le mérite de nous rapprocher, et je ne veux pas, non, je ne veux plus la quitter.

— Ce n'est pas l'absence d'Elinor et de Sixtine qui me rend si triste, dit-elle. Ce n'est pas non plus le danger, les attaques et ce foutu procès qui me font perdre pied.

Ses yeux errent toujours sur la blancheur du plafond, son souffle se fait haché tandis que ses larmes refluent.

— C'est toi, Lennox. C'est toi.

Ma gorge se serre, ma main en fait autant sur la sienne. Ses mots percutent mon cœur qui tressaute dans ma poitrine. Puis son visage et deux constellations à la couleur noisette se fixent sur moi. On se contemple, et tant de merveilleux souvenirs de nous s'invitent dans mon esprit. J'en suis si étourdi que je me penche au-dessus d'elle, et alors que je suis prêt à poser mes lèvres sur les siennes, des coups à la porte rompent la magie de cet instant. Nos yeux restent soudés, les coups retentissent à nouveau.

— N'y va pas, murmuré-je.

Mais les heurts sur le battant se poursuivent. Neeve s'écarte et se relève.

— Laisse-moi rapidement éconduire celui ou celle qui nous dérange, lance-t-elle, et ne bouge pas de là !

Un sourire pointe sur mes lèvres. Son expression s'éclaire, et mon cœur dégringole jusque dans mes talons. Je suis si heureux de lui inspirer un tel ravissement, après son affliction des dernières minutes. Mais quand la porte s'ouvre et que je découvre les deux loups de la tanière Greystorm, mon humeur soudain s'assombrit.

— Neeve du Nord ! lâche l'un d'eux en s'esclaffant.

De surprise, elle reste figée devant lui.

— Mais… qu'est-ce que vous foutez là ? s'enquiert-elle d'une voix hésitante.

Celui qui s'est adressé à Neeve avance d'un pas et l'enlace. Le second attend que le premier ait terminé et love à son tour ses bras autour d'elle. Je ne manque pas de constater qu'il respire l'odeur des cheveux de Neeve, qui demeure encore coite devant cette apparition. Un air béat marque les traits des deux jeunes hommes après cette indécente accolade. Il s'efface vite au moment où ils me découvrent assis sur le lit de Neeve.

Je sais qui ils sont : les cousins Perry et Tyler Falck, de la meute de Fallen Creek. Je les ai vus quand je me suis infiltré dans la caverne des loups, à l'époque où je cherchais Neeve. Je les ai aussi vus l'embrasser et la toucher sans qu'ils en aient conscience. Ce souvenir m'est intolérable, et je me lève subitement.

— C'est qui, celui-là ? demande l'un d'eux.

Livide, Neeve se retourne vers moi.

— C'est… c'est Lennox.

Les cousins me scrutent un moment avant de détourner leur regard sur celle qu'ils sont venus retrouver, et je n'ai aucune difficulté à deviner leurs pensées.

— Tu nous as tellement manqué, dévoile l'un d'eux en s'emparant de sa main.

Mes poings se serrent. Mon souffle se fait court. Mes yeux restent bloqués sur ces doigts qui tentent de s'entremêler à ceux de Neeve, avant qu'elle ne retire sèchement sa main. Puis elle fait deux pas vers moi, mais je me téléporte juste au moment où elle s'apprête à effleurer mon visage.

— Len...

Je suis déjà dans ma chambre et fourre mes affaires dans mon sac. La porte s'ouvre sur Neeve et claque derrière elle.

— Qu'est-ce que tu fais ? lance-t-elle.
— Je te laisse avec tes deux... amants.
— Amis, corrige-t-elle.

J'expire, désabusé.

— Lenny, tu ne peux pas partir.
— Tu n'as plus besoin de moi.
— Et l'enquête ?
— L'enquête est au point mort, Neeve. De plus, des Noctombes nous menacent. Ça devient dangereux.
— Ce qui veut dire que nous approchons de la vérité.
— On nous tuera avant qu'on ne la trouve. Rentre à Fallen Creek, tu y seras en sécurité.

Je fais glisser la fermeture Éclair de mon sac avant de le passer sur l'épaule. Quand je me tourne, Neeve est face à moi, et son visage exprime toute son amertume. Je voudrais m'élancer, l'enlacer, l'embrasser et la faire mienne, mais la voix des deux loups que j'entends derrière la porte me rappelle à l'ordre. Il me faut être réaliste, cela fait longtemps que c'est fini, entre nous. Neeve a connu tant d'hommes après moi. Elle s'est vautrée dans la luxure pour oublier, avec ces loups aussi, et moi... et moi... je n'ai eu que de vagues relations sans lendemain, hanté par le souvenir de cette femme que j'aime tant que mon cœur va exploser dans ma poitrine.

— Reste, s'il te plaît, Lennox.

Un moment passe. Mes yeux détaillent ses traits, comme s'ils voulaient capturer cette image pour la posséder à jamais.

— T'es là, Neeve ? lance l'un des Falck, alerté par la voix de celle qu'il convoite.

À ces paroles, Neeve se tourne vers la porte, et quand elle revient vers moi, je disparais pour de bon.

CHAPITRE 22

ELINOR

OK. OK. Il faut que je me calme. J'ai envoyé mon sort de localisation sur Neeve, les cousins sont partis la rejoindre. Tout va bien.

Tout va bien ? Non, je ne crois pas. Dans mon ancienne vie, il est fort probable que j'aurais retourné toutes mes cachettes à la recherche d'un petit Xanax, puis que j'aurais laissé un message à mes copines en mode « désespérée », avant de me réfugier au *Kiddy Hurricane* pour écluser quelques cocktails.

Mais là… Je n'ai d'autres choix que de tourner comme une lionne – pardon, comme une louve – en cage.

Je ne peux qu'attendre de voir les résultats de mon sort.

J'ai bien essayé d'avoir une discussion avec mon lié, mais il est têtu comme une mule. Il est resté indifférent à tout : ni mes charmes ni mes supplications n'ont eu le moindre effet sur lui. Du coup, j'ai voulu jouer la carte de l'autorité de la femelle Alpha. J'ai presque cru que ça allait marcher. Il s'est figé un instant, avant d'exploser de rage. Très bien, c'est noté, mon petit numéro ne fonctionne pas sur mon mâle. Au moins, j'ai essayé.

Mais que puis-je faire de plus ? Karl s'entête à vouloir affronter son rival, et quoi que je dise ou fasse, cela ne changera pas. Alors quoi ? Me voilà reléguée au rang de bobonne à la maison, pendant que monsieur joue les gros bras ? Non, mais c'est hors de question !

Il faut que je trouve quelque chose à faire, avant de devenir dingue pour de bon.

Mes pensées s'entrechoquent, un bon milliard d'idées me traversent l'esprit. Partir rejoindre Neeve et les cousins ? Aller voir mes parents ? Retrouver Liv à la Wiccard ? Ma sœur, même si notre différence d'âge fait que nous ne sommes pas aussi proches que je l'aurais souhaité, me manque terriblement.

Pourtant, c'est le visage d'une autre personne qui m'obsède. De longs cheveux noirs aux reflets bleutés, des yeux gros d'orage, un petit menton pointu...

Sixtine...

Depuis combien de temps n'ai-je pas de nouvelles d'elle ? Trop, me souffle la voix perfide de la culpabilité.

Beaucoup trop. D'autant plus que je sais – non, je sens – qu'elle vit de terribles épreuves, entre notre absence, à Neeve et moi, la défection de Robin, et le procès qui s'annonce.

Soudain, l'évidence s'impose à moi. Si je veux me rendre utile, c'est Sixtine que je dois aller voir.

Mais sortir de la tanière pour rejoindre le monde des sorciers... Voilà une difficulté qu'il va me falloir contourner. Hors de question que qui que ce soit puisse me reconnaître.

Mais je n'ai pas le temps, là, tout de suite, pour un petit sortilège à la sauce Moon. Hop, je vire le joli petit haut décolleté, d'un blanc pur, que je porte aujourd'hui, pour le remplacer par un *hoody* à vaste capuche. J'attache mes longs cheveux en un chignon flou, rabats le vêtement par-dessus, pose des lunettes de soleil sur le bout de mon nez, et sors de ma chambre. J'espère juste qu'il ne fait pas trop moche dehors, sinon j'aurai l'air sacrément conne avec ma paire de lunettes.

Heureusement, le beau temps est au rendez-vous. D'instinct, je me dirige vers le manoir des Shadow, en coupant à travers bois. Depuis quand ne suis-je pas sortie seule ? Je passe de nombreuses heures à l'intérieur et quand je m'aventure à l'extérieur, je suis toujours accompagnée de Karl ou de ses Bêtas. Pour l'indépendance, on repassera, hein… Quelques doutes sur ma nouvelle vie m'assaillent soudain, et je me rends compte que tout n'est pas aussi parfait que je me plais à le croire. Certes, si on considère les choses de l'extérieur, j'ai trouvé ma place, je vis le grand amour… tout ça, c'est la vérité. Malgré tout, vivre en couple, ce n'est pas toujours si facile que ça, et mener mon train-train quotidien comme cela me chante me manque un peu.

Cette escapade chez les Shadow est donc plutôt bienvenue. Et dangereuse, ce qui ne gâche rien. Un léger frisson d'excitation me remonte le long de la colonne vertébrale, et mon cœur bat plus fort. Enfin, un peu d'action ! Avec à la clé un moment en tête-à-tête avec ma meilleure amie. Alors, certes, je me doute bien que je ne vais pas être accueillie à bras ouverts, mais je vais tout faire pour qu'elle me pardonne.

C'est donc d'un pas rapide et souple que je m'approche du sombre manoir familial de ma copine. Cet endroit est toujours aussi *creepy*, y a pas à dire. Personne ne pourrait avoir l'idée d'organiser un pique-nique à l'ombre des grands arbres décharnés qui entourent la bâtisse multicentenaire, ou un bal derrière ces murs gris et tristes. Je suis bien contente d'avoir été élevée dans la famille Moon. C'était moins guindé que chez les Shadow, mais au moins, on rigolait bien.

De buisson en buisson, je contourne le manoir pour me placer exactement sous la fenêtre de Sixt. J'envoie un caillou contre le carreau. Combien de fois on a fait ça, avec Neeve, dans notre jeunesse ! Il faut dire qu'on n'était pas forcément les bienvenues à l'intérieur, ou que nous n'étions pas particulièrement à l'aise à l'idée de boire le thé dans le grand salon aux boiseries sombres. Du coup, on venait récupérer Sixtine en douce pour aller s'amuser ailleurs. Je souris en me remémorant ces anecdotes.

La fenêtre de Sixtine finit par s'entrebâiller, et je vois son visage s'encadrer entre les deux battants. Son regard cherche l'intrus qui a osé caillasser son carreau. Elle a la tête des mauvais jours, genre « si je te chope, je vais te coller un procès dont tu te souviendras, petit garnement ! ».

Je lève un bras pour me signaler.

— Pssst, Sixt ! C'est moi, je plaide coupable !

Je ne pensais pas que cela soit possible, mais son expression se rembrunit encore. Merde, elle n'a vraiment pas l'air ravie de me voir ici. Pour preuve, sans même me répondre, elle referme la fenêtre et disparaît derrière le lourd rideau de velours.

OK. Et je fais quoi, moi ? Est-ce qu'elle va descendre pour me rejoindre ? Ou alors elle ne veut absolument pas me parler et vient de me signifier que je pouvais me barrer sans rien attendre d'elle ?

Dans le doute, je décide de patienter et m'assieds sur une souche, à proximité. Et je fais bien, car j'entends bientôt le pas de Sixtine sur l'allée gravillonnée.

— Fait chier, ces putains de talons ! râle-t-elle, un peu trop fort.

Et en effet, ma copine me débusque derrière mon buisson, juchée sur des escarpins qui feraient blêmir une mannequin professionnelle. Mais pourquoi s'infliger de telles souffrances ? Je ne comprendrai jamais.

Mais Sixtine a toujours été une *fashionista*. Elle adore les fringues et les chaussures, comme Neeve adore s'envoyer en l'air après un pétard, et comme moi je kiffais planer avec mes anxiolytiques et mes cocktails. Chacune son délire.

D'ailleurs, ma copine est très chic aujourd'hui, entre ses talons, sa combinaison de soie beige et sa veste légère. Très *working girl*, et ça lui va à la perfection.

Elle se plante devant moi. Malgré sa petite taille, elle en impose grave. Je me sens comme une gamine face à elle, avec mes cheveux négligés et mon sweat pas si propre. Est-ce qu'on vit encore dans le même monde ?

— Salut, Sixt, dis-je en me levant.

Je me tords les doigts avec anxiété. Je n'aime pas du tout du tout le regard glacial que ma copine pose sur moi. C'est bien pire que tout ce que j'ai pu imaginer.

— Qu'est-ce que tu fais là ? se contente-t-elle de me répondre.

— Bah, je suis venue te rendre une petite visite. Ça fait longtemps qu'on s'est pas vues, et tu me manques, tu sais...

— Tu t'es disputée avec ton mec, c'est ça ? Ou Neeve ne traîne pas dans le coin ? C'est pour ça que tu t'es souvenue de mon existence ? Et tu t'es dit que j'allais t'accueillir en sautant de joie ?

— Oh, je te conseille pas de sauter, avec tes pompes, t'aurais vite fait de te faire une cheville...

Ma blague – certes lamentable – tombe à plat et ne suscite chez Sixtine qu'un reniflement de dédain.

— Oh, allez, Sixtine, je sais bien que j'ai merdé, et je m'excuse pour ne pas avoir été présente, mais...

— Mais quoi ? Qu'est-ce que tu veux que je te dise ? Que tout est oublié parce que tu débarques maintenant, la bouche en cul de poule ? Que je te pardonne comme ça ? *Easy* ? Mais tu rêves, ma pauvre fille.

Aouch. Ça fait super mal. Et pas qu'à mon ego. Bon, il va falloir ramper. Je n'aime pas ça, mais mon amitié avec Sixtine vaut bien quelques sacrifices.

— Sixt, je ferai tout pour me racheter et pour t'aider. Vraiment, je ne pensais pas que c'était si terrible, pour toi. Neeve ne voulait pas me dire grand-chose, et j'ai récemment appris par Karl qu'avec Robin, c'était pas tant la fête...

— Tais-toi, crache-t-elle. Tu ne sais pas de quoi tu parles.

— Ben, si, un peu, tout de même. Je te rappelle que je suis liée à un loup. Alors je veux bien que tu m'en veuilles et que tu me fasses la tronche, mais j'ai pas choisi ma situation non plus. Je suis prête à tout pour que tu me pardonnes, mais n'oublie pas certaines réalités, et ne sois pas injuste. Ce n'est pas ton genre.

— Qu'est-ce que tu veux dire ?

— Je veux dire qu'il m'est difficile de m'éloigner longtemps de Karl, ça fait partie du package « femelle de l'Alpha », et c'est pas forcément ce que je préfère dans ma vie actuelle. Ma famille me manque aussi terriblement, et je ne peux même pas aller les voir. Je veux dire qu'il a fallu que je me fasse une place dans la tanière, que je me fasse accepter, et que j'ai fait ça toute seule. Je n'avais jamais rien fait sans vous, les filles, et ça a été super dur pour moi. Et pour finir, ne crois pas que je sois inactive. Je viens d'envoyer les cousins Falck rejoindre Neeve pour l'aider dans son enquête.

— Super, bravo pour cet étalage d'excuses moisies. Je suis censée en faire quoi ?

Alors là, j'en reste… coite. Et pourtant, c'est pas mon genre. Mais la colère commence à poindre en moi. Je sais bien que je ne devrais pas m'énerver contre Sixtine, que c'est une mauvaise idée, parce que clairement, je n'ai pas été suffisamment présente pour elle. Mais je la trouve quand même un peu gonflée.

— Hey, dis, je veux bien admettre que j'ai été en dessous de tout, mais tu n'étais pas si seule que ça. Tu vis toujours avec Neeve, et personne ne t'oblige à venir te réfugier dans ce manoir lugubre. Tu n'es pas liée à Robin, certes, mais il est à tes côtés, malgré tout, et…

Et merde. Sous mes yeux ébahis, la fière Sixtine éclate en sanglots déchirants. Elle cache son visage entre ses mains, comme pour me dissimuler son désespoir. À bien la regarder, elle semble avoir perdu dix centimètres d'un coup.

— Sixtine, non, ne pleure pas, steuplé…

Je lutte contre l'envie irrépressible de la prendre dans mes bras, mais je ne sais pas si c'est l'idée du siècle. Sixt est du genre teigneuse, et cela ne la dérangerait pas de m'en coller une pour faire bonne mesure.

Je rassemble néanmoins mon courage et m'approche de mon amie. Je tapote maladroitement son épaule agitée de soubresauts.

— Sixt… ça va aller, hein.

— Noooon, rien ne va aller. Rien ne va.

Et là, sans que je m'y sois attendue une seule seconde, ma copine se jette dans mes bras et manque de me faire basculer en arrière. Merde, elle est vraiment pas bien, je crois. Je ne cherche même pas à réfléchir et je l'enlace à mon tour. Je niche ma tête dans son cou et la berce un peu, pour la calmer.

— Qu'est-ce qui va pas, exactement ? Euh… enfin, je sais qu'y a pas grand-chose qui va, mais qu'est-ce qui te met dans cet état-là ?

Malgré moi, je lève les yeux au ciel. Qu'est-ce que je peux être maladroite, parfois ! Ou tout le temps, en fait. Je suis une handicapée du sentiment. Finalement, heureusement que je me suis liée à un loup, sinon je ne vois pas avec quel mec j'aurais pu me foutre à la colle.

— Ces dernières semaines ont été… et puis il y a Robin qui…

Sixtine se redresse un peu, essuie son nez morveux

avec la manche de sa veste qui doit coûter une blinde, et m'adresse enfin – enfin ! – un pâle sourire.

— Toujours les mecs qui nous pourrissent la vie, hein ?

Comme deux couillonnes, nous explosons de rire en même temps. Bon, c'est vrai que de pleurer un coup, ça fait du bien parfois. Et je la connais, ma Sixt, elle est du genre à tout garder pour elle, jusqu'à la déflagration.

— Dis, t'as pas envie qu'on aille boire un cocktail au *Kiddy* ? je lui balance comme ça.

Parce que ouais, des réconciliations pareilles, ça se fête. Et je ne serais pas contre un petit morceau de ma vie d'avant.

— Si, carrément. Mais…

Sixt me jette un regard un peu gêné.

— Quoi ? Qu'est-ce qui se passe ? Je suis pas assez bien fringuée pour toi ?

— Non, c'est pas ça. Encore que, tu aurais pu faire un léger effort vestimentaire, si tu veux mon avis. Mais bref… Non, c'est juste que tu ne peux pas te montrer à visage découvert dans Fallen Creek, c'est trop dangereux.

Ah, merde, c'est vrai. Mais bon, on est des sorcières, on fait un peu ce qu'on a envie de faire, non ? J'adresse un sourire enthousiaste à ma copine.

— Bah, facile. Un sortilège, et le tour est joué. Tu me veux comment aujourd'hui ? Blonde ? Brune ? Grande ou petite ? Hey, tu me veux en robe Chanel ?

Sixtine écarquille légèrement les yeux. Je suis sûre que l'idée ne l'avait jamais percutée. Un peu comme si adopter une apparence différente était une sorte de délit.

Je ne la laisse pas me répondre, ferme les paupières et me concentre. La lune, même en plein jour, n'est jamais vraiment loin de moi. J'ai toujours réussi à puiser dans son énergie avec aisance, et depuis que je suis à moitié louve, cela m'est encore plus facile.

Je sens une lumière scintillante m'envelopper, un vent soudain se lever et faire voler mes cheveux, et hop, la magie opère.

— Wow ! s'exclame Sixt.
— Ça t'en bouche un coin, n'est-ce pas ?
— Carrément ! T'es plutôt bonne au naturel, mais alors là !
— T'as pas un miroir sur toi pour que je regarde ça ?

Du minuscule sac qu'elle tient sous son bras, elle sort ce que je viens de lui demander. Sixt et ses sacs à main, c'est un peu Mary Poppins, mais version victime de la mode. Moi, dans ma vie passée, j'étais une version prof. Dans mes énormes sacs difformes, j'avais des rouleaux de papier toilette vides, des cargaisons de mouchoirs, des dessins de bonhommes bâtons, du crépon, et tout un tas d'autres trucs inutiles à la grande majorité de la population de cette planète.

J'ouvre le petit miroir et admire mes longs cheveux tressés et ma peau sombre comme la nuit. Qui irait reconnaître Elinor Moon sous cette nouvelle apparence ?

CHAPITRE 23

SIXTINE

— Encore un, s'il vous plaît, demande Elinor au serveur débordé, en soulevant son verre vide.

Je ne sais plus trop combien de cocktails nous avons enchaînés ni quels mélanges peu recommandés nous avons testés. L'essentiel, c'est que nous avons laissé nos problèmes à la porte, et ces retrouvailles se font sous le signe de la légèreté, pour une fois. Pas de procès ni de défense dans notre conversation, juste des délires de nanas ordinaires.

— Sans rire, alors tu t'es offert le dernier Vuitton ? T'as hypothéqué le loft ?

— Ouais. J'ai même choisi un carré Hermès assorti !

— T'es incorrigible, pouffe mon amie.

Ça fait du bien de retrouver Elinor et de passer un moment seule avec elle. Ça faisait trop longtemps que ça n'était plus arrivé.

— Ton tel, Sixt.

Ah oui, un message. De Robin.

Robin :
Toujours au Kiddy ? Je te rejoins dans la ruelle de service dans une heure.

— Ça va ?
— Robin, indiqué-je en désignant le message. Il va venir.
— Cool ! Tu vois, je savais bien que ça allait s'arranger entre vous !

C'est vrai que ça va mieux et que c'est plutôt agréable. Après la déferlante d'emmerdes, j'apprécie d'autant plus ce renouveau. En espérant qu'il dure et que je ne me prenne pas une seconde vague dans la tronche au moment où je m'y attendrai le moins. Je le redoute tant que cette angoisse me saisit à nouveau. Mais ce soir, je refuse de me laisser submerger par l'inquiétude. Même si je nourris encore des réserves quant à ses choix, être avec Eli est comme une bouffée d'oxygène. Je ne réalisais pas à quel point elle me manquait avant cette petite virée entre filles.

— C'est dommage que Neeve ne soit pas là, soupiré-je.
— On n'a qu'à se tenter une visio ! propose Eli, enthousiaste. Je dois capter, ici, pas comme dans la tanière.

Bonne idée. Je me sens mal de l'avoir laissée partir en campant sur mes positions, alors qu'elle cherche à nous aider, mais j'étais trop aveuglée par mes tourments. La proximité de notre trio me manque. Elinor me tend son téléphone.

— Eli ? demande Neeve avant de m'apercevoir, étonnée de reconnaître le numéro, mais pas le visage de notre amie. Oh, t'es là aussi, Sixt ! Et Eli, qu'est-ce que t'as fait à ta tronche ? T'es sortie incognito, c'est ça ?

Elle semble heureuse de me voir. Et elle n'est pas seule non plus, les deux éphèbes qui lui ont tenu compagnie chez les loups se pressent à ses côtés.

— Coucou, les filles, nous saluent-ils en souriant à pleines dents.

— Tu mènes toujours l'enquête en Virginie ? je l'interroge.

— C'était le cas, jusqu'à ce que ces deux-là me tombent dessus ! grogne-t-elle.

— Mais bien sûr ! ricane Eli. T'es au courant que c'est moi qui te les ai envoyés, quand même, ou tu t'imagines qu'ils t'ont pistée parce que tu leur manquais trop ?

Neeve rit, mais je crois discerner une forme de chagrin dans son regard habituellement si solaire. Je devine que ses investigations n'ont pas donné grand-chose. Malgré cette pensée, nous passons un bon moment. Un moment à trois. *Nous trois.* Tant pis si elle n'a rien trouvé, de toute façon, ça ne changera pas grand-chose à notre stratégie. J'ai tant envie de la retrouver.

— Alors, quoi de neuf ?

Elle chasse ses deux apollons et prend un air grave.

— J'ai pêché quelques infos ici et là, mais rien de déterminant. Je vous expliquerai tout à mon retour.

Elle demeure un instant silencieuse, puis nous adresse un sourire tendre.

— J'aimerais tellement trinquer avec vous, les filles.

J'aimerais moi aussi qu'elle soit avec nous, que nous

puissions nous étreindre et vider quelques bouteilles en discutant de tout et de rien.

— Eh bien, allons-y ! T'es bien dans un motel ? balance Eli, un peu pompette.

Neeve acquiesce.

— Va te chercher un truc dans le mini bar !

Notre amie s'exécute, faisant tanguer le téléphone avant de le fixer devant le contenu du frigo bondé.

— Qu'est-ce que je prends ?

C'est sûr que ça demande réflexion, il n'y a rien qui fasse vraiment envie. Pourquoi ces établissements s'obstinent-ils à proposer de la piquette bon marché quand ils pourraient offrir quelque chose de consommable – à défaut d'être moins toxique ?

— Un truc fort, conseillé-je.

— Pourquoi ?

— J'aime te voir grimacer !

Nous partons toutes les trois dans un fou rire insouciant. Depuis quand n'avons-nous plus partagé un verre ni ri de bêtises sans intérêt ? Trop longtemps, assurément.

— Non, sérieux ! s'écrie soudain Elinor, abasourdie. Neeve, on doit te laisser !

— Quoi ?

— Regarde ! me presse-t-elle en agrippant mon bras tout en raccrochant. Regarde là-bas !

Elle désigne un groupe de gosses qui se massent à l'entrée du bar. S'ils ont vingt et un ans, moi, je suis la reine d'Angleterre !

— Et ?

— Regarde, là ! insiste-t-elle avec la discrétion d'un hippopotame dans un couloir. C'est Liv !

Ah oui, la sœur d'Eli se dissimule dans le petit groupe et parvient à entrer sans encombre. Mais elle est reconnaissable de loin, avec ses cheveux aussi clairs que la lune.

— Mais ce n'est qu'une gosse, qu'est-ce qu'elle fout ici ?

— Justement ! s'indigne mon amie. Je vais lui botter le cul, viens !

— Eli, tu n'es pas tout à fait toi-même, tu sais...

— Quoi ?

— Ton visage, précisé-je en passant ma main devant le mien. Tu n'es pas censée être là, tu te souviens ?

— Mais on ne va quand même pas faire comme si on n'avait rien vu !

— Tu ne vas pas me forcer à aller secouer *ta* sœur, si ?

— Non. T'as raison...

Elle avale une longue gorgée pour dissimuler sa frustration.

— Eli, ça va ?

Je pose ma main sur la sienne pour détourner son attention de sa petite sœur qui rit à gorge déployée dans les bras d'un jeune homme visiblement plus âgé qu'elle.

— Elle me manque, soupire-t-elle. Mon ancienne vie me manque. Neeve et toi, vous me manquez.

— Toi aussi, tu nous manques.

Je presse ses doigts et lui adresse mon sourire le plus convaincant.

— Mais tu as Karl ! lui rappelé-je, feignant d'être enjouée par cette situation qui me contrarie pourtant toujours en mon for intérieur. C'est quand même un sacré truc, tu te rends compte ? T'as réussi à te maquer avec un Alpha !

Elle esquisse un sourire triste, tiraillée – comme moi – par des sentiments contradictoires.

— Tu sais, quand ce procès sera derrière nous, ajouté-je, il en restera au moins quelque chose de positif.

— Ah oui ? s'étonne-t-elle.

— Oui. Nous nous serons débarrassées de cette loi débile. Enfin, les loups et les sorciers cohabiteront sans préjugés. Grâce à toi et à Karl. Ce n'est pas fabuleux, ça ?

— Ça ne sera pas si simple…

— Non, tu as raison. Ça sera galère, mais ça bougera les choses, notre cas va bousculer les coutumes archaïques, faire céder les remparts érigés entre les espèces, balayer les a priori qui ont régi nos sociétés depuis la nuit des temps. Grâce à ce lien spécial que tu as avec Karl, les communautés de l'ombre vont entrer dans une nouvelle ère.

— Qu'avez-vous fait de mon amie ? me demande-t-elle en riant. Je ne t'ai plus vue si optimiste depuis…

Elle s'interrompt. Elle ne sait plus depuis quand. Probablement parce que je suis d'un naturel pessimiste, résigné et pourtant toujours révolté. Me battre pour des causes perdues ne me fait pas peur, mon existence n'est pas une fin en soi, alors que mes actes, aussi désespérés soient-ils, peuvent faire une différence. Même infime.

— Ce n'est pas pour rien que nous sommes soumises à cette épreuve. Le destin espère nous voir grandir, et avec nous, les communautés qui nous entourent. Je suivrai les conseils de mon oncle et de Neeve, ne t'inquiète pas. Comme convenu, je nierai toute implication, mais je désire pouvoir apporter un éclairage sur leur mode de vie, leurs valeurs, tu comprends ?

— Personne ne t'écoutera !

— Eli, tout ceci n'est que méprise. Si notre coven – et les sorciers dans leur ensemble – réalise que les loups partagent certaines de nos valeurs, comment faire perdurer cette ségrégation insensée ?

— Comment espères-tu leur ouvrir les yeux ? Nous avons brisé les règles, archaïques ou non, c'est illégal !

— Je m'en tiendrai aux faits. Nous ne nous sommes pas mélangées – du moins, pas au début –, ils nous ont protégées d'un prédateur issu de nos propres rangs. Ils n'ont jamais représenté une menace pour notre communauté et ont même été prêts à nous prêter main-forte sans poser de questions. Plus ou moins, tempéré-je devant la moue dubitative d'Elinor, qui se rabat une nouvelle fois sur le contenu de son verre.

— Tu crois que ça peut fonctionner ?

— Si tu m'aides, j'en suis convaincue.

À son tour, Eli attrape mes doigts et les serre entre ses mains tièdes. Ses yeux dans les miens, elle rêve tout haut :

— Ce serait fabuleux... Merci, Sixt, ça me fait du bien, de t'entendre dire ça.

— Il m'arrive d'avoir de bonnes idées, tu sais.

Dans un horrible grincement, elle rapproche sa chaise de la mienne et m'enlace dans ses bras jusqu'à m'en faire péter une côte. Est-ce depuis qu'elle est une louve qu'elle est si forte ?

— Eli, j'ai besoin de respirer.

— Ça va, chochotte, tu peux bien faire un câlin ! Si ça se trouve, on ne se reverra pas avant un bail, ajoute-t-elle, un immense sourire sur son visage de fée.

— Y'a pas intérêt, sinon je viens te chercher par la

peau des fesses dans ton trou à loups ! On s'appelle, tu promets ?

— Promis, confirme-t-elle sans la moindre hésitation.

Enfin... si je capte.

— Je dois rejoindre Robin dans la ruelle à l'arrière, tu m'accompagnes ?

— Je vais rentrer. Karl doit s'inquiéter.

Elle ne dit pas que c'est à cause de son exil, et je trouve cette attention touchante, même si quelque part, ça me blesse de le deviner. Je la serre à nouveau dans mes bras avant de quitter notre ancien QG.

— À très vite !

— À très vite ! répond-elle en écho.

Retrouver Eli m'a requinquée. Sur le trottoir de la ruelle, je sautille sur mes échasses, improvisant quelques pas de danse avant de rejoindre Robin qui m'attend sagement dans la pénombre.

— Tu es radieuse. C'est de me voir qui te fait un tel effet ?

Inutile de répondre, je me rapproche et presse mes lèvres sur les siennes, les yeux grands ouverts pour garder ce moment en mémoire.

Cette soirée est parfaite. D'abord Eli, puis Robin, rien ne pourrait me combler davantage.

— Moui, confirmé-je à moitié. J'étais avec Eli. Nous avons discuté de choses et d'autres. Et de fil en aiguille, nous avons décidé que notre expérience devait servir d'exemple. Mais dans le bon sens du terme, poursuivis-je précipitamment en le voyant se décomposer.

— Dans le bon sens... répète-t-il, dubitatif.

— Nous devons faire comprendre aux sorciers que les

loups ne sont pas hostiles, et même qu'ils partagent tant avec nous. Cette séparation imposée par nos lois est inutile.

Il n'a pas l'air enthousiaste.

— Certes, mes plans ressemblent à une trahison, mais si nous parvenons à nos fins, cela n'en sera plus une. Et enfin, je serai en phase avec mes convictions et ma soif de justice.

— J'aime cette passion dans tes mots, souffle Robin en m'embrassant. Tu sauras les persuader.

— On rentre ?

Il acquiesce, des aurores boréales dans ses yeux émeraude pétillants de désir. Il anticipe sans doute le reste de la soirée et ça me rend heureuse.

Ma main dans celle de Robin, nous nous apprêtons à quitter la ruelle pour rejoindre le boulevard. Je commence à avoir mal aux pieds, mais j'y suis habituée. D'ici quelques centaines de mètres, nous aurons retrouvé le confort du loft et je me débarrasserai de ces chaussures aussi gênantes que sublimes.

Soudain, je me fige en apercevant quelque chose sur le sol.

— Sixt ?

Un petit objet scintille à la faible lueur du lampadaire. Je m'abaisse, quittant les bras de Robin, et discerne enfin de quoi il s'agit : des pierres anti-magie ! Nous sommes dans un cercle de pierres ! Qui voudrait nous tendre un piège ? Qui connaît ma nature pour souhaiter me priver de mes pouvoirs de cette manière ? Et pourquoi ?

J'ai à peine le temps de me retourner qu'une ombre glisse du haut du bâtiment pour nous rejoindre dans le cercle. Elle se déplace à une telle vitesse que je doute un instant de ce que j'ai vu. Lorsque je tente de m'en rapprocher, elle s'éloigne déjà, assénant au passage de violents coups à Robin qui peine à les parer et finit les fesses sur le sol humide.

Qu'est-ce que c'est que cette chose ? Comment peut-elle dominer la situation face à un loup ?

Le sang déserte mon visage. Robin se relève d'un saut et se campe sur ses jambes pour assurer son équilibre. Bien qu'il tâche de le cacher, ses gestes saccadés trahissent sa douleur ; sa chute a dû provoquer quelques hématomes. Il maintient sa garde, ses poings griffus devant sa tête, prêt à frapper. Mais l'ombre glisse entre nous tel un courant d'air impalpable, distribuant une volée de coups dans la cuisse de Robin qui chancelle de plus belle. Un genou à terre, il essaie de reprendre son souffle tandis que je me précipite pour lui porter secours.

— Reste en dehors de ça, m'ordonne-t-il en m'éloignant du plat de sa main contusionnée.

— Mais...

Je n'ai pas le temps d'achever ma phrase que la chose le frappe à nouveau. Tentant de riposter, Robin balance des coups frénétiques dans tous les sens. Il fouette l'air de ses griffes de plus en plus proéminentes, figé dans cette demi-métamorphose qui lui assure la discrétion de l'homme et la force du loup. C'est peine perdue, l'ombre est déjà hors de portée.

— Va-t'en ! m'ordonne-t-il, les poumons au bord des lèvres.

— T'es dingue ! Je pars pas sans toi ! sangloté-je,

affolée et cherchant les autres pierres magiques des yeux pour m'en débarrasser.

La créature surgit de la pénombre, les jambes en avant, et lui enfonce le pied dans l'estomac. Robin tombe à la renverse dans un bruit sourd.

— Robin !

Je me précipite à ses côtés, le souffle coupé.

Il se relève avec plus de difficulté encore que la fois précédente, laissant échapper des grognements déchirants.

Il plonge ses yeux dans les miens une fraction de seconde et hurle à pleins poumons malgré ses côtes cassées qui lui éraillent la voix :

— Sauve-toi !

Je ne peux me résoudre à l'abandonner à cette chose qui, pour une raison qui m'échappe, ne s'intéresse pas à moi. L'ombre virevolte toujours. Si ses coups n'éprouvaient pas autant Robin, je ne la distinguerais plus tant elle est rapide et précise. Soudain, elle saisit le visage de Robin, stupéfait, et s'empare de son cou. Un craquement atroce déchire le silence de la ruelle. Les aurores de ses yeux se figent, et il s'effondre, les paupières encore ouvertes.

Est-ce qu'il est...

Je ne peux pas aller au bout de ma pensée de peur de la voir se vérifier.

Mon cœur s'arrête, ou plutôt se brise. La silhouette s'est effacée, comme un mauvais rêve. Je me jette aux côtés du corps de mon aimé, plonge dans les iris de Robin, y cherchant une étincelle de vie à laquelle me raccrocher, mais je n'y décèle plus rien. Juste un terrible néant qui m'étreint fatalement.

Je suffoque.

Il ne peut pas…

Il est…

— Robin !

Son prénom s'échappe dans une complainte déchirante avant de s'entraver dans ma gorge. Je m'étouffe de plus belle, perdue entre terreur et désespoir.

Qui est cette créature qui a fait basculer notre vie en une fraction de seconde à peine ?

Si elle réapparaît… comment m'en débarrasser sans pouvoirs ?

J'ai beau gesticuler, tenter de déployer ma magie, il ne se passe rien.

Un bruit sourd.

La douleur qui irradie dans mon crâne.

La chute.

— Tout ira bien, mon petit oiseau.

CHAPITRE 24

KARL

— On est d'accord, Angus ? Je te laisse t'occuper des derniers détails ?

Mon Bêta acquiesce. Cela fait trois heures que nous sommes enfermés dans mon bureau, afin de préparer le plus minutieusement possible mon duel avec Nick Lormont. Ce genre de combats est rare, depuis quelques décennies. Les différentes hordes de loups ont compris qu'il était dans l'intérêt de notre race de coopérer plutôt que de s'affronter. La diplomatie a remplacé la violence, même si les embrouilles de pouvoir ne sont pas toujours beaucoup plus propres.

Nous avons donc dû nous pencher sur nos archives – heureusement en grande partie numérisées – pour nous faire une idée de l'organisation d'une telle rencontre. Demain, à la première heure, Angus se mettra en relation avec l'un des lieutenants de l'Alpha de la meute de Virginie. J'ai confiance en lui, c'est le loup de la situation. Sous ses mèches blondes couve un regard noir, vif et intelligent. Son assurance tranquille est un atout que j'estime à sa juste valeur. J'ai de la chance, chacun de mes Bêtas possède des compétences exceptionnelles. Angus est un fin diplomate, les cousins Falck sont fougueux et loyaux, et Jake... Oui, bon, c'est peut-être le seul maillon faible de mon équipe. Ce n'était pas le cas avant la mort de Macha, aussi n'ai-je pas envie de prendre de décision le concernant. Pas encore, pas tout de suite. J'espère toujours retrouver mon fidèle conseiller, celui qui connaissait chaque membre de ma meute sur le bout des griffes et était capable de désamorcer le moindre conflit dans la tanière.

Je soupire, me masse les tempes avec les doigts. La fatigue m'accable.

— Ça va aller, Karl ?

— Oui, oui. Ne t'inquiète pas. La journée a été longue et... chargée en émotions. Je vais aller me coucher. Une bonne nuit de sommeil, et tout ira mieux.

J'ignore le regard appuyé que pose Angus sur moi. Je mens, et nous le savons tous les deux. Mais j'ai envie de rejoindre Eli. Elle seule pourra m'apaiser. Enfin... si elle n'est pas trop fâchée que j'aie accepté ce foutu duel à mort.

Bon, OK, ce n'est pas gagné.

Je me lève tout de même, salue Angus qui sort sur un dernier coup d'œil compatissant.

Mais, à l'instant même où il ferme la porte derrière lui, une curieuse tension naît dans ma poitrine. Quelque chose de...

Sans même comprendre ce qu'il m'arrive, je me

retrouve à genoux, au beau milieu de mon bureau. Ma respiration s'accélère, j'ai mal. Putain, j'ai mal ! Un poing me serre le cœur, et j'ai la sensation qu'il va exploser sous la pression.

Je sens mes crocs grandir et se rétracter à un rythme dingue, tout comme ma fourrure et mes griffes. Les coutures de mes vêtements craquent et se déchirent. Je suis habitué à me transformer, mais là, je n'ai aucun contrôle sur le processus. Que se passe-t-il ? Je pousse un hurlement de souffrance, chacun de mes nerfs vibrant sous la douleur qui m'accable.

Quoi ? Que… Les questions s'entremêlent sous mon crâne. La meute ? Est-ce que la tanière est attaquée ? Ce connard de Lormont a peut-être brouillé les pistes en me provoquant en duel, il voulait peut-être tout simplement s'emparer de mon territoire par la ruse. Non !

Non ! Ce n'est pas la tanière, pas la meute, pas… Enfin, si, c'est confus, mes idées défilent quand je suis pris de spasmes violents. Je vomis, roule au sol et me recroqueville. Tout aussi brutalement, mon dos s'arque sous l'effet des convulsions. Pour autant, même si mon corps est dévasté par la douleur, je reste conscient.

Et soudain, la réponse apparaît derrière mes paupières closes.

Robin.

Robin… mon frère…

Cette fois, le cri qui s'élève de mes cordes vocales serrées à mort n'est pas un hurlement de souffrance, mais de pur désespoir.

Robin…

Je sombre enfin, pour fuir l'intolérable chagrin qui me brise en mille éclats.

— Karl ! Karl ! Parle-moi ! Que s'est-il passé ?

Des mains, douces et chaudes, sur moi. Un souffle sur mes joues, mes lèvres. L'odeur d'Eli.

Eli... Elle est là. Ça va aller.

— Eli, grogné-je, la voix éraillée.

Pourquoi ai-je si mal à la gorge ? Pourquoi ai-je si mal ?

— Tu vas bien ? On t'a attaqué ?

Partout sur mon corps, elle tâtonne, à la recherche d'une blessure cachée à son regard.

— Robin... parviens-je à dire.

— Quoi, Robin ? Robin va très bien, j'étais avec Sixtine, elle est partie le rejoindre juste avant que je rentre de Fallen Creek.

Je fais non de la tête, trop épuisé pour parler. Ce qu'elle raconte n'a pas de sens, ça ne colle pas avec la douloureuse certitude qui m'a envahi avant ma perte de conscience.

— Non, Eli... Mais que fais-tu là ?

Elle m'aide à me relever et m'accompagne jusqu'au sofa. Ce sofa où nous nous sommes aimés, la toute première fois, quand elle a quitté son monde pour rejoindre le mien...

Enfin, elle s'assied à mes côtés et me contemple avec ses grands yeux si pâles.

— Angus est venu me chercher. Il a senti qu'il se passait quelque chose, a fait demi-tour et t'a trouvé en pleine crise. Heureusement, j'étais déjà rentrée. J'étais un peu saoule après avoir éclusé quelques verres avec Sixt, mais te voir comme ça m'a directement dégrisée. Que t'arrive-t-il ?

Je hoche la tête, humant l'odeur de l'alcool dans son souffle, puis reprends d'une voix hachée :

— Écoute, Eli. Je ne sais pas ce qu'il s'est passé, mais c'est grave. Robin... c'est Robin, j'en suis certain.

Elle soupire, se gratte le crâne, ne sachant que croire. Mais elle a confiance en moi. Et elle sait que des liens particuliers m'unissent à mon frère.

— OK, je vais essayer d'appeler Sixt. Elle m'a dit qu'il devait la rejoindre au *Kiddy*.

Elle sort son téléphone portable, sélectionne un numéro, attends... Puis balance l'appareil à travers la pièce.

— Putain de murs de roche de merde ! Je suis désolée, ça ne capte pas...

Son agacement monte d'un cran quand elle murmure un sort de localisation pour trouver son amie. Il ne se passe rien et elle soupire d'exaspération. Je m'adosse au canapé, pince l'arête de mon nez entre mes doigts. Maintenant, une sourde migraine pulse sous mon crâne. Aucune idée ne me vient. Envoyer mes Bêtas ? Je ne vois pas comment je pourrais justifier l'ordre de rechercher un loup banni de la meute... Y aller moi-même ? Oui, mais il faut que je tienne sur mes jambes, d'abord... Et avec ce combat qui approche, j'ai besoin de toutes mes forces...

— Karl, je sais ! Je suis une louve maintenant. Il serait normal que je puisse localiser les loups comme j'ai le pouvoir de le faire avec les sorciers ! Sixtine semble en mouvement, alors ça ne marchera pas. Ne te fais pas de faux espoirs, car s'il est toujours avec elle, je risque de ne pas y arriver. Mais je te jure que je vais tout tenter pour le retrouver. J'ai plus d'un sort dans mon sac !

Précieuse, précieuse Eli... Sans ouvrir les yeux, je saisis sa main et la serre doucement. Que deviendrais-je, sans elle ?

— Par contre... reprend-elle.

— Oui ?

— J'ai besoin d'un objet lui appartenant.

Ah. Il n'y a plus rien appartenant à Robin, dans cette tanière. Ainsi sont faites nos lois. Quand un loup est banni, plus rien ne doit nous le rappeler. C'est comme s'il n'avait jamais existé. Sauf que... sauf que je n'ai jamais aimé respecter les règles, malgré les apparences.

En titubant, je me lève et gagne mon bureau. Sous les yeux fascinés de ma compagne, je glisse ma main sous le plateau, à un endroit bien précis, et tapote une série de boutons, selon une séquence que moi seul connais. Aussitôt, un déclic se fait entendre et un tiroir inaccessible s'ouvre, presque au niveau du sol.

— Wow ! T'en as beaucoup, des vilains petits secrets comme celui-ci ? me demande Eli, visiblement impressionnée.

Je lui adresse un sourire vacillant.

— De quoi fanfaronner toute une vie, plaisanté-je.

Je sors une vieille peluche miteuse du tiroir. Je me retiens au plateau du bureau de peur que le vertige ne me terrasse, mais apparemment, je récupère vite.

— C'était à Robin, notre mère la lui avait offerte. Quand il était gosse, il ne la lâchait jamais. Je me souviens, je le bordais, et…

Ma voix se brise. Je n'aime pas repenser à tout ça. À ce que j'avais, et que j'ai perdu. Notre famille est-elle maudite ? Ma mère, morte d'une étrange maladie, et maintenant, Robin…

En quelques enjambées, Eli me rejoint. Elle me serre dans ses bras, fort. Mû par le désespoir, je cherche ses lèvres, les trouve et m'en empare. Elle répond à mon baiser avec une ferveur qui me bouleverse. C'est si doux…

— Eli…

— Ne t'inquiète pas. Cette peluche est parfaite. Nous allons le retrouver.

Elle s'éloigne de moi, un tout petit peu, et ferme les yeux. Une concentration extrême se lit sur son visage. Je ne l'ai pas souvent vue faire de la magie, je n'en ai pas eu l'occasion, et l'observer me fascine. Comme si elle m'ouvrait encore un peu plus grand les portes de son âme.

« Objet de ton enfance, souvenirs et liens du sang,
Imprègne-moi de ton essence et montre-moi ce que j'attends.
Vision ancestrale et magie du néant,
Éclaire-moi de ta puissance spectrale que je découvre son environnement. »

Ses mains s'agitent, décrivent des cercles dans l'air.

Peu à peu, des lueurs sélènes l'entourent, brouillent ma vision. L'image d'une ruelle sordide et déserte s'y superpose. Une sensation de vertige, et la manifestation disparaît.

— Il est toujours dans la ruelle, derrière le *Kiddy* ! s'exclame Elinor.

L'espoir renaît dans ma poitrine. Elinor m'aide à me redresser, son énergie de louve l'en rendant capable à présent. Je retrouve peu à peu mes forces tandis que nous gagnons l'extérieur de la caverne. Je peine à me transformer, mais finalement y arrive, et m'élance aux côtés de ma louve au pelage virginal.

À l'approche de la ville, nous ralentissons afin de ne pas être remarqués. J'ai appris qu'il y avait eu un meurtre dans une des ruelles de Fallen Creek et que les habitants cherchaient une bête sauvage. Il ne faudrait pas qu'on nous tombe dessus. Heureusement, ma liée connaît cette bourgade comme sa poche et nous nous faufilons dans les rues les plus sombres jusqu'à ce qu'elle se fige et se métamorphose. Je l'imite, et durant quelques instants, nous gardons le silence. Pourtant, l'écrasante certitude est de retour.

Ici, ça sent la mort et le chagrin.

Ici, mon cœur se racornit sous la vague de désespoir qui s'empare de moi.

Je m'accroche à la présence d'Eli à mes côtés, car je sens. Car je sais déjà... Je...

Nous avançons de quelques pas.

— Oh, non... souffle-t-elle, les yeux écarquillés, tandis que des larmes roulent sur ses joues pâles.

Sixtine a disparu.

Et Robin est mort.

Sans que je puisse le maîtriser, mon corps se transforme à nouveau. Je me dresse sur mes pattes, lève mon museau vers le ciel, hume l'air en gémissant. Les nuages sont nombreux, ce soir, et la lune se cache. Mais je sais qu'elle est là, quelque part. Comme pour Eli, sa présence est immuable.

Alors, pour déverser tout le désespoir qui me transperce, je hurle jusqu'à ne plus avoir de voix.

CHAPITRE 25

NEEVE

*L*a disparition de Lennox m'a laissé dans la bouche un goût amer, et encore, le mot est faible. Mais la visio avec les filles m'a requinquée. Quel bonheur de constater qu'Eli et Sixt se parlent à nouveau et s'envoient des verres au *Kiddy*, comme si toute cette sombre histoire n'avait jamais eu lieu !

Je suis de meilleure humeur quand je me glisse dans le box du *diner* dans lequel nous nous sommes arrêtés. Dans la mesure où je ne peux plus profiter des pouvoirs de téléportation de l'Amnistral, j'ai convenu avec les cousins Falck de faire le voyage jusqu'à Baltimore au plus vite. Nous n'avons pas de temps à perdre, le procès est dans quelques jours.

— Après avoir vu la meute du Maryland, nous devrons dénicher un endroit où dormir, déclare Perry après avoir littéralement dévoré sa viande bien saignante.

— Il y aura sans doute des motels sur la route.

— C'est le week-end, je ne sais pas si nous trouverons deux chambres.

— Pourquoi deux ? demande Tyler. Une seule suffit.

Le clin d'œil qui accompagne ses paroles est loin d'être subtil. Un léger sourire se dessine sur mes lèvres. Ces deux loups ne lâchent jamais rien.

— On dormira à la belle étoile, affirmé-je.

— Il fait un froid de canard, dehors.

— Je suis une sorcière. Crois-moi, j'ai la faculté de me réchauffer.

— Nous sommes des loups, Neeve du Nord, remarque Perry. Crois-moi, nous avons aussi la faculté de *te* réchauffer.

Je m'esclaffe, car son visage exprime une sacrée dose d'espoir. Il ne va pas être facile de me défaire de ces deux-là, ce soir. Et alors que des idées inconvenantes commencent à éclore dans mon esprit, le souvenir des traits affligés de Lennox après l'apparition des cousins Falck envahit subitement mes rêveries.

Lenny...

Mes yeux se posent sur la salade composée que je peine à finir. Mon appétit a disparu avec l'Amnistral... Putain, je m'en veux de penser à lui ! Ça fait longtemps que Lennox et moi, c'est terminé, pourquoi donc ai-je cette impression de manque qui me serre la poitrine ? Pourquoi est-ce que je culpabilise de me retrouver avec ces deux loups super canon alors qu'il ne s'est rien passé avec lui ? Des loups qui m'ont attaquée, certes, mais qui s'évertuent à se faire pardonner... Leur présence à mes côtés en est la preuve. L'absence de mon ex, en revanche, à quelques jours du procès, révèle tout l'amour qu'il me porte. Il a fui ! Encore ! *Oublie-le, Neeve !*

Pour une fois, les cousins n'insistent pas sur le flirt et nous quittons le *diner*. Je me glisse à l'arrière du pick-up loué par Tyler.

— Vous l'avez déjà rencontré, le neveu de Popeye ? je demande.

— Nope, répond Perry. Mais il paraît qu'il est aussi tordant que son oncle.

— Tu trouves Popeye tordant ? relève Tyler, surpris.

— Pas toujours, c'est vrai, sourit Perry.

— Ouais, bah, niveau accueil, c'est de loin le meilleur d'entre vous ! remarqué-je, alors que le souvenir de ma rencontre avec le cuistot de la meute resurgit dans mon esprit.

— Tu n'as pas le droit de dire ça, Neeve. Nous avons été des plus accueillants avec toi.

Tyler se retourne vers l'arrière, ses lèvres s'incurvant sur ses dents, carnassières et étincelantes.

— Après m'avoir séquestrée, c'est vrai que vous avez été plus chaleureux, concédé-je, amusée.

— Chaleureux ? Chauds comme la braise, tu veux dire, remarque Perry, dont l'attention est portée sur la route.

J'éclate de rire quand je découvre ses sourcils se hausser deux fois dans le rétroviseur.

La route défile, et je m'endors contre la vitre. La joie d'avoir vu Eli et Sixt ensemble et de leur avoir parlé m'a finalement désertée. Elles me manquent et j'ai envie de rentrer. Quant à Lennox… je crois qu'une bonne discussion s'impose, mais ça n'a jamais été notre fort. Je soupire donc dès mon réveil et plisse les paupières quand je constate que nous sommes en pleine forêt. C'est alors que Perry arrête la voiture et tire le frein à main.

— On est où ? m'enquiers-je.

— Près de Baltimore, où se trouve la meute du neveu de Popeye.

— Déjà !

— C'était pas si loin.

Mes yeux se posent sur ma montre. Il est à peine vingt-deux heures. Perry laisse les phares allumés. Je sors de l'habitacle, claque la portière derrière moi et m'approche de Tyler. Son allure me fait sourire. Il porte des baskets sombres, un jean denim et un tee-shirt blanc tout simple, dont les coutures s'étirent au niveau des biceps. Perry lui ressemble tant qu'il pourrait être son jumeau.

— La caverne est par où ? demandé-je.

— Qui a parlé d'une caverne ?

La remarque de Tyler me désarçonne. Quoi ? Tous les loups ne vivent pas dans des grottes ?

Après quelques pas, j'en ai effectivement la confirmation. Une énorme bâtisse apparaît sous mes yeux, subtilement dissimulée sous les arbres centenaires qui l'entourent. Les murs sont en pierre, couverts de végétation, et le toit en ardoise. Deux imposants piliers soutiennent le premier balcon qui occupe toute la largeur de la demeure du neveu de Popeye. Les autres sont plus petits et ornementés de jardinières. On est quand même très loin du charme rustique de la caverne Greystorm, c'est certain ! Ce qui ne change pas, en revanche, c'est l'accueil. Deux armoires à glace, les yeux cernés d'un halo doré et toutes canines dehors, nous toisent alors que nous nous approchons. Tyler et Perry lèvent les mains en signe de paix.

— C'est Popeye qui nous envoie, annonce Tyler en réponse à la question muette des deux loups pas commodes.

L'un d'eux esquisse un petit sourire au nom du cuisinier de Karl. Mon cœur s'allège face à cette expression.

— Comment va le meilleur cuistot lupin du pays ? demande l'autre.

— Il évite toujours de cuire la viande plus de deux minutes de chaque côté, répond Tyler.

— Ce serait sacrilège de faire autrement.

— C'est bien ce qu'il dit, s'amuse Perry.

À croire que les notions culinaires de Popeye sont un *sésame, ouvre-toi,* car les deux loups nous laissent passer les portes sans broncher. En même temps, il ne serait pas difficile pour cette meute de nous tomber dessus si on se pointait avec des intentions moins honorables. Après tout, ils ne savent pas que…

— Ce n'est pas une louve ! tonne soudain l'un des deux types.

Et merde… Le ton de sa voix est si puissant que nos pas se figent dans l'entrée. Un long couloir nous attend, mais je n'ose plus avancer. Perry se racle la gorge.

— C'est une sorcière.

Un grognement s'échappe de la bouche d'un des deux loups, l'autre a les griffes qui lui percent les doigts. Ça sent pas bon, là !

— Je ne représente aucune menace ! lancé-je, les voyant se mettre en position d'attaque tandis que Tyler et Perry les imitent.

Putain…

— Vous avez ramené une sorcière chez nous !

L'homme se jette sur Tyler qui l'évite, puis lui balance un coup dans les côtes qui le désarçonne. Perry n'attend pas la charge du deuxième et lui fonce dessus. En une seconde, tout a basculé, et je reste un instant stupéfaite avant de joindre les mains.

« *Que le temps se suspende pour vous, que vos muscles se figent. Aucun mouvement ne peut survivre à la roue qui se brise.* »

À cette formule, les quatre loups s'immobilisent. Je réprime un sourire devant le visage de Tyler. Ses canines ont à moitié poussé et il a la tête des mauvais jours. Perry a la bouche grande ouverte, prêt à mordre le cou de son agresseur. On n'est pas sorti des ronces, décidément !

— Alors, c'est toi ?

La voix qui a prononcé ces paroles m'intime de faire volte-face. Au fond du couloir se tient un homme d'une trentaine d'années, un sourire goguenard plaqué sur ses traits. Une demi-douzaine de loups se pressent derrière lui.

— Moi, quoi ? dis-je seulement, mal à l'aise.

Les loups ont tous les yeux écarquillés devant le spectacle des cousins Falck statufiés derrière moi, en compagnie de deux des leurs.

— Toi, la sorcière qui rend visite aux loups, dit l'homme. Le clan de Virginie m'a prévenu que tu étais passée chez eux en compagnie de l'Amnistral de Caroline du Nord. Je ne le vois pas ici.

— En effet.

— Ce que je vois, en revanche, c'est deux loups étrangers et une sorcière, *ensemble*. D'après la loi, c'est un motif suffisant pour que je les condamne à la mort, le sais-tu ?

— Je le sais, dis-je sans me laisser démonter. Du moins, je sais que c'est à leur Alpha de prendre cette décision.

— Et qui est leur Alpha ?

— Karl Greystorm.

L'homme plisse les yeux, m'observe un court instant et, finalement, s'esclaffe. Je n'y comprends plus rien.

— Mon oncle est toujours aussi surprenant.

— Tu es le neveu de Popeye ! m'exclamé-je, soulagée de ne pas avoir à convaincre tous les loups de cette putain de meute du Maryland de m'amener jusqu'à lui.

— Clarence Parker, pour te servir.

Il incline la tête et demande à ses Bêtas de reculer. Certains s'en vont, tandis que Clarence m'invite à pénétrer dans son salon. Un vaste salon où de multiples fauteuils Louis XV sont éparpillés dans la pièce. Le maître des lieux s'assied sur un tabouret de piano avant de me faire signe de m'installer à mon tour. Dès lors que je pose mes fesses sur le coussin moelleux du fauteuil, je romps le charme qui immobilisait Perry et Tyler. Dans le couloir, un fracas résonne, puis un grognement saisissant s'affranchit de la poitrine de Clarence. Juste après, ses deux colosses se ramènent dans la pièce, tout penauds.

— Laissez-les, ordonne Clarence sans même me quitter des yeux.

Tyler et Perry contournent les armoires à glace en affichant des sourires narquois. Je soupire.

Après les présentations, les cousins annoncent pourquoi nous sommes ici. Les réponses de Clarence, l'Alpha, ne se font pas attendre.

— Ça fait déjà plusieurs années que des louves disparaissent.

— Plusieurs années ?

— En effet. Nous avons accumulé les malheurs au sein de notre clan, et comme a dû vous le dire Popeye, notre meute fait partie des plus grandes du pays. D'abord, cette maladie inquiétante qui est survenue, puis ces nombreuses disparitions. Et c'est étrange parce que...

Voyant qu'il se tait, perdu dans ses réflexions, j'insiste.

— Parce que...

— Parce qu'elles sont toutes les filles aînées de leurs fratries.

OK, c'est vrai que c'est étrange. Je me tourne vers Perry et Tyler qui échangent eux-mêmes un regard.

— C'est pareil dans notre meute, affirme soudain Tyler.

— Que des filles aînées ?

Il acquiesce, déconcerté par cette nouvelle. Visiblement, le clan Greystorm n'avait pas relevé ce détail loin d'être insignifiant.

Après cette révélation, dont je ne sais trop quoi faire, j'apprends que Clarence et sa horde n'ont pas d'éléments révolutionnaires pour prouver que loups et sorciers se sont déjà mélangés. Je réalise alors que mes efforts sont vains et que si preuves il y a, l'instigateur de cette machination contre les filles et moi les a bien dissimulées. De plus, je n'ai plus Lennox pour me téléporter partout dans le pays.

Une immense fatigue s'abat sur moi, le désarroi aussi. Tout ceci n'a servi à rien.

— Vous resterez bien boire un verre ? déclare Clarence avec amabilité.

— Je ne dirais pas non ! lance Perry.

— Perry…

Ce dernier se tourne vers son cousin qui lui fait un signe de tête dans ma direction. Tyler a remarqué que je n'avais pas le cœur à la fête.

— On va partir, dit cette fois Perry.

— En pleine nuit ? s'étonne l'Alpha.

Tyler jette encore un coup d'œil sur moi et devine que je n'ai pas envie de compagnie ce soir. Du moins, pas celle de loups dont j'ignore tout. Je soupire presque de soulagement quand il décline l'invitation de Clarence, et je m'excuse avant de quitter les lieux aux côtés des deux cousins.

Il est l'heure de rentrer.

Enfin pas tout de suite, car il fait nuit et que je suis fatiguée.

— On va dormir où ? demandé-je, alors que nous rejoignons le pick-up.

Tyler sourit et s'approche du plateau arrière du bolide, garé sur un sentier à l'écart de tout. Il en sort un gros sac et déroule une gigantesque couverture et un matelas de fortune. Je le regarde faire quand il pose le matelas sur le plateau du pick-up et la couverture par-dessus.

— À la belle étoile, n'est-ce pas ? dit-il, les lèvres retroussées.

Je souris, trop exténuée pour ergoter.

Je monte à l'arrière du pick-up et m'allonge dans mes vêtements de la journée. Ce qui ne choque pas Tyler et Perry qui en font de même.

Ah bah, non. Finalement, ils décident de retirer pantalons et tee-shirts avant de s'enfouir sous l'épaisse couverture.

— Te gêne pas pour faire pareil, Neeve du Nord.

— Vous aimeriez bien, hein ?

— Nous connaissons chaque centimètre de ta peau, Guenille. Il est trop tard pour faire la prude.

Un petit rire s'échappe de ma gorge. Prude, moi ? Je suis sur le point de répliquer avec une saillie de mon cru, quand, bizarrement, je réalise que je n'ai pas envie de rentrer dans le jeu des Falck. Mes pensées sont toujours tournées vers Lennox, et ça a le don de me mettre en rogne.

— Je vois un inconvénient à cette échappée sauvage, déclaré-je tout de même, en calant ma tête sur mes avant-bras.

Tyler enroule le sien autour de ma hanche. Perry laisse glisser ses doigts sur mon visage.

— Lequel ? dit ce dernier.

— Mon haleine ! lâché-je. Et tu seras dans ma ligne de mire demain matin, grand fauve.

Perry s'esclaffe, Tyler resserre son emprise sur ma taille.

— Je devrais pouvoir survivre, s'amuse Perry.

Son air heureux s'amplifie lorsque je me love contre lui, et me fait venir un sourire. Ces deux loups sont incorrigibles.

Mais ils savent... Ils savent que certaines pensées me tourmentent. Ils ne tentent rien et s'en tiennent à de légères caresses. Des caresses qui me réconfortent et m'enveloppent d'une chaleur aimante. Une chaleur telle que je n'ai pas besoin de mes pouvoirs pour affronter le froid. Et lorsque vient la nuit profonde, mon sommeil est plus doux, tandis que les bras attentifs de Tyler et Perry Falck me bercent.

CHAPITRE 26

SIXTINE

L'ombre tournoie autour de moi, elle me poursuit. Vulnérable, dépourvue de pouvoirs et de soutien, je cours. Je fuis. J'ai mal aux pieds, le souffle coupé, tout espoir envolé. Cette chose qui m'avait épargnée me traque sans répit. Et Robin…

Un courant d'air me frôle et se répand dans mon cou.

Une étrange sensation m'étreint. Un frisson pénétrant me parcourt. Un poids terrible m'étouffe.

J'ouvre les paupières.

Cette tentative d'évasion n'était qu'un horrible cauchemar. À moins que…

Malgré la pénombre, je suis hypnotisée par les yeux clairs de Drake qui se tient au-dessus de moi.

Drake ?

C'était donc lui ?

Mais Robin…

Robin !

Le vide m'emporte, mon cœur se serre, mon âme se déchire.

Drake esquisse un sourire carnassier tandis que son corps puissant m'emprisonne. Au travers de cette horrible chemise de nuit dont il m'a vêtue durant mon inconscience, je le sens se tendre. Et pas seulement ses muscles. Son membre nu se raidit entre mes cuisses frémissantes, ses mains avides me parcourent, juste avant que ses lèvres ne plongent dans mon cou et que ses doigts ne se resserrent autour de mes poignets. Je frissonne, entre dégoût et terreur.

Que me veut-il ? Compte-t-il me prendre par la force ? Est-ce pour cette raison qu'il ne m'a pas exécutée ? Je croyais qu'il m'appréciait ! N'est-il en fait qu'un prédateur, comme tous ceux de son espèce ? *Bien sûr qu'il l'est, sombre idiote !*

J'essaie de me défaire de son étreinte mortifère, mais ma magie m'a abandonnée. J'en déduis que, comme dans la ruelle, il a dû disposer des cristaux pour annihiler mes facultés et mieux me dominer. Des larmes roulent sur mes joues.

— Au sec… tenté-je de crier.

Il plaque vigoureusement sa main sur ma bouche, empêchant le moindre son d'en sortir.

— Chut, mon petit oiseau, siffle-t-il dans un murmure angoissant.

Les doigts de sa main encore libre se resserrent sur mes poignets, son poids m'entrave.

— Tu es à l'abri, dans mes appartements. Ici, personne ne peut rien contre toi. Ni pour toi, m'indique-t-il d'un ton sans appel. Tu ne m'échapperas pas, personne n'est jamais parvenu à me subtiliser une proie, tu sais...

Sourde à cette menace, je rassemble mes forces et gesticule pour me soustraire à son étreinte. Sans succès. Plus je bouge, plus il resserre sa prise, tel un nœud coulant. Mon sang pulse dans mes veines, mon cœur est prêt à éclater tant je me laisse submerger par cette terrifiante perte de contrôle.

— Pourquoi résister ? Je sais que tu me veux aussi.

Il est complètement taré, ce type ! Pourquoi voudrais-je de lui ? Il a assassiné celui que j'aimais, juste sous mes yeux ! Mes yeux qui se troublent de larmes.

Il laisse le silence s'étirer avant de poursuivre :

— Je t'ai observée.

Traquée, plutôt...

— Tu n'étais pas heureuse, ma tourterelle.

Je l'étais ! Enfin...

— Tu étais prisonnière de cet animal répugnant ! Il n'aurait jamais su t'apporter ce que tu mérites !

Bien sûr que si ! Il me l'avait promis...

Ses paroles me tétanisent. Comment peut-il affirmer ce genre de choses sans avoir connu Robin ? Sans me connaître mieux ? Que sait-il de lui, de moi, de notre relation ?

— Et tes amies – si tant est qu'on puisse les appeler ainsi – se sont détournées de toi. Dès que les difficultés ont surgi dans ta vie, elles ont fui sans un regard en arrière. Elles t'ont laissée tomber, ma colombe.

N'importe quoi !

Sa logique me foudroie. Est-ce l'impression que cela donne, de l'extérieur ? Elinor et Neeve m'ont-elles vraiment abandonnée ? Est-ce que je me suis tellement accrochée aux vestiges de notre amitié que j'en ai maintenu l'illusion tout ce temps ? Non ! Bien sûr que non ! Elles m'aiment, et ce ne sont pas ces épreuves, aussi difficiles qu'elles puissent être, qui pourront nous séparer ! Nous étions si heureuses d'enfin nous retrouver, même si cette visio n'a duré que quelques minutes, j'ai ressenti à quel point notre lien était inaltérable !

— Avec moi, Sixtine, tu ne seras plus jamais seule.

Je préférerais, pourtant. Je veux pleurer Robin. Je veux retrouver l'espoir des derniers jours après que nous avons fait l'amour. Je veux le retrouver et vivre enfin à ses côtés... C'est un cauchemar, je vais me réveiller.

Les mots de Drake sifflent dans ma tête douloureuse, m'arrachant un frisson. Robin me manque tant… J'ai si peur… Que compte-t-il faire de moi ? Je tente de bouger, mais une torpeur inhabituelle immobilise mon corps. Je déglutis et ressens sur ma langue un goût de fer. Du sang ?

Drake ajoute :

— Tu seras mienne.

Robin...

Je ne parviens plus à ôter les images de son trépas de mon esprit. L'expression surprise sur son visage, les lumières mourantes dans ses yeux… Mon impuissance me fait sangloter. Je suffoque de le voir tomber, encore et encore, encaisser les coups et s'éteindre, son regard aux aurores boréales figé par l'incrédulité et la certitude de sa mort imminente. Pourquoi ? Nous venions de nous retrouver et l'avenir nous tendait les bras, nous poursuivions la même rédemption, le même rêve d'une vie sereine, d'une vie ensemble. Pourquoi a-t-il fallu qu'on me l'arrache ? Pourquoi a-t-il fallu que Drake me l'arrache…

Robin…

Les larmes s'échappent encore sans que je puisse les réprimer. Elles coulent sur mes tempes tandis que mon corps est secoué par un hoquet de chagrin. Je l'ai perdu. Je suis perdue. Et le désespoir s'abat sur moi…

— Depuis le temps que j'attends ce moment, mon petit oiseau. Mais je t'en veux, Sixtine. Je désirais te courtiser avant d'en arriver là, mais ton putain de clébard… Bref, je ne pouvais pas laisser faire, tu comprends, ma douce ? Tu te sentais si seule… Avec moi, tu ne le seras plus jamais. Tes soi-disant amies sorcières ne te tourmenteront plus. Je sais que c'est ce que tu souhaites. N'est-ce pas ce que tu souhaites ? Bien sûr que c'est ce que tu souhaites.

Robin…

Une nouvelle vague de torpeur. Les ténèbres qui envahissent mon esprit. Des images qui se floutent. Même s'il est un vampire, Drake a vu juste. Je suis seule, désormais. Elinor est devenue la compagne d'un Alpha, souveraine parmi les loups, adulée par son lié, et Neeve… Neeve n'est pas là. Je suis à sa merci, et Robin n'est pas là. *Il ne sera plus jamais là.*

Drake, toujours allongé sur moi, me fixe, avide. Ses canines brillantes dépassent de sa bouche entrouverte. Il me hume, enjoué.

— Tu veux que je te transforme, Sixtine.

Mon corps est las. Mes pensées s'obscurcissent malgré moi.

À quoi bon lutter ?

Pourquoi me débattre quand l'issue ne fait aucun doute ?

Robin n'est plus là...

Sans magie, sans avenir, il ne me reste rien.

Robin n'est plus là.

Le désespoir m'accable. L'aura voilée de noirceur de Drake se diffuse autour de moi. *En moi.*

Mes pensées s'obscurcissent encore, et je plonge dans l'abîme.

Robin...

Autant abréger mes souffrances et y laisser la vie. Vite et sans douleur inutile.

Je suis prête à en finir.

Mes sanglots se tarissent.

Je prends une grande inspiration et ne résiste plus à l'envie irrépressible de tourner la tête, offrant ainsi les veines palpitantes de mon cou à ce vampire.

Drake frémit.

Je vais mourir.

Son regard acéré me sonde quelques instants. Et soudain, dans un geste d'une douceur improbable, il pose ses lèvres sur la peau de ma gorge avant d'y enfoncer ses canines. Je pousse un cri qui s'éteint aussi vite que mon sang coule. Ses dents se plantent dans ma chair, sa langue tiède glisse sur mon épiderme tandis qu'il aspire la vie hors de mon corps fébrile. Alors que je me sens prête à partir, il s'arrache à cette morsure douloureuse et fige de nouveau ses yeux dans les miens.

— Sixtine, murmure-t-il avec envie en se mordant la langue.

Une petite goutte écarlate perle et vient se mélanger à

l'hémoglobine qu'il m'a prélevée. Il dépose alors ses lèvres ensanglantées sur les miennes et m'embrasse avec tant de fougue que je suis incapable de le repousser. Sa langue au goût ferreux se perd dans ma bouche avec une passion dévorante. Comment un être si cruel peut-il être aussi délicat ? Il m'a brisée, et je fonds dans ce baiser… Qui suis-je ? Mes larmes refluent. Mon âme se déchire. Que m'arrive-t-il ?

Mais il retourne avec férocité à ma gorge. Je sens mes chairs se désolidariser de mon corps, la douleur irradie dans mes épaules avant de se propager au reste de mon être. Je n'éprouve plus rien, si ce n'est le sang qui s'échappe, la vie qui m'abandonne. L'espoir qui s'éteint.

Et enfin, je me libère de mes peines. Anesthésiée par la douleur, je ferme mes paupières devenues trop lourdes. Sa mâchoire se resserre tandis que j'inspire lentement. Là, après tant d'épreuves et de souffrances, mon corps se relâche. Un froid glacial m'envahit, je m'en vais rejoindre Robin, poursuivre cette aventure dont on nous a privés.

Mon dernier souffle me quitte, et la vie avec lui.

CHAPITRE 27

NEEVE

De la route qui nous ramène à Fallen Creek, je ne vois quasiment rien, perdue dans mes songes. Je suis impatiente de rentrer et de retrouver ma famille et mes amies. Alors que je pose mon attention sur le chemin emprunté par le pick-up, je reconnais enfin la nationale qui nous conduit dans le centre-ville.

— On va chez moi, dis-je quand nous passons le panneau d'entrée de la ville.

— Si tu insistes, déclare Perry, un sourire mutin pointant sur son visage.

J'éclate de rire. Ces types sont de vrais pots de colle.

— Je parlais de chez mes parents.

— Tu veux déjà nous présenter ? lance Tyler. Je ne savais pas que c'était si sérieux entre nous.

Mes lèvres se retroussent face aux yeux pétillants du grand loup à la peau sombre, puis j'indique la voie à suivre à Perry, qui bifurque à l'angle de Willsborough, là où tout a commencé. Là où notre vie a basculé ce fameux jour, quand Fausta Summers a fait le saut de l'ange. Quand je repense à tout ce que nous avons traversé depuis, je soupire. Eli est devenue une louve, Sixt s'est repliée sur elle-même, et moi, moi, je ne sais plus du tout où j'en suis.

Mon père, ma mère et mon frère sont en train de siroter un verre de thé glacé sous le porche quand j'approche en compagnie des deux loups. Derreck Forest écarquille ses immenses yeux bleus à l'instant où il devine à quelle race magique appartiennent Tyler et Perry. Ma mère m'enlace, puis esquisse un sourire, le regard curieux. Mark se lève pour serrer la main des cousins Falck, qu'il a brièvement rencontrés lors de sa visite à la tanière Greystorm.

— Bienvenue dans notre humble demeure, lance Josephine en ouvrant grand ses bras.

Elle enlace les deux loups, puis détourne son visage vers moi. Je lis sur ses lèvres : « *La vache, ils sont incroyables !* ».

Ma mère a beaucoup de goût pour les mâles musclés. Ce qui est étrange en soi, car mon père n'est pas ce qu'on pourrait considérer comme un homme bien charpenté. Il est grand, plutôt dégingandé et d'une nonchalance à toute épreuve. Je n'ai jamais eu aucun doute sur leur amour, mais ma mère m'a toujours répété : « *Au restaurant, ce n'est pas parce que tu regardes attentivement le menu que tu commandes tous les plats.* »

À l'époque, je n'ai pas compris l'analogie avec les garçons. Aujourd'hui, je la saisis tout à fait.

— Asseyez-vous, je vous en prie, dit-elle encore.

Les Falck sont surpris par cet accueil. C'est sans doute la première fois qu'ils se trouvent dans la maison d'une famille de sorciers.

— Comment va Sybil ? demande Mark d'un air faussement dégagé.

— J'ai oublié de vous dire que mon frère a craqué sur elle, murmuré-je à l'oreille de Tyler.

Ce dernier me sourit avant de rassurer Mark sur l'état de santé de la belle louve aux cheveux châtains. Mon frère gonfle sa poitrine et me jette une œillade frondeuse. Un regard qui signifie *« Quand est-ce qu'on y retourne ? »*.

Mes parents se montrent particulièrement charmants avec les deux loups. Je prends le temps de leur expliquer ce qui m'a retenue ces derniers jours et évite de mentionner l'attaque de sorciers noirs dont j'ai été victime avec Lennox.

— Où est l'Amnistral, désormais ? s'enquiert mon père.

— J'aimerais bien le savoir… grommelé-je.

En réalité, j'aimerais surtout lâcher ce que j'ai sur le cœur, je suis fatiguée de Lennox Hawk et de ses abandons successifs. Il m'a laissée poursuivre cette enquête seule, car il n'a pas supporté que deux loups nous aident à la mener. Lennox a fui. Il n'a pas assumé ce qu'il se passait entre nous, comme à son habitude. Comment puis-je penser à mon ex sans lui en vouloir de sa lâcheté ? Tant d'années se sont écoulées depuis le jour de notre agression… Tant de temps perdu parce qu'il est incapable d'admettre qu'il a le droit d'être impuissant dans certaines situations. Qu'il est incapable de voir que je lui suis encore attachée. Car malgré ce que j'avance, je sais que j'éprouve des sentiments pour lui. Et je crois que ce sera toujours le cas. Mais Lenny a tout gâché, une nouvelle fois. Il gâche toujours tout...

Mon humeur s'est assombrie, ce que ma mère ne manque pas de remarquer. Elle m'invite à l'intérieur en prétextant vouloir aller « chercher un truc ». Eh bien, ça fonctionne puisque le fait que nous allions « chercher un truc » ne semble perturber personne.

Dans la cuisine, je m'adosse au réfrigérateur pendant que Josephine s'installe sur une chaise.

— Le procès est dans deux jours, annonce-t-elle. Un membre du coven nous a déposé la lettre mentionnant l'heure de l'audience. Sixtine, Elinor et toi devrez vous rendre sur place une heure plus tôt.

— Elinor ne viendra pas, lâché-je.

— C'est ce que j'ai cru comprendre.

— Et nous n'avons pas d'éléments qui pourraient nous aider à nous disculper.

— Vous devez nier, c'est aussi simple que ça, affirme ma mère.

— Mais si le juge lance un sort de vérité ?

— Il n'en a pas le droit. C'est interdit depuis que l'un de ses prédécesseurs a lobotomisé un prévenu en se trompant de formule.

— Il manquerait plus que je finisse lobotomisée, tiens !

— Ce serait mieux que de mourir sur le bûcher.

Je pâlis aux paroles de ma mère. Cette dernière réalise

ce qu'elle vient de balancer, se lève et m'attrape les mains, terrifiée d'avoir prononcé une chose pareille à haute voix.

— Excuse-moi, Neeve. Mais j'ai si peur... Bon sang, j'ai si peur pour toi. Je ne sais pas ce qu'il se passe, mais je ressens des vibrations étranges en ce moment, et ça m'inquiète.

— Tu crois qu'ils pourraient aller jusqu'à nous condamner au bûcher ?

— Non, bien sûr que non ! Ils n'oseront pas s'en prendre aux descendantes des plus illustres familles de Fallen Creek. Shadow, Forest et Moon... C'est impossible. Vous leur avez seulement donné l'occasion de rappeler la loi à tous les sorciers du monde. L'information de la tenue de ce procès a largement dépassé nos frontières.

— Maman...

— Oui...

— T'es vraiment nulle pour rassurer les gens, t'es au courant ?

— Il paraît.

— Pour une sorcière censée écouter les problèmes des autres, c'est un peu ballot.

Elle rit.

— Si j'étais parfaite, je n'aurais aucun charme. Mais tout ira bien. Ton père et moi nous en assurerons, ne te fais pas de soucis. C'est juste que... C'est égoïste si je dis que j'aurais préféré que tout cela arrive à une autre fille qu'à la mienne ?

— Non, ça ne l'est pas, Maman.

C'est à ce moment-là que Mark s'égosille depuis l'extérieur, en demandant ce qu'on fiche. Ma mère lève les yeux au ciel et retourne sous le porche. Je suis prête à la rejoindre quand je ressens soudain une présence familière. Mon regard pivote aussitôt vers le jardin et se fixe sur la lisière de la forêt. C'est lui ! Je le sais. Je *le* sens.

Je demande à ma famille de m'excuser un instant, dévale les escaliers de la terrasse et me lance dans les bois en courant. Il a beau tenter d'être parfaitement invisible, ma nature me donne les moyens de le ressentir. Il est cuit !

— Lennox, reste ici ! crié-je, alors que je suis déjà loin dans la forêt, certaine de ne me trouver qu'à quelques mètres de sa projection astrale.

Sous mes yeux, un voile s'épaissit et je reconnais les contours de la haute silhouette sombre de Lennox. Il est en train de se matérialiser.

— Va-t-on enfin se parler ? demandé-je, tandis que je ralentis le pas.

Son visage est flou, mais je discerne son sourire. On dirait qu'il est heureux de me voir, mais quand derrière moi surgissent deux canidés transformés, le sourire disparaît, et celui qui l'arborait aussi.

Je me retrouve alors face au vide, avec deux grands loups à mes côtés.

Il est parti. Il est encore parti ! *Mais quel connard !*

À cet instant, je lui en veux tellement que des larmes de rage débordent de mes yeux.

Comment ose-t-il me faire ça ? Il m'abandonne à mon sort. Encore et encore. Ce n'est qu'un gamin, voilà !

Une tempête tumultueuse investit mon esprit quand Tyler et Perry se métamorphosent. Les bras ballants, les yeux figés sur l'endroit où Lennox se tenait quelques secondes auparavant, je reste immobile. Deux mains viennent se glisser dans les miennes. Les doigts de Tyler et Perry les serrent sans qu'une seule parole soit échangée.

— Tu es amoureuse de ce type ? s'enquiert le premier.

Je me tais. Cela fait des années que je n'ai pas posé de mots sur ce que j'éprouve pour Lennox. Et quoi que j'aie pu ressentir pour cet homme, en dépit de la beauté de ce que nous partagions jadis, c'est du passé... Il vient de me le prouver une nouvelle fois. Malgré ma colère, la peine serpente dans mes entrailles.

— Je ne le suis plus depuis longtemps, dis-je, tentant là de m'en convaincre.

— Tu as pourtant l'air bouleversée, déclare Perry en resserrant son emprise sur ma main.

Les deux loups se plantent face à moi, sans relâcher mes doigts. C'est alors que je m'aperçois qu'ils sont nus. J'avais oublié leur fâcheuse tendance à se foutre à poil après une transformation. On ne peut pas rejoindre mes parents comme ça ! Tyler laisse échapper un rire quand mon attention dévie plus bas sur leur anatomie. Bon sang ! Ça aussi, j'avais oublié. Sous mes yeux, le désir de ces loups se dresse, tout comme leurs mains qui se posent sur mes joues.

— Je n'aime pas te voir triste, Neeve du Nord, déclare Tyler, dont le regard n'a jamais été si sérieux qu'en cet instant.

Les doigts de Perry sinuent dans le creux de mon cou.

— Peut-on faire quelque chose pour que tu retrouves le sourire ? demande-t-il.

Ma main se plaque sur la sienne et la serre fort. J'ai besoin de leur attention alors que je sens que plus les jours passent, plus mon avenir m'échappe. Ce sentiment ne me quitte plus depuis mon retour de la tanière et n'a jamais été aussi puissant. Pourtant, là, et en présence des deux grands loups que sont Tyler et Perry, je me sens bien. J'ai envie de lâcher prise et de ne plus penser à tout ça, à ma manière.

Perry approche son visage du mien. Juste avant que ses lèvres ne se posent sur les miennes, il hésite. Mais je lui ai pardonné, comme j'ai pardonné à Tyler de m'avoir attaquée lorsqu'il a découvert ma nature de sorcière. Contrairement à Lennox, ils sont restés auprès de moi. Et même si ça n'a pas fait avancer mes affaires, eux sont là à l'approche du procès qui pourrait me coûter mes pouvoirs, et peut-être même ma liberté.

Les lèvres humides de Perry se posent doucement sur ma bouche. D'abord un baiser chaste, puis un second plus appuyé. Dans ma main, je sens les frémissements qui parcourent les doigts de Tyler. La langue de Perry s'invite et rencontre la mienne. C'est langoureux. Intense.

Là, au milieu des bois, j'échange un baiser avec un loup, et mes pensées s'envolent. Pour lui. Pour Tyler. Et pour moi qui ai tant besoin de ce réconfort qu'il m'offre… Le corps de Perry se rapproche. Ma poitrine se colle à son buste. Les doigts de Tyler remontent jusqu'aux pans de mon tee-shirt qu'il m'ôte, avant de lentement se baisser pour retirer mon pantalon. Perry se plaque contre moi. Son érection se frotte à ma hanche tandis qu'il pose sa main au creux de mon dos et me fait basculer en arrière. D'un seul bras, il retient mon corps qui vient s'étendre sur l'herbe.

— Depuis le temps que j'attends ça, susurre-t-il à mon oreille.

Mes paupières s'ouvrent. Mes yeux se plantent dans les siens, puis par-dessus son épaule. Pendant que Perry me pénètre lentement, Tyler regarde. De toute sa hauteur, il me domine, et tandis que mes gémissements s'intensifient sous l'ardeur des coups de reins de Perry, un sourire se dessine sur le visage de son cousin.

Perry se retire et attrape mes mains. Je me redresse alors que Tyler pose ses doigts sur mes hanches, m'invitant à me mettre à genoux. Ma bouche retrouve celle de Perry pendant que Tyler se glisse en moi. Ses mains se placent en travers de ma poitrine. Les lèvres de Perry fondent sur mes seins. Mes plaintes se poursuivent au rythme du bassin de Tyler qui me tourmente. Mon visage s'enfouit dans le cou du grand loup tandis que son cousin accélère, et quand il se délivre et que j'enfourche à nouveau Perry, je ne pense plus. Je ne songe plus. Seul le plaisir compte et m'emporte loin de tout, comme il l'a toujours fait.

Mais alors que je crois que le ciel s'éclaircit, un frisson d'effroi parcourt soudain mon échine sous le pouvoir de perception que je tiens de Mère Nature. Je me fige au-dessus de Perry qui affiche un air ahuri face à ma subite réaction. Quelque chose ne va pas, et je m'écarte aussitôt du loup. J'enfile mon tee-shirt et mon pantalon.

— Qu'est-ce qui se passe, Neeve ? s'enquiert Tyler.

— Je ne sais pas, je... j'ai senti quelque chose de troublant. C'est lointain, ça date de quelques heures. Je... je crois que... d'être revenue à Fallen Creek... je perçois désormais... Non. Non !

— Tes pouvoirs ? remarque Perry, inquiet.

— Oui. Mais c'était froid et obscur, et je ne sais pas pourquoi, mais je crois que ça concerne Sixt.

Le dire à haute voix m'en rend certaine. Je ferme aussitôt les paupières, élève les mains et tente un sort de localisation. Rien ne vient y répondre. Cela dit, je n'ai pas dessiné de pentacle, je suis en pleine forêt et je suis seule à émettre un sort qui nécessite un énorme effort de concentration. Or je viens de m'envoyer en l'air avec deux loups qui sont d'ailleurs toujours à poil, et j'ai l'esprit plutôt encombré en ce moment, entre le procès, les attaques de sorciers noirs, un ex qui joue les filles de l'air, deux loups super sexy, tout ça, tout ça… Et c'est finalement à cette dernière pensée que je songe à extirper mon portable de mon pantalon et à appeler Sixtine comme n'importe quel être humain le ferait.

Pas de tonalité. Direct la messagerie.

OK… Je ne devrais pas paniquer, mais je sais en mon for intérieur que quelque chose de grave s'est passé. Mon regard se plante sur les yeux brillants d'inquiétude de mes deux amants.

— Vous pouvez aller chercher Eli, s'il vous plaît ?

CHAPITRE 28

ELINOR

*H*ier, je ne sais comment nous sommes parvenus à rentrer dans notre tanière. Comme dans un mauvais rêve, Karl et moi sommes revenus, le cœur en miettes, l'esprit en ébullition.

Que s'est-il passé, dans cette maudite ruelle ? Qui a infligé un tel sort à Robin ? Où est Sixtine ? Je ne cesse de me poser ces questions, et pourtant, les réponses m'échappent toujours et mes sortilèges restent inefficaces.

Pour l'heure, Karl se repose, car sa nuit a été agitée, peuplée de cauchemars. J'ose espérer que le sommeil lui sera bénéfique malgré tout.

Et moi, moi, je tourne comme un fauve en cage. La culpabilité me ronge. Aurais-je dû voir venir ce drame ? Aurais-je pu l'empêcher ? Peut-être, si je n'avais pas quitté Sixtine si vite après notre soirée au *Kiddy*...

Je m'en veux, je m'en veux tellement d'avoir été si peu présente pour elle. Pour Neeve aussi, d'une certaine façon. J'aurais dû les aider plus, dans toute cette histoire de procès. Et les épauler dans les épreuves qu'elles ont traversées.

Si je ne suis pas là pour mes amies, comment vais-je soutenir Karl durant son deuil ?

J'étouffe. Je sens que des choses terribles se trament dans l'ombre, des choses graves, sur lesquelles je n'ai aucun contrôle. J'ai peur pour mes amies. Je ne peux plus rester dans cette chambre, emplie des gémissements de mon lié. J'ai besoin de respirer, j'ai besoin d'espace pour réfléchir.

Alors, je sors. Longe des couloirs vides, aux murs de pierre. Ce décor qui m'était devenu familier m'oppresse à présent. Vite, retrouver l'air frais de l'extérieur, et la lune... même en plein jour, elle n'est jamais loin, elle me galvanisera.

Mais, quand enfin je débouche à l'extérieur de la tanière, quelle n'est pas ma surprise de rencontrer les cousins Falck.

Mais que font-ils ici ? Je les ai envoyés auprès de Neeve... *Neeve...* Lui serait-il arrivé quelque chose aussi ? La peur, l'angoisse font battre mon cœur plus vite, trop fort.

— Perry, Tyler... Que se passe-t-il ?

Arrivés à proximité de l'endroit où je me trouve, ils peinent à reprendre une respiration normale. Ce n'est pas dans leur habitude, pourtant, d'être ainsi essoufflés. Quand enfin ils se redressent, je lis l'inquiétude dans leur regard.

— C'est Neeve... me dit Tyler, confirmant par ces deux mots mes pires craintes.

— Que lui est-il arrivé... Elle n'est pas...

— Non, elle va bien, me coupe Perry. Mais elle a senti

quelque chose. Quelque chose en lien avec Sixtine. Elle nous a demandé de venir te chercher le plus vite possible. Elle t'attend au *Kiddy Hurricane*.

Sixtine… Je ferme les yeux un instant, en quête de ce lien indéfectible qui nous unit depuis l'enfance.

Sixtine… où es-tu, bordel ? Que t'est-il arrivé ?

Mais je ne peux pas partir, Karl a besoin de moi, lui aussi. Je me sens submergée, cernée par de sombres menaces que je ne parviens pas à identifier.

— Allons-y, prononce une voix grave, juste derrière moi. Tout de suite.

Les deux Bêtas penchent la tête en signe de soumission, et je me retourne, pour découvrir mon loup, debout, dans l'ombre. Je ne peux lire l'expression sur son visage. Je l'imagine bouleversée. Est-il vraiment en état de faire quoi que ce soit ?

— Karl, tu devrais te reposer, et…

— Non. Il se passe quelque chose, assène-t-il, sans toutefois affronter mon regard.

Je m'avance vers lui, mais il fait un pas en arrière.

— Eli… je dois savoir, et je dois agir. Sinon, je vais devenir dingue.

Sur ces derniers mots, sa voix se brise, et mon cœur avec. Tyler et Perry marquent un mouvement de surprise, mais ne posent pas de questions, et je leur en sais gré.

— D'accord, finis-je par dire. Allons-y, alors.

Karl n'a peut-être pas tort. Nous devons identifier les risques que nous courons. Et il est hors de question que je ne réponde pas à l'appel de mon amie. Ni que je ne remue ciel et terre pour retrouver Sixtine.

— Perry, Tyler, habillez-vous, puis allez chercher une voiture. Nous partons tout de suite.

Les cousins Falck s'exécutent et nous récupèrent. En hâte, nous nous engouffrons dans l'habitacle, et Perry démarre en trombe.

Moins de dix minutes plus tard, nous atteignons le centre de Fallen Creek. En d'autres circonstances, j'aurais vomi mon dernier repas tant la conduite du Bêta s'est avérée sportive. Mais là, mes entrailles sont tellement nouées que c'est à peine si je peux parler.

Quand nous nous garons sur le trottoir devant le bar, je scrute le visage de mon lié. Il est sombre, très sombre. Revenir sur les lieux du drame... si peu de temps après avoir acquis la certitude absolue que son frère n'était plus... Je n'ose imaginer le tourment qu'il subit. J'aimerais tant lui prendre la main pour lui témoigner mon adoration et mon soutien, mais j'ai la sensation qu'il pourrait s'effondrer à tout instant.

Alors je le laisse passer devant, relève ma capuche au-dessus de ma tête pour camoufler mes cheveux, et nous entrons dans le *Kiddy Hurricane*. Avant d'en refermer les portes, je fais signe aux cousins de nous attendre à l'extérieur, en gardant le moteur allumé. On ne sait jamais.

Je pénètre dans ce lieu que je connais si bien, manque de percuter Karl qui s'est figé, un peu perdu dans cet endroit que lui ne connaît pas du tout. Le *Kiddy* est souvent désert en fin de journée. Je n'ai donc aucun mal à repérer la chevelure flamboyante de mon amie. Elle est assise, seule, au bar. Aucun verre devant elle. Et son visage est si pâle...

Je me précipite vers elle.

— Neeve, je suis là, lui dis-je en la prenant dans mes bras.

Elle se laisse aller à mon étreinte et réprime un sanglot.

— Eli… Que s'est-il passé ? Tu l'as senti, aussi ?

— Je ne suis pas sûre, mais…

Il va falloir que je lui raconte tout, et je ne sais par où commencer.

— Je… tu le sais, hier soir, j'étais avec Sixt… et puis je l'ai laissée pour rentrer, elle devait rejoindre Robin. Mais quand j'ai retrouvé Karl…

Du coin de l'œil, je surveille mon loup. Il se frotte le visage d'une main tremblante.

— Laissons tomber les détails, continué-je. Robin est mort dans la ruelle juste derrière. Et nous n'avons trouvé aucune trace de Sixtine. J'ai tenté de la localiser, mais elle était en mouvement et quand j'ai réessayé plus tard, je ne l'ai pas trouvée.

Je ne pensais pas que c'était possible, mais Neeve blêmit encore. Le contraste avec sa chevelure est saisissant, et ses yeux noisette paraissent presque noirs tant l'angoisse la submerge.

— Elinor, on doit faire quelque chose !

J'acquiesce et la prends par la main.

— Viens. À deux, nous la trouverons, mais on ne peut pas lancer un sort de localisation ici. Tyler et Perry nous attendent dehors.

Elle ne se fait pas prier, et nous sortons. Quand nous montons dans notre véhicule, le silence est lourd comme le couvercle d'un cercueil.

Je me contente de dire :

— Au loft.

En voiture, il nous faut très peu de temps pour nous y rendre, et nous y serons à l'abri pour tenter de repérer Sixt.

La voiture n'est même pas totalement à l'arrêt que Neeve et moi en descendons. Pénétrer à nouveau dans ce lieu où j'ai vécu si longtemps avec mes amies pourrait m'émouvoir, mais je n'ai pas de temps pour cela. Nous traversons le rez-de-chaussée désaffecté, atteignons l'étage, et là, sur le tapis du salon, nous nous asseyons en nous tenant par les mains. L'urgence se lit dans chacun de nos gestes, et l'angoisse hante nos visages.

Durant de longues minutes, nous luttons pour trouver une trace de notre amie. Une trace de sa présence physique, une trace de son esprit, de son essence, du lien qui nous unit, de cette amitié incroyable qui est la nôtre, et que rien, rien, ne pourrait altérer. Même pas nos conneries respectives. Notre amour est au-delà de ça.

Et pourtant... Toutes mes certitudes s'écroulent. Nous ne la trouvons pas. La sueur baigne nos fronts, nos doigts se crispent, nos respirations s'affolent... mais rien. Rien !

Sixtine n'est plus.

Quand cette certitude me heurte, je m'effondre en sanglots. Heureusement, Neeve me secoue. Sa force me surprendra toujours.

— Eli, Eli... On n'abandonne pas, OK ? On va la trouver, c'est obligé.

J'essuie mes larmes et l'observe, hébétée.

— Mais Neeve... Regarde, il n'y a aucune trace d'elle, nulle part...

— Je m'en fous. Je n'y croirai que si on me met son cadavre sous le nez, t'as compris ?

Ses yeux s'écarquillent quand elle réalise ce qu'impliquent les mots qu'elle vient de prononcer. Mais moi, ils me galvanisent.

— T'as raison.

Je me lève, cours vers la chambre de Sixt. Si bien rangée, si ordonnée, avec ce dressing à faire pâlir toutes les *fashionistas* de la planète. J'attrape les premières fringues qui me tombent sous la main. Une étole en soie, magnifique. Les fils d'argent brillent doucement sous l'éclat de la lune croissante. Mais c'est encore le jour. Combien d'heures se sont écoulées, déjà, depuis sa disparition ?

Je porte le tissu à mon visage, inspire. Le parfum de mon amie me foudroie sur place.

On va te retrouver, Sixt, je te le promets…

Sans le vouloir, je crois que ma magie s'est activée, et une autre odeur émerge. Une odeur froide, poussiéreuse, un peu ferreuse… une odeur de sang. Du sang. Une image s'impose à mon esprit. Non ! Ce n'est pas possible, Sixtine ne peut être là-bas ! Je refuse que ce soit la vérité. Et pourtant…

Je ne l'ai pas sentie s'approcher, mais, soudain, la main de Neeve se pose sur mon épaule. Elle veut savoir, mais je ne sais comment lui annoncer ce que je viens de découvrir…

— Eli, dis-moi. Je peux l'encaisser. Nous pouvons l'encaisser. Pour Sixtine.

— Neeve, oh, Neeve, je suis désolée…

— Arrête.

Son ton claque, autoritaire, et me remet les idées en place, comme une gifle phénoménale... et bienvenue.

— Elle est chez les vampires, hoqueté-je, bouleversée.

Cette fois, c'est mon amie qui fond en larmes dans mes bras.

Combien de temps restons-nous enlacées ? Combien de temps la peur nous paralyse-t-elle ? Je ne saurais le dire... Mais, perdue dans l'étreinte de mon amie, je puise autant de force que je le peux. Je devine, sans vraiment vouloir me l'avouer encore, que les heures à venir vont être cruciales. Que notre vie est à nouveau sur le point de basculer.

Ce n'est que lorsque Karl et les cousins Falck nous rejoignent dans le loft que nos bras retombent et que nous séchons nos larmes, désormais inutiles.

Je me tourne vers mon lié, et je n'aime pas ce que je vois. Certes, le deuil le hante, mais il vient de se produire quelque chose de grave, je le lis sur son visage hagard. Et ce n'est pas au sujet de Sixtine.

— Que se passe-t-il ? je lui demande aussitôt, la voix tremblante.

Mais son regard doré se porte sur Neeve, sans qu'il prononce le moindre mot. C'est Perry qui intervient. Il a l'air terriblement mal à l'aise et se tord les mains, comme s'il ne savait qu'en faire.

— Neeve du Nord... je suis désolé... Sybil nous a contactés...

Sybil ? Mais que vient faire Sybil dans toute cette histoire ? Qu'a-t-elle à voir avec les récents événements ? Mon amie, à mes côtés, ne semble pas plus comprendre ce que Perry veut dire. Alors, Tyler prend la parole à son tour :

— Ton frère, Mark... il a fait une connerie. Une grosse connerie. Viens, on t'emmène à la tanière. Tout de suite.

Neeve chancelle et se raccroche à mon bras.

— Vous allez m'en dire plus, et tout de suite aussi. Sixtine a de graves emmerdes, on ne peut pas se disperser comme ça.

À nouveau, la gêne dans le regard des trois loups.

— Il... euh... bafouille Perry. Il est allé de son propre chef à la tanière, et... euh... ça ne s'est pas bien passé... Popeye a demandé à ce que tu viennes, parce que ton frère, il est...

— Oh, non... souffle Neeve, anéantie. Il va bien ? Il est blessé ? Dis-moi, bordel !

— Oui, il est blessé, mais je n'en sais pas plus. Il voulait voir Sybil et a déboulé comme ça... Tu comprends, la situation est tendue, en ce moment, et Karl n'était pas là, alors...

Merde. Merde, merde et re-merde. Est-ce qu'on avait besoin des initiatives débiles de Mark Forest ? Mais qu'est-ce qui lui a pris, d'aller jouer le joli cœur ? Il ne pouvait pas attendre un peu ? Mais je sais bien que Mark est comme sa sœur. Impulsif. Brut de décoffrage. Il a dû décider d'aller déclarer sa flamme à la belle louve et en subir les conséquences.

— OK, dis-je, en passant une main lasse dans mes cheveux emmêlés. Neeve, tu y vas, avec Tyler et Perry.

— Mais... Sixtine...

Le regard que me lance Neeve est déchirant. Je n'aimerais pas être à sa place. Comment choisir entre se précipiter au chevet de son frère et sauver sa meilleure amie ? Mais c'est bien pour ça que je suis heureuse que nous soyons un trio.

— Je m'en occupe avec Karl. Fais-moi confiance.

À ces mots, j'observe mon lié. Mais je ne lis que chagrin et dévastation dans ses prunelles ambrées. Comme personne ne bouge, je décide de prendre les rênes de cette mission suicide :

— Allez, go ! Tyler, Perry, embarquez Neeve. Karl, suis-moi.

Et ça marche. Je suis la première étonnée de la facilité avec laquelle je m'impose. Les deux cousins Falck entourent mon amie de leurs bras puissants et quittent l'appartement. Bon, ça fonctionne à moitié, parce que Karl persiste à me fixer de son regard hanté.

— Karl, écoute... lui dis-je dès que nous sommes seuls. Je sais que c'est dur. Mais si Sixtine a été enlevée par les vampires, il y a de grandes chances pour que...

Je n'ose continuer. Mais l'évidence est là. Les vampires ont quelque chose à voir dans la mort de Robin. Il a dû tenter de protéger Sixt et en a payé le prix fort. Je veux délivrer mon amie, je veux qu'elle nous revienne, mais je veux aussi aider mon lié à venger son frère assassiné.

Enfin, une lueur d'intérêt naît dans les prunelles de mon Alpha.

— Tu penses qu'ils ont quelque chose à voir dans la mort de Robin.

Ce n'est pas une question, mais je fais oui de la tête tout de même. Je ferais tout pour qu'il se reprenne. Et la vengeance, si elle n'aide pas forcément à surmonter le deuil, est un premier pas pour l'extirper de son hébétude.

— Très bien. Je te suis, me dit-il.

Je le fais sortir par l'arrière, pour rejoindre directement les bois. Le crépuscule enveloppe la forêt dans une brume pesante.

Sans nous consulter, nous nous transformons tous les deux. Je ne sais pas trop comment on fera sur place, mais tant pis. S'il faut se trimballer à poil... Je retrousse mes babines blanches. La perspective de combattre du vampire les miches à l'air ne me réjouit quand même pas des masses.

J'oublie ces triviales considérations à l'instant même où nous entamons notre course, me rassurant à l'idée que les vampires sont des créatures de la nuit et qu'ils dorment le jour, on a encore un peu de temps devant nous. Je n'ai pas eu beaucoup l'occasion de profiter de mes nouvelles aptitudes de louve. Je n'ai pas véritablement exploré la souplesse et la force de ce corps élancé et puissant, je n'ai pas encore chassé avec la meute Greystorm... En aurai-je un jour la chance ?

Quoi qu'il en soit, j'allonge mes foulées pour suivre le rythme de mon lié. Nous volons plus que nous courons, et c'est bon. C'est bon, et vivifiant. Mon esprit se vide de toute angoisse, mon cœur s'allège. Je sens la vie qui palpite tout autour de moi. La forêt est sans cesse en ébullition. Comme mon sang, comme l'air qui pénètre mes poumons et alimente chacune de mes cellules.

Ma vision est parfaite, chaque détail m'apparaît clairement. Un flot d'effluves à la fois forts, délicats et subtils me transporte dans un monde qui m'était étranger avant que je ne sois marquée.

Une envie terrible d'arrêter Karl dans sa course me vient. Une envie de sentir ses crocs sur mon échine, enfouis dans l'épaisse fourrure lunaire de mon encolure, et le poids de son corps sur le mien... Ses coups de reins puissants... Mais je réprime tout cela. Car ce n'est pas le moment. Putain, non, ce n'est pas le moment de s'accoupler, même si...

Vite, trop vite, nous parvenons devant l'immense bâtisse dans laquelle vivent les vampires, cette engeance diabolique. Une chose est certaine. Nous pouvons trouver un terrain d'entente entre les loups et les sorciers, mais avec les vampires, c'est loin d'être gagné.

L'un d'entre eux nous a pris notre amie. L'un d'entre eux a brisé le cœur de mon lié, et la vie de son frère. Pour Sixtine, je me raccroche à l'espoir que ce ne soit pas trop tard.

Et mon désir de vengeance, qui ne connaît plus aucune limite, remplace provisoirement mon désir malvenu pour Karl.

Nous nous tapissons dans les fourrés à la lisière de la propriété. La Fang House, comme tout le monde l'appelle. Les vampires n'ont jamais caché la localisation de leur antre, car qui voudrait les y débusquer, franchement ? Je calque mes mouvements sur ceux de mon loup. Je lis son expérience dans chacun de ses gestes. La façon dont il hume l'air frais du crépuscule. Dont il déplace chacune de ses pattes pour ne pas faire le moindre bruit. Dont il se glisse entre les branchages. OK, note pour plus tard, mon Alpha est sacrément badass en mission, et il faudra que je lui propose une petite partie de chasse à l'occasion. Avec moi dans le rôle du gibier.

Avec cette dernière réflexion, je constate que j'ai tout de même du mal à me canaliser. Je me fais l'effet d'une adolescente submergée par les hormones. Tantôt la colère me ravage, tantôt mon envie de me rouler dans les broussailles avec mon mâle l'emporte. Je devrais peut-être me retransformer. Mmmh, et ça donnerait quoi, une partie de chasse avec mon loup si je gardais ma forme humaine... Non, stop ! Ne pas penser à ça. Réprimer mes hormones en folie. Penser à Sixtine. À la mort de Robin... *Putain, il m'arrive quoi ?*

Karl a dû percevoir mon agitation, car il tourne ses iris d'or bruni vers moi, grogne et instinctivement, je me tapis sur le sol. Meeerde, ça m'excite encore plus, son truc.

Mais j'ai capté le message. Coucouche panier, la femelle en chaleur.

D'un regard, il me fait comprendre qu'il va explorer les environs. Très bien, je vais en profiter pour me calmer. Durant un long moment, je guette son retour. Je ne sais combien de temps s'écoule, mais le soleil commence à décliner vers l'horizon quand Karl revient et me fait signe de le suivre.

Je lui fais confiance, il a dû s'assurer que la zone était sécurisée.

Nous longeons les hauts murs de la propriété, qui me semble d'ailleurs impénétrable. Une vraie forteresse, le machin. Mais Karl a tout prévu. Il nous mène jusqu'à une infime fissure, qu'il s'emploie à gratter de ses pattes puissantes. Aussitôt, je l'imite, et rapidement, nous nous créons un passage à peine suffisant pour nous immiscer à l'intérieur du parc. Tapis derrière les bosquets de ce jardin à la française, nous nous glissons telles des ombres pour nous rapprocher de la bâtisse, le plus discrètement possible, même si la lumière du jour ne nous aide vraiment pas.

Quand nous parvenons enfin devant la façade impressionnante de la Fang House, nous n'avons plus le choix. Il va falloir y aller à découvert. Tant pis. Dans une course effrénée, et qui n'a malheureusement plus rien de sexy, nous nous précipitons vers les volets clos. Mais c'était sans compter sur la duplicité et la prévoyance de ces enfoirés de suceurs de sang. À peine Karl commence-t-il à gratter le bois qu'il glapit de douleur. Bordel, que se passe-t-il encore ? Du bout de la truffe, j'effleure les ornements métalliques, puis recule d'un pas, affolée. Bon, OK, ces machins ne sont pas là que pour faire joli. C'est de l'argent, putain !

Vite, une solution. En tant que loups, Karl et moi ne pourrons jamais pénétrer dans la Fang House si je ne fais rien. Les loups et l'argent, hein…

Je réfléchis, cherche une formule. Étrangement, ma forme lupine m'aide à puiser dans mon pouvoir sélène. Je pose une patte prudente sur les ornements, constate que ce contact me picote un peu, mais sans plus. Le sort que je suis en train de lancer doit me protéger déjà. Une brume argentée s'élève tout autour de moi, tournoie… et le métal si dangereux pour mon lié se transforme en un alliage banal et inoffensif.

Bon, ça n'a pas dû être très discret, mais nul cri ne retentit, nul domestique armé d'une fourche n'a surgi de derrière une haie pour nous harponner. C'est déjà ça. Nous achevons de détruire le volet et pénétrons à l'intérieur.

Et là, nouvelle galère. À peine ai-je fait quelques pas dans le salon qui nous accueille de sa pénombre poussiéreuse que je tombe au sol en gémissant. Sans le vouloir, je perds ma forme lupine et me retrouve le cul à l'air sur un tapis hors de prix. Bon. C'était écrit, je vais devoir combattre toute nue. Si mes parents me voyaient…

Karl m'aide à me relever. Lui est toujours sous sa forme de loup, et il détaille chaque élément de notre environnement. S'il y avait de l'argent sur les volets, il peut y en avoir ailleurs. Quant à moi, je repère sans mal les vilaines pierres, enchâssées dans les murs, qui bloquent ma magie. Je ne vais pas pouvoir compter sur mes pouvoirs. Je suis doublement nue, génial.

Nous nous aventurons un peu plus avant dans la demeure. Et l'analogie avec une maison hantée prend tout son sens. Il fait noir, partout, et je n'ose pas actionner les interrupteurs. Ça sent la poussière, le renfermé, et puis aussi autre chose… Si j'avais gardé mon odorat de louve…

Du sang… Voilà, le mot me vient. Ça sent le sang. Le sang frais, mais aussi le sang séché. Une nausée terrible s'empare de moi à l'idée des horreurs qui doivent se dérouler ici, nuit après nuit…

Nous explorons des enfilades de salons, des pièces de réception à la décoration somptueuse. Le luxe semble être un mode de vie, en ces lieux. Nous descendons un escalier, qui nous mène à une cuisine. Enfin, une cuisine… Plutôt un laboratoire, tout en inox, impeccable. On ne doit pas souvent faire de la pâtisserie, ici. Et je ne sais pas pourquoi, il me prend l'envie d'ouvrir l'une des chambres froides.

Quelle conne ! Face à moi, pendus à des crochets de boucher, se succèdent les corps martyrisés d'une dizaine de jeunes femmes… Leurs regards vides se fixent sur moi, vitreux, sans âme, à jamais éteints. À leur cou, des blessures ignobles, comme si des bêtes sauvages avaient fouaillé leur chair pour leur arracher la gorge. C'est sans doute ici qu'ils cachent leurs victimes avant de faire disparaître les corps.

Soudain, alors que je m'apprête à refermer la porte sur cette vision d'horreur qui, j'en suis sûre, me hantera pour toujours, un gémissement retentit. Karl, à mes côtés, grogne, et toute sa fourrure rousse se hérisse. Il se précipite à l'intérieur et saisit le pied de l'une des femmes, comme pour m'indiquer que c'est elle qui vient de se signaler.

Mon Dieu… Comment est-ce possible ? Cette pauvre gamine est encore en vie… J'entre dans la chambre froide, ma peau couverte de chair de poule tant je suis gelée. Je tente de soulever le corps de la suppliciée, mais le croc de boucher est profondément enfoui dans son dos. Je pleure, et les larmes se figent sur mes joues. Je ne sais pas quoi faire…

— Attends, attends… je vais trouver une solution. Ne meurs pas, ne meurs pas, s'il te plaît…

Je ressors, cherche quelque chose des yeux, n'importe quoi qui pourrait m'aider. Enfin, je percute. Là, une chaise ! Je m'en empare, la traîne jusque dans l'immense frigo et monte dessus. Cette fois, je suis à la bonne hauteur, mais pour autant, ma mission de sauvetage n'en est pas facilitée. Il va falloir que je tire et que je force pour la décrocher.

En sanglotant, je m'y emploie. Je ne peux laisser cette fille mourir comme ça. Et si c'était Sixtine ? Il y avait d'autres chambres froides, peut-être mon amie est-elle dans l'une d'entre elles, et se meurt pendant que je tente de sauver cette inconnue ?

Enfin, le corps de la fille tombe lourdement au sol. Je saute de mon perchoir, la prends sous les aisselles pour la sortir de là. Elle est frigorifiée, tout comme moi.

Mais quand elle se retrouve sur les dalles du carrelage de la cuisine, je ne sais plus quoi faire. Elle est à peine consciente, ses lèvres bleues remuent sans qu'elle émette le moindre son.

Soudain, Karl se transforme. Ah ben tiens, nous voilà tous à poil chez les vampires, merveilleux ! Mais il ne me laisse pas le temps d'ironiser, se penche et prend la fille dans ses bras.

— On ne peut pas l'abandonner là, me dit-il simplement, et j'acquiesce.

— Je vérifie juste quelque chose, dis-je.

Je me précipite pour ouvrir toutes les chambres froides. À la dernière, je vomis tout le contenu de mon estomac. Je n'ai pas trouvé Sixtine, mais je ne peux plus supporter ces visions dignes d'un film macabre.

— Viens, il nous reste l'étage…

— Mais il y a encore un escalier pour descendre…

Au regard sombre que mon lié me jette, je décide de me taire. Va pour l'étage. Souvent, c'est là que se situent les chambres. Bon, et c'est aussi là que se précipitent les héroïnes blondes dans les films d'horreur… Alors, je n'imagine pas nos amis les vampires dormir dans des chambres conventionnelles, mais nous y découvrirons peut-être Sixtine… et des vêtements ?

Rapidement, nous nous emparons d'une lampe torche qui traîne sur un plan de travail impeccable, remontons au rez-de-chaussée, puis empruntons l'immense escalier de marbre qui mène à l'étage. Nous ne nous étions pas trompés. Il y a là quantité de chambres, et elles sont pour la plupart occupées par des vampires encore profondément assoupis. Néanmoins, nous finissons par en trouver une libre. Et j'avais raison sur un point. Les dressings sont pleins à craquer de fringues hors de prix. Si Sixtine voyait ça…

Nous déposons la jeune fille toujours inconsciente sur l'immense lit et la recouvrons d'un édredon. On ne va pas pouvoir faire beaucoup plus pour elle pour le moment. Si nous nous en sortons, elle aussi, sinon…

Dans un vaste placard, je pioche des sous-vêtements, un jean et un tee-shirt blanc, ainsi que des baskets. Il y en a pour toutes les tailles et pour tous les goûts. J'imagine qu'à la Fang House, on est habitué à recevoir des vampires de passage. Pour Karl, par contre… Je grimace en le découvrant affublé d'une chemise à carreaux. Non, mais vraiment, une chemise de bûcheron, on aura tout vu !

— OK, très bien, garde ta chemise, mais on fait quoi maintenant ? lui demandé-je.

Parce que bon, le petit musée des horreurs, c'était sympa, mais pour le moment, on ne sait pas où est Sixtine, Karl marche sur des œufs pour éviter tous les ornements en argent qui agrémentent les lieux, et moi, je n'ai plus mes pouvoirs…

— Je ne sais pas, me souffle mon lié. La nuit va tomber, maintenant, et…

Et un bruit étrange retentit soudain. Comme un drôle de grondement, ça me résonne dans les os…

— Karl…

Instinctivement, il s'est emparé de ma main. Au regard qu'il me jette, je sens qu'il est inquiet. Et, putain, oui, il y a de quoi. Durant quelques secondes, nous restons immobiles. La jeune femme allongée dans l'immense lit gémit doucement. Une subite envie de lui mettre un oreiller sur le visage pour la faire taire me saisit. Si elle dévoile notre présence…

— Allons voir, chuchote Karl.

Quoi ? « Allons voir », comme « allons nous jeter sous les crocs des vilains suceurs de sang » ? Il n'est pas sérieux, tout de même ? Si ? Ah, ben si, il m'entraîne déjà vers le couloir. Anesthésiée par la terreur, je me laisse faire. Nous rejoignons le haut de l'escalier, à l'écoute du moindre bruit. Et, oui, ça se confirme, il se passe des choses, en bas. Des grincements, des frôlements, et… Oh, merde, une voix ! Grave, profonde, très légèrement chuintante. Je pourrais me faire pipi dessus tellement j'ai peur, soudain.

— Karl, non…

— On n'a plus le choix, Eli.

Il se tourne vers moi, s'empare de mon visage avec ses deux grandes mains, si fortes, si puissantes, mais si douces contre ma peau, et cueille mes lèvres avec passion.

— Quoi qu'il se passe maintenant, je veux que tu saches que...

— Tais-toi, je sais, je lui murmure. Et embrasse-moi encore.

Il s'exécute, et le goût de sa bouche a celui du désespoir. Nous sommes dans la merde jusqu'au cou, mais nous n'avons pas le choix. Nous ne pouvons abandonner Sixt ni laisser le meurtre de Robin impuni.

Alors, tandis que la maison s'éveille autour de nous, nous nous étreignons avec toute la force de notre amour. Et, quand enfin nous nous éloignons l'un de l'autre, une détermination sans faille brille dans nos cœurs. Ensemble, nous descendons l'immense escalier de marbre.

Main dans la main, nous entrons dans la grande salle que nous avions visitée un peu plus tôt. Celle qui paraissait appropriée à une réunion de vampires au petit-déj. Et nous ne nous sommes pas trompés.

Là sont rassemblés tous nos ennemis. Leur mine sombre semble nous reprocher d'avoir écourté leur sommeil. C'est dingue, comme tous les êtres sur cette planète, ils n'ont pas l'air si frais que ça, au réveil. Un peu engourdis, un peu ralentis, un peu bouffis. Il faut dire que les volets sont toujours clos. La nuit ne doit pas être encore totalement tombée. Youpi, un bon point pour nous. Ahem.

— Salut la compagnie, tenté-je crânement, alors qu'en fait, je n'en mène pas large.

Pour me rassurer, je triture l'ourlet de mon tee-shirt. Je suis tout de même drôlement contente de ne plus être à poil. Presque fière de la chemise de bûcheron de mon homme, tiens.

Sur une estrade, légèrement avachi sur un fauteuil qui tient plus du trône dans *Games of Thrones* que du Chesterfield classique, se trouve Vlad Ivanov, ce vampire à l'air particulièrement autoritaire. L'équivalent d'un Alpha, quoi. C'est donc sur cette créature maléfique au teint pâle et aux longs cheveux filasse que mon attention se porte, tandis que j'ignore les sifflements serpentins qui s'élèvent autour de nous.

— Bien. Alors, on n'est pas venus pour boire le thé, si ça peut vous rassurer. Je voudrais récupérer ma copine, probablement enlevée par l'un des vôtres, et mon homme ici présent, Karl Greystorm, Alpha de la meute Greystorm, a quelques questions à vous poser concernant le meurtre de son frère. Mais ça vous dit quelque chose, hein ? Greystorm ? Vous savez, vous avez conclu un accord, récemment…

Vlad Ivanov réussit l'exploit de sourire et de grogner en même temps. Terrifiant. Je contracte mes abdos. Surtout, ne pas faire pipi dans ma culotte. En plus, cet enfoiré ne prend même pas la peine de me répondre. Il adresse un signe de tête à sa troupe de monstres, et tous les vampires font un pas vers nous pour nous encercler. Merde…

La main de mon lié se resserre sur la mienne. Je ne sais pas s'il cherche à me rassurer, mais ça ne fonctionne pas du tout.

Il déclare d'une voix forte :

— J'en appelle à notre traité de paix. Nous tuer serait un très mauvais signal à envoyer à toutes les meutes du pays. Aucune de nos races n'a d'intérêt à déclencher une guerre.

— Notre traité ne comprenait pas l'invasion de notre territoire, Karl Greystorm, chuinte ce cher Vlad.

— Ni le meurtre de mon frère.

— Qu'as-tu donc pour prouver ce que tu avances ? Je n'ai jamais ordonné un tel acte.

— Et pourtant, interviens-je, dépassant la peur panique qui m'étreint, nous savons que Sixtine Shadow est ici, et qu'elle a été enlevée en même temps que Robin Greystorm a été assassiné.

Vlad Ivanov agite une main aux ongles trop longs.

— Je ne suis pas au courant de ceci, et…

Et il se fige. Affolée, je regarde autour de moi, pour m'apercevoir que tous les vampires présents sont eux aussi réduits à l'état de statues.

— Karl… Karl !

Oh non, Karl aussi est figé ! Je dégage difficilement ma main de la sienne, pivote sur moi-même. Putain, mais que se passe-t-il ? Je sens la magie tout autour de moi, mais c'est impossible, il y a des pierres partout dans cette maudite baraque !

Soudain, un rire perlé s'élève, venant d'un coin de l'immense salle plongée dans la pénombre. Un claquement de doigts, et toutes les torches fichées dans les murs de pierre s'allument. Après le musée des horreurs, le musée des statues de cire… Je suis cernée par des créatures maléfiques pétrifiées !

Et c'est alors que je la vois s'avancer. Elle. Sixtine.

Mon amie. Si belle, malgré son teint blafard. Si majestueuse, malgré le devant de sa robe somptueuse maculée de sang. Je constate qu'elle a déjà trouvé le chemin des dressings blindés de fringues de luxe.

— Sixtine... murmuré-je en tendant une main tremblante vers elle.

Mais je recule aussitôt. Derrière elle se dresse une silhouette que je reconnais. *Drake Butcher.*

— Elinor Moon, si je ne m'abuse ? fanfaronne-t-il. Enchanté. Je dois dire que j'admire ton courage pour t'être ainsi jetée dans la gueule... du loup. Encore que tu en aies l'habitude, si mes renseignements sont exacts.

— Sixtine, dis-je encore. Que se passe-t-il ?

Mais le regard que mon amie plante dans le mien flamboie, impitoyable, et je comprends. Je comprends ce qu'il vient de se produire. Je comprends pourquoi Neeve et moi ne parvenions pas à retrouver sa trace... Je vacille et tombe à genoux. Non... ce n'est pas possible. Pas Sixtine, pas elle, pas mon amie, ma sœur...

Elle rit encore, dévoilant des dents étincelantes, aux canines trop longues. Ses yeux gris s'ornent d'éclats rubis, et son opulente chevelure dénouée cascade dans son dos si droit.

Dévastée, anéantie... Ma vision tournoie, une violente nausée me saisit, et je vomis une nouvelle fois. De la bile, il ne me reste rien d'autre, et c'est un goût de cendres qui demeure dans ma bouche.

Comme si cela ne pouvait être pire, mon amie, tout en gardant ses prunelles braquées sur ma déchéance, se tourne vers Drake, l'enlace, et l'embrasse sauvagement, goulûment. Lui glisse ses mains dans son corsage, à la recherche de sa poitrine menue, et je ne peux faire un geste face à ce spectacle détestable.

Enfin, Sixtine claque à nouveau des doigts. Karl tombe à genoux à mes côtés, libéré.

— Que... commence-t-il.

Mais j'agrippe son bras. Qu'il se taise, bon Dieu, qu'il se taise !

— Tous les deux, vous pouvez partir. Mais ne croisez plus jamais mon chemin, car je ne serai pas toujours aussi clémente. Allez, viens, Drake. J'ai faim.

Elle entraîne un Drake Butcher à l'air réjoui dans son sillage, nous laissant seuls au beau milieu de ces statues de cire...

CHAPITRE 29

SIXTINE

C'est un peu trop calme depuis qu'Eli et son insupportable cabot ont décampé. Trop... silencieux.

J'embrasse Drake avec fougue et taillade au passage sa langue brûlante. Le sang coule sur sa lèvre que je lèche, avide. J'ai la dalle et la sauvage envie de le déshabiller sans attendre. Dans quel ordre ? Je ne sais plus...

J'ai soif.

Un de ces larbins pourrait-il me trouver un petit casse-croûte à me mettre sous la dent ? Je claque des doigts. Chacun reprend où il s'était arrêté, percevant à peine cette interruption momentanée de leur existence. Bon, les loups ont disparu, mais ça ne semble pas leur déplaire. Ah, si. Il y en a un qui braille : Vlad, évidemment.

— Qu'est-ce que tu as fait ? interroge-t-il Drake en m'ignorant.

Troublantes manières, fort peu dignes d'un souverain.

— Qu'est-ce que tu as fait, abruti ? crache-t-il encore,

livide, alors que mon compagnon ne lui répond pas, l'air songeur.

Vraiment ? Pense-t-il pouvoir s'adresser avec si peu de respect à son second ?

Il semblerait bien, car il poursuit :

— Buter le frère Greystorm ? Ça t'a paru opportun, au beau milieu d'une trêve âprement négociée ?

Le sourire carnassier de Drake creuse ses joues tandis qu'il hoche la tête, provocateur. Diable, qu'il est sexy !

Déstabilisé, le roitelet s'agite sur son fauteuil ridicule :

— Une sorcière, putain ! Drake ! Une sorcière ! Faut pas sortir du MIT pour savoir que transformer une sorcière, c'était la dernière des conneries à faire ! Et putain ! La ramener à la Fang House ! Mais merde ! Qu'est-ce qui t'est passé par l'esprit ?

Drake le fixe, la tête penchée sur le côté, comme un chiot qui ne comprendrait pas sa bêtise. Une lueur malicieuse dans ses prunelles. Simplement craquant. Sauf pour Vlad qui en plus d'avoir l'autorité d'une moule a, à présent, le charisme d'un paon sous ecsta. Échevelé, les yeux exorbités, passablement défroqué, les bras remuant en tous sens, il est tordant de ridicule. Quand je pense qu'il m'avait impressionnée lors des pourparlers avec les loups. *Les loups...* Je chasse cette idée qui m'inspire une émotion déplaisante. Pourquoi ? Peu importe. *J'ai si soif !*

— Et si nous buvions un verre pour nous détendre, plutôt ? propose mon compagnon au lieu de répondre aux terribles accusations de Vlad.

Drake se tourne vers moi, passe lentement sa main dans ses cheveux pour les remettre en arrière, dévoilant

ainsi ses yeux en amande et son regard bleu glacier. Il m'adresse un clin d'œil plein de sous-entendus :
— Je te sers ?

Cette désinvolture ! Je fonds ! Pitié, faites qu'il m'arrache mes fringues et qu'il me prenne sur la table ! Le liquide rouge, hypnotique, coule dans les verres en cristal et forme des vaguelettes qui me somment de les avaler. Les effluves ferreux me chatouillent le nez. Je frémis de la tête aux pieds. *J'ai tellement soif.*

Avenant, Drake attrape mon poignet et me force à m'asseoir avant de pousser un verre devant moi. Délaissant son interlocuteur médusé par son comportement, il m'ordonne :
— Bois.

Inutile de me le dire deux fois.

Les mains tremblantes, je saisis le verre. Avant que j'aie pu le porter à mes lèvres, mes canines poussent douloureusement, m'obligeant à faire une pause pour reprendre mon souffle.
— Bois ! rugit-il comme s'il souffrait lui-même de la soif qui me torture.

Le contact du cristal m'arrache un frisson. Le sang tiède coule sur ma langue, puis dans ma gorge. Je le sens sinuer dans mon œsophage, rejoindre mon ventre et se répandre dans mes veines. Mon cœur, pourtant à jamais immobile, me donne l'impression de pomper, plus déterminé que jamais. Je cesse aussitôt de trembler, emportée par l'euphorie de cette nouvelle dose.

Mon regard oscille entre les gesticulations de Vlad dont je n'entends plus les paroles, et Drake, dont l'élégance et le *sex appeal* m'attirent comme un aimant. Cette petite querelle m'ennuie, maintenant, pourrait-il abréger, qu'on en vienne aux choses sérieuses ? Que je m'empare enfin de cette béquille prête à arracher le pantalon de Drake à chaque regard qu'il pose sur moi ? Il m'adresse un signe discret, m'invitant au silence. Son index frôle sa lèvre, dévoilant ses canines séduisantes. Pourquoi faut-il toujours faire preuve de patience ? Je n'en peux plus d'attendre ! Pourquoi les gens s'épanchent-ils à l'excès ? C'est amusant jusqu'à ce que ça devienne trop bruyant. Est-ce que je passe mon temps à geindre ou à m'apitoyer sur mon sort ? Qui s'intéresse aux jérémiades de ce souverain en perdition ? À croire que ce type partage bien plus avec ses proies qu'il ne veut bien l'admettre.

Et Eli... Ses larmes intarissables me reviennent soudain, sa stupeur, sa crainte... L'effroi qui l'a saisie lorsqu'elle a compris que moi aussi, j'avais le droit de reprendre ma liberté et de m'émanciper du carcan de ces règles que personne ne respecte jamais. Finis, l'anesthésie des petits cachetons multicolores et la béatitude de la compagne subjuguée. Évaporées, l'indifférence et les banalités ! Enfin, je lui ai inspiré d'intenses émotions. Sauf qu'à présent, c'est moi qu'elle laisse froide. Je l'ai tant aimée et pourtant, sa détresse ne me touche plus guère. Ce triste gâchis ne m'est en rien imputable. J'en suis la victime, et il est temps que je jouisse du dédommagement que la mort m'apporte.

— À quoi tu joues, Drake ? T'es plus le toutou de notre chef ? raille une voix féminine que je peine à identifier.

Cette interpellation peu joviale me tire de mes pensées. Qui a osé se moquer ainsi de mon sauveur ?

Un sourire narquois étire les lèvres de Drake.

— Allez vous faire foutre, marmonne-t-il.

Qu'ont-ils tous à faire les malins ? Drake n'est pas le seul à se plier à la volonté de ce naze qui se prend pour le roi de la nuit !

— Ouais, c'est vrai, ça, surenchérit un autre suceur de sang porté par le groupe.

La clameur s'élève dans la grande salle, ils se réveillent enfin, ces sujets dociles et écervelés. Ils sont distrayants, à s'égosiller dans l'espoir d'être entendus, comme si le simple fait de protester face au changement avait le pouvoir de le retarder.

Une douleur aiguë me vrille soudain les entrailles.

J'ai soif.

Encore.

— Alors ça y est, Drake ? Tu prends tes propres décisions ? poursuit la voix féminine que je n'ai toujours pas identifiée.

— Nancy… se renfrogne-t-il en se détournant de moi pour la localiser.

L'attroupement qui nous encercle se scinde pour laisser passer une petite femme dont la blondeur de miel tranche singulièrement avec ses traits eurasiens. Elle s'avance, l'air hautain, sans se soucier des murmures qui s'élèvent dans la salle. *Qui c'est, cette garce ?*

— Que va penser la reine de cette incartade, *Drake* ? insiste-t-elle.

Qu'est-ce qu'elle a, à souligner son nom comme ça ? Elle a un problème, Barbie vampire ?

Je me tortille un peu plus, avalée par la douleur qui me brouille soudain la vue.

D'un signe de la main, le roitelet sollicite l'intervention de ses serviteurs. Un mec engoncé dans un costume de pingouin s'éloigne puis revient en traînant une pauvre fille dénudée sur le sol glacé. Je me souviens de l'indignation que m'aurait procurée un tel traitement avant ma transformation et pourtant, mon corps ne réagit pas. Pire, cette vision m'inspire l'envie.

— Hey, les gars, regardez ce qu'on a trouvé dans une chambre à l'étage ? ricane le vampire.

Ma vision se fixe sur la fille et sa jugulaire qui pulse à peine. Tout ce sang que je pourrais avaler en quelques secondes... Des litres d'hémoglobine... Enfin, pas vraiment des litres, elle semble mal en point. *Merde*... Pas grave, il m'en restera quand même assez pour assouvir ma putain de soif !

— Sixtine !

La voix de Drake se perd dans le tumulte assourdissant qui résonne autour de moi. Je ne vois plus rien que la poitrine palpitante de mon repas. Je l'arrache des bras du serviteur et me repais. Mes canines percent la chair tendre, les effluves horrifiés, divins, de ma consommée s'infiltrent dans mes narines. Elle se débat à peine, c'est inutile. Mais son cœur bien vivant continue de m'envoyer des giclées de sang tiède dans la bouche. Je me sens si bien, mon esprit est si clair à présent !

Encore !

J'en veux encore !

J'aspire l'essence de vie sans m'arrêter. Sans même reprendre mon souffle, suspendue à la gorge nourricière de ce gibier exquis. C'est si bon... si bon...

Emportée par une irrépressible avidité, je broie sa chair

et en arrache des lambeaux. Le sang ne coule plus seulement dans ma bouche, mais aussi sur mes lèvres, mon cou, mes seins. Lorsque je m'écarte, repue, j'aperçois le visage éteint de la fille que je tiens toujours dans mes bras. Je relâche mon étreinte. Elle est si légère, si... immobile. Vidée de sa substance.

Qu'ai-je fait ? Pourquoi ?

Est-ce bien moi qui lui ai ôté la vie ?

La douleur s'est déplacée de mon ventre à mon sein gauche. Ce qui me servait de cœur se serre et se fige. Comme si je retrouvais une conscience après un accès de folie. Je laisse tomber la dépouille qui s'écrase mollement sur le sol. Du revers de ma manche, j'essuie mon visage humide.

Des flashs me parviennent. L'impression désagréable d'être un instant sortie de mon corps et d'en avoir totalement perdu le contrôle. Je me revois, dominée par mes pulsions, dévorant cette pauvre femme avec une cruauté impitoyable, pas même animale, juste supérieure. Est-ce dû à ma nouvelle nature de vampire ? Devrai-je dorénavant déchiqueter les créatures que je croiserai ? Prendre des vies pour subsister ? Ne serai-je plus jamais maîtresse de mes envies ?

— Pour qui te prends-tu ? s'agace à nouveau le roitelet. C'était mon repas !

— Vlad, tu sais bien qu'elle n'a pas fait exprès, s'amuse Drake qui ne semble pas prendre au sérieux la menace qui nous encercle.

— J'en ai supprimé pour moins que ça ! D'ailleurs...

D'ailleurs, quoi ?

Il a fini de fanfaronner ?

Qui s'intéresse à cet abruti ?
— Ça suffit !
Mon irritation à les voir discuter de ma personne comme si j'étais absente s'est exprimée d'elle-même. Vlad se tourne enfin vers moi et me toise. Dans ses iris, je lis un abominable mépris, teinté d'une appréhension diffuse.
— Ce n'est pas... commence-t-il en pointant son gros doigt répugnant en ma direction.
— Puisque tu tiens tant à ton trône, restes-y !
Il écarquille les yeux sans comprendre tandis que je balance une formule improvisée.

« Ténèbres, venez à moi, et par d'inaltérables maillons, enchaînez cette contrefaçon à son trône. Que toute tentative de se défaire de ce lien en resserre d'autant l'étreinte, jusqu'à ce qu'ils ne fassent plus qu'un ou qu'il se dissémine en une pluie fine !»

La panique saisit la foule qui nous entoure, à l'exception de la blonde frelatée qui s'avance vers Vlad.
— Tu ne peux rien contre nous !
— Tu crois ?
Lorsque j'agite ma main, les tintements métalliques de la chaîne retentissent, dissipant la clameur. Vlad pousse un cri étouffé par la pression du lien sur son thorax.
— Comment ? s'étonne la Barbie incrédule.
Ma première intervention lui aurait-elle donc échappé ? La voilà servie, dans ce cas.
— Quelque chose à ajouter ? *Nancy* ? me moqué-je en m'approchant du trône sous les yeux médusés de l'assistance.

— Le bouclier de pierres... murmure-t-elle, encore sous le choc.

D'un pas lent, presque théâtral, je m'avance vers Vlad. Mes talons rebondissent sur le sol et mes foulées résonnent dans le silence sépulcral qui nous entoure. L'attention des vampires réunis se calquent sur ce rythme traînant, leur existence suspendue à ce simple déplacement. Nancy me fixe, tentant de garder contenance. Elle ne dupe personne, et surtout pas moi.

D'un bras désinvolte, je l'écarte. Drake frémit. Qu'est-ce qu'elle a, cette nana, pour que son sort lui importe autant ? À moins que ce soit pour le chef de son clan qu'il ait peur ? Je pose mes mains sur les accoudoirs du fauteuil, me penche sur ma proie. Je plonge mes yeux dans ceux, incrédules, de Vlad. Son visage n'est plus qu'à une dizaine de centimètres du mien. Il s'agite sans grâce, en une vaine tentative pour échapper à mon courroux. Les liens se serrent, ainsi que je l'avais promis. Il suffoque.

— Allons, Vlad, commencé-je d'un ton mielleux. On a vu mieux, comme accueil, tu ne crois pas ?

Il me fixe, pétrifié.

— C'est plus franchement d'actualité, ce racisme systémique. Faut vivre avec son temps, mon grand ! expliqué-je en caressant sa joue du bout de mes ongles bordeaux. Car tu vois, les *mélanges* sont une force ! J'en suis la preuve *vivante* !

Il écarquille tant les paupières que ses yeux sont prêts à jaillir de leurs orbites. Ses lèvres grandes ouvertes sont incapables de laisser échapper le moindre son. Ça devient lassant.

— Tu croyais que tes petits cailloux ridicules suffiraient à te protéger, n'est-ce pas ? Cette transformation a levé la magie des pierres. Quel délice ! Je vois bien que Vlad tente d'articuler de vaines paroles, mais les mots restent entravés dans sa gorge enserrée par les chaînes.

— Tout le monde peut se tromper...

D'un geste sec, je pose mes mains sur ses joues flasques et tire. Comme un fruit trop mûr, sa tête se désolidarise de son corps sous la clameur horrifiée de son clan. Une giclée de sang éclabousse mon visage. Je me tourne doucement et brandis mon trophée écarlate.

Malgré la ride sur son front qui trahit sa surprise, Drake applaudit.

La foule demeure figée, sidérée. Comme si le temps était suspendu. Ce n'est pourtant pas le cas, je voulais qu'ils voient ça. Qu'ils assistent à mon investiture et s'y associent. Ils sont un peu mous, pour des sujets dévoués.

— Alors, c'est comme ça qu'on célèbre les vainqueurs, chez vous ? Un peu de démesure, d'euphorie et de spontanéité, enfin ! Vous avez devant vous votre nouvelle cheffe !

CHAPITRE 30

DRAKE

— *J*amais ! — Nous n'obéirons qu'à notre reine !

Sixtine croit-elle vraiment que Vlad était le chef de *tous* les vampires ? C'est à peine s'il était capable de gérer la Caroline du Nord !

— Plutôt mourir ! insistent-ils.

À la sidération succèdent les protestations. Si la fin subite de Vlad a traumatisé la grande majorité de mes pairs, une petite proportion s'insurge contre cette manière peu démocratique de s'approprier le pouvoir.

— Que dira la reine, lorsqu'elle apprendra ce coup d'État ?

— Oui, comment va-t-elle réagir ?

— Et par une sorcière, en plus…

Mais, craignant les représailles de Sixtine, les cris se muent en murmures, jusqu'à s'étouffer dans un silence lourd de sens et d'appréhension. Ce ne sont plus des mots qu'échangent les membres de notre clan, mais des regards qui trahissent le doute.

Comme ils sont conservateurs, ça me fait toujours sourire, cette réfraction naturelle à l'évolution. Nous avons traversé les siècles en nous adaptant au monde, un peu de nouveauté n'a jamais fait de mal. Surtout quand cette nouveauté s'appelle Sixtine Shadow et que, rien qu'à l'admirer, j'ai une trique d'enfer.

— Personne ne peut rien contre la reine... souffle une voix apeurée.

C'est ce qu'ils croient. Il faut reconnaître que notre souveraine a quelques arguments terrifiants. Mais ils ne voient pas, comme moi, l'étendue des pouvoirs de Sixtine. Cette force brute qui se niche dans ses veines tendres, cette aura puissante, ses ambitions infinies et son inébranlable détermination. C'en est presque flippant. Sa différence la rendrait-elle indestructible ?

Cette manière qu'elle a eue de décapiter Vlad... C'était si simple. Si spontané, si... inévitable.

— Vous ne pouvez pas...

Le bougre n'a pas le temps d'achever sa phrase que Sixt fait volte-face et, d'un balancement sec de la main, le désintègre. Une pluie sanglante s'abat sur la salle horrifiée.

— D'autres ont-ils des doléances à formuler ? demande-t-elle d'une voix lente en dévisageant la foule stupéfiée.

Face au mutisme ambiant, elle poursuit en jubilant :

— Toi, toi, toi, toi et toi, désigne-t-elle comme si elle choisissait des cupcakes dans la vitrine du boulanger. Approchez.

La mine déconfite, les intéressés s'avancent en tremblant. L'heure n'est plus aux doutes ni à la contestation, c'est le regard plongé sur le sol qu'ils se présentent devant elle.

— Stop, pas trop près, les arrête-t-elle. Je ne voudrais pas salir davantage ma robe.

Elle soupire en passant les mains sur l'étoffe.

— Puisque je ne vous plais pas, commence-t-elle d'une voix suave, je ne vous imposerai pas ma présence plus longtemps.

— Votre Majesté… tente de l'adoucir l'un d'entre eux.

— Personne ne m'interrompt, s'agace-t-elle dans un revirement d'humeur imprévisible.

Et voilà qu'elle l'anéantit à son tour, le foudroyant littéralement de son regard acier devenu flamboyant. Ses chairs se propulsent sur ses compagnons qui, surpris, ne peuvent retenir un cri synchrone.

— Quoi encore ? gémit-elle dans une moue boudeuse, feignant d'être affectée par leur réaction.

Plus personne ne bronche, les yeux restent rivés sur le sol maculé de sang et de lambeaux de peau. Jamais Vlad ni la reine n'ont exercé une telle autorité. Elle m'impressionne autant qu'elle me terrifie. J'en bande tant que c'est douloureux.

— Je m'ennuie, soupire-t-elle après un long silence.

Et sans un regard, elle dissémine ses détracteurs au-dessus de la salle dans un feu d'artifice tout en nuances de rouge. Un spectacle de toute beauté, digne des abattoirs où nous profitions un temps des *blood nights* et de leurs inimitables douches de sang frais. Les fines gouttelettes s'écrasent sur le reste de l'assemblée médusée, avant de se répandre devant elle et de couler le long des dalles de pierre. Tout ce sang, cette odeur... Je palpite d'envie. Lorsque je me tourne vers Sixtine, elle s'est rapprochée de moi. Le visage maculé de liquide écarlate, elle plonge ses yeux d'argent dans les miens, saisit mes joues et m'enlace à m'en étouffer tout en ondulant son corps contre le mien. Putain, qu'elle est bonne ! Je ne vais pas résister longtemps. Moi qui croyais faire d'elle ma chose, je réalise qu'en fait, c'est elle qui me manipule et fait de moi son divertissement. Elle brûle d'impatience et tout en m'embrassant goulûment, elle ôte mes vêtements. Je suis tellement dur qu'elle n'a pas intérêt à changer d'avis, ma queue ne l'acceptera pas.

Après ma veste, c'est mon tee-shirt qu'elle déchire et balance négligemment, décrochant à peine ses lèvres gourmandes des miennes. Elle a prévu de faire ça là ? Maintenant ? Moi qui la croyais un peu coincée, elle est décidément encore plus captivante que je ne l'avais pensé ! Les yeux rivés sur nous oscillent entre gêne et terreur. Ben quoi ? Ils n'ont jamais baisé sur une tombe fraîche ou dans une morgue ? À d'autres !

Aucun d'entre eux n'ose lever le petit doigt ou prononcer un mot de peur d'être le suivant à retapisser les murs. Tandis qu'elle me somme par d'irrésistibles grognements de dégrafer le dos de sa robe – que je finis par simplement arracher tant je suis impatient –, j'avise les plus proches, pétrifiés. Bien que gênés d'assister à notre danse fougueuse, c'est à peine s'ils se risquent encore à bouger ; alors, quitter la pièce, ils n'y songent même pas. Non pas qu'un public me dérange, ça a un petit côté euphorisant qui ne me déplaît pas. En espérant que nos ébats ne la pousseront pas à exterminer tous les sujets de la

Fang House ; pour un premier jour au pouvoir, ça ferait désordre. Cela dit, ça nous épargnerait les atermoiements de certains, tentés de se précipiter dans les jupons de la reine pour lui rapporter les récents événements. Elle aurait de quoi me condamner : non seulement je me suis mélangé, mais j'ai trahi... J'ai violé deux des règles fondatrices, sans la moindre culpabilité. Faut reconnaître que décimer les survivants sur le champ est de plus en plus tentant...

Pour la discrétion, c'est sans compter sur Nancy qui semble soudain avoir oublié sa loyauté envers notre ancien chef et sautille, guillerette, vers la sortie, visiblement ravie de me voir passer du bon temps. Pour une fois, elle a au moins la délicatesse de ne pas prononcer un mot. Par chance, obnubilée par mon corps qu'elle explore de sa langue, c'est à peine si Sixt réalise que la salle se vide enfin. Il ne reste plus que la tête de Vlad échouée sur le sol en damier. Les yeux grands ouverts, notre ancien chef est aux premières loges pour assister à la débauche qui se profile.

D'un coup, elle me propulse sur la table ensanglantée qui craque sous le choc et s'affaisse. Elle se poste au-dessus de moi, m'offrant une vue en contre-plongée sur ses courbes divines. Elle passe sa main dans ses cheveux humides et les ramène en arrière tandis qu'elle me hume, prête à se jeter sur moi. Elle entreprend de défaire ma ceinture tout en léchant mon torse qu'elle pique de ses canines. Elle va me dévorer...

Enfin libéré du peu de tissu qui nous séparait, et tendu par la pression de préliminaires qui n'ont que trop duré, je reprends l'ascendant et la bascule sur le côté. La table s'effondre totalement. C'est mon tour de mener la danse. Sixtine roule sur le sol tapissé de sang frais, ses yeux gris rougeoyant de désir. Des effluves ferreux se répandent, mêlant l'envie qui me consume à l'intarissable soif qui m'anime. Il me la faut ! Je mords ses lèvres carmin tandis que je pénètre en elle pour la première fois. Sous le mien, son corps se contracte de désir. Elle gémit et plonge ses doigts dans mes cheveux tout en cambrant son dos.

Elle me rend fou.

Pour elle, je suis prêt à être damné, crucifié, ou que sais-je encore.

Plus je la prends, plus j'ai envie de me perdre en elle. De m'y établir et d'à jamais y rester.

Pour elle, je suis déterminé à violer toutes les lois. Sans remords ni regret.

Même si la posséder fait de moi un dissident, c'est le sentiment d'avoir enfin trouvé ma place qui m'étreint.

Elle saura combler mes attentes, mes envies et mes ambitions. Nous n'aurons aucune limite.

Nous serons souverains du monde des ombres. Et l'humanité qui constituera notre vivier nous craindra tels des dieux.

Du sang, du sexe et l'éternité.

Invincibles et immortels.

Soudain, son intimité se serre sur ma verge engorgée. Elle m'aspire, m'avale, me tourmente. Je lâche tout. Sans retenue.

— Sixtine !

CHAPITRE 31

ELINOR

Je tourne en rond. J'ai l'impression que ma vie se résume à ça, à présent.

Alors que je croyais prendre un nouveau départ aux côtés de Karl, voilà que j'ai de nouveau la sensation de vivre dans un aquarium et de lutter pour remonter respirer de l'air à la surface. *Bordel...*

Et ce putain de procès qui est demain…

Et Neeve qui ne cesse de m'appeler pour avoir des nouvelles de Sixtine.

Mes larmes reviennent baigner mes iris à cette pensée.

Sixtine... Ce n'est pas possible, il doit y avoir une solution magique pour inverser cette transformation ! Je ne peux me résoudre à l'abandonner. Il y a forcément un sort quelque part qui m'aidera à la faire nous rejoindre.

Mes réflexions s'entremêlent, se mélangent, et je sens que je vais craquer sous la pression. Je ne sais plus quoi faire. Et ces nausées qui ne me quittent pas… En même temps, je ne me souviens pas de la dernière fois que j'ai pris un repas correct. Bon, déjà, essayons de voir le positif. Quand nous sommes rentrés à la tanière avec Karl, nous avons appris avec soulagement que Mark allait bien. Neeve et les cousins Falck se sont chargés de le ramener au loft. Inutile que les parents Forest se posent des questions sur la nature réelle de ses blessures...

Sybil, par contre, était particulièrement chamboulée. Je crois qu'elle n'est pas insensible aux charmes de notre sorcier téméraire. Mais j'avoue ne pas m'être montrée des plus attentives. Il y a tellement de choses à gérer...

Mon téléphone vibre encore. Putain, mais en fait, il ne capte que quand je ne veux parler à personne, c'est ça ? L'envie subite de me saisir du boîtier pour le fracasser contre l'un des murs de ma chambre me prend, mais Karl choisit ce moment pour sortir de la douche.

Ça a au moins le mérite de me faire cesser mes aller-retour. Il est sacrément sexy, mon loup, quand même... Peut-être qu'une pause entre ses bras calmerait le flux de mes pensées... Puis je vois son regard hanté, ses traits tirés, son teint trop pâle... *Mais c'est quoi, mon problème ?* Le deuil de son frère est encore trop récent, et ce que nous avons vécu à la Fang House il y a quelques heures, avec Sixtine... Cette pensée apaise aussitôt mes hormones hautement inflammables, et je contiens mes larmes. Non, elle ne peut pas être partie... Je m'y refuse, putain ! Quant à Robin, son corps gît dans un endroit caché de la forêt en attendant son inhumation à la prochaine pleine lune.

— Karl... Ça va ?

Je me mords la langue pour avoir proféré une telle connerie. Ben oui, tiens, on est en super forme, tous les deux ! Tout est nickel ! On vit notre meilleure vie !

Mais il a la gentillesse de ne pas relever et s'avance vers moi. Il m'enlace, et je me dis que même si nous n'avons pas l'esprit à faire l'amour, nous pouvons toujours nous soutenir grâce à la tendresse qui nous lie. Quand toutes ces galères seront derrière nous – car je recouvre soudain l'envie de me battre, profitant de la chaleur de mon lié –, nous saurons nous retrouver et nous aimer comme jamais.

— Et toi, mon amour ? murmure Karl, le visage enfoui dans mes longs cheveux.

— Je… je suis fatiguée et je ne sais pas quoi faire. Neeve n'arrête pas d'appeler, mais…

— Tu ne sais pas quoi lui dire ?

— Je sais quoi lui dire. Je ne sais juste pas *comment* le lui dire…

Karl se redresse, pose ses mains fortes et puissantes sur mes épaules. C'est à peine si elles tremblent malgré les émotions qui l'agitent.

— Est-ce que tu crois que tu peux…

Instinctivement, je suis le cheminement de ses pensées. Un sortilège ? Je hoche la tête. J'ai déjà suivi cette piste dans mon esprit, je ne sais pas encore où elle va me mener. Techniquement, Sixtine est morte, et aucune magie ne pourra rien y faire. Mais… depuis quand baissons-nous les bras ? Je vais tout faire pour trouver une solution !

Karl resserre sa prise, pour me montrer qu'il a compris.

— Nous allons nous venger, dit-il d'une voix déterminée. Et nous ferons tout pour sauver ton amie.

J'opine du chef, tandis qu'une grosse boule se forme dans ma gorge. Une guerre contre les vampires… Oui, nous avons nos chances, mais les risques sont grands, et les pertes seront élevées, dans les deux camps... *Putain, Sixtine, pourquoi...*

Alors que nous nous étreignons et que je laisse de nouveau couler mes larmes, on toque à notre porte. C'est rare que nous soyons dérangés dans notre suite. Les loups ne sont pas pudiques, mais toujours respectueux de l'intimité de leur Alpha.

— Entrez ! crie Karl.

Le battant de bois laisse passer Angus. Il n'a pas l'air dans son assiette. Ou alors, je projette mes angoisses sur lui, allez savoir. En parlant d'angoisse... pourquoi Jake n'est-il pas avec lui ? Est-ce qu'il m'évite encore ? Je suis tellement lasse de tout ça...

— Karl... je suis venu te rappeler...

Mon aimé fronce les sourcils, un instant perdu. Et c'est moi qui souffle, atterrée :

— Le duel avec Lormont...

Angus acquiesce, sans ajouter un mot.

— OK, répond Karl. Je te rejoins dans la salle commune. Réunis tout le monde, j'ai des choses à annoncer.

Le fidèle Bêta ferme la porte derrière lui, et je reporte aussitôt mon attention sur mon lié.

— Attends, qu'est-ce que tu vas leur dire ?

— Eh bien, ce qui s'est passé à la Fang House...

Mon cœur se met à battre plus vite.

— Non, non, Karl, tu ne peux pas faire ça !

Il me regarde, l'air perdu. Mais comment ne peut-il pas voir l'évidence ? Puis je comprends. Son désir de vengeance est tellement puissant...

— Karl, tu ne peux pas entraîner tes loups maintenant dans ce combat. Sixtine est une sorcière, et Robin était un banni de la meute Greystorm. En plus, ta position d'Alpha est remise en cause par ce putain de duel… Non, je t'en prie, ne leur dis rien, ce n'est pas le moment !

Karl se prend la tête entre les mains, tire sur ses cheveux. Je vois les muscles de ses épaules se tendre.

— Putain…

— Karl, calme-toi. On va trouver une solution, forcément… Et si…

Mon cerveau carbure à plein régime. Je cherche, j'envisage toutes les possibilités… Et soudain, je bondis.

— Je sais !

Mon lié me regarde avec des yeux écarquillés.

— On va retourner là-bas, mais en plein jour, et on pourra enlever Sixtine pour la ramener avec nous, et…

La lueur d'intérêt dans les prunelles dorées de mon loup se ternit un peu, et mon débit ralentit…

— Quoi ?

— Je suis désolé, mon amour, mais ton amie est désormais dangereuse…

— On prendra toutes les précautions possibles ! On doit avoir ce qu'il faut, dans tes geôles, non ?

— Oui, mais…

— Alors, c'est décidé. Tu es d'accord ou pas ?

— Eli… tu veux vraiment l'enfermer ? Encore une fois ?

Je ferme les yeux, inspire profondément. Je me souviens de la façon dont Sixt a vécu son emprisonnement… La façon dont ça l'a brisée… Non, je ne veux pas lui faire revivre ce cauchemar, mais la laisser entre les mains cruelles de ce Drake Butcher ? Jamais ! Si c'est le seul moyen de la ramener, je serai suffisamment courageuse pour lui imposer cette nouvelle épreuve !

Je vais pour exposer mes pensées à Karl, quand on toque à nouveau. Mon lié grogne pour autoriser l'entrée de l'importun. C'est Angus, encore, et cette fois, l'expression qu'il affiche n'est pas une projection de mes propres angoisses.

— Karl, je suis désolé…

— Quoi ?

— J'ai dû annuler ton discours. Mais tout le monde t'attend.

— Qu'est-ce qu'il se passe, bordel ?

— Lormont est là.

Oh, non. À ce stade, ce n'est plus de la poisse, c'est un complot cosmique pour me flinguer le moral.

CHAPITRE 32

NEEVE

— Oh, arrête de geindre, Mark. Tu n'as plus que des égratignures ! pesté-je contre mon douillet de frère.

Il a eu du bol que ma mère soit une guérisseuse des blessures magiques, sinon on était mal. Ce con a failli perdre un œil ! On n'a pas eu d'autre choix que d'avoir recours à Josephine Forest, qui lui a évidemment passé un savon en bonne et due forme.

— Je t'interdis d'y retourner ! lui ordonne ma mère en pointant un index menaçant.

Mark soupire et lève les yeux au ciel. Pendant qu'il se fait sermonner, je tente à nouveau de joindre Elinor, sans succès. Pareil pour Sixtine… Qu'est-ce qu'elle foutait chez les vampires ? Va-t-elle bien ? Toutes ces questions ne cessent de me torturer. Je vais craquer !

Où sont-elles ? Pourquoi mes os se glacent-ils à ce point depuis ce moment d'extrême angoisse qui m'a saisie dans la forêt ? Ce frisson de terreur qui me fait trembler des pieds à la tête à chaque fois que je m'en remémore les effets.

— N'empêche, déclare Mark en esquissant un sourire, j'ai réussi à choper le numéro de Sybil.

— Elle te l'a donné pour sortir avec toi ? demandé-je, un peu ahurie.

— Non, admet-il. Elle veut seulement avoir de mes nouvelles. Je crois qu'elle culpabilise que ses frères de meute m'aient attaqué.

Je rejoins Mark étendu sur le canapé. Il arbore des cicatrices très visibles sur le visage et sur les mains.

— Dis donc, Maman, t'as perdu ta magie ou quoi ? Il est encore tout contusionné.

— C'est lui qui m'a demandé de ne pas effacer toutes les traces de l'affrontement, réplique-t-elle depuis la cuisine où elle aide mon père à préparer le déjeuner.

Mon regard se tourne vers Mark.

— Bah, quoi ? dit-il. Si je n'ai aucune séquelle de cette agression, Sybil ne pourra pas me prendre en pitié.

— Tu comptes sur sa pitié et sa culpabilité pour la séduire ? T'es sérieux, là ?

— C'est un plan imparable.

Cette fois, c'est moi qui soupire et lève les yeux au ciel. Mais alors que je m'apprête à chambrer mon frère, une déflagration déchire l'atmosphère. C'est si brutal que je m'agenouille sur le sol, les mains plaquées sur les oreilles, fermant les paupières de toutes mes forces tant la douleur est cinglante sous mon crâne.

— Neeve, qu'est-ce que t'as ? hurle Mark.

Mais le sifflement s'amplifie. Ma mère et mon père crient des mots que je ne comprends pas. Des pas résonnent jusqu'à moi, mais je les ressens plus que je ne les entends. Ils sont nombreux… très nombreux, dans mon salon, à psalmodier des paroles que tous les sorciers au monde redoutent :

> « *Par la lumière et l'obscurité,*
> *Par le jour et la nuit,*
> *Par le soleil et la lune,*
> *Nous ôtons les pouvoirs de cette sorcière,*
> *Qu'entre ses mains, ils deviennent poussière,*
> *Que dans ce vaisseau, à jamais ils se terrent…* »

Une chaleur ardente bouillonne en moi. J'entrouvre les yeux, les tympans au supplice. Une lumière verte émane de mon corps. On dirait qu'un brouillard s'élève autour de moi. Lentement, le phénomène forme une sphère qui scintille telle une émeraude exposée à la lueur d'une flamme. Je vois ma mère sauter sur l'un des sorciers, mais mon père la retient de lui jeter un sort. Le hurlement de Josephine Forest en ébranle plus d'un, mais la dizaine de mes congénères qui ont surgi dans le salon de mes parents ne cesse de répéter la formule de leur sortilège. L'énergie qui assaille mon corps me laisse dans un état proche de la catatonie. Mon frère se rue sur moi en criant mon nom, puis m'enlace avant de me serrer si fort que j'en perds le souffle. Soudain, la sphère explose dans un éclair vert. Des éclats de cette lueur ardente restent suspendus dans les airs, puis se rejoignent en une nébuleuse qui s'étire jusqu'à une boîte noire en bois massif que tient l'un des sorciers. C'est lord Raven. Quand la dernière volute investit le contenant, il referme le couvercle, et un silence de mort s'abat sur la pièce. Le Witchcraft s'approche de moi et est le premier à le rompre.

— Tu me vois désolé de venir t'arracher à tes parents de cette manière, Neeve. Mais c'est la procédure.

Mes yeux sont bloqués sur ses chaussures vernies. Le vide a englouti mon corps dans un état de fatigue tel que j'ai du mal à saisir ce qu'il me dit. Je tourne ma main, paume vers le haut et murmure un sort ridicule. Rien. Plus rien. Mes pouvoirs m'ont été ôtés.

Je ne suis plus une sorcière…

Mes parents vocifèrent dans l'amphithéâtre de la Wiccard Academy. C'est dans cet espace que se tiennent les procès, depuis sa construction, à la fin du XIXe siècle. En réalité, de mon vivant, il n'y en a jamais eu. Ma mère m'a confié que le dernier grand procès en sorcellerie date d'au moins trente ans. Quand on me traîne jusqu'à l'amphi, l'angoisse me serre la gorge. L'un de mes geôliers m'a laissée entendre que des sorciers se sont déplacés depuis l'autre bout du pays pour assister à l'audience. Elle n'était pourtant prévue que demain. C'est à cet instant que je me dis avec inquiétude qu'après toutes ces années sans le moindre jugement, certains auront envie d'en avoir pour leur argent. Dans le fond, j'espère que je ne serai pas la marionnette d'un spectacle destiné à distraire une communauté en mal de justice…

Justice…

On ne se mélange pas.
On ne trahit pas.
J'ai transgressé ces deux lois. Peut-être que si je n'étais pas coupable, je serais plus sereine. Je n'ai aucune intention d'avouer mes crimes, mais je me connais, et disons que le dernier procès auquel j'ai été confrontée a révélé mes piètres compétences en droit.

« *Ce n'était qu'une main au cul, Votre Honneur !* »

Je revois Sixtine écarquiller les yeux et s'étrangler lorsque j'ai prononcé ces mots devant le juge. Résultat : j'ai été condamnée pour harcèlement sexuel... Autant dire que je suis mal barrée si personne ne me défend, et comme je n'aperçois pas mon avocate chevronnée, elle-même accusée, à l'entrée du tribunal, je commence à paniquer.

Les deux gardes me font pénétrer dans l'amphithéâtre. Mes yeux s'élèvent en premier vers le plafond où une immense fresque se déploie, cernée par de larges moulures blanches. Soutenue par des colonnes en marbre, la représentation des premiers sorciers pèlerins, tous main dans la main, surplombe la centaine de sièges où sont postés les spectateurs.

Un spectacle...

Bordel, où est Sixtine ?

Mon frère et mes parents sont au premier rang, aux côtés des Moon et des Shadow. Je remarque que les Shadow observent chaque recoin de la grande salle. Visiblement, eux aussi se demandent où est leur fille. C'est très mal barré. Mon regard parcourt l'assistance et toutes les femmes qui s'y trouvent. Est-il possible qu'Elinor se soit transformée en l'une d'elles pour me soutenir lors de ce procès ? À la lumière des yeux hostiles que je croise, je suis convaincue qu'elle n'est pas présente non plus.

Je ne peux contrôler le chagrin qui investit soudain ma poitrine.

Seule...

Je suis seule...

En désespoir de cause, je cherche Lennox, réalisant à l'instant que dans tous les moments d'extrême difficulté que j'ai pu traverser, mon ex était à mes côtés. Certes, il n'a pas toujours eu l'attitude que j'aurais souhaité qu'il adopte, mais il était là. Et ce n'est pas le cas, aujourd'hui.

Mon attention se tourne alors vers ma famille. Mon père se triture les mains, la tête basse, ses cheveux roux tombant sur ses épaules fatiguées. Ma mère semble très nerveuse et s'agite sur son siège. Mon frère a son regard soudé au mien et je ressens tout son amour et le soutien qu'il m'apporte. Je lui adresse un petit sourire et lui murmure un « Je t'aime ». Ses yeux s'embuent de larmes qu'il tente immédiatement de faire disparaître d'un coup de manche. Puis une voix grave s'élève, et le procès débute...

— Bonjour, mesdames et messieurs, déclare lord Raven à toute l'assemblée. Je serai le juge de ce procès en sorcellerie, dans la mesure où la fille du Witchcraft de Caroline du Nord, mon cher Remus Moon, devrait se trouver sur le banc des accusés. La communauté m'a donc chargé de présider l'audience à sa place et je le remercie pour sa confiance. Je suis désolé qu'elle ait été avancée d'une journée, mais des impératifs ont chamboulé notre planning. Je vois que vous avez tous reçu l'information à temps. Merci de vous être rendus disponibles aussi vite.

— Pas tous, non ! s'insurge ma mère, soutenue par mon père et mon frère.

Mais leurs protestations s'évaporent au profit des murmures qui accueillent la déclaration de lord Raven. Et moi, je me demande bien quels « impératifs » ont pu justifier ce changement de dernière minute. Un point me rassure cependant : lord Raven est l'oncle de Sixtine, ce qui n'a pas l'air de poser un problème à qui que ce soit, et tant mieux. Je me dis qu'il vaut mieux avoir un juge qui a quelque chose à perdre dans cette histoire. Le Witchcraft de Virginie est sympa, mais il ne faut pas être sorti de Stanford pour deviner que c'est un homme orgueilleux. Il n'aimera pas que l'on ôte à Sixtine ses pouvoirs ni que sa disgrâce puisse entacher le prestige de la famille Shadow, c'est obligé. En mon for intérieur, je n'aspire qu'à une seule chose : récupérer les miens. Si je suis condamnée, alors je n'en aurai plus jamais et je ne peux le concevoir. Le trou béant dans ma poitrine est si intolérable que je ne sais comment je supporterai une existence de simple… humaine. La présence de Raven m'apporte un peu d'espoir.

— Les débats vont commencer, ajoute-t-il.

— Mais… Sixtine Shadow et Elinor Moon ne sont pas arrivées ! s'emporte ma mère.

— Nous ne les trouvons pas, lance soudain un homme assis derrière un bureau et posté près de moi.

Puis il clame :

— Bonjour à tous, je suis Simon Travers, procureur des affaires magiques sur la côte est des États-Unis.

Le silence s'abat dans la salle. Ma bouche s'assèche. L'homme se lève. Il est grand, maigre, les yeux constamment plissés sous ses cheveux poivre et sel qui lui tombent sur les épaules. Quelque chose dans son regard m'effraie, et mes idées s'envolent vers des images lugubres. Il me fait penser à ces prêtres inquisiteurs de l'ère médiévale. Un frisson me parcourt l'échine.

Simon Travers se plante derrière un pupitre, tandis que je suis emmenée sur le banc des accusés, affligée de m'y trouver seule sans mes amies. Bien qu'en observant la foule qui me toise, j'en sois finalement soulagée. Au regard des comportements hostiles que je perçois dans l'assemblée, ça ne fait pas un pli qu'on veut me faire payer d'avoir essayé de sauver notre peau en nous dissimulant parmi les loups.

— Comme vous le savez, Votre Honneur, débute Simon Travers, Neeve Forest et ses deux amies, qui n'ont pas daigné se présenter devant la cour, ont bafoué nos lois en pactisant avec les loups.

— C'est faux ! m'insurgé-je en me levant.

Je capte aussitôt le regard de Maman qui me somme de m'asseoir. Je n'en mène pas large en obéissant à sa requête muette.

— Qu'est-ce qui vous fait croire qu'elles ont pactisé avec les loups ? demande lord Raven depuis son siège, juché sur une estrade.

— J'en ai la preuve ! assure le procureur.

— Peut-on avoir la version de la défense avant que vous ne nous la présentiez ?

Raven se tourne vers les membres du jury, tous alignés près d'un mur où est suspendue une tapisserie représentant une scène de chasse aux sorcières. Le clin d'œil ne m'amuse pas.

— L'accusée n'a pas de défense, assène Travers alors qu'un rictus pointe à ses lèvres.

— Neeve Forest, m'interpelle alors le Witchcraft, il apparaît que vous devez vous représenter seule. Avez-vous quelque chose à dire pour vous défendre face aux accusations de maître Travers ?

Cette fois, je me lève, puisque j'y suis autorisée. Je bégaie un peu quand je prononce mes premiers mots. En vérité, je crains de m'enfoncer…

— Je… Nous n'avons pas eu le choix.

— Pour quelles raisons ?

— Une femme est morte sous nos yeux, expliqué-je. Nous pensions qu'il s'agissait d'un suicide. Nous ne savions même pas que la pauvre était une sorcière. Le lendemain, nous avons toutes trois été victimes de tentatives de meurtre.

— L'Amnistral a fait un rapport détaillé sur ces agressions, annonce Raven en consultant son dossier. Il a dit que des sorciers vous auraient attaquées.

— C'est impossible ! s'exclame une voix dans l'assemblée de spectateurs.

— Mensonge, crie une autre.

— Je vous jure que c'est vrai ! m'emporté-je. Le conditionnel ne s'applique pas, Votre Honneur. Il s'agissait de sorciers pratiquant la magie des Noctombes.

Des rires fusent dans la salle. Mes épaules s'affaissent de dépit.

— Lennox Hawk a confirmé ces déclarations et je ne peux concevoir que l'Amnistral ait menti, lance Raven.

Cette fois, un nouveau silence s'étire.

— Sauf si l'Amnistral en question a eu une aventure

avec l'une des accusées, tonne Simon Travers sans crier gare.

Des chuchotements outrés s'élèvent.

— N'avez-vous pas entretenu une relation avec monsieur Hawk, mademoiselle Forest ?

Je sens le piège se refermer autour de moi, mais je ne me démonte pas.

— Ça fait plus de huit ans que nous ne sommes plus ensemble. De plus, l'Amnistral de Caroline du Nord est bien connu pour son inflexibilité, alors pourquoi aurait-il menti pour me couvrir puisqu'il n'éprouve plus rien pour moi depuis de longues années ?

Ouais, c'est pas mal ça, Neeve. Sixtine serait fière de moi, putain ! *Mais où est-elle ?*

— Vous me voyez désolé de vous contredire, mademoiselle Forest, réplique Travers, mais force est de constater qu'il se comporte de façon différente quand il s'agit de vous.

Puis, théâtral, il fait face au public.

— Il y a quelques jours, monsieur Hawk et mademoiselle Forest ont tous deux mené l'enquête et se sont rendus à la Witch School de Virginie. Nous avons su qu'ils recherchaient des textes prouvant que nos ancêtres s'étaient déjà mélangés.

L'effarement traverse l'auditoire. Je pâlis.

— Pourquoi vouloir s'emparer de telles preuves si vous ne vous êtes pas mélangé vous-même ? Pouvez-vous nous l'expliquer, mademoiselle Forest ?

— Nous avons cherché de quoi nous défendre lors de ce procès injuste ! *Bordel, je veux juste sauver nos vies !*

— De sorciers malfaisants, n'est-ce pas ?

— Oui !

Simon Travers laisse échapper un rire sinistre. Des tremblements irrépressibles gagnent mes membres quand une partie de l'assemblée l'imite.

— Et qu'avez-vous à dire à propos d'Elinor Moon ?

Mes yeux se baissent aussitôt sur le sol. *Merde...* Du coin de l'œil, j'aperçois les parents d'Eli, tête basse eux aussi. Le procureur fait quelques pas vers moi.

— Des rumeurs affirment qu'elle serait devenue louve.

— Des rumeurs n'affirment rien, rétorqué-je, sinon elles ne seraient pas des rumeurs.

— Vous prétendez qu'elles sont fausses, alors ?

— Absolument ! dis-je distinctement en relevant les yeux sur Travers.

— Vous affirmez également qu'aucune d'entre vous n'a entretenu de relations prohibées avec les loups, n'est-ce pas ?

À ces paroles, des petits cris s'élèvent et je déglutis, tentant de me maîtriser. Il serait de mauvais goût d'avouer avoir batifolé avec deux loups, ou de dénoncer Sixt et Robin, ainsi qu'Eli et Karl par mégarde.

— Je l'affirme ! mens-je.

Les lèvres du procureur se retroussent, et je comprends que je suis foutue.

— Faites entrer le témoin ! ordonne Travers aux gardes qui obéissent aussitôt.

Si j'étais pâle avant de le voir, cette fois, je deviens livide. Le sang déserte définitivement mon visage à l'apparition de Jake qui se poste à la barre. Des murmures s'élèvent dans la salle.

— Pouvez-vous vous présenter, monsieur ? demande lord Raven.

Jake hoche la tête sans un regard pour moi.

— Je suis Jake Baron, loup bêta de la meute Greystorm.

— La meute Greystorm est la seule meute de Caroline du Nord, n'est-ce pas ? s'enquiert le procureur.

— En effet.

— C'est là que les accusées se sont rendues en se faisant passer pour des louves ?

Le regard de Jake s'assombrit.

— Oui, monsieur.

— Avez-vous été témoin d'un mélange entre nos races, monsieur Baron ?

Le loup opine de la tête, puis ses yeux se tournent vers moi. La haine que j'y lis me foudroie. Les souvenirs m'emportent lors de ce jour funeste où des sorciers nous ont attaquées à la sortie de la tanière. Macha, la liée de Jake, est morte. Je connaissais son ressentiment pour les filles et moi, mais je ne me doutais pas qu'il irait jusqu'à dénoncer la femelle de son Alpha !

— J'ai vu Neeve Forest se compromettre avec Perry et Tyler Falck, deux membres de la meute.

Des exclamations outrées retentissent dans le public. Ma mère a enfoui son visage dans ses mains, mon père et Mark sont hébétés.

— Pouvez-vous nous en dire plus, monsieur Baron ? demande encore Travers.

— Ils ne faisaient rien pour cacher leur relation, commente Jake. Un jour, mon Alpha m'a ordonné d'aller chercher Tyler et Perry. Je me suis rendu dans leur chambre, où ils avaient accueilli cette… sorcière. À l'époque, je pensais qu'elle était une louve, alors bon, je n'ai pas été surpris par ce que j'ai vu.

— Et qu'avez-vous vu ?

— J'ai vu Neeve Forest chevaucher Perry tandis que Tyler était derrière elle, en train de…

Il hésite une seconde, mais au rictus qui déforme les traits de son visage, je sais qu'il va m'asséner le coup de grâce.

— Disons que Tyler se chargeait de satisfaire un orifice esseulé de la jeune femme.

Ma bouche s'ouvre de stupéfaction. Les cris outrés se multiplient. Mon frère a les yeux qui vont lui sortir des orbites.

Putain…

— Donc, monsieur Baron, poursuit Travers, vous confirmez avoir surpris l'accusée faisant l'amour à deux loups en même temps.

— En effet.

— Et qu'en est-il des autres accusées ?

— Elles sont absentes ! crié-je. C'est dégueulasse de les…

Mais je n'ai pas le temps d'en dire plus qu'un sort me fige sur le banc. Je ne peux plus bouger ni émettre le moindre son. C'est avec horreur que j'entends les mots de Jake.

— J'ai vu une relation amoureuse naître entre Sixtine Shadow et Robin Greystorm. Quant à Elinor Moon, ce n'est pas un secret chez nous. Elle est aujourd'hui la compagne de notre Alpha.

— Pardon ? s'exclame le procureur, faussement

choqué. Vous insinuez qu'elle est devenue louve ! Nos lois ne sont-elles pas en vigueur parmi les vôtres ?
— En temps normal, elles le sont. Mais Karl Greystorm a décidé de faire fi de ces lois en se liant avec cette sorcière.
— Cela suffit ! s'écrie soudain une voix proche de moi.
C'est Remus Moon, le père d'Eli. Sa femme l'attrape par la manche pour qu'il se rassoie, mais il refuse en dégageant son bras. Il avance de quelques pas et se tourne vers son homologue de Virginie.
— Qu'est-ce que c'est que cette mascarade ? s'insurge-t-il.
— Enfin, Remus, déclare Raven, la main posée sur le micro, assieds-toi, s'il te plaît. Nous allons faire la lumière sur...
— Pas question ! Ce n'est pas du tout comme cela que...
— Insinuez-vous, monsieur, le coupe le procureur, que votre fille devrait se soustraire à la justice et à nos lois parce qu'elle est l'enfant d'un Witchcraft ?
Le père d'Eli pâlit, mais ne se démonte pas.
— Je m'interroge seulement sur le fait que ce procès ait été avancé d'une journée et sur l'absence de deux des accusées.
— Elles seront condamnées par contumace et seront chassées comme il se doit s'il s'avère que les jurés statuent en ce sens.
— Vous avez l'air bien sûr de la décision des jurés, monsieur le Procureur, déclare Remus Moon d'une voix forte.

Mes yeux s'éclairent devant le courage du père d'Elinor. Ma mère, mon père et mon frère se lèvent aussi et se postent à ses côtés. Les Shadow ne sont pas loin derrière. Les plus anciennes familles de sorciers de Caroline se serrent les coudes, et cette vision étreint ma poitrine d'un sentiment puissant. Malheureusement, l'espoir qui naît en moi disparaît tout aussi vite quand je discerne les regards hostiles de l'assemblée sur eux. Il m'apparaît alors qu'au-delà de nos fautes, la perspective de voir déchoir les plus éminentes familles de sorciers a l'air d'en exciter plus d'un.

Cette impression se confirme après la fin du témoignage de Jake. Le procureur a exposé en détail tout ce qu'on nous reproche en agitant nos textes de loi et a multiplié les paroles tranchantes au sujet de notre inconséquente trahison. Il diffuse même le rapport de police de Sam Bass lorsque les filles et moi avons fait nos dépositions, après la mort de Fausta Summers et se délecte de les prononcer d'une voix solennelle :

« Toutes les trois avaient beaucoup bu. Neeve Forest avait l'air d'avoir abusé de narcotiques… »

Génial…

Après le témoignage de Jake et la violente plaidoirie du procureur, lord Raven a convoqué les jurés. Les gardes m'ont emmenée dans une salle proche de l'amphithéâtre, et tout espoir m'a désertée.

On ne me rendra jamais mes pouvoirs…

Condamnée à l'humanité.
Vais-je finir enfermée pour l'éternité ?

Mes pensées me renvoient étrangement à l'agression que j'ai subie avec Lennox. Les humains…
Je n'ai aucune envie d'être humaine !

Mais je me fourvoie, car quand on me ramène devant le juge, la condamnation qui tombe est pire que tout ce que j'imaginais. Cela fait plus d'un siècle qu'un tel jugement n'a pas été rendu. Le cri déchirant de ma mère restera à jamais imprimé dans ma mémoire.

Du moins, pour le temps qu'il me reste…

Car je suis condamnée à périr sur le bûcher.

CHAPITRE 33

DRAKE

Cette nana a vraiment quelque chose de particulier ! Jamais je ne me suis senti aussi bien !

J'ai toujours vécu comme un électron libre et agi selon mes envies, mais avec Sixtine à mes côtés, cette liberté prend une tournure plus jouissive encore. Je n'ai plus aucune entrave, absolument aucune limite. Elle est redoutable. Son caractère enflammé et son charisme hypnotique suffiraient déjà à asseoir sa domination, mais avec ses pouvoirs de sorcière en plus, impossible de lui résister.

— Encore !

Quoi encore ?

— Encore ? C'est-à-dire que… balbutie un homme insignifiant et dépassé.

— Qu'est-ce qui vous échappe dans « encore » ?

— Mais… Votre Grandeur, vous venez de siphonner trois filles et…

Quelle erreur fatale ! Ce petit cuisinier croit-il vraiment pouvoir discuter avec sa nouvelle cheffe ? Je ricane.
— Et quoi ? J'ai soif !
— Oui, mais...
Qu'il lui file à boire, ou ça va finir en pugilat, cette affaire !
— Il suffit ! coupe-t-elle en tendant la main devant elle.
Aussitôt, son interlocuteur déjà fébrile suffoque sous l'étreinte de sa magie.
— Je. Veux. À. Boire !
Une fois sa phrase achevée, elle lâche le bougre qui s'effondre à ses pieds, penaud et désorienté.
— Vite ! conclut-elle, pressée d'en finir.
Il se relève comme il peut, chancelle puis cavale en direction de la réserve, suivi de deux assistants effarouchés.
Les traits de Sixtine sont tirés. Elle souffre de cette intarissable soif du vampire nouveau-né qui lui vrille les boyaux. Et encore, elle s'en sort plutôt bien, j'en ai connu qui se disloquaient le crâne contre le mur pour échapper à l'insupportable douleur provoquée par le manque.
— Ma colombe... tenté-je de la calmer en m'approchant avec prudence.
— Quoi ? me demande-t-elle, irritée par mon intervention.
Elle n'est pas vraiment d'humeur à discuter, pourtant il faudra bien qu'elle intègre quelques règles si elle veut diriger le clan sans se mettre à dos notre communauté. *Et si je...* Non, il n'est pas encore temps de lui dévoiler certaines vérités...

Pourvu que le cuistot ne traîne pas trop, elle sera plus réceptive si ses canines déchiquettent un peu de chair tendre et que le sang dilue son attention.

— Diriger un clan implique de grandes responsabilités et requiert...

— Pitié, pas toi ! Je me moque de comment c'était avant ! Ma présence signe un tournant majeur, ici. Une réforme nécessaire pour cette communauté vieillissante, un renouveau salvateur ! Faut dépoussiérer un peu, parce que franchement, ça craint !

Elle plonge ses yeux rougeoyants dans les miens. Dans ses iris danse la flamme de la passion, de l'intransigeance, de l'absolu. Dans cette vie, elle n'acceptera plus ni compromis ni discussions : elle compte en imposer à ceux qui se soumettront. Quant aux autres, elle les exterminera tels de misérables insectes.

Si mes pairs ont toléré certains de mes écarts par respect pour mon âge vénérable et ma sagesse indéniable – bon, et parce que clairement, je les fais flipper un max – je doute qu'ils soient aussi compréhensifs envers Sixtine. Non seulement elle débarque, mais en plus, c'est une sorcière ! Si elle ne veut pas être renversée par un coup d'État, elle va devoir mettre de l'eau dans son sang.

Que cette expression est débile !

Rien que d'imaginer la chose, je grimace de dégoût. Qui voudrait diluer du sang pur ? Quelle hérésie, c'est infect !

Je me perds dans son regard de feu ; j'oublie l'intérêt de ma mise en garde, subjugué par sa beauté et les miracles que nous pourrions accomplir ensemble. Elle est mon salut, un signe apporté par le destin pour m'émanciper de ces protocoles désuets, pour faire de ma vie des montagnes russes éternelles.

Le cuisinier brise le silence qui s'est installé entre nous, déposant un corps à peine frémissant aux pieds de Sixtine qui le soulève de sa magie et le tient, à demi assis, entre ses genoux, telle une pietà[1] décadente. Au moment où elle plonge ses dents immaculées dans la jugulaire palpitante, elle laisse échapper un soupir de satisfaction.

Lorsqu'elle s'arrache de la dépouille, elle me regarde. Je ne comprends plus ce maelstrom d'émotions qui gronde dans ses yeux. Ce tournant, elle ne compte pas seulement l'imposer aux vampires, elle le subit elle aussi par cette métamorphose.

— Votre Grandeur, la réserve... se risque le cuisinier trop pressé.

— Quoi, la réserve ? rétorque-t-elle, à peine rassasiée.

— Elle est presque vide. Vous... Les provisions se font rares, et nous les consommons plus vite que nous ne les engrangeons...

— Que voulez-vous que ça me fasse ? Allez faire les courses !

— C'est que... nous devons rester discrets, vous savez...

— Discrets ? Pour quoi faire ?

— C'est la loi. On ne se montre pas...

Ouais. Comme on ne se mélange pas. On ne trahit pas. Rien d'immuable, en somme.

— C'*était* la loi. Dorénavant, nous nous approvisionnerons où bon nous semble et selon les méthodes qui nous conviendront !

— Mais la reine Elyr...

Sixtine soupire, exaspérée. Si elle s'écoutait, elle lui arracherait la tête sur le champ.

— Je me moque de cette reine dont tout le monde me rebat les oreilles. Elle n'est pas ici, elle n'a pas son mot à dire !

Là, elle va un peu loin. Non pas qu'elle ait tort, mais si la reine apprend l'étendue de son insubordination, elle risque gros. *Je* risque plus encore. Un rictus naît sur mes lèvres à cette pensée.

Le cuisinier se mure cette fois dans le silence, conscient que, quoi qu'il dise, non seulement elle ne lui donnera pas raison, mais elle pourrait s'en prendre à lui de manière irréversible. Quant à la reine, qui représente en définitive tout ce que Sixtine souhaite voir disparaître, j'ai peu d'espoir qu'elle révise son jugement.

— Non, mais vraiment, poursuit-elle. À quoi servent ces règles ? Hein ? Je vous le demande, s'agace-t-elle en se plongeant dans le regard apeuré du cuistot.

Face à son mutisme, elle enchaîne :

— Je les ai toujours respectées – enfin presque –, j'en étais même le bras armé, et voyez où ça m'a menée ! Sur le banc des accusés ! Moi, l'irréprochable Sixtine Shadow ! Si la droiture ne paie pas, pourquoi s'y conformer ? Au diable les règles ! La seule qui vaille à présent, ce sera celle de ma volonté ! Et là, j'ai soif !

— Bien, se contente d'acquiescer le pauvre vampire avant de détaler comme un lapin.

Il fait bien de filer, vu l'état de contrariété de Sixtine, il n'aurait pas fait long feu en restant dans les parages. Mais à présent, c'est moi qui suis dans une situation délicate :

comment annoncer à ma mésange les terribles nouvelles en provenance de l'extérieur ? Si elle s'agace d'avoir à patienter un peu pour boire, comment prendra-t-elle la condamnation de son amie ? Je l'ai apprise il y a quelques minutes et je me triture le cerveau, me demandant comment la lui annoncer. Peut-être qu'elle s'en moquera, après tout ? D'autant qu'il faut admettre que les sorciers ont un humour particulier : ils se sont plaints des siècles durant de faire l'objet de traques inhumaines et d'accusations arbitraires à rôtir sur de sordides bûchers, et voilà qu'ils condamnent l'une des leurs à subir le même sort ! Les lueurs assassines qui dansent dans ses yeux m'arrachent un frisson. Sanctionnerait-elle le messager ? Peut-être bien... Et pour quoi ? Pas grand-chose de plus. Cette vie de sorcière est derrière elle, cette amitié est révolue. Bientôt, elle l'aura oubliée... D'ailleurs, si cette louve qui complétait leur trio pouvait succomber aussi... Privée des fantômes de son passé, elle m'appartiendrait tout entière... Mon petit oiseau ne serait qu'à moi !

— Que fait-on, maintenant ? bougonne-t-elle.
— Et si je te préparais un dîner romantique ?
— Un dîner ? À cette heure ?
— Appelle-le comme il te plaira, ma tourterelle. Je ne veux que ton bonheur.
— Ce n'est pas une mauvaise idée, un dîner, s'illumine-t-elle en songeant à ce qu'implique ce mot. J'ai tellement soif...

Cet asservissement à notre nature ternit immédiatement son regard. Cette avidité passagère lui pèse plus que je ne l'aurais cru ; pas seulement physiquement, mais mentalement aussi. Comme si la moindre entrave à sa liberté atteignait son essence, l'abîmait…

Je m'approche d'elle et poste mon visage juste devant le sien, mes prunelles rivées aux siennes, et dépose un baiser sur ses lèvres brûlantes.

— Viens avec moi, lui demandé-je en saisissant ses doigts.

Elle me regarde, à la fois perplexe et curieuse. Elle se lève, plaque son corps contre le mien et m'embrasse avec langueur. Lorsqu'elle s'éloigne de moi, elle place son bras dans mon dos et glisse la main dans la poche de mon pantalon, sur ma fesse. Ce simple contact resserre l'étoffe sur mon anatomie compressée. Putain, elle me fait tellement bander !

Je l'installe dans ma suite et m'éclipse une vingtaine de minutes. Le spot que j'ai choisi lui plaira, c'est certain. Ce n'est pas pour rien que Vlad se réservait ce recoin des sous-sols.

Je retourne la chercher et, sa main dans la mienne, toute trace de colère ou d'anxiété disparaît de son visage, elle se laisse guider, excitée de découvrir ce que je lui ai préparé.

— Viens par là, l'attiré-je entre mes bras pour lui voler un baiser avant d'ouvrir la porte.

Impatiente, elle abrège notre étreinte en mordant ma lèvre qu'elle suce pour en aspirer le sang qu'elle vient de faire perler. *Délicieuse douleur…*

Lorsque j'écarte le battant, elle s'émerveille :

— Wahou ! Tu as fait tout ça pour moi ?

— Pour qui d'autre ?

— Cet endroit... C'est fabuleux !
Ah ! Je le savais ! Ce sous-sol en pierre partiellement ouvert sur un vaste patio offre paradoxalement espace et intimité. Une vue sur la nuit infinie tout en bénéficiant de la douceur de cet intérieur chaleureux.

Sa réaction m'enchante, elle n'est pas la première minette pour laquelle je sors le grand jeu, mais c'est la seule que j'ai envie de voir succomber. À la voir ainsi rayonner à la lueur de la centaine de bougies que j'ai disposées dans la pièce, je sais qu'elle est celle qu'il me faut, à jamais. Elle s'installe, gracieuse, sur la chaise que je lui tire, avise le verre de sang frais et le tend vers moi.

— À notre premier rendez-vous, murmure-t-elle d'une voix émue.

— À notre premier rendez-vous, répété-je, subjugué par sa beauté auréolée de la lumière vacillante des petites flammes qui dansent.

Elle trempe délicatement ses lèvres dans le liquide épais. Un sourire ravi s'imprime sur son visage. Puis elle repose son verre et frôle ma main de ses doigts légers.

— Je le savais... lâché-je.

— Que savais-tu ?

— Lorsque je t'ai vue, la première fois...

Qu'est-ce qui m'arrive ? Moi, le bourreau de cette contrée, me voilà submergé par mes sentiments pour cette femme qui me regarde sans ciller.

— J'ai eu si peur, ce soir-là, avoue-t-elle.

— Peur ?

— Tu es le premier vampire que j'ai jamais rencontré.

Je n'avais pas envisagé les choses sous cet angle. Et si

en plus, les sorciers ont aménagé la vérité pour mieux faire respecter leurs lois ségrégationnistes, j'imagine sans peine ce qu'elle a pu craindre. Nous ne sommes pas si cruels, n'est-ce pas ?

— Et toi, la première femme à m'avoir rendu la vie.

Elle me fixe, entre stupéfaction et incrédulité.

— Moi ?

Formuler ces mots rend mes sentiments plus palpables. Si j'affectionne à ce point la présence de Sixtine, c'est que jamais depuis ma mort, je ne me suis senti aussi *vivant*. La torture, les cris, les démembrements en tous genres et autres joyeusetés ont quelque chose de lassant, au fil des siècles. Alors que sa perfection sauvage m'offre surprise, danger et euphorie.

— Toi, confirmé-je en posant mes lèvres sur les siennes.

Elle s'écarte et avale une autre gorgée. S'en délecte si visiblement que mon corps réagit une nouvelle fois avec tant de vigueur que j'en grogne de douleur.

— Je ne suis pas une créature qu'on apprivoise, tu sais, m'explique-t-elle en décelant ma réaction.

Je hoche la tête.

— Je refuse de me plier à la moindre contrainte. Dorénavant, je n'obéirai plus qu'à moi-même.

J'acquiesce à nouveau.

— Si tu peux le comprendre et l'accepter, Drake...

Cette manière qu'elle a de prononcer mon nom m'arrache un frisson.

— ... je serai ta compagne à jamais.

Comme si je venais de m'injecter un shoot d'héroïne,

ma vue se trouble, l'allégresse m'envahit. Je ne me passerai plus d'elle. Je suis prêt à tous les sacrifices. Elle s'approche, sensuelle. Elle saisit le col de ma chemise et m'attire à sa bouche. Sa langue caresse la mienne tandis que son corps danse contre le mien. Elle soulève délicatement ses cheveux et se tourne : apparemment, je ne dois pas déchirer cette robe-là, puisqu'elle m'explique comment l'enlever sans dommage. Entre mes doigts, la fermeture glisse sur la cambrure de son dos, puis l'étoffe chute à ses pieds. Elle me fait de nouveau face en tenue légère, toujours juchée sur ses hauts talons. Je craque !

Elle saisit la ceinture de mon pantalon et m'en délivre, arrache les boutons de ma chemise et embrasse mon torse avant de descendre plus bas, ses ongles agrippés à mes fesses. De ses mains expertes, elle achève de me déshabiller alors que, fébrile, j'appuie sur un interrupteur caché dans un renfoncement du mur. Tandis qu'elle cueille mon membre entre ses lèvres et le caresse de sa langue virevoltante, la piscine à remous se dévoile au clair de lune.

Elle me rend fou ! Sa langue dessine des arabesques autour de mon gland qui est si gonflé qu'il n'est plus loin d'exploser. Je la veux. Je la veux ! Je saisis ses cheveux et la remonte vers mon visage tandis que mon sexe explore la dentelle de son entrejambe humide. Soudain, elle s'écarte et me pousse d'un coup sec. Je trébuche et tombe dans la piscine. Sous l'eau, les yeux grands ouverts, je la vois ôter ses talons et ses sous-vêtements avant de me rejoindre, un sourire radieux sur ses traits ciselés. Elle se laisse couler et m'embrasse au cœur du jet-stream. Ses cheveux plaqués dans son dos, quelques gouttes sur son visage et ses formes divines m'appellent.

Je baisse les armes et cède à la tentation.

Plus rien d'autre ne compte désormais.

Je saisis ses hanches et me perds en elle.

---

1. *Pietà* : Statue ou tableau représentant la Vierge tenant sur ses genoux le corps du Christ mort.

CHAPITRE 34

KARL

Les portes vont s'ouvrir devant moi, et je vais entrer dans l'antre de la tanière des Greystorm. Dans l'antre de ma meute.

Je vais devoir me battre. Pour mon héritage, pour les miens, pour Elinor.

Et je n'ai pas le droit d'échouer.

Dans mon esprit s'imprime le visage de mon frère perdu.

Pour lui aussi, je dois me battre.

Que tous les sacrifices que nous avons consentis ne soient pas vains.

Je dois survivre pour le venger. Et j'ai promis à ma liée que nous sauverions son amie. Nous avons encore un peu de temps, le procès est prévu pour demain. Mais si je veux l'aider, je dois vaincre aujourd'hui !

Lentement, trop lentement, les battants s'ouvrent. J'entends le souffle de la foule qui m'attend à l'intérieur. Les miens sont là, mais il y a aussi les proches de Lormont. La tension qui règne dans l'antre me submerge de plein fouet, et un frisson d'excitation, sauvage et grisant, parcourt mon torse nu.

C'est le moment.

Je redresse la tête, serre les poings et m'avance enfin, dans la lueur des flambeaux qui ont été disposés sur tous les murs de pierre de l'immense salle.

Depuis mon avènement en tant qu'Alpha, je n'avais jamais vu ce lieu si bondé. Mon cœur bat plus fort. Du regard, je cherche Eli. J'ai besoin d'elle, de son soutien. Je sais qu'elle a peur, mais elle croit en moi, bien plus que je n'ai foi en moi-même.

Les loups s'écartent sur mon passage, les miens baissent la tête, m'offrant leur nuque. Mais ce n'est pas la leur que je veux. C'est celle de ce putain de Lormont, qui a osé me défier alors que la débâcle nous guette de toutes parts.

Enfin, je discerne un vaste espace circulaire, dégagé pour permettre notre combat. En son centre, mon adversaire. Tout en marchant, je l'observe. Chaque détail compte.

Je note son air suffisant, arrogant, son sourire déjà vainqueur. Que croit-il donc ? Que me lier à une sorcière a fait de moi un Alpha amoindri ? Oui, sûrement. Mais il se trompe, oh, comme il se trompe...

Pour autant, je ne sous-estime pas mon ennemi. Sa haute taille, ses muscles puissants, huilés, la lueur assassine dans ses prunelles fauves... Il est déterminé. Il a tout à gagner, mais aussi tout à perdre. L'un de nous va mourir aujourd'hui.

Enfin, mon regard dévie. Eli est là. Au premier rang. Dans son visage blême, je ne discerne que ses iris, comme deux puits sans fond. Je m'y noie. Pour mieux en jaillir. Pour elle, je dois vaincre.

Mon pied se pose dans le cercle. Je ne vois pas Jake, Tyler et Perry. Angus surgit, accompagné d'un autre loup, sûrement l'un des Bêtas de Lormont.

Chacun à leur tour, ils prennent la parole d'une voix forte, énonçant le déroulement du combat à venir. Je n'entends rien. La fureur rugit à mes oreilles. Mes yeux ne quittent pas Elinor, et je résiste à l'envie d'aller assécher ses joues couvertes de larmes de mes baisers. Après, après…

Un hurlement lupin résonne. Un second. C'est le moment.

Je reporte toute mon attention sur Nick Lormont, et nous nous tournons autour, lentement. Nous nous mesurons du regard. Il n'a pas peur. Moi, oui. Tant mieux. Je sais ce que j'ai à perdre et ce pour quoi je me bats aujourd'hui.

Soudain, il bondit, haut, très haut. Quand il retombe, je ne suis déjà plus là, et il se réceptionne avec souplesse, un genou à terre. Un léger sourire plie ses lèvres fines. Son regard est dissimulé par une longue mèche brune. Il aime ça. Il aime se battre. Il aime mettre à mort. Je le sens. Mais il est trop sûr de lui. C'est de cet avantage que je dois jouer.

Alors, nous enchaînons les attaques et les parades. Je pense, comme détaché de mon corps, que nous offrons aux nôtres un spectacle magnifique, et l'exaltation de la foule est à son comble quand nous nous transformons enfin.

Et puis, le premier sang coule.

Et ce premier sang est le mien.

Lormont vient de m'asséner un coup de griffes formidable, déchirant ma peau. Je sens un liquide chaud ruisseler le long de mon flanc et je rugis de douleur. Mais la souffrance me galvanise, et ça, mon adversaire ne le sait pas.

Je le laisse m'attaquer, et sa confiance en lui grandit, grandit, grandit, jusqu'à ce que dans sa tête ne subsiste plus le moindre doute quant à l'issue de ce duel à mort.

Un instant, je panique. Ai-je eu raison de lui laisser prendre l'ascendant ? Mes blessures sont nombreuses, et graves, pour certaines. Ma vision se trouble, et je vacille. Ma forme lupine s'efface, avant de se réaffirmer.

Je n'ai plus beaucoup de temps avant de m'effondrer.

Une dernière fois, je capte le regard d'Eli. D'horreur, sa bouche est grande ouverte, et sa main est serrée sur son ventre.

Ne t'inquiète pas, mon amour…

Ou peut-être que si… Lormont a profité de mon inattention pour m'attaquer au jarret. Je tombe. J'ai mal. Mais je n'abandonne pas. Tandis que Lormont trottine autour de notre cercle pour se gaver des applaudissements des siens et de la consternation des miens, je me redresse, chancelant. Tout va se jouer sur le dernier assaut, je le sais. Et c'est très bien ainsi.

Quand enfin il se retourne vers moi, je suis prêt. Je le vois s'élever dans les airs, les babines retroussées, des gouttelettes de bave scintillant dans la lumière chaude des torches. Alors je bondis aussi. J'y mets toute ma rage, toute ma force, toute ma volonté, et tout mon amour pour Eli.

Le choc est brutal. Mes crocs se referment sur sa gorge, et nous retombons lourdement au sol. Lormont se débat, griffe mon ventre et l'entaille, comme un forcené. Mais je ne lâche rien. Au contraire, je resserre encore ma prise. De ma position dominante, je vois son regard. Enfin, j'y lis l'incertitude et la peur. Je grogne, et tire. Sa peau se déchire et un flot de sang envahit ma gueule à gros bouillons. Brûlant, métallique, enivrant.

Je me redresse et hurle ma victoire, le mufle rougi. Mais ce n'est pas tout à fait fini. Quand mon rugissement se tarit, je fonds à nouveau sur la gorge de mon adversaire et poursuis mon œuvre de mort. Je ne m'arrête que lorsque les yeux de cet autre Alpha se ternissent à jamais.

Alors, épuisé, je m'écroule sur son corps encore chaud. De la foule ne me parvient plus qu'un brouhaha lointain.

Eli…

Je m'éveille dans ma chambre.

La douleur se rappelle aussitôt à moi.

Mais le visage d'Elinor qui apparaît dans mon champ de vision me rassérène. Elle est là… Elle va bien… Malgré tout, je lis une profonde angoisse sur ses traits.

— Eli…

— Chut, ne parle pas. Tu es grièvement blessé, il n'y est pas allé de main morte…

Je ne peux m'empêcher d'émettre un rire chevrotant.

— Ah, il est beau, l'Alpha vainqueur, faible comme un louveteau...

— C'était un combat à mort, tu te souviens ? je lui dis avec un pauvre rictus.

Elle m'assène une bourrade bien sentie, et je gémis en grimaçant.

— Aïe...

— Tant pis pour toi, tu n'as qu'à pas raconter des bêtises pareilles...

Mais je vois bien son léger sourire. Et une étrange lueur dans son regard. Une lueur que je ne parviens pas à interpréter.

— Que se passe-t-il ? je murmure encore.

J'ai tellement envie de me rendormir. Je suis épuisé, et je sens chaque entaille sur mon corps pulser douloureusement.

Elle hésite à me répondre, ouvre et ferme la bouche. Tiens, ça, c'est nouveau. Depuis quand prend-elle des pincettes ?

Mais on toque à la porte. Décidément. Est-ce que je vais être obligé de poster un loup devant ma suite pour empêcher toute la meute de me déranger ?

Avec un sourire d'excuse, Eli se lève pour aller accueillir les intrus.

C'est Angus, évidemment. Mais il est cette fois accompagné par le même loup qui a ouvert le combat avec lui.

— Karl... me dit mon Bêta en inclinant la tête avec respect.

Angus a toujours été loyal, mais je lis une déférence nouvelle dans son regard. Ce combat n'aura pas été vain.

— Dis-moi.

Je force sur ma voix, mais elle reste faible et rauque.

— Je te présente Noah. C'est le frère de... Nick Lormont.

Bordel... Une vague de culpabilité m'envahit. Je sais ce que ça fait, de perdre un frère. Avec difficulté, je tente de me redresser.

— Noah, je... commencé-je.

Je quoi ? Je m'excuse ? Je suis désolé ? Je ne voulais pas ? Mais après tout, je n'ai jamais désiré ce duel, je n'ai fait que sauver ma peau, et celle de ceux que j'aime.

Le dénommé Noah lève la main pour m'interrompre.

— Non, c'est bon, Karl. Je sais ce que tu vas dire. Et nous savons tous les deux que c'est Nick qui a voulu ce combat. Pour tout t'avouer, je ne portais pas mon frère dans mon cœur. Nous étions nombreux au sein de la meute Lormont à contester ses actes. C'est d'ailleurs pour ça qu'il t'a provoqué. Il espérait asseoir son autorité de manière définitive. Mais je n'ai rien contre toi ni contre... (Il glisse un regard inquisiteur en direction d'Elinor, qui lève le menton en signe de défi.) Ni contre ce que tu fais de ta vie privée.

Angus reprend aussitôt :

— Les représentants présents de la meute Lormont ont décidé de désigner Noah comme nouvel Alpha de la horde. Bien sûr, sans ton aval, ce n'est rien d'officiel encore, mais...

Je souris pour dissimuler ma tristesse. Tristesse d'en être arrivé là, tristesse pour ces frères qui ne s'entendaient pas, tristesse pour le fardeau que ce jeune loup aura à porter durant tout le reste de sa vie. Mais je hoche la tête, aussi.

— Vous êtes les bienvenus dans la tanière Greystorm. J'apprécierais que nous puissions discuter de notre future... alliance, mais tu me pardonneras, Noah, je ne suis pas encore en état.

Noah secoue la tête.

— Aucun problème, mais nous partirons bientôt. Je te propose que nous nous revoyions quand tu seras pleinement remis.

J'acquiesce et lui tends la main pour qu'il la serre.

— Ravi d'avoir fait ta rencontre, jeune Alpha.

Angus et Noah sortent en silence, et je me laisse retomber sur mes oreillers avec un soupir de souffrance. Il ne m'a pas loupé, ce bâtard de Lormont...

Alors que je garde les yeux fermés, Eli se glisse à mes côtés. Sa présence est chaude et réconfortante, et je sens que le sommeil m'appelle. Mais elle prend ma main et la secoue un peu.

— Karl... souffle-t-elle.

— Mmmh ?

— J'ai quelque chose... Enfin... je ne voulais pas te le dire avant le combat, mais maintenant que tu ne risques pas de mourir de façon imminente... je...

— Que se passe-t-il, mon amour ? grogné-je, à moitié dans les vapes.

Elle tient toujours ma main de ses tout petits doigts. Doucement, doucement, elle vient la poser sur son ventre.

— Eli, je ne suis pas franchement en état pour ça, tu sais...

Elle rit, et ça fait comme un léger grelot sous mon crâne.

— Non, t'as pas compris.

Elle fait remonter son tee-shirt et repose ma paume sur son ventre, un peu plus fort cette fois. Et soudain, mes paupières s'ouvrent et mes yeux s'écarquillent.

— Non !

— Si… Karl, je suis enceinte. J'en avais tous les symptômes, et j'ai enfin saisi. Je le sens, ce bébé. Je le sens !

Je n'ai plus du tout envie de dormir. Cette fois, c'est un maelstrom d'émotions qui m'emportent. La joie, le bonheur, puis la panique, et encore l'euphorie, la fierté, et l'appréhension…

— Eli… Comment on va faire ?

Elle glousse, apparemment ravie de ma déconfiture.

— Ben, comme tous les autres parents, je suppose.

Je ris aussi, presque soulagé de la voir si sereine. Et puis, soudain…

— Mais bordel, Eli, la situation…

— Ne t'inquiète pas, j'ai eu une idée. La lune va commencer un nouveau cycle, c'est là que j'ai le plus de pouvoir, rappelle-toi. Demain, j'irai chez Neeve avant que le procès ne débute, et nous allons essayer de récupérer notre copine avocate.

Mon cœur se serre.

— Non… Et si c'était mauvais pour le… pour, tu sais…

— Le bébé ? Non, je ne pense pas. Je serai très prudente, ne t'inquiète pas. S'il y a le moindre danger, je fuirai, mais j'ai une idée pour sauver Sixtine sans prendre de risques inutiles.

Elle se redresse après avoir effleuré mes lèvres d'un baiser aussi léger qu'une plume.

— Repose-toi, je serai vite de retour.

Elle s'en va et me laisse seul. Sur mon visage flotte un sourire niais, mais dans mon cœur, c'est l'appréhension qui domine.

Bordel, je vais bientôt être papa...

CHAPITRE 35

NEEVE

*P*utain, *ça caille ici !*

Voilà la seule pensée qui me vient quand je rive mes yeux sur mes pieds nus et sales. Dès que la sentence a été prononcée, j'ai été saisie sous le regard éploré de ma famille. Il a même fallu maîtriser mon frère qui a lancé un sort d'invisibilité pour m'extraire du bâtiment. Sort immédiatement dévié par les gardiens et qui a percuté le procureur. Je crois avoir lâché un éclat de rire quand un vide intersidéral s'est substitué à Simon Travers. Malheureusement, le Witchcraft de Virginie a vite inversé la formule de Mark, qui a aussitôt été conduit en dehors des murs de la Wiccard.

Quant à moi, j'ai été traînée dans les catacombes de l'école. Avant de m'enfermer dans une cellule miteuse, on m'a dépouillée de mes vêtements, passé une longue chemise blanche pour les remplacer, puis jetée comme une malpropre dans ma geôle.

Les mots des jurés tournent dans ma tête. Telle une litanie glaçante, ils m'enfoncent dans le désespoir :

« *Neeve Forest, Elinor Moon et Sixtine Shadow sont reconnues coupables des charges retenues contre elles. Elles se sont mélangées et ont trahi leur race en s'alliant et en s'accouplant avec des loups. La sentence pour leurs fautes sera le bûcher.* »

Les cris outrés de mon père, les pleurs de ma mère et le chagrin de Mark sont encore trop présents dans ma mémoire. Et moi, je suis immobile, bouche bée d'effarement, comprenant à peine les paroles de lord Raven tandis qu'il lisait le résultat des délibérations. Même lui a paru effondré quand ses yeux se sont posés sur les parents de sa nièce. Nièce qui sera désormais poursuivie sans relâche pour subir un sort identique au mien.

La mort...

Je vais mourir...

Est-ce que je regrette mes actes ?

Pas une seule seconde.

Certes, je regrette que cet enfoiré de Jake ait évoqué ma relation avec Tyler et Perry. Mais je ne peux me reprocher quoi que ce soit. Ils m'ont sauvé la vie, et quand j'ai encore eu besoin d'eux ces derniers jours, ils sont venus à mon secours. Contrairement à Sixtine, Elinor et Lennox, j'ai pu compter sur eux. C'est avec un sourire ému que je pense à eux. *Ils me manquent...*

Des pas se rapprochent de ma geôle. Ils résonnent de plus en plus fort dans le couloir obscur qui mène à ma cellule. Quand mes yeux se relèvent pour rencontrer ceux de mon visiteur, je pousse un soupir de soulagement en découvrant l'oncle de Sixtine derrière les barreaux.

— Je suis désolé, Neeve.

Je reste prostrée dans un angle de mon cachot, les bras enroulés autour de mes genoux. Mes longs cheveux cuivrés les recouvrent, tandis qu'un espoir naît dans ma poitrine sous le regard indéchiffrable du Witchcraft de Virginie. Pourquoi est-il ici, si ce n'est pour m'aider ? Mais quand j'aperçois le rictus qui se dessine sur ses lèvres, un frisson me picote étrangement la peau.

— Si vous étiez mortes lors de notre première tentative, dit-il, cela aurait été plus simple pour vous trois.

Il... Il a dit... *quoi* ?

C'est à cet instant qu'il laisse un rire sinistre s'affranchir de sa gorge. Je suis glacée d'effroi.

— Au fond, je crois que Sixtine savait ce qui allait se passer.

« Savait » ? *Pourquoi parle-t-il au passé* ?

— Ma nièce a toujours été d'une sagesse admirable. Une qualité qu'elle n'avait pas héritée de mon frère ni de ma belle-sœur, somme toute.

— « Avait » ? répété-je, cette fois.

Les lèvres de lord Raven se retroussent, mais il reste désespérément muet. Son regard devient glacial quand il se cale entre deux barreaux et que ses longs doigts s'enroulent autour du métal imprégné d'argent. Les cellules de la Wiccard ont été pensées pour toutes les races, mais je suis seule ici et soudain, la vérité m'éclate au visage.

— Vous êtes derrière tout ça, n'est-ce pas ?

Son rictus malfaisant s'étire en un large sourire.

— Il t'en aura fallu du temps, Neeve Forest. Mais pourquoi suis-je surpris ? Tout le monde sait que tu n'es pas la plus futée des trois.

— Votre nièce, votre nièce est...
— Morte.

Mon expression se fige de terreur. *Non... Ce n'est pas possible. Non. Non. Et...*

— NON ! crié-je.

Raven m'observe tandis que mes larmes jaillissent. Mes jambes tremblent quand je me relève pour lui faire face.

— C'est impossible !
— C'est pourtant le cas. Ton amie est devenue vampire. Mes sources me l'ont confirmé. Contrairement à Remus Moon, j'ai toujours gardé un œil sur ces créatures de la nuit.

Le choc me laisse muette. Le visage de Sixtine s'imprime dans mon esprit et je refoule ma peine en fusillant des yeux l'homme qui se délecte de la situation. Mais pourquoi ? Mes pensées se heurtent, refusant de se mettre en ordre. La tristesse m'accable un peu plus et mes larmes dévalent mes joues sous le regard de cet être qui a tout l'air d'être la cause de notre malheur.

C'est un cauchemar ! Je vais me réveiller et Sixtine sera vivante, je ne serai pas condamnée au bûcher. Voilà... réveille-toi, Neeve ! Réveille-toi, bordel !

— Finalement, cela s'est avéré utile que vous ne soyez pas assassinées le lendemain du meurtre de Fausta Summers, ajoute Raven, loin de montrer de l'empathie. Cela aurait été tellement dommage. Par la magie du sang, je me souviens encore de ce jour béni où j'ai compris que vous vous étiez cachées chez les loups. Je crois n'avoir jamais été aussi heureux !

Je suis livide face à ces révélations. Raven poursuit sans se départir de son expression enjouée.

— Qu'Elinor devienne une louve a été la cerise sur le gâteau. Non, mais vraiment, cela ne pouvait pas mieux tomber.

— Mais qu'est-ce que nous vous avons fait ?

— Rien. Vous êtes seulement des dommages collatéraux d'une cause qui dépasse de loin vos insignifiantes existences. La survie de notre race.

— Les sorciers et les loups ne sont pas si différents.

— Tais-toi, idiote ! s'insurge Raven en haussant le ton. N'as-tu pas compris ? Ne vois-tu pas le danger de mélanger notre sang à celui d'autres races ! Si les pèlerins ont instauré des lois, c'est qu'il y avait une raison. Il était grand temps de rappeler à tous la seconde partie essentielle de ces règles trop vite oubliées : « Sous peine de mort ».

— Aucune raison ne justifie ce racisme archaïque !

— Car pour toi, les sorciers ne valent pas plus que les vampires ou les loups... Tu blasphèmes, ma pauvre Neeve.

Ces propos soulèvent en moi une tempête. De toute façon, je vais crever, alors autant me délester des pensées que je dissimule à ma communauté depuis mon retour.

— Tous les êtres, magiques ou non, font soit le bien, soit le mal. Ce n'est pas une question de race.

— Finalement, tu n'es pas si sotte, déclare l'oncle de Sixtine. Au moins, tu t'es abstenue de prononcer ces mots devant nos semblables, je t'en félicite.

— Si j'avais su la sentence qui m'attendait, je les aurais criés haut et fort.

— Tu as manqué de courage, alors ?

Ces paroles m'accablent, car elles reflètent la stricte vérité. J'ai été lâche. Je l'ai toujours été. Et Sixtine est une vampire, putain !

— Ne sois pas triste, Neeve, ajoute le Witchcraft. Grâce à toi, la séparation des races a encore de belles années devant elle.

— Pourquoi est-ce si important pour vous ? m'enquiers-je, la voix faible et déchirée par mes sanglots.

— Car le métissage est une ignominie. Tu ne sais pas tout ce que j'ai déjà dû faire pour éradiquer les sangs impurs...

— Que... que dites-vous ?

Raven laisse échapper un soupir, puis ses yeux pénétrants se fixent sur moi.

— Je tue des membres de chaque espèce depuis trente ans pour cette cause. Et c'est un dur labeur de porter seul cette responsabilité.

Son regard semble se perdre au-dessus de mon épaule. Il paraît s'être égaré dans ses pensées, aussi j'en reviens à l'annonce effroyable qu'il a faite et que je ne peux me sortir de la tête de peur de me mettre à hurler.

— Ce n'est pas vrai pour Sixtine, n'est-ce pas ?

Les yeux de Raven se raccrochent aux miens. Un sourire se fige sur ses traits.

— Ma nièce sert notre cause, dit-il. Quand tout le monde verra les dégâts qu'un mélange de races peut entraîner, je suis certain que plus personne ne se dressera contre nos lois.

Elinor... Sixtine...

Sixtine !

Non, c'est faux ! Je ne peux y croire. Cette pensée me

rend folle, alors je me lève et me jette telle une furie sur les barreaux de ma cellule. La douleur à mon flanc est vivace, mais le recul et les yeux épouvantés de lord Raven ne me font pas regretter mon geste. J'agrippe les barreaux en le toisant avec mépris.

— Vous êtes le plus grand fils de pute de notre communauté, déclaré-je d'un ton si froid qu'il me surprend moi-même, et il me tarde le jour où Elinor et Sixtine viendront vous tuer !

Le Witchcraft accuse le coup, puis s'esclaffe. Des larmes atteignent même ses yeux tant son hilarité se prolonge. Puis il dit :

— Le problème, ma chère Neeve, c'est que même si ce jour arrivait, et crois-moi, il n'arrivera jamais, tu seras morte depuis longtemps. Je te donne rendez-vous à midi sur le bûcher.

Puis il fait volte-face et s'enfonce dans la pénombre du couloir. Avant que sa silhouette ne disparaisse complètement dans l'obscurité des catacombes, il se tourne une dernière fois :

— Ce sera un honneur pour moi de provoquer la première étincelle des flammes qui mettront fin à ta vie, traîtresse. J'ai tellement hâte… Mais je ne suis pas totalement insensible à ta situation, ma chère. Aussi, quand ces deux loups ont tenté de pénétrer dans l'école, j'ai pris des mesures. Tu ne seras pas seule pour vivre tes derniers instants.

Puis il disparaît, et je m'effondre.

Une heure plus tard, ce que je redoutais se produit. Tyler et Perry sont traînés jusqu'à ma cellule dans le plus simple appareil.

Et je comprends…

Je comprends que ces deux imbéciles ont dû se transformer en loups pour me sortir d'ici…

Je comprends qu'ils ont échoué et ont été capturés…

Je comprends aussi qu'ils ressentent des sentiments pour moi, pour avoir pris un tel risque…

Et mon cœur fait un bond dans ma poitrine.

Est-ce possible, l'amour à trois ?

Vu le temps qu'il me reste, j'ai envie de croire que oui…

Alors, j'accueille leur arrivée avec un sourire, et c'est stupéfaite que je découvre le leur…

« *On ne pouvait pas te laisser toute seule affronter ça.* »

Des mots qui me sont si chers que je me jure de me les répéter encore et encore quand nous brûlerons tous les trois.

CHAPITRE 36

LENNOX

Il m'a fallu quelques jours avant de rencontrer l'Amnistral de Virginie. Le temps de réfléchir à ma manière de l'approcher. Le temps aussi de me remettre des récents événements vécus au motel avec Neeve. L'avoir laissée avec ces deux putains de loups m'a retourné les entrailles. Ou est-ce le manque ? Le manque d'elle… Après huit années, je croyais être guéri, pourtant. Mais cette vaine enquête en sa compagnie a fait resurgir des sentiments que je pensais depuis longtemps éteints.

D'aucuns diront que je me fourvoie et que je l'ai toujours aimée. Ils auraient sans doute raison. Il me faut le reconnaître, je suis amoureux de Neeve depuis le jour où elle m'a réclamé des Magic's Marshmallows. Enfant, j'étais déjà de nature ténébreuse, et il était rare que l'on me témoigne de l'intérêt. Même mes parents daignaient à peine me parler quand je rentrais de l'école. Mon père me reprochait mon manque de conversation, ma mère mon

manque d'enthousiasme. Dès six ans, je me suis demandé si je n'étais pas transparent. Aussi loin que remontent mes souvenirs, seule Neeve m'a remarqué. Moi, le blafard Lennox. Le grand gringalet qui ne souriait jamais. Certes, avec les années, mon physique a connu quelques améliorations. Je ne peux rivaliser avec le corps musculeux des cousins Falck, mais je n'ai plus à rougir de ma physionomie. Ces huit dernières années, elle m'aura permis de me consoler de l'absence de Neeve dans les bras de quelques femmes. De rares femmes, à vrai dire...
Toutes étaient rousses.
Aucune n'avait froid aux yeux.
Aucune n'avait son charme.
Aucune n'avait sa personnalité pétillante.
Comme elle me manque !
Comme je m'en veux d'avoir été si lâche !

Et ma lâcheté m'a conduit ici, avec un unique espoir : découvrir la vérité. Une vérité qui la libérera de ce procès déraisonnable qui risque de lui coûter cher. Je doute qu'on laisse ses pouvoirs à Neeve si elle ouvre une seule fois la bouche lors de l'audience, mais je sais que Sixtine est la personne la mieux qualifiée pour la défendre, d'autant qu'elle-même est accusée. Quant à Elinor... Elle est désormais louve, il sera donc difficile de compter sur elle. De toute manière, cette femme a toujours été une calamité. Je me souviens de son enseignement plus que discutable auprès des élèves de la Wiccard. Non pas qu'elle soit incompétente en tant que professeure, mais son autorité sur les enfants a été une source constante de problèmes avec les parents. Son addiction aux psychotropes n'était un secret pour personne. Pauvres loups… C'est désormais à eux de supporter ses errements, et je leur souhaite bon courage. Je réalise que lorsque je reprendrai mes fonctions de directeur, Elinor Moon ne me posera plus aucun souci et je n'en apprécierai que plus mon retour. Cette pensée fait naître un léger sourire sur mes lèvres tandis que je sirote le brandy que la secrétaire de Cornelius Kane vient de me servir.

— Il arrivera dans quelques minutes, m'a-t-elle dit.

Cela fait déjà une heure que je l'attends. Un soupir m'échappe quand une ombre surgit au milieu de la pièce de l'Amnistral de Virginie. Dès qu'il se matérialise, un frisson remonte mon échine. L'expression enjouée sur le visage de Kane est effrayante. Ses cheveux châtains sont coupés ras. Ses yeux sont d'un bleu polaire. À en croire la largeur de ses épaules, l'homme pratique régulièrement la musculation. On dit de lui qu'il est froid et déterminé, mais on dit cela de tous les Amnistrals. Cet adage se confirme à nouveau. Quand je pense qu'on raconte que je lui ressemble !

— Lennox Hawk ! Comme je suis heureux de vous rencontrer.

Je me lève et serre la main qu'il me tend. Je me montrerais bien plus aimable, mais je n'en ai ni l'envie ni le temps. Cornelius Kane ne sait pas que je me doute de la vérité. Une vérité que je suis à présent presque certain de détenir. Las de dévisager mon interlocuteur, j'entre dans le vif du sujet :

— Votre maître a été négligent, dis-je. Les Amnistrals peuvent détecter la magie des Noctombes. Il aurait dû faire preuve de davantage de prudence.

Kane me lâche la main et s'esclaffe d'un rire de ténor. Puis il me désigne mon siège du doigt et s'assied face à moi.

— Si vous pensez tout savoir, Hawk, que faites-vous ici ?

— Je veux comprendre.

Une lueur éclaire soudain le visage de Kane.

— Que voulez-vous comprendre ? demande-t-il en s'emparant de son verre.

C'est le moment de prêcher le faux...

— Ce que lord Raven et vous mijotez.

... pour savoir le vrai.

Le coin de la lèvre de Kane se lève. C'est donc bien la vérité. Le sang déserte mon visage.

J'avais raison... J'avais raison depuis le début. Depuis ce jour où j'ai effacé la mémoire des témoins de l'attaque de Neeve, et cela bien avant qu'elle, Sixtine et Elinor ne décident de se cacher parmi les loups. Si j'avais écouté mon instinct... j'aurais pu empêcher tout ça. Quel idiot ! Quel lâche !

Je contiens mon émoi avec difficulté, mais à voir le sourire qui étire les traits de Kane, ma tentative de dissimulation s'avère un échec cuisant.

— Vous et moi remplissons la même fonction, déclare-t-il en plantant son regard dans le mien, et c'est un honneur, vous en conviendrez, Hawk.

— J'en conviens.

— Très bien. Donc vous avez conscience des responsabilités que nous endossons afin de préserver nos coutumes les plus anciennes.

— Je ne savais pas que la magie des Noctombes faisait partie de nos coutumes, voyez-vous.

Mon masque d'impassibilité ne s'est pas fissuré, cette fois. Maintenant que mes doutes sont confirmés, je suis en mesure de garder la tête froide. Mon objectif est de secourir Neeve par tous les moyens. Je la connais, et je ne veux pas qu'elle soit condamnée à l'humanité. L'humanité... cette engeance qui nous a fait tant de mal, à elle et à moi. Je ne le supporterai pas !

— Vous savez, poursuit le sorcier, j'ai été le premier à supplier mon maître de vous intégrer dans nos rangs. Mais votre amour pour cette sorcière l'a convaincu de ne pas vous enrôler dans notre confrérie. Il a toujours pensé que vous viendriez un jour de vous-même.

— Je n'éprouve aucune affection pour Neeve Forest, mens-je.

Cornelius Kane pouffe et je serre les poings, affligé. Suis-je donc à ce point incapable de masquer mes émotions ?

— Vous n'avez pas à vous justifier de vos sentiments pour elle, Lennox. Je crois savoir qu'elle vous a tourné le dos pour des loups, donc je pense connaître vos nouvelles motivations.

— Mes nouvelles motivations ?

— Eh bien, vous conviendrez que l'éradication des loups devrait servir vos projets à long terme concernant cette jeune femme.

Alors, c'est cela. Ils veulent supprimer les loups !

— Je ne crois pas avoir jamais pensé une telle chose, asséné-je sous le regard affligé de Kane. Je n'ai jamais eu de goût pour le génocide, et nos lois ont préservé la paix, jusqu'à présent. Pourquoi voudrais-je donc les supprimer ?

— Que ces maudits lupins baisent la femme que vous aimez ne vous suffit pas ?

Je déglutis, refoulant l'envie soudaine de coller mon poing dans la gueule de ce connard ! Je sens des rougeurs investir mon visage. Ma colère n'échappe pas à l'Amnistral de Virginie qui s'esclaffe à nouveau. Puis il se lève et se dirige vers la fenêtre de son bureau. La vue sur le parc boisé de sa propriété est compromise par le brouillard qui pèse lourdement sur le paysage.

— Puisque vous êtes venu pour obtenir des réponses, dit-il, je vais vous en donner. En réalité, je comptais vous rendre visite sous peu pour vous demander de vous joindre à nous.

J'écarquille les yeux de surprise, mais n'ai pas le temps de m'étendre sur mes réflexions que Kane se retourne déjà et me fait face. À la mine solennelle qu'il arbore, je comprends que l'heure des révélations a sonné.

— Notre confrérie est ancienne, explique Kane. Nous l'appelons « le Magus ». Sa création remonte au jour où les pèlerins ont instauré nos lois.

Il inspire profondément, s'enfile une gorgée de brandy et soupire, comme s'il était las de raconter à nouveau cette histoire. Est-il vraiment en train de me recruter ?

— Comme vous le savez, reprend-il, certains pèlerins ont ramené d'Europe leur nature ancestrale. La sorcellerie, la lycanthropie et le vampirisme. Les morts que leur arrivée a provoquées en Amérique n'ont pas éveillé les soupçons de la population, déjà trop occupée à décimer le peuple amérindien. Mais rapidement, une guerre a éclaté entre les races, et au sein même de certains clans. Une guerre qui a duré près de cent ans. Face à la détermination des Noctombes, les Wicca ont lentement usé de stratagèmes pour diviser notre communauté. Les sorciers noirs ont été éradiqués lors de multiples attaques-surprises du clan wicca, laissant ainsi à ce dernier la responsabilité de diriger la communauté des sorciers. Ce fut la dernière fois que les Wicca utilisèrent la violence pour atteindre leur but ultime : instaurer la paix entre les races. Des pourparlers furent engagés avec les loups et les vampires, puis les trois lois furent édictées.

— Cette histoire, je la connais, Cornelius, lâché-je, fatigué par ses emportements lyriques quant à notre passé. Où voulez-vous en venir ?

L'Amnistral m'adresse un rictus satisfait et penche un peu la tête.

— J'y viens, justement. Tous les Noctombes ne sont pas morts lors du coup d'État des Wicca. Certains ont réussi à camoufler leur magie pour se terrer, le temps que les choses se calment. Durant trois siècles, les disciples et descendants des sorciers obscurs se sont réunis pour former le Magus. En secret, le Magus s'est chargé de poursuivre les créatures magiques qui ne respectaient pas les trois lois, puisque les Wicca, les loups et les vampires ne semblaient pas assez déterminés dans cette tâche. Plus ils faisaient preuve de négligence, plus la confrérie gagnait des membres. Avec le temps et à cause de l'incompétence des chefs de clans des trois races, des mélanges ont commencé à s'opérer et des lignées entières de sangs mêlés ont vu le jour.

À cette révélation, mes yeux se plissent, mes pensées

se bousculent. Alors, cela fait donc bien des siècles que des mélanges se produisent…

— Les Noctombes sont des êtres patients, continue Kane, ils ont répertorié dans un grimoire tous les noms de ceux qu'ils soupçonnaient de s'être adonnés à cette hérésie ou d'en être les descendants.

Sur ces mots, l'Amnistral m'invite à le suivre jusqu'au fond de son bureau. En silence, je m'approche, ahuri, et je constate que nous nous arrêtons devant un mur. Ce n'est que lorsque Kane prononce une formule qu'une porte piquée de rouille apparaît. Satisfait, Cornélius l'ouvre, et je perçois aussitôt l'aura lugubre qui emplit la pièce. Elle me gifle telle une bourrasque échappée d'une tempête. Quand je pénètre à l'intérieur, il fait si sombre que je ne distingue pas le mur du fond. La sensation funeste remonte mon échine et s'infiltre dans ma chair. Sans pouvoir l'expliquer, je sens une vague de colère m'envahir. Je la contiens difficilement alors que je discerne au centre de ce lieu obscur un pupitre qui supporte un énorme volume, sous le seul rai de lumière de l'endroit. *Un grimoire…*

— Grâce aux écrits de nos ancêtres, ajoute mon hôte, nous avons pu retracer toutes les lignées suspectes. Nos actions se sont intensifiées il y a trente ans environ, lorsque le Magus a élu lord Raven comme notre nouveau chef.

Un chef que j'aurais pu arrêter il y a longtemps. Quel sot j'ai été !

Kane feuillette les pages du livre sur lesquelles des centaines de noms sont inscrits à l'encre. Chacun est suivi d'un symbole. Un pentacle pour les sorciers, l'empreinte d'une patte pour les loups, une chauve-souris pour les vampires. C'est alors que je découvre que certains sont rayés, ou se rayent en ce moment même. L'atmosphère sépulcrale de la pièce semble se ternir encore et m'enveloppe d'un voile obscur. Des picotements me parcourent la peau, comme si une ombre malfaisante fusionnait avec mon épiderme.

— Vous voyez, le sort jeté sur ce grimoire nous permet de constater nos succès en temps réel.

— Comment… comment avez-vous réussi cela ?

— La magie des Noctombes est puissante, mais nous devons ce prodige aux ancêtres de la famille Shadow. Ce sont eux qui ont eu l'idée de jeter un sort de maladie pour que le Magus puisse atteindre les loups. Malheureusement, malgré les changements opérés sur cette formule, elle reste d'une efficacité douteuse et présente des lacunes. L'idée était de supprimer les membres des lignées coupables en les empêchant de procréer, mais le sort n'a attaqué que les loups, ou plutôt les filles cadettes des loups, quel que soit leur âge. Par conséquent, certaines sont déjà mères quand elles contractent ce mal. Nous aurions aussi aimé que le sortilège puisse atteindre leurs aînées, car ce sont celles qui développent le plus de gènes métis à leur naissance. Mais allez savoir pourquoi, la maladie les ignore. Nous pensons que parmi les sorciers obscurs, l'un d'eux a contré la formule et l'a rendue inoffensive pour les premières-nées. Ses motivations restent inconnues, mais son charme est si puissant que personne n'a jamais réussi à l'inverser. Il a donc fallu sévir d'une autre manière en assassinant ces héritières de sang impur lors de certaines nuits de pleine lune. Des sorciers-loups, loups-vampires, sorciers-vampires… regardez tous ces noms, tous ces gens qui n'ont eu cure de nos trois lois. Cela ne peut continuer.

Les pages se déroulent, et Kane n'atteint jamais la dernière. Je ne réalisais pas à quel point les créatures magiques avaient bafoué les lois. Puis je songe à deux grands hommes noirs, aussi bien bâtis que des montagnes, et à leur regard avide pour une sorcière. Une sorcière qui s'est pervertie en couchant avec eux. Une sorcière qui m'a trahi !

Mes yeux s'ouvrent à cette pensée. Je me recule, conscient tout à coup du pouvoir du grimoire et de cette antichambre sur mon âme. Comme s'il avait deviné que j'avais été témoin d'un mélange, je sens le sortilège fouiller dans ma tête. Je serre la mâchoire et ferme les paupières, invoquant une formule muette pour verrouiller mon esprit. Quand je rouvre les yeux, je tombe sur le nom rayé de Fausta Summers, la femme défenestrée devant Neeve, Elinor et Sixtine. C'est avec elle que ce cauchemar a commencé. Juste en dessous, le nom de son fils, Kyle, est barré d'un trait, lui aussi. Je comprends alors que depuis la visite que Neeve et moi lui avons rendue, il a été tué. Mon sang se glace.

— N'ayez point de peine pour tous ces gens, Hawk, vous êtes le premier à savoir ce que les loups peuvent provoquer. Quant aux vampires... S'ils se mettaient à transformer des loups ou des sorciers, pouvez-vous imaginer les conséquences ? Rares sont ceux qui ont tenté le diable. Ils l'ont vite regretté.

J'inspire un grand coup. Kane n'a pas tort. Les loups m'ont enlevé Neeve et les vampires sont des saletés. S'ils transformaient une sorcière ou une louve, leurs pouvoirs seraient décuplés. Maudites soient ces créatures !

— Comment vous assurez-vous que les vampires

respectent nos lois ? demandé-je. Ce grimoire semble posséder peu de leurs membres.

— Nous avons un accord avec la reine vampire, et elle se charge elle-même de faire appliquer nos règles, sans avoir à nous en rendre compte. Nous n'intervenons qu'en cas d'extrême nécessité. La reine Elyris était présente quand les négociations entre les trois races ont eu lieu. C'est d'ailleurs la plus fervente supportrice de notre cause.

Mon esprit s'éclaire à la lumière de cette révélation, mais un point reste obscur.

— Je veux bien concevoir que la séparation des races est vitale pour notre espèce, commenté-je, mais je ne comprends pas votre manière de vous employer à la faire respecter. Pourquoi prendre des années pour une tâche qui pourrait se régler d'une façon plus efficace et rapide, en envoyant tous vos sorciers achever les survivants de ces lignées ?

— Enfin, Hawk, vous avez vu ce qu'il s'est passé quand nous nous sommes attaqués à Sixtine Shadow, Elinor Moon et Neeve Forest ! Il va de soi que des offensives frontales nous feraient perdre des membres précieux. Une éradication sur le long terme sert nos intérêts et nous protège. Il vaut mieux agir dans l'ombre. D'autant que certaines femmes, issues d'une ascendance qui s'est compromise dans le mélange des races, commencent à enfanter ces créatures métisses et abjectes, heureusement toutes sont mort-nées. Mais si un jour elles venaient à survivre… Ah, l'évolution, quelle plaie !

Un silence s'installe tandis que Kane, fasciné, feuillette encore des pages.

— Pourquoi me dites-vous tout ceci ? m'enquiers-je,

soudain désireux d'en finir et de sortir de cette pièce lugubre.

Cornélius s'approche de moi, les yeux plissés, le visage assombri par un rictus perfide.

— Vous êtes puissant, Lennox, et vous êtes d'une lignée pure. Vous préserverez nos traditions, car je sais que vous les chérissez autant que nous. En particulier depuis que Neeve Forest s'est compromise avec les loups.

Je me tais face à l'accusation. En moi se réveille soudain une rage que je ne m'explique pas. J'en suis même si transi que mes phalanges blanchissent sous mes poings qui se serrent. Mes ongles labourent la chair de mes paumes. Est-ce le grimoire qui m'insuffle cette colère ? Un désir de vengeance s'empare de moi et des pensées lugubres envahissent mon esprit. Je vois des loups morts. Des loups que je tue. Je vois les cousins Falck la gorge déchiquetée et Neeve qui me revient.

Je vois… je la vois… *Neeve*…

— Si je consens à vous rejoindre, dis-je d'un ton froid, vous vous arrangerez pour que Neeve Forest ne soit pas inculpée des charges retenues contre elle.

Un sourire triomphant ourle les lèvres de mon homologue.

— Je vous le jure, déclare-t-il.

— Alors, dites à Raven que je suis d'accord pour intégrer le Magus.

Kane applaudit des deux mains avant de m'inviter à sortir de la pièce. Quand nous en passons la porte, j'ai le sentiment d'avoir laissé quelque chose derrière moi, mais je n'arrive pas à saisir ce que c'est. J'éprouve soudain le désir de me rendre utile auprès du Magus. Puis le visage de

Neeve m'apparaît, et c'est comme si un poids délestait ma poitrine.

— Je dois retrouver Neeve, lancé-je à Kane, tandis que je m'apprête à me téléporter.

— Fêtons déjà dignement votre intégration parmi nous, Hawk. Vous ne pouvez pas vous en aller sans trinquer à cet événement, je vous l'interdis.

Kane me sert un nouveau verre de brandy et me le tend. Son regard glacial se coule dans le mien, son sourire reste plaqué sur son visage tandis que je m'empare du verre. Puis il dit :

— Ne vous inquiétez pas, Lennox. Le procès n'aura lieu que demain. Nous avons tout le temps du monde !

CHAPITRE 37

NEEVE

Les cousins se tiennent devant moi. La peau de leurs torses nus brille sous une fine pellicule de sueur. Comment peuvent-ils avoir chaud alors que je me les gèle dans cet endroit ? Question futile à quelques heures d'une mort certaine, j'en conviens. D'autant que je regretterai le froid quand les flammes lécheront ma chair. Cette pensée m'accable.

— Vous êtes venus me sauver ? je murmure tristement.

Les yeux de Perry plongent dans les miens. Les doigts de Tyler se glissent dans ma main.

— On aura essayé, au moins, dit ce dernier d'une voix affligée.

— Avant d'assister au combat de Karl contre Lormont, on est venus te voir au loft, mais nous avons croisé tes parents. Ta mère était… elle n'allait pas bien. C'est là que nous avons appris que tu étais enfermée ici.

— La meute est donc au courant ? Eli va venir me sauver, alors !

Les lèvres de Tyler se crispent. Perry baisse la tête.

— Nous n'avons prévenu personne.

— Nous avons réagi à chaud et avons foncé sur la Wiccard comme des idiots.

Cet aveu pourrait me faire soupirer. Ce n'était effectivement pas très malin de leur part. Mais vu la rapidité avec laquelle je me suis jetée seule dans le piège de Raven, comment leur en vouloir ? La plus stupide de tous, c'est moi.

— Merci, déclaré-je, tandis que mes yeux s'emplissent de larmes brûlantes.

— Neeve...

Tyler délaisse ma main et enroule ses bras autour de moi. Perry l'imite et enfouit sa tête au creux de mon cou. Son souffle chaud sur ma nuque me fait du bien. Leurs corps nus contre le mien me raniment. Les loups ont une température corporelle plus élevée, et ce n'est pas inutile lorsqu'on ne porte qu'une fine chemise de nuit dans un sous-sol plongé dans un froid polaire. La sensation est si agréable que mes bras glissent sur les courbes de leurs dos et exercent une petite pression qui pousse les deux cousins à se coller à moi.

— Même en ces circonstances, Neeve du Nord ?

Un léger rire m'échappe à l'allusion de Tyler. Ce loup ne recule devant rien. Un sourire se dessine sur les traits de Perry. Sa bouche dépose un baiser dans mon cou et remonte lentement vers mon oreille.

— Nom d'une licorne, mais vous ne vous arrêtez jamais, tous les deux ! remarqué-je.

Je pouffe d'amusement, mais cela sonne plus comme un soupir. J'en rirais pour de bon si nous n'étions pas à ce point dans la mélasse et si je ne déplorais pas notre situation.

— Nous allons mourir, Neeve, me susurre Tyler, alors bon…

Alors bon, quoi ? Il est sérieux ! Perry aussi ? Et moi… et moi… qu'est-ce que je fous ? Mais oui, je vais mourir. Je vais vraiment mourir !

Les visages de mon frère, de mon père, de ma mère, de Sixt et d'Elinor défilent dans mon esprit, puis Lennox s'y invite et j'éclate en sanglots. Mes pensées s'entrechoquent, et je réalise… oui, je réalise que bientôt je ne les verrai plus. Mes larmes redoublent et je m'effondre. Perry est obligé de se saisir de mes bras pour me retenir. Je sens Tyler me soulever pour m'étendre sur le matelas ridiculement mince de la cellule.

Je tremble.

Je suis transie de froid.

Je sanglote.

Je vais mourir…

— Chut… Calme-toi, bébé.

Tyler m'a-t-il vraiment appelée « bébé » ? Étrangement, cette question me paraît soudain si cruciale qu'elle m'extirpe un peu de mon cauchemar. Quand Perry s'allonge dans mon dos, je suis encore stupéfaite par le petit surnom que son cousin vient de me donner. Cousin, qui d'ailleurs, se positionne devant moi. Nos genoux se heurtent tandis qu'il tente de se faire une place sur l'étroite paillasse. La chaleur qui émane des deux loups commence à m'apaiser. J'appuie mon front contre la gorge de Tyler.

— Je suis désolée, murmuré-je.

— Désolée de quoi ? souffle Perry à mon oreille.

— De vous avoir entraînés là-dedans.

— Nous avons choisi notre destin en venant ici. Nous connaissions les risques. Tu n'y es pour rien, mon cœur.

Voilà qu'il me donne du « mon cœur », maintenant ! Oh là là... La mort réserve bien des tourments ! Si je n'étais pas sûre de trépasser sous peu, je crois que je paniquerais. Mais comme je sais que je vis sans doute mes derniers instants, et qu'un peu plus tôt, j'étais seule et désespérée, ces mots m'enveloppent d'un voile de douceur dont j'ai terriblement besoin. Mes larmes refluent à cette pensée. Tyler, qui a dû entendre le sanglot que j'ai tenté d'étouffer, pose ses doigts sous mon menton et le lève jusqu'à ce que mes yeux s'accrochent aux siens. Un sourire étire ses lèvres avant qu'elles n'effleurent les miennes.

— Tyler... murmuré-je.

Je lui rends son baiser tandis que Perry se colle contre mon dos. Sa main parcourt ma cuisse. La chaleur de sa paume irradie dans ma jambe.

— Perry... dis-je encore tandis que je tourne la tête vers lui.

Il m'embrasse sur le côté de ma bouche. Tyler l'imite quand je reporte mon visage vers lui.

Ce n'est pas possible...

On ne va pas mourir ? Si ?

Je ressens une sorte de soulagement à l'idée que je n'affronterai pas seule cette épreuve, puis je me reproche immédiatement d'avoir nourri cette pensée. Mes larmes veulent s'échouer sur le matelas, mais Tyler en capture chaque goutte de ses baisers, avant de revenir à ma bouche. Sa langue rencontre la mienne. Notre baiser est éperdu. Un gémissement s'échappe de mes lèvres quand Perry me demande :

— Une dernière fois, Neeve ?

Je décale mon visage vers lui. Je sais ce qu'il désire. Je passe ma main sur mes joues pour tenter d'en chasser les larmes et renifle un peu. Mes yeux se perdent dans les profondeurs de ceux de Perry qui me domine. J'opine doucement de la tête, car les cousins sont tout ce qu'il me reste. Un dernier rodéo avant la mort. Quitte à crever pour la cause que je défends, autant le faire bien. La bouche de Perry fond sur la mienne, sa main effleure ma hanche, puis se glisse sur mon entrejambe, quand Tyler m'ôte ma chemise. Les lèvres de son cousin me quittent et me manquent déjà, tandis que mon unique vêtement me passe au-dessus de la tête. Mon attention revient sur Tyler. Derrière moi, Perry s'emploie à accélérer les mouvements de ses phalanges sur mon sexe. La chaleur devient dévorante et mon intimité humide. Le loup soulève alors une de mes jambes et me pénètre d'un seul coup. Un petit cri s'affranchit de ma poitrine, mais il est vite étouffé par la bouche de Tyler dont une main se saisit de mon sein.

— Neeve… susurre-t-il.

Perry donne des coups de reins. D'abord langoureux, ils deviennent rapidement frénétiques tandis que Tyler m'embrasse et me caresse. Puis ce dernier recule son visage, mirant son regard ombrageux dans mes yeux fiévreux de désir.

Car je les désire…

Même si je vais mourir…

Peut-être plus encore maintenant qu'ils sont avec moi, au prix de leur vie.

Pour moi...

Moi qui ne leur ai apporté que des problèmes et une condamnation à mort.

Les larmes dévalent. Mes gémissements se multiplient. Tyler dépose des baisers sur mon cou, mes seins. Ses mains sont partout sur moi pendant que Perry me pilonne sans relâche. Puis il se retire et Tyler me décale sur le dos. Il se positionne au-dessus de moi et s'enfonce au creux de mon ventre, sans qu'un instant ses yeux quittent les miens.

Perry m'embrasse, me caresse à son tour, m'échauffe en faisant glisser ses doigts sur mon pubis, tandis que son autre main empoigne son membre. Ils me tourmentent à nouveau alors que les va-et-vient de Tyler s'accélèrent entre mes jambes.

Mes larmes s'assèchent. Mes plaintes s'élèvent. Mon désir pour ces deux hommes est à son apogée, et je veux... oui, je veux encore en profiter ! Je veux vivre !

Devrais-je m'en vouloir de m'adonner au sexe dans un moment pareil ? Peut-être, mais si je meurs bientôt, qui va me juger ?

En réalité, je crois que... je les aime. Oui, j'aime ces deux loups pour ce qu'ils sont. Avec leurs défauts et leurs qualités. Ils sont venus me sauver, moi, la sorcière avec qui ils se sont mélangés et qui les a longtemps dupés.

Tyler me sourit. Ses grondements s'intensifient. Mes yeux se détournent vers Perry qui m'observe prendre une dernière fois du plaisir. Quand le sien culmine et que celui de Tyler explose dans mon ventre, je ne peux réprimer le sentiment de tristesse qui m'envahit dès que mon excitation retombe.

Alors nous nous allongeons, repus de nos actes, dans le silence sinistre de la geôle.

Encore quelques baisers.

Encore quelques mots doux.

Puis nous nous endormons tous les trois.

Et quand on vient nous réveiller, c'est la fin.

C'est dommage…

Car après ce moment partagé avec les cousins, je crois que j'aurais envisagé un avenir.

Un avenir avec eux.

— C'est l'heure ! annonce lord Raven, tandis qu'une horde de sorciers prononce une formule.

À peine ont-ils terminé leur invocation que des liens encerclent mon corps. Perry et Tyler subissent le même sort. Leurs rugissements désarçonnent quelques sorciers et les crocs qui émergent de leurs bouches en pétrifient d'autres. Quand les cousins tentent de se transformer, ce sont des rires qui remplacent les expressions effarées. Ce sont des ricanements qui répondent à leurs cris de souffrance. Je comprends alors que des fils d'argent doivent constituer leurs liens et le désespoir m'emporte au son de la voix de lord Raven.

— C'est fini, très chère, murmure-t-il à mon oreille, alors que nous avançons dans le couloir sombre.

Je reste muette, décidée à ne pas donner la satisfaction d'une réplique inutile à cet enfoiré.

Mais quand il se penche sur moi et prononce ces mots, mon cœur tombe dans ma poitrine :

— Tu sais, Neeve, à l'heure où nous parlons, Lennox se joint à ma cause. N'est-ce pas merveilleux ?

Je ne peux y croire. Puis il dit :

— Quand on n'a plus rien à quoi se raccrocher, on fait des choix risqués. L'Amnistral l'a bien compris. Il me tarde d'exécuter mes plans avec lui.

— Vos plans ? je répète.

Raven s'esclaffe, tandis qu'une lueur apparaît au bout d'un couloir.

— Mon plan, c'est la guerre, Neeve. La guerre entre les races de l'Ombre !

CHAPITRE 38

SIXTINE

Je suis derrière la porte de la suite de Nancy quand mon ouïe fine perçoit la conversation entre Drake et sa nièce.

— Je n'arrive pas à croire que tu regardes une série pareille. Cela devrait être interdit par nos lois.

Nancy émet un petit rire.

— Comme si tu portais le moindre crédit à nos lois !

— Tu n'as pas tort, mais que veux-tu, je m'ennuyais.

— C'est sûr que c'est animé ici, depuis que tu as transformé cette sorcière. T'as conscience que t'as foutu la merde ? Non pas que je m'en plaigne, hein. Moi aussi, je me fais chier… Les siècles défilent, et c'est toujours pareil.

— Tu te souviens quand il n'y avait pas ces putains de règles ? lui demande Drake avec nostalgie. Les vampires étaient si flamboyants ! Regarde-nous, maintenant. Regarde-toi, tiens ! Ça me file la gerbe de te voir mater une série avec des loups ! On est tombés si bas…

— La ferme, Drake, *Teen Wolf*, c'est THE série.
— Des putains de clebs, Nancy.
— Stiles Stilinsky n'est pas un loup, mais un humain, d'abord. Et puis, bordel, il est tellement canon !

Un soupir s'échappe de la gorge de Drake. Je me rappelle avoir déjà visionné la série dont ils parlent. *À une autre époque...* Quand mon cœur battait encore. Mes souvenirs me renvoient à Elinor qui aimait qu'on enchaîne les épisodes avec du pop-corn et du vin. Une association douteuse, certes, mais ces images... *ces images d'Eli... Non, je...* La torpeur m'envahit. Mes pensées s'estompent tandis que Nancy reprend :

— Quand est-ce que tu vas lui dire, à ta sorcière, que tu peux...

— Chut ! la coupe-t-il.

Drake a-t-il deviné ma présence ? Au silence qui suit, je me décide à ouvrir la porte. Il est déjà derrière et s'approche de moi avec lenteur. La convoitise dans son regard me fait oublier ce que je suis venue lui annoncer. Sans un mot, il me conduit jusqu'à notre chambre, et ma mémoire ne me revient qu'après avoir fait l'amour avec ce vampire insatiable.

— Drake ?

— Mon phénix ? me répond-il en me caressant tendrement le bras.

— Je désire rencontrer la reine.

À ces mots, il se fige et se redresse, les yeux exorbités.

— Pas maintenant, mon hirondelle !

— Pourquoi ?

— Parce qu'elle est... commence-t-il en passant

nerveusement une main dans ses cheveux dont il repousse les mèches rebelles en arrière.

Ce qu'il m'agace à tourner autour du pot !

Elle est quoi, bordel ?

— Ce serait périlleux de ne pas préparer cette rencontre !

Si elle est aussi dangereuse que Vlad, ça ne devrait pas être trop compliqué à gérer.

— Elle ne me fait pas peur.

— Pourtant, tu devrais te méfier, m'avertit-il. Elle est puissante et sera bientôt en colère.

— En colère ? Et pourquoi *Sa Majesté* se mettrait-elle en colère ?

— Tu as décapité l'un de ses bras droits.

Certes.

La vision de cette tête aux yeux grands ouverts qui nous fixait durant nos ébats me revient. Et celle de son corps disloqué, négligemment abandonné dans une posture étrange, m'arrache un frisson. Un chouïa glauque, maintenant que la soif s'est estompée et que mon esprit est moins embrumé.

— Tu dois m'écouter, Sixtine. Malgré ce que tu sembles croire, tu n'es pas en position de force.

Que craint-il, enfin ?

— La reine Elyris n'est pas ton seul souci. Tu l'auras compris, notre communauté est organisée en plusieurs clans répartis sur différents territoires. Malgré notre éloignement géographique, nous nous connaissons tous de longue date, à quelques exceptions près. Les vampires sont bien plus soudés que tu ne l'imagines. S'ils découvrent quelle est ta véritable nature et qu'en plus, tu as éliminé Vlad...

Il cherche ses mots, hésite, puis reprend :

— ... nous risquerons la mort éternelle, ma douce.

— Alors, c'est le peu de crédit que tu m'accordes ? Je te croyais différent. Plus téméraire, moins soumis, soufflé-je, déçue de constater qu'en fait, à part des dons innés pour le sexe, Drake est finalement taillé dans le même bois que les autres et manque cruellement d'ambition. Le clan de Vlad, j'en fais mon affaire, comme tu as pu t'en rendre compte. Pour le reste, si tu n'as pas confiance en toi, place-la en moi. Tout ira bien.

Il me fixe, peu convaincu, mais vaincu. Il ne peut pas lutter contre moi. Du moins, c'est encore ce que je crois...

Les heures s'écoulent avec tant de lenteur que l'éternité m'apparaît comme une terrible punition. Allons-nous rester terrés dans ce triste château ? Moi qui rêvais de faste et de vengeance, je m'ennuierais à crever, si je n'étais déjà morte.

Une chance que la horde de Vlad soit aux petits soins pour moi et que Drake fasse tout pour me distraire.

J'ai interrompu leur sommeil et les ai réveillés en plein jour pour mettre les choses au clair, devant un verre de sang tiède. Ça n'a pas l'air d'animer leurs visages de déterrés.

— Sommes-nous d'accord ? demandé-je à mon auditoire si silencieux qu'on entendrait une mouche voler.
— Oui, Sixtine, me répond-on en chœur.
— Chacun d'entre vous va donc se présenter devant moi pour me prêter serment.

Je me penche vers Drake assis à mes côtés et chuchote à son intention :
— Quelles sont vos croyances ?
— Nos... *quoi* ?
— Je ne vais pas les faire jurer sur la Bible ou sur un Code civil ! m'agacé-je. C'est quoi, votre *Bible* à vous ?

Il n'a pas dû se poser souvent cette question. Ces créatures sont sans foi ni loi – ou presque – , c'est d'ailleurs pour cette raison qu'elles sont dangereuses pour les autres peuples.

Le souvenir fugace des aurores boréales dans les yeux de Robin m'assaille. Lui aussi a été un dégât collatéral des lubies de Drake. Il n'avait rien demandé. Il était torturé, faible sûrement, mais si gentil... Une étrange émotion me tord les entrailles. *Je n'aime pas ça...*

— Quel mot n'as-tu pas compris ?

Il dissimule mal son étonnement teinté d'une pointe d'agacement et continue :
— Ma tourterelle, disons que nous sommes issus d'ethnies, de cultures et de cultes très différents. À l'exception des trois lois, rien ne nous rassemble.

Ces putains de lois archaïques et hypocrites. Super.

Qu'importe, j'ai trouvé.

— Toi, désigné-je sans manière la nièce excentrique de Drake. Approche, Nancy.

Sans la moindre crainte, elle se lève et sautille jusqu'à moi.
— Cette vie te plaît ?
— Oh oui ! affirme-t-elle avec une spontanéité déstabilisante.
— Tu es donc prête à me prêter allégeance ?
— Sans hésiter ! répond-elle en brandissant sa main droite.
— Même si briser ce serment te consumait dans l'instant ?
— Je le jure, Sixtine, confirme-t-elle sans frémir, tandis que le reste de l'auditoire blêmit.
— Qu'il en soit ainsi. Je saurai récompenser les fidèles et sanctionner les traîtres. Sans pitié ni remords.

Nancy dépose un baiser furtif sur la joue de son oncle qui grogne, puis s'éloigne, guillerette, ses boucles blondes remuant en rythme. Cette gamine est déphasée, mais elle a son charme.

Un à un, les vampires s'approchent pour me jurer soutien, dévotion et loyauté. Je leur fais grâce de la probité, même les avocats qui s'y engagent ne s'y tiennent pas. *Avocate... j'étais avocate... avant que...*

Je chasse ces pensées importunes qui m'assaillent. Me voilà à présent à la tête d'une armée redoutable. Tout ce qu'il me fallait pour assurer ma vengeance. Je décimerai le coven et ferai payer aux loups leur lâcheté. À tous. Sauf peut-être à *elles*... Nous étions si complices, si proches. Si inséparables. *Neeve... Eli...* Je suis happée par mes souvenirs pas si lointains, ceux de nos escapades arrosées au *Kiddy Hurricane*, des cocktails trop nombreux, entre les joints de Neeve et les cachetons d'Elinor, des irrépressibles fous rires. La chute, la fuite, l'enfermement, les sentiments. *Robin*...

Je me sens vide.

— Avons-nous fini, ma colombe ?

— La ferme !

À présent que ma mémoire s'attache à Robin, la présence de Drake m'irrite. S'il compte rester auprès de moi, il a intérêt à se faire discret ! Comme s'il lisait dans mes pensées, il se tait et une lueur étrange traverse son regard. Puis il me sert un nouveau verre qui me rappelle l'aspect sirupeux des *Penal Code* que j'avais l'habitude de descendre à la buvette du Palais de Justice.

Je le vide, incapable de savourer cette essence de vie qui m'apparaît aussi fade que cette existence loin des miens. Il me manque quelque chose pour me distraire. Si je ne peux retrouver l'amour de ceux que l'on m'a arrachés, je veux conquérir celui de mes pairs. Il me faut le pouvoir et la gloire !

— Emmène-moi voir la reine.

— Sixtine, pourquoi t'obstines-tu à…

La porte s'ouvre à la volée sur un petit homme essoufflé.

— Sixtine, pardonnez-moi, commence-t-il en hoquetant. La reine Elyris…

Entre manque d'exercice patent et surplus d'émotions, il s'étrangle.

— Quoi, la reine ?

— Elle est là.

La reine ? En plein jour, mais… A-t-elle appris la mort de Vlad ? Dans ce cas, où vit-elle pour être venue ici aussi vite ? Avant que Drake et moi ne saisissions pleinement le sens de cette annonce, une voix solennelle s'élève sous la voûte.

— Puisque j'ai été annoncée, je vous somme de me recevoir avec la déférence due à mon titre.

La reine, accompagnée de sa suite tout droit sortie d'un autre temps, pénètre dans la grande salle depuis le sous-sol de la Fang House. Y aurait-il des tunnels qui mènent à cet endroit ? Et cette souveraine, est-elle à ce point attachée aux traditions pour s'attifer d'un corset et d'une inconfortable robe bouffante ? Allouerait-elle à ce volume une quelconque influence ? Merde, elle est reine, elle pourrait porter des tenues haute couture plus sexy, comme celles que j'ai dégotées ici !

Si elle croit que je vais ramper devant elle, elle se touche, la pauvre ! D'ailleurs, ça lui ferait du bien, si je me fie à sa démarche si guindée qu'à tous les coups, son jupon dissimule le balai enfoncé dans son royal séant.

— Coucou ! la salué-je sans cérémonie.

Surprise par ma désinvolture, elle s'étrangle. Je suis stupéfaite de découvrir son visage doux, presque juvénile. Sa longue chevelure d'un blond vénitien est nouée dans un chignon d'où s'échappent quelques anglaises cascadant dans son dos. Ses yeux verts translucides, en revanche, sont si perçants qu'ils pourraient creuser un mur. Pour le moment, c'est moi qu'ils transpercent, et je souris de le constater.

— Pour qui vous prenez-vous ? dit-elle d'une voix claire.

— Sixtine. Je mentirais si je vous disais que je suis enchantée.

— Oh, je le sais déjà, votre nom, malheureuse importune !

« Importune », comme c'est mignon ! Elle a vraiment des siècles de retard, la vieille !

— On ne va pas s'éterniser en banalités, si ? demandé-je, moqueuse. Je suis très occupée, vous comprenez…

S'éloignant de sa garde et malgré l'entrave de sa robe hideuse, la reine fond sur moi dans une envolée de jupons et m'attrape à la gorge. Sa poigne est si puissante que je sens ma trachée s'écraser dans sa paume tandis qu'elle me soulève. Par les ombres, débarrassez-moi de cette folle !

Merde ! Qu'est-ce qui se passe ?

Pourquoi mes pouvoirs refusent-ils de me libérer des griffes de cette connasse ?

— Tu ne croyais pas m'évincer aussi facilement ? ricane-t-elle.

Tiens, elle me tutoie maintenant ?

Et si ! C'est précisément ce que je croyais ! Comment fait-elle pour se protéger de ma magie ?

— Alors, c'était ça, la *terrible menace* ? s'enquiert-elle en jetant un regard dédaigneux à sa cour. Une prétentieuse, une ambitieuse. Comme les autres !

Il va falloir qu'elle relâche un peu la pression, sinon je vais étouffer. Même si je ne respire plus vraiment, c'est cette sensation qui me saisit.

— Tu ne sais rien de moi, misérable abomination ! crache-t-elle.

Je déglutis avec peine.

— J'étais là quand se sont tenues les négociations entre les vampires, les loups et les sorciers, poursuit-elle alors qu'un rictus déforme son visage angélique.

C'est pour ça qu'elle s'accroche autant à ces lois débiles ? Parce qu'elle appartient à ceux qui les ont gravées dans le marbre ?

— Et tu vois, mon titre m'a valu une protection particulière. Les Noctombes voulaient s'assurer que je sois en mesure de maintenir l'ordre et que je puisse faire perdurer ces lois essentielles parmi les miens. Aussi, grâce à un puissant sort, la magie n'a aucune prise sur moi.

Je gesticule au bout de sa main sans qu'elle esquisse le moindre geste.

Je vais devoir l'affronter. C'est la seule solution qu'il me reste. Mais comment la vaincre sans pouvoirs ?

— On pourrait... peut-être... discuter ? tenté-je en m'arrachant la gorge.

Drake me lance un regard perplexe. Il ne voit pas où je veux en venir ; à vrai dire, moi non plus. Je ne sais même plus ce que j'espère, à ce stade.

— De quoi pourrions-nous discuter ? Tu es si insignifiante...

— Ma reine, susurre Drake qui s'est approché d'elle. Peut-être qu'il serait judicieux de la laisser parler. Sixtine a bien des atouts qui pourraient vous être utiles. Je me souviens de ce que vous disiez sur le Witchcraft dont les ambitions vous irritaient et...

La reine l'ignore totalement, relâche son étreinte mortifère et rit à gorge déployée.

— Discuter ! dit-elle. Non, mais vraiment...

Ça va, elle se bidonne comme il faut ? Je ne la gêne pas trop ?

Elle glisse son regard sur Drake qui n'a pas bougé d'un pouce, le toise et dit :

— Tu n'es pas le premier à montrer tant de faiblesse, mon cher. Cela me répugne qu'un vampire aussi puissant que toi ait succombé aux charmes d'une satanée sorcière, mais tu connais tout mon attachement à ton égard, n'est-ce pas ? Peut-être comptes-tu là-dessus pour te faire pardonner ? Ou alors, tu as d'autres idées en tête pour te rattraper ?

À ces mots, les doigts gracieux de cette harpie se posent sur l'entrejambe de mon amant. Je suis prête à rugir quand elle se tourne soudain vers moi.

— Tiens, mais c'est vrai que je dois t'informer de quelque chose avant que ma sanction ne s'abatte sur toi, Sixtine Shadow, poursuit-elle, un sourire sadique sur ses lèvres rosées.

Que compte-t-elle m'apprendre, cette garce ?

— Il ne t'a pas échappé qu'il fait jour, j'imagine.

Et ?

— Ta copine... Neeve, précise la reine avec dégoût. D'ici une poignée de minutes, elle sera rôtie à point.

Mais qu'est-ce qu'elle raconte ?

— Oh, pardon, ajoute-t-elle, tu n'étais visiblement pas au courant que le procès a été avancé.

Le procès ? Le procès ! Mais pourquoi le coven exécuterait-il sa sentence avec autant d'empressement ? Ça n'a aucun sens ! Et pourquoi ? Pourquoi me sens-je soudain concernée ? Pourquoi cette nouvelle m'arrache-t-elle la poitrine ? Pourquoi ai-je envie de hurler à cette pensée ? Pourquoi des larmes de sang menacent-elles de dévaler mes joues ?

— À midi pile, jubile-t-elle encore.

C'est impossible !

Pas Neeve !

Putain ! Moi qui reprochais aux filles de m'abandonner dans la gestion de cette parodie de justice, je réalise à présent que c'est moi qui les ai laissées tomber ! C'est à cause de moi si Neeve a été condamnée et qu'elle risque sa vie ! Le bûcher ! Comment avons-nous pu sombrer ainsi ? Je nous revois batifoler dans l'herbe haute, crier, jouer et chanter. Nous avons toujours tout partagé, j'ai veillé sur elles sans relâche, et toute cette histoire nous a séparées. Et nous avons laissé faire ! La bourrasque des souvenirs qui m'assaille me fait trembler. Je prends conscience des récents événements... mes amies, Robin, moi... en vampire !

Tout ça, c'est la faute de ces putains de loi racistes !

De cette grognasse qui pense qu'elle va me balayer d'un revers de la main et que je vais me plier à ses délires mégalos ! Elle a fumé !

« *Vous qui m'avez prêté allégeance, venez à moi,*
Vous qui m'avez juré fidélité, rejoignez-moi,
Vous qui m'avez promis la plus totale dévotion, aidez-moi ! »

Je sens mon sang bouillir dans mes veines, mon cœur pulser bien qu'il n'y soit plus obligé. La colère me submerge, m'électrise et se répand jusque dans mes orteils. Mon aura se déploie dans la salle, les ombres se déversent et, peu à peu, mes adeptes se pressent tel un rempart, érigeant une barrière entre moi et l'adversité.

— Que crois-tu faire ? m'interroge la reine Elyris, un sourire arrogant sur son visage de poupée de porcelaine.

Si ma magie ne peut rien contre cette reine de pacotille, mon armée suffira un jour à la saigner !

— Tu ne pourras pas sauver ton amie, *Sixtine Shadow*. Il ne fait pas encore nuit, raille-t-elle, inconsciente du feu qu'elle attise dans mes entrailles.

— C'est ce qu'on verra !

CHAPITRE 39

ELINOR

Sur le chemin pour me rendre au loft, je réfléchis encore et encore. Les événements s'enchaînent à une telle vitesse… et ce bébé qui pousse en moi, comme si l'équation n'était pas assez complexe !

Est-ce que je vais le dire à Neeve ? Non, ce n'est pas le moment. Et puis, quand nous aurons ramené Sixtine parmi nous, je pourrai leur annoncer à toutes les deux autour d'un verre… Enfin, un verre de jus de fruits, pour moi. Il va falloir que je m'habitue à cette nouvelle donnée.

Mais quand j'arrive au loft, j'ai beau sonner, tambouriner, personne ne me répond. Bordel, où est passée Neeve ? Heureusement, j'ai mes clés et je peux pénétrer à l'intérieur de mon ancien appartement.

Le loft est vide depuis un moment. Une épaisse couche de poussière recouvre les meubles. Cette pensée me serre le cœur. C'était Sixt, notre fée du logis…

Je tourne en rond quelques minutes, mais être ici m'oppresse. Je ne sais même pas où se trouvent les cousins Falck, et je réalise brutalement qu'ils étaient absents pour le combat de leur Alpha... Putain... Qu'est-ce qui cloche ?

Dans mon ancien dressing, je m'empare d'un vieux hoodie dont la capuche dissimulera, je l'espère, mes traits. À la veille du procès, ce n'est franchement pas l'idée du siècle de s'afficher dans Fallen Creek, mais je dois absolument me rendre chez les Forest. Neeve doit y être, et, au pire, Mark pourra me renseigner. Je pourrais tenter un sort de transformation, mais maintenant que je sais qu'un petit être habite mon ventre, je préfère n'utiliser la magie qu'en dernier recours. Après tout, nous avons assez peu de recul sur les mélanges entre races...

Mais chez les Forest, c'est la même désillusion qui m'attend. Personne. Il n'y a personne. Les volets sont clos, la maison est vide. Pas de voitures garées devant. Mais où sont-ils donc passés ? Une vague d'angoisse m'étreint, mon cœur bat trop fort. Qu'est-ce que j'ai loupé ?

Je lance un rapide et léger sort de localisation sur Neeve, mais en vain. Enfin... je sens bien une présence quelque part, mais rien de précis. Je ne suis pas plus avancée. Sauf que je suis au moins rassurée sur une chose : Neeve est vivante.

Je retente, avec plus de force cette fois. Je me suis assise sous le porche des Forest, regrettant la fameuse limonade de Josephine, car une sueur épaisse baigne mon front. Je lutte, mais j'ai comme la sensation que quelque chose – ou quelqu'un – bloque ma magie. Je suis perdue dans mon sortilège quand, soudain, une voix retentit.

— Eli ?

J'ouvre les yeux. Face à moi, ce connard de Lennox Hawk. J'ai l'impression de voir tout mon passé resurgir. Franchement, ce n'est pas du tout sur lui que j'avais envie de tomber.

— Lenny… Qu'est-ce que tu fous là ? je lui demande, moyennement aimable.

— Je cherche Neeve.

— Ah, ben, on est deux. Qu'est-ce que tu lui veux ?

— Je…

Il fourre une main hésitante dans ses cheveux un peu trop longs. Pfff, c'est vrai qu'il est beau gosse, quand même, dans le genre enfoiré ténébreux. Je ne sais pas si un jour je lui pardonnerai tout le mal qu'il a fait à mon amie ni celui qu'il m'a fait à la Wiccard. Concernant Neeve, je ne suis pas au courant de tout ce qu'il s'est passé entre eux, mais je n'ai pas besoin que l'on me fasse un dessin pour imaginer le pire.

— Je suis venu lui dire adieu.

— Ah. Encore.

— Oui, je… je vais quitter ma fonction de directeur de la Wiccard… et Fallen Creek, par la même occasion. On me retirera sans doute mes pouvoirs d'Amnistral.

— Eh bien, c'est pas trop tôt ! ne puis-je m'empêcher de m'exclamer. Mais bon, comme d'hab, tu te défiles de tes responsabilités. Dis donc, Lennox, ça fait quoi d'être peureux à ce point ?

— Écoute, Eli… Pense ce que tu veux. Je m'en fous, à présent. De tout, et particulièrement de toi.

— Et de Neeve aussi, tu t'en fous ? Évidemment… Personne n'attendait mieux de toi…

Je le défie du regard, puis ses yeux verts me fuient.

Mais s'il doit partir, c'est le moment ou jamais d'éclaircir certaines choses...

— Dis-moi, mon petit Lenny...

Cette fois, il me contemple, un peu choqué. Jamais je ne lui ai tenu tête ainsi, je comprends que ça le surprenne. Je ne suis plus camée aux psychotropes, et ça doit lui en boucher un coin. Mais tout le monde change. Sauf lui...

— Que s'est-il passé, il y a huit ans ? Allez, tu peux me le dire, maintenant, et il n'y a que nous, ici...

— Je... je ne sais pas de quoi tu es au courant, alors...

— Je sais que tu l'as laissée tomber comme une vieille chaussette, c'est déjà pas mal. Je veux savoir pourquoi.

C'est alors que l'improbable se produit. Lennox laisse entrevoir une fugace émotion de tristesse et baisse le regard.

— Je n'ai pas été à la hauteur. Je n'ai pas su la protéger, alors...

Je sursaute de surprise. En voilà une révélation !

— Tu n'as pas su la protéger, alors tu l'as abandonnée ? ne puis-je m'empêcher de relever malgré le désarroi que j'ai cru un instant lire sur ses traits pâles. Mais bravo, c'est merveilleux et tout à fait judicieux, hein...

Il secoue la tête et souffle, manifestement exaspéré par mes sarcasmes.

— Je ne prétends pas avoir bien fait. Mais personne, excepté Neeve, ne peut me reprocher quoi que ce soit. Et surtout pas toi, Elinor. Il me semble que tu n'as pas été particulièrement présente pour tes amies, dernièrement, pendant que tu frayais avec les loups... Je me trompe ? Remarque, ta copine n'a pas fait mieux, avec ces deux imbéciles...

Oh, bordel ! Décidément, il se permet tout, ce con. Je vois bien, pourtant, que quelque chose le bouleverse. Il a l'air en colère. Il a l'air… presque désespéré. Mais je n'ai nulle envie de lui accorder le bénéfice du doute. Du coup, je me redresse pour lui asséner quelques vérités bien senties.

— Donc, tu fuis ? Parce que notre façon de faire te défrise ? Parce que tu n'es pas capable de t'adapter au changement ?

Mais soudain, un moteur rugit, un peu plus loin dans l'allée, et la voiture de Mark déboule devant la maison, dans une manœuvre, disons… chaotique. Le frère de Neeve en sort, et je recule d'un pas. Ses yeux… furieux, gonflés, bordés de rouge… Il s'avance rapidement vers nous, et je comprends vite qu'il n'est pas sobre. *Merde…*

— Qu'est-ce que vous foutez là, bande de pourritures ? Hein ? Vous attendez quoi, qu'on ramène son corps ? Pour pouvoir jouer les hypocrites et pleurer sur ses cendres ? Vous êtes des enfoirés, et toi, Elinor Moon, tu devrais avoir honte… Honte ! Tu l'as abandonnée !

Mais… que dit-il ? Mes entrailles se liquéfient, et la nausée me prend à nouveau. De quoi parle-t-il ? Je ne comprends rien. Instinctivement, je m'empare de la main de Lennox et la serre. Je le hais, mais j'ai besoin de me raccrocher à quelque chose de tangible. Et je crois que lui aussi.

Mark nous rejoint sous le porche en titubant. Il lève la main, murmure un sort que je ne saisis pas tant la peur rugit à mes oreilles. Soudain, une force extraordinaire nous repousse, et nous nous retrouvons plaqués, Lenny et moi, à côté de la porte d'entrée de la maison des Forest. Incapables de bouger. *Mon bébé...* Mais je n'ai même pas le temps de m'attarder sur cette pensée, car Mark se remet à hurler en sanglotant :

— Vous l'avez tuée ! C'est vous qui l'avez tuée... Vous l'avez laissée mourir !

Le frère de Neeve s'effondre au sol, terrassé par le chagrin. Son sort se relâche aussitôt et nous retrouvons notre capacité à nous mouvoir. Je me jette à ses côtés, tandis que Lennox demeure immobile, comme tétanisé par l'horreur.

Je prends Mark dans mes bras, et il se laisse faire. Il pleure, et ses gémissements douloureux sont entrecoupés de mots que je comprends à peine.

— Pas pu rester... le bûcher... elle est peut-être déjà morte...

— Eli, dit Lennox derrière moi.

Je me mords la langue pour ne pas lui demander pourquoi il ne s'est pas déjà débiné. Mais ce n'est pas le moment.

— Eli, il n'est peut-être pas trop tard.

Je lève la tête. Dans le regard de Lennox Hawk, je lis une détermination nouvelle. Tout son corps est tendu comme un arc, et je vois sa poitrine soulevée par un souffle rapide.

Je reporte un instant mon attention sur le frère de Neeve.

— Mark, écoute-moi. Nous ne savions pas, nous la cherchions. Alors, tu vas rester ici, et nous allons y aller. Je te le promets, nous allons tout faire pour la sauver. Dis-nous juste où elle est.

Le temps que je prononce ces mots, Lennox est prêt et me regarde, impatient. Dès que Mark nous indique le lieu, je me relève, m'empare de la main qu'il me tend, et dans l'instant, nous nous téléportons.

CHAPITRE 40

NEEVE

Ils nous ont emmenés jusqu'à la clairière toute proche de la cascade des Amoureux de Fallen Creek. Si on m'avait dit un jour que je mourrais ici, j'en aurais ri, mais en cet instant, ce sont des larmes qui dévalent mes joues. Ma vision est trouble tandis que je tente à nouveau de défaire les liens qui m'entravent sur la potence et qui torturent la chair de mes poignets. Puis je renonce en hurlant de rage et de désespoir et tourne mon visage vers Perry qui subit le même sort à ma gauche, alors que Tyler attend son châtiment à ma droite. Les regards que l'on échange sont chargés de nos émotions. L'amour. La tristesse. La peur.

Certains sorciers se sont insurgés contre la condamnation à mort sans procès des deux loups. Quand Raven a crié haut et fort qu'ils étaient les deux membres de la meute Greystorm avec qui j'avais couché, plus aucune protestation ne s'est élevée, à part celles de ma mère et de mon père qui s'égosillent encore aux côtés des parents, blafards, d'Elinor et de Sixtine. Ces derniers savent-ils ce que m'a appris lord Raven ? Savent-ils que mon amie est devenue une vampire ? Cette question me taraude, tandis que le Witchcraft de Virginie consulte sa montre, ne prêtant nulle attention aux récriminations des Forest ni au silence des parents de mes amies. Il attend midi, se délectant sûrement d'avoir jeté un sort d'isolement sur les protestataires, créant comme une bulle impénétrable autour d'eux. Mes parents sont prisonniers de ce sortilège invisible, à quelques mètres du bûcher, et c'est en pure perte qu'ils tentent de s'en défaire. Raven enfonce le clou en prononçant une formule pour les réduire au silence. Au moins, Mark n'est plus là pour assister à cette tragédie. Mon frère n'a pas tenu le choc. Son dernier regard m'a tant chamboulée que ma poitrine s'est serrée dans des sanglots intarissables. C'est avec soulagement que je l'ai vu s'éclipser, même si son expression abattue a terrassé mes ultimes espoirs.

Espoir... Quel espoir ?
Il n'y en a plus.
Je vais mourir.

J'ai froid, et le vent fouette mon visage. Mes yeux se perdent au loin, au-dessus de la forêt. Cette forêt que j'ai tant aimé parcourir. Elle est mon élément. Ma nature. Au moins, je brûlerai dans un endroit que je chéris. C'est déjà pas mal, quand on y pense.

— Il est temps ! s'écrie soudain lord Raven.

Un silence s'abat sur l'assemblée de sorciers venus assister au spectacle. Mais c'est sans compter sur Josephine Forest qui a su se délivrer de son sortilège de mutisme.

— Si vous faites cela, vous plantez la graine d'une guerre avec les loups ! hurle-t-elle.

Mais personne ne semble lui accorder le moindre intérêt. En réalité, il n'est pas difficile de deviner que les témoins de ma mort prochaine ne veulent surtout pas être déçus. Je m'étonne cependant de l'ascendant de lord Raven sur tous ces gens. Il n'est pas le Witchcraft de Caroline du Nord, bon sang ! Puis mon regard se tourne sur le père d'Eli. Remus Moon a comme rapetissé, sa mine affligée révèle tout son abattement. Pas étonnant que Raven ait réussi son coup. Il aura mis des années à s'imposer ici. C'est à cet instant que la vérité m'éclate au visage. Tout ce temps, il a patienté. Le père d'Eli ne prenait pas sa fonction au sérieux et n'a pas suffisamment affirmé son autorité sur les sorciers de Caroline du Nord. Raven n'avait plus qu'à débarquer en sauveur pour triompher. Il l'a laissé tranquillement s'embourber, le temps qu'il puisse se dévoiler comme le seul remplaçant acceptable. *Putain d'enfoiré !*

— Nous ne l'oublierons pas, lord Raven ! s'emporte ma mère qui semble avoir compris son rôle dans cette histoire. Vous ne vous en tirerez pas comme ça !

Le Witchcraft l'ignore et s'empare de la torche préalablement préparée pour l'occasion.

— Allez-vous remettre en cause la décision des jurés, Josephine ? s'étonne-t-il faussement, tandis que l'un de ses sous-fifres embrase la torche.

— Je la remets en cause, en effet ! rétorque ma mère en

toisant la foule. Vous allez brûler ma fille, bon sang ! On n'a pas prononcé une telle sentence depuis un siècle, et aujourd'hui, vous voulez BRÛLER MA FILLE !

Ces derniers mots ont retenti comme un cri de désespoir. Dans l'assemblée de sorciers, je vois certaines mères vaciller, mais Raven les tient désormais à sa merci et les paroles qu'il leur adresse révèlent toute son emprise.

— Soyez fières de vos propres filles, mes amies. Elles respectent nos lois et ne se compromettent pas dans la luxure avec des loups. Je sais que vous connaissez les Forest depuis longtemps, mais il apparaît que Josephine et Derreck n'ont pas assumé leur devoir de parents, contrairement à vous !

— Alors c'est aussi valable pour nous, déclare sombrement Remus Moon.

Cette fois, l'attention se porte sur notre véritable Witchcraft. Derrière lui, les parents de Sixtine s'approchent pour le soutenir. Paul Shadow adresse un regard amer à lord Raven.

— À Sixtine aussi, tu réserves le même sort ? s'enquiert-il.

Raven observe son frère avec incompréhension, sa torche brandie au bout de son bras.

— Ma nièce devra assumer ses responsabilités.

— Tu n'es qu'un traître ! s'exclame mon père en se jetant sur les parois invisibles de sa geôle.

Lord Raven ferme les yeux et murmure un nouveau sortilège. La seconde suivante, un cercle brillant se dessine autour des parents d'Eli et de Sixtine. Pris au piège, ils hurlent leur mécontentement, mais aucun son ne traverse leur prison magique. Lydia Shadow attrape la main de la mère d'Eli qui pleure sans discontinuer, et moi, je reste immobile face à ce spectacle déchirant ; mes yeux naviguent entre la torche enflammée et ma famille.

— Je vous aime ! m'écrié-je tout à coup. Je vous aime tellement. Pardon d'avoir été si imprudente. Pardon d'avoir été si inconséquente. Pardon d'être…

Les mots se meurent dans ma gorge quand je lis le chagrin dévastateur dans le regard de ma mère.

— Non ! hurle-t-elle. Je vous en prie, arrêtez ça !

Mais Raven se fiche de ses suppliques et s'avance au pied de la potence. Ses yeux me scrutent, avant de s'orienter vers Tyler et Perry. Les deux cousins se dévisagent, comme s'ils se comprenaient sans avoir besoin de prononcer le moindre mot.

— Brûlez-nous et laissez-la partir ! tonne soudain Perry.

— Ne dis pas ça ! dis-je, devinant l'accord muet qui s'est joué entre eux à mon insu.

Perry m'ignore, le regard fixé sur les traits souriants de Raven.

— Vous vouliez punir le mélange. Punissez-nous, Tyler et moi ! Neeve n'a pas eu le choix.

— Tais-toi ! crié-je, effarée.

— Perry dit la vérité, déclare Tyler, nous avons abusé de Neeve ! Elle était prisonnière, et nous avons demandé à notre Alpha de nous la confier. Elle n'a pas eu d'autre choix que de se compromettre.

Lord Raven écarquille les yeux, ne s'attendant visiblement pas à un tel coup de théâtre. Des murmures traversent l'assemblée à la révélation des cousins Falck, l'agitation soudaine est perceptible. Le Witchcraft de Virginie, qui a bien senti le vent tourner, ne se laisse pas distraire et plante la torche dans le tas de brindilles qui s'embrasent aussitôt. Des cris retentissent.

— Attendez, Raven ! s'insurge un sorcier. Si elle n'avait pas le ch…

Un sort fait taire l'importun, ainsi que tous ceux qui s'empressent d'exprimer leurs doutes. Et c'est alors que des dizaines de sorciers surgissent des fourrés. Aucun n'est natif de Fallen Creek, et tous progressent à grands pas en psalmodiant des sortilèges de contrôle.

— Qui sont ces gens ? s'exclame Anne-Lise Flemming.

Que cette femme semble déconcertée me ferait presque oublier les flammes qui s'approchent de mes jambes. Une chaleur soudaine me picote la peau. Je commence à me tortiller sous le regard de la mère de Lise-Ann, cette petite peste aux chaussures vernies qui en a fait voir de toutes les couleurs à Eli quand elle était prof.

Eli… *Elinor…* Je ne t'aurai même pas dit au revoir. Comme tu vas me manquer ! *Sixtine, Raven a-t-il dit vrai ?* Mon amie, droite comme la justice, je ne t'aurai pas connue vampire, et à l'instant où cette pensée me traverse, je me dis que je la préfère transformée en créature sanguinaire qu'à la merci de son oncle. Contrairement à elle, la fournaise qui échauffe mes orteils ne laissera rien de moi.

Que j'ai chaud ! Que ça fait mal !

Je me tortille, mes poignets me font horriblement souffrir, mais il n'y en a plus pour longtemps.

— Neeve ! s'écrie Tyler.

Je me débats, mais rien n'y fait. Le feu n'est plus qu'à quelques centimètres de mes pieds et s'élève, s'élève, s'élève encore et… c'est atroce ! TUEZ-MOI !

— Regarde-moi, Neeve ! hurle Perry. Regarde-moi !

Je tente de sautiller pour échapper au brasier qui s'apprête à me consumer, mais c'est peine perdue, alors j'obéis à Perry et le regarde. Mes sanglots me dévastent quand je vois les flammes de mon bûcher atteindre celui de Perry. De l'autre côté, celui de Tyler s'embrase à son tour. Je l'observe et m'étonne du sourire las qu'il m'adresse. Un sourire qui sonne comme un adieu. Un sourire qui dit *"Je ne regrette rien, Neeve du Nord",* et alors, je me l'avoue. Et même, je le crie :

— Je vous aime. Tous les deux, je vous aime !

Et ce seront mes dernières paroles, car la fumée s'infiltre dans mes poumons et je tousse. Une toux incessante et des hurlements. C'est tout ce qu'il me reste…

— NEEVE !

Elinor ! C'est la voix d'Elinor !

À travers les flammes, je la vois apparaître sur ma droite. Ses grands yeux clairs sont emplis de terreur, et le choc se lit sur son visage. La fumée brouille ma vue. Mon hurlement déchire l'atmosphère quand le brasier s'étend jusqu'à mes orteils. Une voix d'homme s'élève, et j'en reconnais aussitôt le timbre. Mais mes cris… mes cris… *ma douleur…*

— ARRÊTEZ, JE VOUS EN SUPPLIE !

Lenny !

Mes yeux fiévreux me sortent des orbites quand les flammes commencent à me lécher les jambes. Au loin, Elinor jette sort sur sort tandis que Lennox profère des charmes pour lever l'enchantement de Raven qui l'empêche de m'atteindre.

— *Flamma Tarissa* ! répète-t-il sans cesse. Et à chacune de ses invocations, le feu se tarit pour mieux revenir.

— Charge-toi de Neeve ! crie Elinor à Lennox en plongeant dans la foule.

Ses parents pleurent. Les miens respirent à peine face à l'atrocité de ma sentence. Les sorciers reculent et poussent des hurlements quand les canines de ma meilleure amie percent ses gencives.

— Inversez le sort ! tonne-t-elle contre Raven qui reste insensible.

Elle se rue sur lui, une volute blanche s'élevant au creux de sa main et formant une sphère qu'elle projette aussitôt contre le Witchcraft de Virginie. Mais une barrière invisible vient la dévier. Les sorciers noirs psalmodient encore et toujours, et Raven s'approche inexorablement de la fournaise qui s'empare désormais de tout mon corps. Ma souffrance est insupportable, et je hurle à m'en faire éclater les poumons. Puis ma voix s'éteint dans ma gorge...

Je vais mourir.

Vite. Je veux mourir vite !

L'odeur qui se dégage de ma chair martyrisée me provoque un haut-le-cœur. Je vomis et sens les flammes lécher mon ventre.

— NEEVE, NON !

— Hawk, laissez-la !

Lennox se tourne vers Raven et le toise. Son visage ne respire que colère et chagrin. Ma poitrine se serre tandis que je brûle, brûle.

Vite… que je meurs vite…

Je suis sur le point d'enfin m'évanouir quand soudain le ciel s'assombrit et que je vois Lenny briser le charme de Raven et se jeter sur moi.

Il prend feu…

Avec moi.

ÉPILOGUE

LENNOX

Je brûle ! Le hurlement que je pousse m'arrache la gorge. L'odeur de chair carbonisée agresse mes narines tandis que mon sort délie les entraves de Neeve.

— *Nisi ex incendio* ! réussis-je à murmurer tandis que le feu s'empare de mes jambes.

Mon cri explose quand mes yeux distinguent le corps de Neeve, ou ce qu'il en reste. Ses cheveux s'enflamment alors que je la projette dans les airs. Un regard sur ma gauche me montre Elinor aux prises avec des sorciers, mais elle a libéré les deux loups. Sa transformation lupine accroît sa magie. Les cousins gisent à terre, nettement moins abîmés que Neeve, mais je n'ai pas le temps de m'appesantir sur leur cas tant le mien est désespéré. Je croyais avoir le temps de me sortir du brasier. Pouvoir me téléporter à temps. Je croyais aussi que mon sort apaiserait les flammes, mais le sortilège de Raven est si puissant que j'ai échoué. Et j'ai mal... si mal... Cette douleur est insupportable. *Neeve...*

C'est alors que je comprends... Kane m'a tout déballé pour que je ne débarque pas ici avant l'heure.

Raven m'a contrôlé en poussant son Amnistral à me montrer le grimoire, et j'ai été ensorcelé.

Sa puissance... La puissance de sa magie est anormale. Je devine alors qu'il a capturé le pouvoir de ses victimes depuis trente ans et que tous mes efforts seront vains.

Je n'ai rien vu. J'ai été piégé. Et Neeve est... Non ! Elle n'est pas morte ! Je ne peux... je ne peux y croire.

Ma voix se déchire quand le feu mord mon torse.

La souffrance est insoutenable. Mes paupières se ferment quand je m'apprête à accueillir mon trépas. Mais une main attrape mon bras et me tire en dehors du brasier. Je tente de lever mon regard sur la personne qui a pris tant de risques pour me sauver et me confronte aux yeux d'Elinor et de son lié. Karl Greystorm est essoufflé et crispe les lèvres. À moitié transformé, son pelage a pris feu quand il est venu me secourir. Des blessures récentes forment des sillons profonds sur son corps nu. *Les loups...*

Au-dessus d'eux, des lueurs aveuglantes éclatent dans les cieux. Des cieux étrangement sombres, comme si les ténèbres avaient été invoquées par magie. Même si je suis incapable de parler, je comprends que les sorciers se confrontent à la meute. Mais une minute plus tard, je découvre que l'affrontement ne concerne pas uniquement les loups et les sorciers. Une silhouette que je connais bien approche et se plante à mes côtés. Les iris gris et froids de Sixtine se baissent alors sur moi.

— Il a l'air mal en point, dit-elle sans la moindre empathie.

Mes yeux se plissent pour mieux l'observer. La souffrance dans tout mon corps n'atténue pas le choc que je ressens quand je distingue le changement frappant qui s'est opéré chez Sixtine Shadow. Elle est devenue vampire !

— Laisse-moi Neeve, Eli, déclare-t-elle d'une voix glaciale.

Elinor contourne Karl qui fait barrage devant elle. Elle pose une main sur son ventre lorsqu'elle s'approche de sa plus ancienne amie.

— Non, Sixt. Neeve a besoin de soins et tu ne pourras les lui apporter.

Neeve… Neeve… mon amour… où es-tu ? Es-tu morte ?

Je quitte du regard la flamboyante vampire nouveaunée et détourne la tête. La brûlure sur mon cou qui s'étire m'arrache un gémissement étouffé, mais rien n'est aussi douloureux que de voir Neeve étendue à même la terre, le corps horriblement calciné. Une larme roule sur ma joue meurtrie. Un étau impitoyable comprime ma gorge. *Neeve…*

— Il faut l'aider ! hurle Perry qui se traîne difficilement jusqu'à elle.

Karl se tourne vers son Bêta dont les jambes ne sont plus qu'un amas de chairs torturées. Tyler semble évanoui un peu plus loin.

— Elle respire faiblement, je vous en prie, faites quelque chose, s'écrie Derreck Forest alors que son épouse Josephine demeure tétanisée devant sa fille inconsciente.

Aucune magie ne peut nous la rendre. S'il vous plaît ! S'il vous plaît !

Des sanglots le secouent, puis il s'effondre sur le corps de Neeve. Le bras de mon aimée se décale et vient choir sur la terre, tout près de moi. Ma main meurtrie cherche à s'emparer de la sienne. Et alors que je suis sur le point de la toucher, je perçois la tension qui s'élève entre Elinor et Sixtine.

— Laisse-moi Neeve, répète Sixtine.

— Je t'ai dit non, réplique Elinor. Pas question qu'elle devienne vampire !

Non… il ne faut pas… pas vampire…

— Donc quoi ? Tu vas la transformer en louve ! Même pas en rêve ! Drake, attrape Neeve tandis que je me charge de Lennox.

— Non ! s'écrie Elinor.

Une main sur son épaule, Karl lui intime de reculer, tandis que le vampire tatoué aux cheveux peroxydés s'approche de Neeve.

— On ne peut pas les transformer, dit-il à Sixtine.

— Tu feras ce que je t'ordonne, lui répond-elle.

Drake l'observe un moment, puis ses yeux se posent sur moi.

— Remarque, il a déjà un look de vampire, celui-là.

Mes doigts trouvent enfin ceux de Neeve. Du moins, ce qu'il en reste. *Maintenant, je peux mourir.*

— Karl, occupez-vous des corps, exige Elinor.

Sixtine se déplace à la vitesse du vent et vient se planter devant elle. Karl pousse un grognement et s'élance sur Sixtine, mais Drake s'interpose. Le chef de la meute Greystorm rugit quand il reprend sa forme lupine. C'est alors qu'Elinor jette un sort qui érige une barrière entre elle et Sixtine.

Et c'est cette barrière qui scellera mon destin et celui de Neeve.

Car nous ne sommes pas du même côté.

La guerre est inévitable, et même encore maintenant, nous sommes séparés.

Le sort en a décidé ainsi.

L'un de nous deviendra loup.

L'autre deviendra vampire.

Alors je me résigne, car dans la vie ou dans la mort, je n'ai aucun espoir de retrouver Neeve...

FIN DE

REMERCIEMENTS

— *Hey, Lolo, il serait peut-être temps de commencer le tome 3, suggère Émilie.*

Lolo soupire.

— *Tu permets qu'on termine le tome 2 ? répond-elle.*

— *Ah, il n'est pas fini ? lance Sienna.*

Ouais, on est sans doute aussi barrées que nos trois sorcières…

Mais si vous lisez ces lignes, c'est que ça a son charme, non ?

Merci à vous d'être revenus à la rencontre d'Eli, Neeve et Sixt. Nous espérons que l'aventure vous a plu en attendant le grand final ! Préparez-vous, ça va être la guerre ! Mouahaaahaa !

Merci à nos bêta-lectrices, Aurélia, Lily, Émilie, Ana et Steph.

À Nicolas Jamonneau pour cette fabuleuse illustration.

Et à Hannah pour cette incroyable couverture.

— *Hey Lolo, tu ne crois pas que ce serait génial de faire un spin-off ? déclare Sienna.*

Les yeux de Lolo s'écarquillent.

— *Tu permets qu'on termine la trilogie ?*

— *Ah, elle n'est pas finie ? se moque Émilie.*

Eh non, elle n'est pas finie !
À très vite dans le dernier opus :

WITCH WAR
Article 3 : On ne se montre pas

AVIS LECTURE

Vous avez aimé WITCH Vampire ?

Laissez un joli commentaire pour motiver d'autres lecteurs !

Vous souhaitez être informé de nos prochaines sorties ?

N'hésitez pas à cliquer sur le bouton « Suivi » de nos pages auteur Amazon.

À très vite dans
WITCH WAR
Article 3 : On ne se montre pas

Le dernier tome de la trilogie Witch !

Laurence, Émilie et Sienna

À PROPOS DE SIENNA PRATT

Retrouvez toute mon actualité sur

Instagram :
sienna_pratt_over_dark

Facebook :
Sienna Pratt

TikTok :
@sienna_pratt_over_dark

Blog :
https://siennapratt.art.blog/

À PROPOS D'ÉMILIE CHEVALLIER

Retrouvez toute mon actualité sur

Instagram :
emiliechevallier.autrice

Facebook :
Émilie Chevallier Autrice

Tiktok :
@emiliechevallierautrice

Actus et newsletter :
https://emilie-chevallier.com

À PROPOS DE LAURENCE CHEVALLIER

Retrouvez toute mon actualité sur

Instagram
laurencechevallier_

Facebook
Laurence Chevallier Autrice

Groupe privé Facebook
Laurence Chevallier Multiverse

TikTok :
@laurencechevallier_

Actus, boutique et newsletter :
www.laurencechevallier.com